休书

不要忘了，我是公主，你是臣。

好，我的公主，微臣今天就冒犯了。

公主要休夫

柳上青 著

台海出版社

图书在版编目(CIP)数据

公主要休夫 / 柳上青著. ——北京:台海出版社,

2013.6

ISBN 978-7-5168-0159-8

Ⅰ.①公… Ⅱ.①柳… Ⅲ.①长篇小说-中国-当代

Ⅳ.①I247.5

中国版本图书馆 CIP 数据核字(2013)第 094227号

公主要休夫

著　者:柳上青

责任编辑:孙铁楠

装帧设计:天下书装　　　　版式设计:通联图文

责任校对:李书秀　　　　　责任印制:蔡　旭

出版发行:台海出版社

地　址:北京市朝阳区劲松南路 1 号，邮政编码:100021

电　话:010-64041652(发行,邮购)

传　真:010-84045799(总编室)

网　址:www.taimeng.org.cn/thcbs/default.htm

E-mail:thcbs@126.com

经　销:全国各地新华书店

印　刷:北京柯蓝博泰印务有限公司

本书如有破损、缺页、装订错误,请与本社联系调换

开　本:710×1000　1/16

字　数:220千字　　　　　印　张:18

版　次:2013 年 7 月第 1 版　　印　次:2013 年 7 月第 1 次印刷

书　号:ISBN 978-7-5168-0159-8

定　价:29.80 元

目录

Gong Zhu Yao Xiu Fu

楔　子

夜空，一道闪电划过，漆黑中隐有七星穿梭而过。

绝壁，溶洞深处时深时浅的呻吟声隐隐传出，听起来似乎压抑得十分辛苦，但在寂寥的深夜却无所遁形。

"不要……过来……"洞中溶水滴答，半裸男子的侧影瑟缩，像是受了极重的摧残，此刻他犹如待宰羔羊，徒然睁着一双警惕的眸子，放射出野兽般盈盈的光芒，全身散发的肃煞戾气却无法震慑住提剑女子的脚步。

"你放心，只要你听话，我不会杀你。"蒙面女子缓缓地从洞口踉跄而来，素巾已为鲜血所染，执剑的手微微颤抖，不屑地扫了一眼地上的男子。心想：还好，不过是一只刚刚修成人形的九尾狐妖，想必遭遇命劫，无奈躲在洞中疗伤。

乔正岳乍听此言，剑眉猛地一皱，眸光冷冽似箭，像是听到了什么刺耳的音符，冷哼一声。若非刚刚经历飞身成仙前的万年大劫，狐王岂会任你一个凡尘丫头摆布？待女子拖着沉重的步伐越走越近时，他忽然嗅到一股淡雅的幽香，仿似可远观而不可亵玩的映日粉莲。莫非她亦是修仙之身？乔正岳几尽狂喜，盘算着如何吃掉眼前的大餐来获得修补元神的内丹。

"哦！"洞中湿滑，女子依附着石壁方才保持站立，眼见男子的眸光突然变幻莫测，似有狼倾。女子冷笑，以剑尖相向，结果脚下一滑，剑尖不偏不倚将乔正岳的右肩刺穿，害他倒抽一口冷气，眸中肃杀的绿光一闪：这可恶的笨女人，不吃她难解心头之怒！

现在方知什么叫虎落平阳，烨阳公主一把扯下面纱，以剑柄之力支撑起身体，丝毫不在乎剑尖下乃是血肉之躯。强忍住来自身体深处一波又一波的暖流侵袭，她知道自己的时间不多了，如果再不……她会有性命之忧。也许

是觉得地上躺着的半裸美男还有几分姿色,她的眸色泛起一片殷红,犹如滴血。"听着,快拜我为师,终身不得忤逆于我!"

男子愠怒,眸中寒光迸发,虽然身体散如烂泥,但他乔正岳乃是修炼万年的狐王啊,怎能拜一凡间女子为师,还要终身听命于她?笑话!

"快!否则……我……"又一阵暖流袭遍全身,几乎要灼伤凌烨阳,虽然尚未经历人事,但她知道那是什么,逃亡这十天来,一次比一次发作得厉害。那卑劣的蓝苑皇——慕容珏,为了得到她,还有什么手段没有使出来?握剑的手开始威胁地颤抖,乔正岳的肩便随着她的抖动而有节奏地配合着,真叫一个丝丝肉痛。

女人的容颜无疑是惊艳的,但他是谁,他是以美颜著称的九尾狐族,什么样的美人没见过,便是他自己也比这女子胜过几分。故而他的注意力仍在凌烨阳的剑尖之上,"贱……贱人,你敢?!"抽痛到不可抑止地瑟瑟发抖,乔正岳狠狠地咬唇,如果眼光能够杀人,估计烨阳已死得连残渣都没了。

"哼,能拜在本宫门下,是你几辈子都修不来的福分。孽狐,你若有胆不从本宫,一时三刻……一时三刻便叫你现形!"烨阳自知此时霸王硬上弓太没人性,但她也是受害者啊,她心中本也有个牵挂的人,但现在无论如何也等不及了……鼻血缓缓流下,再接着便是眼睛、耳朵……

乔正岳惊骇,但不是被女子此时七孔流血的容颜吓倒,而是骇于她一口报出了他的家门。要知道他毕竟是万年狐妖,轻轻松松能道出他本尊的,别说是凡人,便是仙人也要是上仙。可恨他此时因为天劫,褪了法术与修为,一时间无法恢复,竟然不能看出女子师源何处。

"看来……"凌烨阳拔出剑,带出一浪血迹,气喘地准备捏诀迫他就范。

"……"乔正岳痛苦地呃了声——这女人,太可恶!什么叫虎落平阳他也知道了,男子心不甘情不愿地在喉咙口滚了两个字,"师……师父……"

"哈,嗯!"女子终于得到了想要的,忍不住有些得意,"等我好些,便教你修仙的法门,现在……"凌烨阳猛扑下来,差点把男子的牙齿都磕掉了,这也太……

"呃,不好意思,看不见……"烨阳安抚地摸了摸男人俊美的脸,终于找到了他的唇,实在是等不及了,胡乱地亲过去。

乔正岳忍无可忍地坚持着,抵死不从啊!人家虽然已经是万岁的老祖,

但是人家为了修仙从不近女色的。你这不识好歹的凡尘笨女人，休想坏我真功、破我真体，休想得到我！

"乖，张开嘴！"女子此时只当他是一只狐宠罢了，宫中宠物何其多，再多一只异类也养得起。

"呃！"万年的狐王也只有破功的份啊！一股甜腻的花香扑鼻而来，女子舌尖笨拙，却十分香甜，滑入男人口中时，便搅动了他万年不动的凡心。身体本能的反应让他怒不可遏，却又对此无能为力，只能怨自己功力尽失不能招架色诱。

"我本有心仪之人，但，现在情非得已。你既拜我为师，便要终身听我差遣，紧守师徒之礼，不可越雷池……唔……"男子渐入佳境，无师自通，一改被烨阳蹂躏的窘境，反客为主，纠缠着女子柔软的小舌霸道地吮吸，几乎想将她整个吸进腹中，又岂容她喋喋不休地以师之名。

是你先不仁的，叫我怎么紧守师徒之义？原来，你仅把我当成了情非得已的替代品？狐王勃然。

女子薄怒，终是发现找了位难缠的主儿，但现在也没有其他可用人选，心里懊恼之极，挣开他肆虐的舌，娇喘道："现在，与我心念相通，替为师逼出情蛊之毒……"

什么？搞了半天，你只是要我替你逼出蛊毒？乔正岳本来准备献身的火热身子慢慢变冷，这可是万年来他第一次有了某种欲望，这个败类女人，竟然弃之若帚！

"徒……徒儿，你……你听话……快帮我逼出蛊毒，为师……受不了了！"烨阳气喘吁吁，伏在乔正岳身上，再不似先前那般强横，软软地窝在他怀中，听着他心跳加速。本来就红到滴血的脸，涨热难耐。

乔正岳终是心软，胸口上女人示弱的动作让他心动了，唇舌传递中，心意是如此的契合，像是某种本来就应该相拥相嵌的神志。这样的双修未免太纯洁，却叫他有了心动的感觉，只想不停地吻住她，再吻住她。

渐渐地，烨阳的体温开始转为正常，蛊毒似乎得到了安抚，她虚脱地承受着他的吻。

乔正岳睁开眼，眸光炯炯。他惊愕于女子所习的修仙正宗法门，竟然令他如此快地恢复了三成法力。他伸手环住她，却想要得到更多了。就在他心

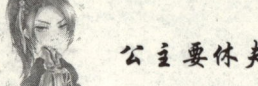

猿意马，只想东风压倒西风时，一朵粉红莲花隐隐自女子胸口现出，五彩霞光，绚丽夺目。他愕然，同时意识到自己今天真的是遇到宝贝了，原来此女竟然是到下界历劫的九天莲女。

"七窍玲珑心……"这可是得道成仙的圣物，只需一瓣便可令凡人起死回生……想到此处，乔正岳骤然脱出情欲，眸中一片冷冽，如果此时夺走她的莲心——妖界之王的无尚法力便可得到恢复，届时的天下，便是妖界称霸的天下。

凌烨阳万万没有想到，自己选择的人竟然乘她之危，奋而夺走了她的玲珑心，怎一个痛彻心腑？昏迷前，她蹙起秀眉，似乎恍然：此狐必不是表面上那般羸弱，他竟然能够看破自己遁隐的心，看来自己真的是看走眼了。看着金光闪烁的莲花心脏被他抓在手中不得挣脱，烨阳虚弱地笑了，身子晃了两晃，倒了下去。

"你拍二，我拍二，两个小孩打电话……"凌悦然孩子气地半挂在准老公身上，"唉，你咋就这么笨呢，左右不分的？幼儿园的游戏好不好咩？"

肖东华闪着一双迷人的笑眼，一伸手便把未婚妻捞入怀中，坏坏地乱亲几口，问："可不可以玩成人游戏啊？"

"你去死啊！色鬼！"凌悦然举拳相向，两个人蛇游般腻歪到床边。肖东华用力推倒凌悦然，翻身而上，"色鬼要吃肉！"

"哈哈……啊——"

就在两人干柴烈火一触即发时，凌悦然突然觉得胸闷得厉害，想要躲开肖东华纠缠的唇舌却是无果，徒然地张开绝望的眸子……

她看到了什么？

琼枝映雪，梅花落地。突然，清澈冰凝的寒潭因异物而暴起冲天的水花……

"公主——"婢女妖燕远远奔来，手里的暖炉"咚"地滚落，"快来人啊，救命啊，我家公主落水了——"

"咚！"又是一阵异物入水的声音，哗哗作响。

已经喝饱了水却还在一个劲喝的凌悦然睁着一双无神的眼，她很想知道明明自己跟准未婚夫在玩亲亲，怎么一眨眼就掉进了深渊寒潭，关键是她快要窒息而死了。

那一身金盔铁甲的男子犹如天降神兵，踏波而来，一伸手便勒住了她的腰。

是不是在做梦，这寒潭如此深幽，如何看得这么分明？

管他呢，反正得救了，凌悦然心想。然后头一歪，便睡了过去。

岩岸之上，隐在树干的玄衣男子一跃而下，潭下的动静令他莫名浮躁，眸光寒彻。

"你？"本来已擦身而过的妖燕猛地顿住脚步，警惕地扭头瞠视，那惊恐的表情与活见鬼没什么两样，脑中警报鸣响。直到潭面暴起自家主子被打横救起的身影，她的一颗飞出去的心才算收回了一半。

妖燕死死地攥住自己的双手，方能保证不动拳脚，咬牙道："竟然是你?！"

"是我又如何？"玄衣男子不屑地冷哼一声，凛冽的笑意噙在嘴边，没入夜色。

"三年了，还是没能逃过你的魔掌。但不知二殿下是如何破开乔府的天雷阵，寻到我家公主的气息？"

"这还得感谢你这个小小花妖。天雷阵只是屏蔽了子母情蛊之间的引线，但你的气息呢？"男子捏诀唤风，欲乘风归去。

"你——"妖燕目瞪口呆，双手往胸前一护，脸上一阵火辣，心中更是燃起滔天之怒，冷恨道："蓝苑国迟早要亡，从皇帝到王爷，全是一帮卑劣无赖！"

"西凌国迟早也要亡，从公主到婢女全都是淫娃荡妇！"男子的声音很有磁性，犹如念诗般说道。

"你……"妖燕一张俏脸气得青绿，弹开腰间宽帛，只听当嘟一声，软剑出鞘。

"被本王说中便恼羞成怒了？哼！皇兄当时自食'情蛊'，被'情蛊'反噬，才被你有机可乘，若是我……哈哈……"男子侧目，身影突然一长，风一吹枭枭不见，"恕不奉陪！"

妖燕气得浑身发抖，但救自家公主要紧，忙收了剑往主子的寝院奔去。

第一章

真幻公主

　　京城之中，若说权势，谁也大不过皇上，但若以颠倒众生的惊艳之姿立于朝堂之上的，唯乔卿无二。

　　乔府素来以忠君护国为己任，代代被皇帝委以重任，及至乔正岳这一代，更是传说不断、风头正劲。

　　相传，乔母年过三十仍无生养，某天得皇帝恩赐前去"大相国寺"跪许心愿后，方得了乔正岳这一子嗣。乔家自然对这一子嗣看得比眼珠子都重，但未料此子对奇门修仙之术十分着迷，乔老将军便将他送与"天山道人"为徒，这一走便是十年，幸而自他之后乔母又生养了一儿一女，也享了儿女绕膝的天伦。

　　三年前，乔正岳不过是个在外从师的贵族公子，未料归乡探母时，机缘巧合，竟然被烨阳公主看中，不顾他家中早有娃娃姻亲的表妹，烨阳公主硬生生求下皇兄一道圣旨，拆散了一对鸳鸯……

　　落水而去的是烨阳公主，重获新生的却是穿越而来的凌悦然妹妹。

　　抱着混沌的脑袋，凌悦然一直在琢磨些事儿。真的，虽然从小到大她都不太靠谱，不论是为人处事还是命运机遇，但现在，她特别希望自己能靠谱点。

　　落水后昏昏沉沉的那些日子，她时时有一种被人招魂的感觉，似乎有人在极力挽回她的小命。那人的手温柔地划过她身体的每一处，虽然睁不开眼看清他的模样，但他一定是怜惜至极的。最奇的是，那招魂的方法很独特，一个纸折的许愿荷灯，被那人小心翼翼地放进了自己的胸口深处……

　　他是谁？正在实施换心手术？可为啥用纸来代替人家的心啊？

终于醒来，接受了穿越的事实，但目前，"八卦凌"急需弄明白想清楚的是：堂堂西凌国的烨阳公主为啥非死乞白赖地要下嫁到乔正岳的府上？这一行为惹得她皇兄龙颜大怒，下旨"天地之大唯乔府可容"。这是赤裸裸的禁足啊！而那个乔正岳充其量不过是个二品骠骑将军，就算是三代为将、朝之栋梁，就算是他有绝世容颜、魔鬼身材，但，他早有指腹为婚的表妹。烨阳，你何苦斜插这一脚，毁了三个人的一生……呃，不对，是十五个人的一生？

不得不佩服乔正岳，竟然除烨阳公主外，一口气娶了十二房，到底是好色本性，还是为了气走公主？难道他不怕公主跑回娘家，定他个欺君之罪？更何况，烨阳在乔府是上不讨公婆欢心，下不讨小姑亲睐，中还招夫君恨，夫君的表妹嫉，夫君十二房小老婆冷嘲热讽，到底是什么原因让她依然无怨无悔地留在乔府？

"难道是因为……"凌悦然托着下颌，唉，真的很头痛啊。莫非是传说中的爱情使然？"因为爱情，不会轻易悲伤，所以一切都是幸福的模样……因为爱情，简单地生长，依然随时可以为你疯狂……"悦然学着王菲那颤抖的音调唱出了心中所惑。

"叭唧！"有人在梨园的门前滑倒，听这响声，估计摔得不轻。悦然的眼朝屋顶翻了两翻，找麻烦的又来了。

"啊！表小姐，这……这可怎么是好？"贴身女婢妩燕惊呼失声，连陪小心。接着便是乔正岳的表妹司若兰呼天抢地一阵干号，与此同时，陪同人等在这冰天雪地里开始了热火朝天的大行动，有人搀扶，有人唠叨，有人回禀高层，有人指桑骂槐……

凌悦然披着烨阳皇兄所赐的纯白而华贵的狐裘大氅，手里揽着妩燕刚刚加好炭的暖壶，步履蹒跚地走到事发现场。倒不是悦然不想一蹦三跳地去看自己制造的杰作，更不是她故作淑女笑不露齿，只是这不争气的身体太虚弱，虚弱到举步维艰、咳中带血。唉，21世纪羡慕的弱柳扶风身材终于落到了自己身上，可是，这感觉太叫人无语了，连笑都会胸口痛的人伤不起啊。

努力装作世界上最无辜最纯洁的人，凌悦然抬起乌溜溜的大眼，怯怯地看向被滑出一条道儿的雪地。鲁迅先生果不欺人——世上本无道，滑的人多了，也就有了道。

忍不住唇角上扬，眉眼含笑，一不小心笑出声，却震痛了自己的心。

公主要休夫

"你！你竟然敢笑我？是你，一定是你这个贱人故意害我的！"司若兰回头呼喝，"你们可要给我作证！"留下来的司迷们立即频频附和，更有几位姨娘呐喊助威。

"那是，兰姑娘，我们可是看得分明。当年你与夫君情深意笃，若不是她仗着公主身份，带着圣旨插足嫁过来，我们夫君也不会受今日之冤。"

带着圣旨插足？好有创意的句子！可是，她们夫君受啥冤屈了？

听着这些人的河东狮吼功竟然丝毫不亚于21世纪的自己，悦然撇嘴。原来女人吼起来真的不可爱呢，可怜肖东华还把自己捧在手心，想起他帅帅的模样、满眼的温柔、宠溺的爱怜……就叫她幸福到想捂脸。

"那里有指示牌，只是你的眼睛长在了头顶上。"凌悦然顺手指向昨晚指导妩燕完成的小雪人，高举的指示牌上清清楚楚地写着——温馨提示：进园请走侧门。结果可想而知，司大小姐怎么会乖乖就犯，一脚踢开了大门，然后……

看司若兰小姐秀眉紧皱揉屁股的模样，凌悦然很有成就感。不错，鄙人是故意的！这招激将法就是为她量身打造的，料定她看到后更不会走侧门，便吩咐妩燕隔几个时辰在大门旁浇一次凉水，让雪地凝晶结冰。而司若兰正摔在凌悦然给她画圈的地方，这叫不摔则已，一摔伤筋动骨。

"我要告诉表哥，说你故意害我！"司若兰见悦然眼中带笑，更是气不打一处来。

"我为何要故意害你，你若不到我的梨园来生事，我又如何能故意害到你呢？咳咳咳……"凌悦然已经出来太久，呛了不少冷风。

"你看不惯表哥对我好，所以处处针对我。哼，别在那里装作弱不禁风的样子，东施效颦想恶心谁？哪个院里的姐姐没受过你的折磨？"

悦然朝天翻了个白眼——烨阳，你真是这样的女人吗？从梨园的装饰，从落水后十几天不见夫君踪影，悦然绝不相信凌烨阳是个争宠呷醋的人，绝不信！

但司若兰有个词倒是说对了——效颦，确实，便是西施在此，凌烨阳若效她一效怕也难分伯仲吧？这亦让悦然更不解，为何骠骑将军乔正岳不爱悦然？

"啪！"一个耳光毫无预警地甩在了悦然的右脸上，一片火辣。

"贱人,叫你笑我!"司若兰颇为委屈,呼呼地吹着自己掴掌的柔荑,似乎比凌悦然还痛。

悦然因神游,还没有回过神来,硬生生承受了司若兰扔过来的巴掌,直打得她痛到胸口。挨打后先是有些茫然,接着她便有奋起杀人的冲动。不带这样的好不好?为什么总是打我的右脸——左撇子,我受够了!

俗话说事不过三,这是凌悦然醒来后所挨的第三个巴掌,且全是拜她所赐。

"公主,你怎么样?表小姐,你太过分了!"妩燕又惊愕又心痛,见凌悦然被打了个踉跄,忙挺身护主。

"下去,贱婢!这里是将军府的梨园,不是公主的寝宫!"司若兰杏目怒瞪,广袖一挥,带起一阵冷风。

"你还知道本宫的身份!好,很好!妩燕,你且退下,公主我也不是吃素长大的。事不过三,本宫就当被疯狗挠了,再敢动我一根指头,本宫就把你打得屁滚尿流!"凌悦然掳了掳袖子,又被妩燕抹了下去。

凌悦然冷哼一声,努力想装出冷冽劲儿,不过嘴角被打得好痛啊,使得她的表情显得有些失真好笑。"哟"了一声,她摸了摸右脸颊,又红又肿。

"公主?!"妩燕不可置信地转头看向凌悦然,明眸中装满了疑问,但还是在见到悦然凛然的痞子公主气场后乖乖退后了一步。

其实我……唉,算了,悦然始知什么叫祸从口出,这下连妩燕都怀疑她了,真正是穿了龙袍也不像太子!

"你这个贱人,竟敢这么对我说话!还敢笑?!"一阵疾风呼啸,凌悦然本能地偏头——再让你招呼上我的右脸,那我的左脸不是太没面子?!哈哈!

其实打架什么的,凌悦然才不怕,咏春拳也不是白练了二十年的。这么近距离的格斗,她只需轻轻反转点拍就能将司若兰击倒。只是意想不到的事发生了,悦然的手腕确实挡开了司若兰劈来的刀掌,但却不能借力发力,只因她身子骨太次,还是被司若兰的气势带得跌坐在地,好在保住了脸面。

"啊!"未料,更意想不到的事情发生了,司若兰突然双膝半跪着摔下来,倒在凌悦然旁边不远的雪地上,气得哇哇大叫,"你敢耍阴招!烨阳,以前我真是小看了你!哼哼,有本事就亮出来!"司迷们赶紧地去扶司若兰,却都被她气恼地甩开了。

　　凌悦然翻眼看向妩燕,方才妩燕的动作很细微,但那道白光悦然确定是从她的纤指上飞出。妩燕亦发觉了凌悦然的目光,有些不自然地避开。

　　一团雪球冲凌悦然的脸上砸来,司若兰叫嚣着:"你怎么还有脸活下来?即使潭水淹不死你,你也该给夫君一个交代,了断了自己才是。"

　　"我为什么要了断自己?我做了什么对不起他的事?"打雪仗什么的,凌悦然会呀!悦然回司若兰一颗虽小却硬度密度惊人的雪球,嘿嘿,现在真的觉得自己有点腹黑了,配不上烨阳所赐的仙子容颜。

　　"啊哟!"司若兰被砸得大叫,眼泪汪汪地哭喊,"你勾引蓝苑国的二殿下未遂,被他推下莲潭,若不是夫君一时心软救下你,哪轮得到你在这里欺负我。呜呜呜,姐姐们,你们可都看到了,是她欺负我。只要有她在,我们便没好日子过……呜呜!"

　　夫君心软?救我?一个金盔铁甲的神兵形象跃入悦然的脑海,这个人便是夫君?但若说他心软,她却不信!到现在,自己是死是活,这个名义上的夫君都未来探望过一次,还谈什么心软?对一个他不爱的眼中钉,对一个勾引别人未遂的"过期"大房,他会心软?不过是怕我死了,毕竟是公主,对皇室不好交代吧!

　　"啊!"不敢小觑司若兰的学习能力,她回了凌悦然一颗硬度密度更强的,更砸在悦然挨打的右脸上。

　　喂喂喂,不带这样的!你这也忒狠了点吧?咱可没有正对着你摔伤的腰砸啊,悦然大呼做人要厚道!

　　"你们还愣着干么,全给我砸她,替表哥砸死这个红杏出墙的贱人!"

　　天哪,司若兰号召了。凌悦然在想,咱是不是该学周星驰双手捂脸,大喊——给个面子,千万别打脸啊!

　　一场难解难分的打雪仗别开生面地展开了,凌悦然岂能坐以待毙?也顾不得对妩燕的质疑,打仗要紧。

　　突然一个明晃晃的东西自司若兰的胸口弹出,映雪闪耀,落地无声。

　　那是什么?好像金币巧克力哦!

　　司若兰紧张地"啊"了声,但在接收到凌悦然好奇宝宝的眼神后,顿时变得得意骄纵起来,快速拣起,放在唇边吹了两吹,"哼,这可是皇上御赐的免死金牌。你身为皇室公主,不会连这个都不知道吧?"明摆着是嘲笑凌烨阳在

皇宫不受宠，偏来乔府拿着鸡毛当令箭。

凌悦然"啊呜"一声，烨阳那皇兄真够秀逗的，非但禁足，还赐人免死金牌干啥玩艺？难道是想整死老妹？难怪这帮人欺负起公主有恃无恐，这不是叫人家关门打狗吗？呃，啊呸！谁是狗啊？

见悦然神游，妩燕以为她是想起了儿时在皇宫备受欺凌的悲惨际遇，不由心中一痛，若不是遇到东华圣君仙长，公主怕是早已……世人皆不知皇宫懦弱的烨阳公主其实就是叱咤疆场的凌阳公主。

眼看着自家公主遭遇雪球袭击，妩燕也是个精明人，一把扶起悦然仓皇地逃到廊下的圆柱后。这里地势不错，就是没什么雪资源。悦然一眼扫到檐下放着把油纸伞，立即示意妩燕撑开，妩燕疾速旋转伞身以保护她俩转移阵地。

哈哈，真的很好玩，妩燕手中的伞成了凌悦然的保护神器、盾牌，而悦然则负责发射"子弹"，基本上弹无虚发。不一会儿，妩燕手中的油纸伞就只剩下了伞骨，悦然索性豁出去了，拼得一身病也要打倒"列强"。

雪地里到处是司若兰她们气急败坏的叫嚣声，夹杂着妩燕关心凌悦然的惊呼声，再有，便留下了悦然清脆的欢笑声，直笑到心口震痛，笑到喘气如牛，笑到快没了力气。真的好痛快，从没有哪次打雪仗可以这么尽兴地发挥，因为以前面对的是好友，不好真下手。这次虽然没把她们当仇敌，却早有教训她们的心思，所以打得分外猖狂。但是力气快要用尽了，头脑开始缺氧地眩晕……

"司若兰，再吃我一球！哈哈！"凌悦然将头钻出只有几根伞骨与碎油纸的伞面，对准司若兰就是一记扫射，结果预料的哭叫声没有传来，却是一声柔柔的——"表哥？呜呜呜……你可来了！"震颤了凌悦然脆弱的耳骨。呃、呃、呃，表哥——她的表哥不就是自己的……

一瞬间万籁俱寂，除去司若兰与她搬来救兵的女婢迎露，一干勇扔雪球的女将们全都欠身道福，再一个一个都灰溜溜地离去了。

凌悦然与妩燕缓缓地故作矜持地纠正了一下不雅的姿势，双双透过伞缝往外看。

他，侧站在那里，没有揽住司若兰，只是任她那般小鸟依人地伏在怀中。也许是他矫健的身姿太过完美，以至于明明那件月白色的常服略嫌宽大，却

公主要休夫

又是那么理所当然地契合。腰间所系的锦带下坠着琉璃般透明的长命扣，和风而鸣，清脆悦耳。张扬的三千乌丝随风肆舞，青紫色的玉簪隐隐泛起白雪的晶莹。

他的手里正捏着凌悦然没有投中的"子弹雪球"，然后，悦然的耳骨不自觉地动了两动，听到一声若有似无的轻笑，接着他的手便开始有一下没一下地掂着雪球。话说，到现在悦然都没有勇气抬眼看他的脸，她怕呀！

突然感觉他似乎要抬眼看自己了，凌悦然的心突地跳起来，差点就跳出嘴巴。"喔"了一声，忙捂住嘴，谨防被他看了笑话去。话说，他的侧脸真是完美到无可挑剔啊，前阵子悦然在猛追《幸福最晴天》时，就觉得项允杰帅到不行，温柔到令人发指，正脸侧脸都叫人神魂颠倒。嘿嘿，说句露骨的话，那电视剧其实比较狗血，但两个男主却很赏心悦目，同时也是吸引凌悦然看下去的唯一动力。

现在，悦然更佩服自己对美男们有先知般的"凌氏见解"——没有最帅，只有更帅；没有最酷，只有更酷。

今天真是大开眼界了，直有捧心的冲动，但下一秒凌悦然就泄了气，因为她接收到酷哥一记极有杀伤力的冷冽眼神。

酷哥抬眼看向凌悦然。透过支离破碎的伞骨看去，只见他薄唇微抿，勾起的弧度有点狐狸的味道。凌悦然有点害怕，却又有点贪恋，这表情好诱人。咳咳咳，不要扔烂菜叶啦，俗话说得好呀，一笑倾人城，再笑倾人国，到凌悦然这儿，直接一笑倾人好了，悦然倾了……要不是妩燕的伞骨差点戳破凌悦然的额头，她已然倾倒在地了。扒拉开一小块破油纸，悦然的眼球早迫不及待地OUT了。

酷哥，有没有人告诉你，要笑就笑，不笑就不笑，似笑非笑，似有若无，像猫挠痒痒，又痒又痛，不带这样的，好不好？帅就了不起吗，就有权利这么勾引人？

看着看着，突然他动手了，手中的雪球越抛越高。他想干什么？难道要为司若兰报仇，怒斩凌悦然这新鲜出炉的草根粉丝？条件反射般，悦然蹲到地上，扒拉起一抔雪，速度挤压成球，以投铅球的姿势，三步弹跳——射——

"嘭！"空中，两球相遇，可想而知，凌悦然的大雪球因制作仓促，毫无战斗力，被他击出的小雪球砸得四分五裂，化成一片雪雾，便在他的咫尺之地

纷扬落下。透过白茫茫一片的雾气雪片，凌悦然傻乎乎地看着他，恰似雪之精魂。悦然有点羞愧，明眼人都看得出来，是她先攻击的他；明眼人也都猜测得出，是她以小人之心度了君子之腹。悦然的脸红了，更不敢抬眼看他。

侧目时却看到司若兰眼中一闪而过的狂喜，她乖巧狡黠地笑着挽向乔正岳的臂弯，"多谢表哥替兰儿讨回公道！"

也好，司若兰基本跟凌悦然是在一个调子上，也是以小人之心度了乔正岳的君子腹了，哈哈，此言一出却正好为悦然解了围，令她出师有名了。

"公……公主？你……你……"耳边传来妩燕小声的低喃，凌悦然才惊醒，直有捂脸的冲动。

完了，她没脸见人了！突然想起来，她不但是堂堂公主，还是守了三年活寡的乔大将军的夫人，刚刚她都干了些什么？连一向视自己为天的妩燕都结结巴巴地道出了疑惑，遑论他人，凌悦然——你OUT了。

唉，无法挽回了，她的公主形象！咽了口冰冷的口水，对妩燕小声说："手头上有铁锹没？"

"呃，公主？"妩燕明显是跟不上凌悦然的节奏。一双美目睁得又圆又大，嘴张成"O"型，若不是时机不允许，凌悦然一定会捏颗小雪球塞进去，但现在，她要明哲保身啦。

略倾了倾身子，凌悦然附嘴过去，"我想挖个雪洞，钻进去！哈哈，啊——啊——啊——"此时不跑更待何时，难道说坐以待毙，等对面那冰山似的美男发难？

一手提着裙角，一手拉起妩燕，悦然主仆两在雪地上留下了歪歪扭扭的脚印，喘气声何止响彻云霄，哈哈，可是谁管呢？她是公主，她最大啦！谁规定公主一定是什么样子的？

"啊——"因为又小人地度了美男的君子腹，回头窥探敌情时，一时不察，凌悦然悲催地往妩燕的"骨头"伞上摔去。

"公主小心！"妩燕情急之下一掌推来，顺手将伞抛开，再想来接凌悦然时，却见不争气的凌悦然被她的掌风带得跌坐在雪地上。

一阵清风，似夹杂着悠悠的兰草香气送入鼻间，眼前只觉得白影旋转，自己都不知道发生了什么，就被一双有力的臂膀锁在了怀中。垂眼正对上扶在自己肘弯上那只指骨分明的白皙手掌，难道说……凌悦然的脸又红了，

唉,丢脸啊……

"你的命……还真大!"美男在凌悦然耳边似嗟似叹,声音低沉,包含着悦然听不懂的深远意味,尾音略带着宠溺的磁性,听得悦然心里有点小毛。不知他是什么意思?莫非是盼她自生自灭,最好不用他动手就死掉,以洗清他头上那顶绿帽子?

"表哥——表哥你忘了,她是个不要脸的女人,她耐不住寂寞……"司若兰委屈地跺脚。

"住口!"

"表妹!"

凌悦然与美男将军同时开口,不知是因为声音的震颤还是司若兰的提点,他们俩自觉地分开,确切地说,是分得很开。乔正岳似乎瞬间化身成冰块,悦然都不敢站在他的身侧,怕被他冻伤。

"表哥,你现在是为了她责骂我吗?"司若兰泫然欲泣,朝乔正岳一步一步走来。那模样有点像对生活失去了信心想要溺水自杀的人,一步一步淌向深水,一步一步朝死亡走去。刚走到乔正岳身边,便头一歪,一头要栽下去。

"表妹,你明知道……"乔正岳一手揽住司若兰,一双冰冷、肆意又略带着邪气的眼在望向此时的司若兰时,却是那么温柔,那种暖意是一种叫"钟情"的东西,似乎这世上,唯有司若兰才是他可以看到的唯一女人,才是值得他睁开那双温柔的眼好好看清的女人,是别人难以企及的。

"我就是不知道,你说与我听!你不说我便害怕,你若斥责,我便以为你恨我。表哥,永远也不要斥责我,特别不要为这个女人责骂我,好不好?你曾说过,她有一双妖眼,没有人可以逃脱,除非是她不想要的。你知道,这句话让我好害怕好害怕,总会在半夜里梦到你离去的背影,你离开我身边走向她……我不要,表哥,我不要!"司若兰小鸟依人般钻入乔正岳怀中,娇容欲泣,我见犹怜。

"表妹,相信我!"乔正岳的手握紧司若兰的玉腕,大拇指不停地来回摩挲着她的手背,表情缺失,语意却坚定无比。

司若兰终于落下泪来,红了的泪眼抬起来,空蒙一片,"表哥,你变了。自你娶她开始,三年了,为何你从不如从前那般唤我?'兰儿、兰儿',难道我今生再也听不到了吗?是不是因为这个女人的出现?可是,你现在也看到了,她

就是一个不安分的女人，她耐不住寂寞，到处红杏出墙……"最后几句竟是嘶吼而出，分外刺耳。

此时，凌悦然也算听清楚了些。这个司若兰对烨阳的横刀夺爱是恨入骨髓了，但她不知道的是，即使烨阳陪葬了自己，也始终没有夺来爱。红颜虚度空绝代，妖目惑世难如愿。也许是自己无意间成了烨阳，对从前的她自然而然地多了一份爱怜与保护的欲望，不许任何人诋毁她。

那一对伉俪情深，挽手而去，在凌悦然的空院内留下深深浅浅的脚印。

悦然的心却在不经意间痛了，骤然一缩，似乎被人用手紧紧地一握——痛了，泪了，视线模糊了。那是烨阳的心，它哭了。

为什么它哭了，凌悦然忍不住伸手去揉它。那里面，是烨阳的心，凌悦然甚至能感觉到，它受伤了，伤得鲜血淋漓，却仍爱得刻骨铭心。烨阳，难道魂魄的离去都无法撼动你爱他的决心吗？到底是怎样的爱有这样强大的力量？

司若兰得意地回头来看凌悦然，轻扬着眉偷笑，宝贝似地将乔正岳的腰反搂得更紧。也许凌悦然是羡慕嫉妒恨吧，那句"等等"便脱口而出，看着那二人同时停住身形却没有转过头，凌悦然心里便有一股无名的火焰冒出来。

"你还有什么事？你做了不要脸的事别想表哥会原谅你！"司若兰半扭过身子，不屑地看向凌悦然。

好，既然你不仁，就休怪我不义！眼波流转，悦然朝司若兰故作困惑一笑，"你口口声声说我空闺、寂寞难耐，可为何我要费那些事去勾引什么劳什子的二殿下？那个二殿下有夫君帅吗？为何我舍近求远去勾引他，而不是直接去勾引自己的夫君呢？这不是更加水到渠成、理所当然吗？"

"你、你这不要脸的……"司若兰听了凌悦然的烂理论后瞠目结舌，半晌才回过神来，却是面红耳赤，想必是想太多了。

"打住，否则——我定要你后悔！"老兄，别老给脸不要脸的，我有名字好不好，请叫本宫公主大人！

"我后悔？我有表哥的宠爱，便再无所求，我有什么可后悔的？"司若兰高昂起下巴，身子斜靠在乔正岳身上，宣示自己的主权与领地。哈，这没有底气的动作更昭显出她信心不足。

"哦？"

凌悦然笑了，有点小坏，不知道这仙女般的精致容颜配上她这使坏的表

情会不会有点不伦不类,但见美男夫君那眼神骤然一聚地打量,凌悦然便有点心虚了,转动着大眼,很不地道地放出狠话威胁,"如果夫君突然不爱你、不宠你了,如果夫君被人勾引走了……"

司若兰一听,果然变了颜色,柳眉竖起,声音尖锐中带着颤抖,"你敢!你勾引不走,表哥是我的!"

"我有何不敢?我不勾引夫君,夫君也不宠我,说不定我一勾引,夫君便宠我了呢!"凌悦然扑朔着眸子,既然他也说烨阳有一双妖眼,他的那般似笑非笑,自己不是也会。眸如星辰,笑时如弯月,怒时如满月,眯时如懒月,嗔时如映月,怨时如幽月……

"喂,为什么你都是没有表情的?拜托,本公主说要勾引你啦!听到没?"

喊完这一嗓子,感觉自己轻松多了。烨阳,我不知道你以前是什么样的人,但是既然爱他,为何不去争取?勾引一次又何防?今天该说的不该说的我凌悦然都替你说了,你高兴吗?

突然想起某天与相恋三年的准未婚夫肖东华挤公交车的情景。

东华好不容易寻了个位子,直冲她招手说:"喂,小傻瓜,快到这边来坐吧!"

悦然笑着说:"你坐。"

肖东华说:"你坐。"

然后有个女人径直劈开人群,一屁股坐上去,旁若无人,弄得先前看到凌悦然跟肖东华对山歌似的旁观人群一时默然。东华心疼悦然,不由抱怨她什么都比别人慢半拍。

悦然却幸福地傻笑:"别生气啦,不过是个座位,抢去便抢去,又不是把你抢走了。"

东华一时感动得不行……

现在,是裁缝打架真(针)干了。凌悦然是怎么穿来的,她真的一点儿都想不起来,一想,不是头痛就是心痛。老天,她真的要跟这帮善妒的女人共事一夫、抢一个老公?她不干,她抢不过她们啦。本来还沾沾自喜的美色,在夫君面前那真是小巫见大巫,身材虽然还不错,但没有十一妹的波涛汹涌,也没有十二妹的肥臀澎湃,怎么办?唉,现在真的很背啊,抢夫君的戏码是不是太狗血?

乔正岳终于完全转过身来,眸子缓慢却是正眼对上了凌悦然,眼中闪过一抹讶然,有点不可置信,又有点若有所思,看向凌悦然的眼神中,透着审视与警戒。悦然心里暗叫不好,莫非这烨阳公主与他之间的冷战另有隐情?唉,烨阳,你除了一颗爱他的心之外,怎么一点讯息都没给我留下,哪怕脑中稍微残留一点印象也行啊,害我被怀疑了!

凌悦然硬着头皮承受着他君临天下的气场,那眼神几乎要噬了她,又似要冻伤她,就在悦然快要变成一条僵硬的死鱼时,乔正岳笑了笑。真是不笑不知道,一笑忘不了,难怪他能够不被烨阳的美色所迷,他能比任一房妻妾都要令人惊艳,也许对美色这方面反而不再要求了。

眉如墨画,秋水凌波,发似风扬瀑,笑眼醉倾城,这样的"美人",凌悦然有点招架不住了。他对自己笑了,嘿嘿,连悦然自己都要鄙视自己了,可是"美人"笑起来更美了,悦然的心口都因为他的美颜而震痛了。也许是她的情绪太激动,影响到了自己的心,但为什么不是突突跳动的红心声,而是嗖嗖的冷风声,像枯黄的符纸在风中被吹得瑟瑟抖动。关键是好痛,撕扯般痛,像风筝飞得太高,系线已无力承受,随时有分崩离析之险。

凌悦然捂心腹诽,难道美男都是这么高傲?你那到底是什么表情?笑容背后是什么意思?被人告白,被人下了勾引书还这么淡定,难道美男就真的了不起吗?

拜这悲催的身体所赐,凌悦然又昏昏沉沉睡了三天。

夜,黑影一跃而入。这人不是别人,但在自己家中却似做贼,他是心有不甘的。

"嗯……你……你不能这样?"悦然感觉自己被人小心翼翼地抱在怀中,双手交缠相握,一股炙热的暖流奔腾着进入她的体内。有人在替她运功疗伤逼出寒毒?悦然通体舒畅地轻哼了声,结果竟惹来那人深深一吻。

"为何不能?"那人言语冷冽,手下却温柔温暖,有一下没一下霸道地亲吻着悦然,只有他自己知道,拥她在怀、吻她在唇的感觉是多么令他满足,甚至可以让他放弃修仙成神。

悦然的唇瓣被他逗弄得红肿酥麻,想要睁开眼看看这个登徒子,却似乎进入一个魔障,明明有苏醒的意识,却迷了魂般,只能乖乖承受。

　　"三年来,你心静如水,无论受多少委屈都无所谓,甚至连我……"男人幽怨起来,身体有些不甘地箍紧悦然,"狐王已放下了一切,你可知道?"三年前,他一时贪心盗取了凌烨阳的七窍玲珑心,未料,便再也放不下她。当时失心昏迷中的烨阳公主并不知道,他自请皇上下旨赐婚,甘愿一辈子守护于她。

　　世人皆知烨阳公主误撞乔正岳的天人之姿后,强请圣旨,下嫁乔府,拆散了乔正岳与司若兰这对指腹为婚的小情侣,却不知这烨阳公主其实乃是当年叱咤疆场的"战神"凌阳公主。烨阳因征战蓝苑时,被蓝苑皇慕容珏种下情蛊之毒,逃归途中,毒发,没奈何,在山洞之中撞见了乔正岳,迫他为徒,迫他为她逼毒。

　　此后,为了保护她,乔正岳屏蔽了蓝苑皇慕容珏对她所下的情蛊咒牵引,破开子母蛊之间的神系,他在整个乔府设下天雷阵,并与西凌皇上一唱一和,瞒过世人。

　　只是,令乔正岳意想不到的是,自己的凡心一动之下便收不回来了,除了三年前与烨阳初识时的双修助他勉强收回了三成法力,其余的皆毁在了那场万年雷劫中。

　　"你这么喜欢玩雪?我却是不知,待你身子大好,我陪你好好打一场雪仗可好?"他欲罢不能地轻含住悦然的唇尖。

　　"你到底是谁?"凌悦然无法动弹,脑子也呈半瘫痪状态。

　　"只怕告诉你之后,你便又是那副千年寒冰的面孔,我累了!"他累了,自从把烨阳娶回来后,他无时无刻不遭受着情感的挫折。娶多少房,烨阳都对他冷目以对。与表妹调情,她置身度处;老母亲责难,小妹嘲笑,烨阳一概屏蔽,仿佛在坚守着什么。

　　她的冷情冷心,他不想再承受,但溶洞之中烨阳的话语,每每挑衅着他全身每一处神经。

　　"我本有心仪之人,但,现在情非得已。你既拜我为师,便要终身听我差遣,紧守师徒之礼,不可越雷池……"

　　初识在溶洞时,烨阳曾说自己已经有了心上人,选上他是因为实在等不及了,所以逼他跪拜从师,以师之名与他双修逼毒。这话像把剑,一直竖在他的心中,让他觉得刺痛难忍。原来世间的情爱这般伤人,可怜他对此毫无了

解，更无从招架，只能笨拙地反抗。

"嗯……除了我的小猫，谁也不能，就是不能的……"悦然迷迷糊糊地嘟囔。

"小猫？"

"嗯，我要嫁给他……"小猫，肖东华的呢称，凌悦然刁钻任性的见证。

环抱住悦然的铁臂僵硬得像冰柱，硌得她生痛。

"原来真有这样一个人……"乔正岳此时堪比再次经历万年雷劫，那个人一定比自己好，而自己在她眼中不过是一只乘人之危、以卑劣行径盗取她心脏的贪心狐妖，一思及此，他便唯有以冷漠来武装自己，不让冷情冷心、高高在上的烨阳公主看到自己的脆弱。

最受不了她那清高不屑的眼神，每当午夜梦回，溶洞之中双双笨拙地拥吻竟然是他这万年来最美好的回忆。

猛地将悦然扑倒，他心中的满腔爱意便化作滔滔怒恨，无法自拔的幽怨与不甘、说不出口的苦涩如漫漫长夜，无休无止。

唇上之人霸道强悍，害得悦然无法喘息，想要推开他却困顿软绵，感觉身上的衣衫将要褪尽，悦然又羞又怒，"不要，你到底是谁，求你告诉我，小猫……呜呜……小猫快救我……"

我是你的夫君啊！

男人怒，没有丝毫温柔可言，怒火与欲火交融时，恶魔来袭。

男人俯身贴上，与悦然交颈相拥，身体的炙热几乎要将她燃尽……

口舌交缠中，悦然突然滚下泪来，男人亦在此刻停止了一切动作，似乎有一只指挥的手演示了休止符。他起身离去，悦然突然有些闪神，自己本身有点哮喘，一到亲热时，便有点力不从心，故而多次梦中梦到哮喘发作出现坠入深渊的幻觉。相恋三年，肖东华从未越雷池半步。

"小猫？你是不是我的小猫？你……"

夜静下去，仿佛只是一场噩梦，来也匆匆去也匆匆。

终于完全清醒过来，耳边灌入了无数的抱怨声。

"都说了，不能在外面久滞，总也不听，这下好了，又高烧又咳嗽，可怎生是好？"妩燕扶凌悦然起身，拿着小勺一口一口地喂她喝药。

悦然有些愣愣地看妩燕，只见她撅着小嘴，眼圈红了又红，估计是哭过

了好几回，此时见自己醒转，又喜又忧，含着泪笑了。

"哈哈，呃……咳咳咳……妩燕好可爱，好像哆啦A梦！"凌悦然忍不住伸手捏了捏她的小俏鼻。

"什么爱猫？妩燕才不是猫呢！"皱皱鼻子，妩燕嗔怪悦然。圆睁的灵动眼睛真的很像猫眼，悦然更忍不住捂着肚子笑开了。可惜身体爱作怪，无法支撑她这般没有淑女风度的大笑，咳得越发厉害了。

"还笑，都咳成什么样了！"妩燕哽咽了。放下手中的药碗扶悦然再起来些，小手力道正好地拍打着凌悦然的背，似乎有点医者之风范，这不由令悦然忆起前些日子被司若兰挑衅时妩燕所露的那不和谐的一手。弹指间可令丈外之人双腿跪跌，看样子，妩燕也不似表面看起来这么简单！

好容易歇了片刻，悦然缓过劲后便故意板起脸问，"妩燕，公主问你件事，你要老实回答，否则……"

"公主？"妩燕忽见悦然没了笑意，不由诧异，一双水汪汪的大眼在她脸上探索，似乎想从她的表情中看出什么蛛丝马迹。

妩燕那么慎重，差点让悦然破功，于是干咳了一声，撇开头，不再与她对视，却听"扑通"一声，妩燕突然跪倒在地，重重地朝悦然磕了三个头，再抬头时，额上已有了几处血丝，惊得悦然又悔又痛，措手不及，忙伸手拉妩燕起来，却是被她挣开。只见她泪珠点点，"妩燕知错，请公主责罚。三年前，妩燕随公主来此后便指天立誓——在将军府一日，便一日不动武，三年来……妩燕屡次犯戒，别院之中，几乎无人幸免。公主在妩燕心中贵如神灵，岂容这等市井之人任意糟践？"

原来，司若兰所说的——哪个院里的姐姐没受过你的折磨，还真不是无中生有，凌悦然无奈地笑了。望着妩燕，悦然柔声问道："妩燕，你可知此举更是陷我于水火，我又如何能在这将军府讨得上下欢心？"

"此处不留人，自有……"妩燕似是对乔将军一家颇有些怨气，平常碍于公主的面子，不好痛下毒手。这丫头还真不是等闲之辈。凌悦然的心思一时飘得有些遥远，不如拜她为师，学个飞檐走壁，或者与她携手畅游江湖，来个代表月亮消灭谁，好帅啊……

"嗯？什么此处不留人，自有……"凌悦然好整以暇地看着妩燕，本来只是随意一瞥，并不打算问个甲乙丙丁，结果这丫头又开始支吾躲闪，不由叫

凌悦然心生疑窦。难道真有什么"留人处"在等她？但凌悦然心里清楚，那地方绝不是皇宫。

"公主恕罪，妘燕只因看不惯乔将军自以为是罢了，一时口快，请公主责罚。"低垂着头，不敢看凌悦然。

避重就轻！悦然看妘燕的眼神渐沉——有问题，绝对有问题。且不说有什么"留人处"，单说妘燕为啥唤烨阳成亲三年的夫婿为乔将军，这不是太生疏了吗？还是说在她心里根本就没承认过乔正岳是烨阳公主的夫婿？

"妘燕，跟着我，你受苦了，不如……"老天作证，悦然只是想先来个下马威，吓唬一下她，岂料她又咚咚咚磕了几个响头，脸色苍白，眼中含满了泪水，吸了吸鼻子，哽咽道："妘燕不苦，公主，你别赶我走，奴婢知错了……"

这丫头想太多了，悦然何时要赶她走了，在这鸟不生蛋、四面楚歌、十面埋伏、十四面竖敌的地方，她哪能脑残地把自己身边这么个绝世的武林高手给轰走——嘿嘿，小样别怕啊，公主的卿卿小命全在你手上啊。

凌悦然突然发现自己特别有当灰太狼的潜质，拉起妘燕这个小红帽，她皮笑肉不笑地谄媚，"那你告诉公主，你这一身武功来自何人指点……"是不是有个帅到人神共愤的美男师傅？或得什么绝世美人的真传，住在什么神秘的水晶宫殿？

呃，请原谅悦然童鞋，《红猫蓝兔七侠传》看多了，幼稚了！

那个，言归正传，带我走吧，带我离开这里，认认师祖，认个山头。此时，凌悦然俨然把妘燕当成了自己的恩师。希望学武不会太难，最好给她吃个什么增强一甲子功力的灵丹……

正畅想着惩奸除恶，来个代表月亮消灭什么……双手扶剑，衣袂飞转，长耳飘飘……呃，完了，为什么蓝兔的造型这么深入悦然内心，还长耳飘飘……

咚咚咚，熟悉的磕头声再次响彻耳畔，凌悦然的耳朵真跟兔子似地动了动，喂，用不着这么配合她的想象吧？

"公主待妘燕恩同再造，公主想怎么惩罚妘燕都行，便是……便是废去一身公主所赐的武功，妘燕也毫无怨言！请公主动手！"

对上妘燕委屈的双眼，悦然有些怔愣，要听懂她的话很简单，但理解起来却费了悦然不少脑细胞。妘燕刚刚说什么？她的武功是烨阳教的？难道她

看出来自己是假冒的，在试探自己？如果妩燕的武功是烨阳公主所教，为啥烨阳的身体这么差劲，连妩燕都能轻巧戏弄的司若兰，自己却让不开她的巴掌？全身抱着暖壶还冷嗖嗖的，特别是心，难道凌烨阳练的是玉女"冰心"经？

见凌悦然久久没有动，妩燕似乎急了，眼圈又红了，"公主不相信妩燕的话，还是不相信妩燕待你的心？"

"起来洗把脸吧，傻瓜！公主不信你还能信谁？"凌悦然伸手去拉妩燕起来，本来还想问为啥烨阳的身体这么差，又怕她再磕什么头，磕破了相就不好了。因为用力过猛，悦然又咳嗽起来，妩燕忙替她顺了两口气，有些抱怨道："只叫奴婢起来便好，动这么大劲，稍后非得出一身汗，凉了心可就不好了。"

凉了心？哈哈，难道烨阳练的真的是玉女"冰心"经？

噢耶！烨阳公主还真是个武林高手，太梦幻了！

"咳咳咳……哈哈哈……太好了……咳咳咳……"悦然指了指桌上的药——哈哈，养好身体，闯荡江湖去！

"凉了！"妩燕摇头，却拗不过悦然，刚喂了一口药，悦然便呛到了嗓子，咳到心痛。悦然一把抓住妩燕的腕，一口血就呕在了锦被上。

妩燕惊叫一声，手一滑，大半碗药也全洒到被上，一片狼藉。

妩燕拍了拍悦然几处穴道，才让她缓下劲，两人对看一眼，正要深深懈一口气，却见锦被中似有什么东西在蠕动，像……像蛇啊！

"蛇啊……啊啊啊……"凌悦然惨叫一声，借着妩燕的力道，扑到她身上。一转身，悦然已被妩燕安全地放到桌子上，呜呜呜，好可怕呀，锦被里到处有蠕动的痕迹……呕，悦然又忍不住要吐了，好可怕呀……好可怕……

一想到曾经的烨阳公主天天都睡这床锦被……呕……死了死了……除了"好可怕"这三个字，悦然的脑袋已"罢工"，只能死死地瞅着妩燕，怕她一转身把自己一个人留下。

当啷！

悦然看到妩燕的腰间竟然佩有软剑，这又一次证明了她绝不是一个普通的奴婢，当然如果她的主子兼师傅是烨阳公主的话，不知可否解释得通？烨阳，难道你曾经是一个传奇？

刺刺刺，瞬间，妩燕的剑已刺出数十下，剑光闪烁，她的表情异常凝重。

"去死！"刺出最后一剑时，妩燕发出的怒喝吓了凌悦然一跳。举目，只见锦被上处处红梅盛开，挑开处，竟然有几条三四寸似虫似蛇的已死生物，血肉模糊，身体有点透明膨胀，似是吸饱了血的样子，啊……好可怕，好恶心……好可怕，好恶心……悦然不停拍打着自己的胸口。然而更可怕的事情发生了，凌悦然简直不敢相信自己的眼睛，她看到了另一个自己，确切地说是两个，两个啊……啊啊啊……

一个凌悦然，蜡像一般半坐在桌子上，张着嘴，一动不动；另一个凌悦然，伫立在床边，一脸的愕然，那种不可置信的伤情深深震撼了她，不用多想，悦然知道她就是烨阳，真正的烨阳。

有个声音不停地在脑中盘旋，挥之不去，"是他……他为什么要这么做？为什么要这么对我？"凌悦然的胃直抽，心似被什么猛轧了一下，痛到不能自已，为什么她能感知烨阳的痛？

片刻，烨阳秀美绝伦的脸上似乎有了一丝释然，"也好……这样，我们便两不相欠了，原来，原来你这般……这般不待见我……好吧，我走，我走……"

"烨阳，你不要走！你留下来吧，让我回去，让我回到我的世界里去好不好？"凌悦然突然发力，想要抓住烨阳越来越淡的身影，却发现自己根本就没有形状，似一缕烟，被风吹得飘来散去。啊啊啊，现在的凌悦然是谁，什么样子啊？

"他是我的魔咒，足以搅乱我的前世今生，三生三世……而我一直不承认这个人会是他……"烨阳回眸冲凌悦然微笑，决绝地微微一笑，惊艳似东方不败推开令狐冲那一刻，不可再得的，总是最叫人恋恋不忘……

不要走！凌悦然大叫，却没有声音……

"公主，公主你怎么了？"

什么人在掐她人中，好痛！凌悦然幽幽醒来，方才恍若一场黄粱梦，见到了真正的烨阳。

因为被那些蠕动的生物吓得魂飞体外，所以见到了烨阳，现在她走了，而凌悦然留下来了……天哪，她不要留在这里啊……

"公主，你没事吧？"妩燕也感觉到凌悦然比开始发现蠕动生物时抖得更厉害，不由把她搂得更紧，"妩燕没用，没有保护好公主！"又怒又恨，妩燕呜

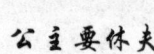

咽片刻,便又有壮士拔剑的冲动,"哼!奴婢一定要告诉……告诉乔将军,一定要把这个暗中使诈的人给抓出来,给公主报仇雪恨!公主,你先在此稍等……"好险,差点又说漏了嘴,妩燕及时收住。

"抱住我,我好害怕,好害怕!我不要留下来!"凌悦然已吓傻了,只死死地抱住妩燕的腰,"不要把我一个人留下,我要回去结婚,我不要跟人家抢老公,我有自己喜欢的人……"悦然现在好想好想小猫啊,如果没有这场意外,他们已经订婚,她已成了他的未婚妻。

"公主,你在说什么,我一句也听不懂?你有自己喜欢的人?那人……他是谁?"妩燕听了凌悦然的话,浑身一抖,紧张得有些颤音。

"嗯,以后我慢慢告诉你!"如果跟妩燕说自己在21世纪有个男朋友,她会相信吗?今夜悦然好累好累,让她好好想一想,今后该怎么活下去!

与妩燕一起挤在她的小床上,感觉好踏实,那个躺着众多不明生物尸体的公主床——凌悦然想,她这辈子都不会睡了。

"小猫,呜呜呜,人家好想你,好想你哦……"迷迷糊糊中总觉得这是一场梦,梦中凌悦然正依偎在男友肖东华的肩头,倾诉着这么多天来对他的苦思,但心中还是一边贪恋一边祈祷,如果是梦,请不要让自己醒来……

后来,悦然曾无数次忆起这情景,又无数次感伤。

那一刻她惊呆了,只知道死死地抓住手中那块骨头往口中送,然后狠狠地咬,拿出不咬出血绝不松嘴的精神……同一时间,悦然死死地瞪着眼前这位酷似自家小猫的古装美男,脑中一片空白,不知是惊是喜?月光下的他,虽然只是一身劲装玄衣,却更添神秘风姿,整个人似乎被镀了一层银晕,长发束起,五官俊美,深邃之容绝胜千年之后的他。

傻傻地看着眼前人,这是自己的小猫吗?为什么他连眉都不皱一下,只是奇异地看着自己?难道这真是在梦中,他都不知道痛的?

因为太紧张,凌悦然的牙齿似乎镶在了他的手上,为此,她不得不放下一只抓他的手,把自己的牙齿掰开点。借着月光,悦然看到了牙印以及涓涓渗出的血丝,嘴中也残留了一丝腥味,瞬间,凌悦然如遭遇雷劈,这是真的!

一个酷似小猫的古装美男?难道小猫因为思念自己穿越而来?

此念一出,悦然立即一个纵身,准备跳到他身上,却被不明物体绊了一跤,直直地往床下摔去,好在来人及时捞住了她。呜呜呜,小猫,你身上还是

一如既往的清爽,一股清草的芬芳,人家好喜欢啦!凌悦然把头埋进他的颈间,深深地吸了一口,喜极而泣。

讨厌,给人家这么大惊喜,不知道人家现在这副公主身体有多娇弱啊!

"小猫,哈哈,我的小猫,我就知道你会来寻我的。""叭唧!"边说边狠命地对着他帅帅的脸上亲了一口。哈哈,亲亲,我爱死你了!那个什么古代夫君虽然美得惨绝人寰,但终归与悦然名不正言不顺,是只能看不能吃的,自家的亲亲小猫才是可以吃的……哈哈哈,没想到哇没想到,小猫古装这么帅,真想打着滚狂笑三声:赚大了!谢谢,谢谢各路神仙把小猫送给我……

光说不练假把式,凌悦然八爪鱼似地紧缠在小猫身上,但是,这样很吃力啊,特别是这身体太弱了,于是悦然不乐意了,勒紧他的脖子抱怨,"都不知道抱人家啦,我快坚持不住掉下去了!"

话说,悦然没感觉到腰间一紧,倒是听到一声冷哼。还有一点必须说明,来人现在没空,正忙着擦被凌悦然蹂躏的左脸。

岂有此理,几日不见,你还反了天了。"叭唧!"悦然恶作剧似地往他右脸上也盖了个对称的章。

只听他怒喝一声,直接把悦然摔地上了,然后迫不及待地要把脸上的皮揭下来。

"啊——"凌悦然惨叫,被扔得泪水汪汪,突然三下两下爬起来,伸手在嘴边哈了口气,不会因为没休息好有口臭吧?小猫一向比较爱清洁。对着手闻闻,香香的呢。这位烨阳公主除了身体不好之外,哪儿都是一等一的!美人,标准身材,还有淡雅的荷莲体香。这么一安慰,凌悦然又来气了,正要撒气,突然又眉开眼笑了,嘿嘿,小猫是不是没认出我来?

"小猫,你别生气啦,我是……"

"果然是个招蜂引蝶、人尽可夫的主!"就在凌悦然扑向来人的一瞬,那人猛地掐住悦然的咽喉,差点一用劲,悦然就"飞利浦"了。

"小猫……你说什么?我……我只想跟你……"听他这么说,悦然猜他是认出了自己,估计是没搞清楚自己怎么穿过来没几天就移情别恋嫁人了,但是也别下手这么狠啊!悦然的脸色马上就紫涨起来,呼吸急促,话语艰难。

"什么小猫?不知道你是装傻还是真贱,你我前几日尚有一面之缘,却不是猫缘。莲花潭水深几尺,不及烨阳送我情?"他的声音极其不屑冷硬,却又

带着不明的调戏。

凌悦然的小脑袋立刻忙活开来,不对,小猫绝不可能这样对自己!什么叫莲花潭水深几尺?突然灵光一闪,凌悦然开了窍,难道眼前之人竟然是害烨阳三九寒天溺水,害自己穿越的元凶——蓝苑国的二殿下。是可忍孰不可忍,凌悦然伸出双手狠狠地揪住他的脸颊,干嘛长得跟自家小猫一样,还对她这么凶?还我小猫的脸来!

"放手,你这个贱女人,是不是只要是男人你都迫不及待地要……"

"呸!"凌悦然很想呸得他满头口水,可是她也只是虚张声势地发出了这个音,便软趴趴地没气了。

过了好久好久,突然觉得一直寒凉的身体变得暖暖的、热乎乎的,像电热毯,不错不错……凌悦然转身四平八稳地俯身躺下去,然后,感觉胸口有个东西托着,不太舒服,"谁铺的床?这么硌,还让不让人睡了……"再一翻身,叭唧!凌悦然摔在一个软乎乎的不明物体上,不太痛,只是被惊醒了。

猛睁开眼,哇呀呀,悦然发现自己砸在妩燕身上,可怜她怎么掉到床下了?呃,难道是被自己先前似乎绊到什么东西的一跃给踢下来的?这也是高手?

方才的电热毯又是何物?侧转身子,怒视后面那人,他仍保持着为悦然输导内功的双手平推姿式,戏谑的笑容冷酷又欠扁,好吧,悦然表面调戏了他,实则吃了暗亏,被他袭胸啊袭胸,他奶奶的!

淡定,淡定啊淡定!可是他奶奶的休要猖狂,等你姑奶奶我一身武功恢复之时就是你小子不定之时!

腹诽片刻,凌悦然双手负后,做了个公主的范儿,挑了挑柳眉,嗲声问,"不知今夜造访有何贵干?"再不走,本宫就要关门放狗了。悦然踢了踢妩燕,奇怪,怎么睡这么死?难不成被这小子下了药?这也叫高手?

让开凌悦然的眼神,玄衣男子阴阳怪气的语调很欠踹,"看看莲花潭的水深不深,看看因春情泛滥而落入寒潭的女人是冻死了还是被唾沫淹死了?"那种轻蔑与不耻的眼神让凌悦然浑身直冒怒火,差点卷袖子。原来是想看看我死了没有——这么直白,你小子,有种!

"敢问什么国的什么二殿下,如果我没有记错的话,你应该是个'二'!"凌悦然漫不经心地拍拍身上的灰尘,振作疲惫的精神——咱暂时是打不过

你,但咱一张小嘴也不是白长的。别说她忘恩负义,忘了人家不久前还输了点破内功给她救命。实在是这人看着让凌悦然心里狂堵,一句话能噎死一个英雄汉!

"看什么看?"悦然话刚说完,对面那人就怔愣住了,嘿嘿,只准你口蜜腹剑,就不许我伶牙俐齿吗?悦然翻他一个白眼,"没见过美人啊?或者你曾经见过,但没见过这么美的?"悦然整了个东施效颦的范儿,不知道为什么,也许正因为他与小猫长得一模一样,让凌悦然如此笃定,他绝不会对自己不利,所以才那么肆无忌惮地调戏他吧?

那位二殿下闻言,嘴角勾起一抹诡异的冷笑,"或者,本王可以再送你一程,看看你的命是不是真那么大?"他随意一伸手,凌悦然的人就飞向他,而她的脖子更是乖巧地被他捏在了手上。

此时,悦然更看清了他脖子上系的一枚镶着金边的如意扣,这个,这个不是自家小猫随身携带之物吗?由此,凌悦然越发断定他与小猫有着某种渊源,说不定他就是她的小猫因为思念穿越而来,只是水土不服或是撞到什么东西暂时失忆了?哈哈,胆子更大了。

"亲亲,杀我你舍得吗?"要杀你早杀了,还站我床头看那么久?还舍得输功给咱?当我泡沫剧白看的啊?悦然依势靠入他怀中,也没管他的手还掐着自己的脖子。

果然,他的手猛地颤抖了一下,差点捏断凌悦然粉嫩的细脖子——唉,下次找个没有危险的情况再调戏吧。

他褐色的瞳仁是如此聚光,仿佛夜间的猫,灼灼闪亮,照射得人无所遁形,足以用"惊心动魄"来形容。

他那眼神,似是听到了某种可怕的魔咒,猛地一甩手,转身便要离去。

"亲亲小猫,别走,要走也要带上悦然走嘛!"嘿,这个人这么像小猫,说不定是他的前世?凌悦然可不想一辈子待在这个可怕的将军府。想想,小猫差点跟自己成了夫妻,悦然相信这个人除了不留口德外,绝对不会伤害自己。迅速地追上去,这次悦然可是认真的,无奈这个古人没有分辨能力。

"叫我慕容铄!"他突然停住脚步,差点撞伤了凌悦然的鼻子,害她嗷嗷叫了两声。

"不,我就要叫你小猫!小猫,带我走好不好?我想跟你在一起……这样

我会觉得比较有安全感。"凌悦然装流浪卷毛狗的范儿,拉住他的手,将头抵在他肩窝晃荡。

"你……无可救药的妖女,这个季节真适合你!"慕容铄撇开膀子,转身冷冷地嘲讽。

这个季节,不是春季吗?春暖花开……花开了,花痴也盛行了……

好小子,你行!

凌悦然调皮地朝他眨眨眼,"这话对你也适合呢,猫这个时候都没空去捉老鼠哦!"

他的脸色意料之中地黑了下来,好隐忍的表情。凌悦然愉快地欣赏起来,"哈哈……如果你真是我的小猫该多好啊!"凌悦然捧着脸,想到小猫以前也跟他一样的臭屁,整天搞得酷酷的,不爱小女生黏着,后来遇到她还不是一样没辙!

想起自己鼓足勇气向小猫表白时的情景,悦然不由幸福地红了脸,低喃道:"其实爱上我很容易的!"

慕容铄完全一副不可置信的愕然表情,却是与被凌悦然第一次表白而惊愕滑倒的小猫的表情一模一样。当时她就是这样说的,所不同的是,那时,凌悦然借酒壮胆,强吻了小猫,然后,他只好从一而终了。

后来,悦然被班上的女生群起攻之,但是,如果上天再给凌悦然一次机会,她还是会——强吻他……

就在悦然看慕容铄的眼神越来越温柔的时候,他的表情却越来越警惕。本来悦然只是想跟他说,其实他的眼睛好像猫啊,惊恐的时候好圆溜好可爱。

呃!

他点自己的穴道干吗?凌悦然的耳朵,呃,不是,是凌悦然的脑袋立即耷拉下来……

躲在妩燕身后,凌悦然探出个小头,看着公主床上满床狼藉、血肉模糊的惨状,凌悦然忍不住颤抖,迅速逃离现场。一直跑到门外的雪地上,她才长长呼出一口气。

"公主……"妩燕从后面追来,手里拿件披风为她系上。

"我要和离……"

"公主？你说什么？"妩燕的眼睛骤然一亮，似那阳光下的钻石，笑靥似花，又怕听错般问凌悦然。

"我要和离！傻瓜，我要和离，我要和离！我要带你离开这里，离开这个可怕的地方！"凌悦然张开双手仰天大叫，好似这般才能消去昨日心头的阴霾。

"公主，呵，我的好公主，你终于想通了，终于想通了！"妩燕不再遮掩，露出了灿烂的笑容，弯下腰，伸手自然地揉起了雪球朝远处砸去。说实话，她在三年前就在等待着这一天，只因公主中了情蛊之毒，一离开乔府便会被蓝苑皇发现并追踪劫杀。但现在蓝苑二殿下慕容铄已然发现了她们主仆，乔府这个保护伞也失了作用，还留在此处受罪？那不是秀逗了！何况，她急需要去搬救兵，否则什么时候会挂掉都不知道！

悦然摇了摇头，唉，近朱者未必赤，近墨者就一定黑呀！何况凌悦然这还是上好的乌龙墨呀！

既然决定离开，便不再留恋。烨阳决绝的笑在凌悦然的心里那是一根深埋的刺，乔正岳伤害了她，令她枉断了红尘，她都走了，悦然又如何能心安理得地住在这里，享受乔正岳所赐的衣食？这不是嗟来之食吗？为了烨阳的尊严，悦然得走，不但走，还要堂堂正正地走，风风光光、抬头做人地走。于是，悦然把和离三步曲说与妩燕听，听得妩燕直夸凌悦然腹黑啊腹黑。

"公主，你好像换了个人，以前美则美，却郁郁郁寡欢，现在的你好美好美，打雪仗那天就好有生气，特别是今天，说那三步曲时，手势比画的样子真的好可爱。"

咳咳咳，您这是夸我还是骂我呀？不知道是不是心理作用，那些不明生物被杀死后，凌悦然感觉身体好多了。

和离第一步，妩燕找来了替凌悦然洗被褥的一等浆衣女——希莲。

当公主床边传来凄厉的惨叫时，凌悦然与妩燕还在外面打雪仗。其实，她们什么也没干，只是让希莲把公主床上的被褥拆下来清洗一下，妩燕说以往也是这般程序，没有什么特别的。

"夫人，夫人恕罪，奴婢罪该万死！"希莲连滚带爬地冲将出来，朝着凌悦然就磕了几个响头，凄惨地哭泣。

"抬起头，看着我！现在你有个将功赎罪的机会，就看你懂不懂得把握！你或许认为乔正岳他不在乎我，只要慢慢把我拖死，谁也不知道。但是，你别

忘了,我好歹是个公主,瘦死的骆驼比马大,何况,我还没死。乔正岳会不会治你的罪我不知道,但是,我亲爱的皇兄他会不会治你个欺君枉上满门抄斩之罪,我却很清楚!"凌悦然拿出公主的气场,俗话说没吃过猪肉还没见过猪跑,宫廷肥皂剧也不是白看的。

"什么事夫人尽管吩咐!奴婢一定万死不辞!只求夫人能饶希莲一命,希莲全家都指望着希莲……求夫人……"望着希莲涕泪涟涟,凌悦然有了妇人之仁,但是一想到他们竟然联合起来暗害烨阳公主便又恨怒起来。

"本宫问你,床上那些东西是什么?"凌悦然垂眸冷声问。

"是……"希莲迟疑了。

"再耍花招,小心自己替人背了黑锅,一家老小还要枉送性命!"妩燕冷哼一声,拔剑在雪地上画圈圈。咳咳咳,话说凌悦然的嗓子好痒,妩燕看起来也不是很纯洁的说。难道她是《喜羊羊与灰太狼》上面的那只会画圈圈诅咒人的扁蛋?

妩燕话音刚落,希莲浑身便抖得好似筛糠,猛地抬头,悲伤绝望地嘶叫:"我说,我说,我什么都说!只求夫人饶命啊!奴婢也是被逼无奈才……"见凌悦然脸色阴沉,她又负罪地低下头,苍白尖瘦的脸上滚下不知是愧疚还是害怕的泪水,"兰姑娘恼火夫人,便吩咐奴婢在夫人换洗的被褥里藏下那种东西。奴婢起先也是抵死不从的,可是兰姑娘派人将奴婢的幼弟掳押,奴婢只好……"

"果然是司若兰这个蛇蝎女人!"妩燕怒喝一声,长剑刷地指向希莲的咽喉。原来她的性子是这般火爆,而非起先在人前所伪装的那般小家碧玉,估计是受她曾在烨阳面前所发誓言所累。

原来,司若兰这般迫不及待要至烨阳于死地呀!悦然冷哼一声:"那东西到底是什么?"

"具体……奴婢也不知道,"希莲带着哭腔,往悦然身边爬了点,让开架在咽喉上的剑,"只听兰姑娘说,这个东西只会吸血,不会要人性命,换洗时,撒些盐粉就会缩成蚯蚓大小,捏起来放到盒子里,待下次缝进被褥便神不知鬼不觉。"

难怪凌悦然时常头晕眼花,却是失血过多所致,稍有病症,便怎么也好不了,身体每况愈下,不死也无法下地了……想想悦然的腿脚就发软。

"神不知、鬼不觉吗？可是现在本宫知道了，你可知罪！"

"奴婢罪该万死，夫人饶命啊！奴婢也是被逼的，奴婢怎敢对夫人下毒手，是兰姑娘说不会有性命之忧，只是失些血而已……奴婢幼弟本有些痴傻，如今更不知被兰姑娘怎么了，奴婢……奴婢死不足惜，求夫人开恩，救救奴婢家幼弟……"希莲伏地痛哭。

看样子也问不出个所以然，凌悦然朝妖燕使了个眼色。

"我家公主岂会与你们一般见识，你去告诉那个蛇蝎女人，我家公主昨日服药后突然腹痛难忍，呕出数口污血，更有一条寸许的情蛊。如今，我家公主只觉得浑身轻松，想起横刀夺爱下嫁乔将军一事，便觉有愧于兰贱……呃，有愧于兰姑娘。三年光阴恍惚过日，皆是中了情蛊所至！如今蛊清毒醒，我家公主要离开将军府。"妖燕凝望着希莲，将凌悦然昨日教她的话全倒了一遍，可惜不够声情并茂。

"这……"这谎话，连希莲都不信啊不信。希莲表情呆愣，似乎在消化方才所听到的，迟疑思量了许久，摇了摇头道："夫人别为难奴婢，兰姑娘绝不会相信奴婢所言。"

妖燕拍案："她为什么不信？！想我家公主金枝玉叶，怎会想到下嫁乔将军，还与十几名女子共事一夫，不是中了蛊是什么？"

咳咳咳，凌悦然这是真咳了——妖燕，你说话也给本宫留几分薄面啊。

抚了抚胸口，悦然朝希莲优雅一笑："她信不信就全看你的了。"

虽然听妖燕说皇兄的禁足令其实是为了保护自己，但同时这也是把双刃剑啊！悦然腹诽，真是一入将门深似海，从此出门要被宰啊！

现在本宫决定不跟你们玩了，非但要闪，还要闪得精采。

三年来倍受欺凌，且红颜殒命，凌悦然深为烨阳不值，故而，她要为烨阳绝地反击、讨回公道。

在世人眼中，烨阳公主那简直就是拆散一对美满鸳鸯的罪魁，在皇宫不受宠反而到乔府虚张声势，乔府上下就得忍辱负重。乔正岳与司若兰那就是牛郎织女，但实际上呢，事实远非传言。烨阳公主下嫁前，乃是为国差点捐躯的皇门女将，下嫁后，竟受尽乔府上下迫害，香消玉殒。凌悦然现在的想法很简单，她只是想让乔府失去受害者的高姿态光环，别得了便宜还卖乖！

"可兰姑娘……好像是苗疆人，不然，也不会弄到那些物什来害夫人

了。"希莲十分为难。

"你是个聪明人,本宫要你做的只有这一点,让街头巷尾多些有关本宫的趣闻,让将军府里的姐妹们多些八卦,这件事比起在本宫床上放置那些毒物孰难孰易?"凌悦然冷哼一声,带着重重的尾音。希莲的头不由自主地颤抖了一下。说真的,悦然绝对是个狠不下心的主,"妇人之仁"便是指她这种人了。

上前一步,安慰地拍拍希莲的肩,未料她却轰然倒地,不敢抬头,俯在地上。悦然摇了摇头,什么叫自作孽不可活,这就是了。

清了清嗓子,悦然云淡风轻地说:"什么事情八卦的人多了,不是真的也是真的。我若因这些毒物而死,司若兰会放过你这个知情人吗?但是我走了,司若兰自然会放了你幼弟。该怎么做,不用我再多说了吧?"

希莲确是个聪明人,转瞬明白了其中要害,磕了头便匆匆朝司若兰的别院去了。

"公主,司若兰会相信吗?"妩燕蹙了蹙眉,不太确定的样子。

凌悦然扬眉,俏皮地朝她眨眼而笑,"即使明知是假,她也一定会相信。因为她必须相信,也必须让别人相信,让乔大将军相信,这样我才能顺利地离开将军府。这不是她一直梦寐以求的吗?"

"可是……这样的话,乔大将军不是很丢脸?"妩燕仍怀疑,"司若兰真的会帮我们吗?如果是我喜欢的人,我才不舍得让他丢面子呢。"

"那是因为你还没有真正爱上一个人。如果你真正地爱上了一个人,你就会嫉妒,就会有占有欲,只希望天地间万物,到他眼中的却独有你一人。所以,司若兰她定会做个顺水人情,丢了乔府的面子,却挤走了眼中钉,坐稳她乔夫人的位子,何乐而不为?这就叫各取所需。而我,也可以堂堂正正地离开乔家,挽回皇家的颜面……"最重要的一点,为烨阳出一口恶气!

至于回不回皇宫?哈哈哈!到时天地间任我凌悦然遨游!那位酷似小猫的帅哥,他到底与小猫有何渊源?可惜啊,那天吓到他了。不过跑得了和尚跑不了庙,他家不是住在蓝苑国吗?嘿嘿,不要鄙视啦,人家只是好奇啦!如果真是小猫穿越过来失了忆什么的,那该是多么美好的穿越侠侣泡沫剧啊……

和离的三步曲走了两步,吓希莲、传谎言,还有一步,正是悦然现在所做

的事情——写休书。

谁说这古代只有男休女，没有女休男，本宫偏不信这个邪，于是提笔写起了休书。为怕字迹被人认出悦然非烨阳公主，修了根枝条醮着墨歪歪斜斜地写字。

"兹有乔某性倍旺(悖妄)，妻妾成云妹神伤。烨阳难等回头望，不如早写休夫状。好聚好散没负担，正好轻松把家还。"凌悦然正欣赏自己在这古代的第一篇大作，便被不知从哪儿蹿出来的小丫头一把抢去，看过后惨叫一声，把个小脸憋得通红，再递与身后一位素未谋面的大家闺秀，接着便是预想中的"表扬"——不至于吧，写得这么难看？

悦然有些不确定了，拿过来再看一眼，"没错啊，不是兹有乔某，性……性倍旺？"呃呃呃，她写错别字了！哈哈，音同字不同，通假也通得太远了点——虽然悦然真是这么想的，不然十几房谁受得了啊？但是……啊啊啊……凌悦然的脸红了，有气无力地蹲在妩燕面前。

"这是什么鬼东西？黄书！"某大家闺秀捂脸跺脚，转瞬成小家碧玉。

好吧，你们都很纯洁，唯悦然邪恶了！

"黄书？不不，童鞋，那是休书啊！"凌悦然努了努嘴。有这么纯洁的小黄书吗？

第二章
和离三部曲

"休书？休谁？"大家闺秀又抢过凌悦然那张令人害羞的鬼画符,杏目圆睁。

妩燕适时地提醒,告之此大家闺秀乃是烨阳小姑乔玉林是也！悦然闻之,浑身抖了两抖,再看向大家闺秀时,眼中肃然,那啥,可否容我将作文修改一二？话说我还参加过儿歌大赛呢,拿过鼓励奖的。

竟然还问休谁？难道在这个小姑心里烨阳根本就没当过她嫂子？

"休你哥哥,我的夫君大人。"悦然腹诽——明知故问,我不如你！不过演戏,我还可以模仿秀一下,"唉,没想到中个什么劳什子的情蛊,害我荒废了三年光阴,也害惨了若兰妹妹跟各位姐姐,还有婆婆跟小姑你。"有机会回21世纪,一定去考中戏,噢耶！

你们一个两个不就是来侦查我是否真心想离开乔府吗？哼,伟大的先知——本宫早就让妩燕大开方便之门,让你们进来演戏了。

"呃？"乔玉林显然被悦然的声情并茂吓到,撇了撇嘴,拂开差点被悦然捞到的擦涕泪的袖子,眸色深沉——跟他哥一个德行,美则美矣,不可亵玩。

悦然自认为做戏有一把刷子,但配角太弱,搭不了戏,没法演呀！

"公主怎知那是情蛊？不知体形相貌如何？"竟然叫公主,而不是嫂子？哼哼,是怨烨阳配不上她哥吗？乔大小姐睨目过来,与他哥那挑眸冷笑的神情完全一样——这一下就把凌悦然大腕的气场吹散。

"小姑以前没见过吗？听说你老母……咳咳咳,咱婆婆和你那表姐不都是苗疆本土人氏,她们没整只给你玩玩？"话说,悦然也没见过情蛊是啥玩艺,只好笑着把问话再踢回去。

"情蛊在苗疆不过是个传说,小妹无缘得见。"玩笑开大了,小姑很生气,后果很严重!

"没见过啊?没见过好啊!这个……本宫当时咳出的东西是这样的……"她们是苗疆人又如何,还不是没见过世面,还不是随咱说了算!

"呃,此蛊寸许,红头绿身,能迷惑心智,令食蛊者从此只专情一人……呃……"说着说着,凌悦然就反胃了,怎么把这蛊说得跟夏日里整天围着"米田共"转的某生物一样?

妩燕白了悦然一眼,这可是你自找的,没事把那蛊说得这么像有啥意思?

悦然负罪,不是没经大脑思考吗?言多必失,言多必失!

"原来如此……"初听时乔玉林低垂的睫毛微微颤动,似乎有些紧张急切,待到察觉悦然胡言乱语后,便神色黯然,失望僵硬地笑笑准备离去。

"说谎是要付出代价的!"司若兰弱柳扶风地款摆进来,而她身后除了跟着她的丫环外,还跟着完好无损的希莲,这样悦然的心也就大定了,至少这个计划没有伤及无辜。

"表姐!"

"表妹!"

一对姐妹花寒暄行礼后,乔玉林见情蛊一事并未问出线索,不禁有些怅然,没什么兴致观战,便闪人了。

司若兰朝悦然冷笑,"你这贱人终于露出狐狸尾巴了,不甘寂寞,想要报复我们了。"转头示意丫环拉起希莲的袖子,露出包得跟木乃伊似的手掌,"瞧,三根手指好端端的说没就没了,这就是说谎的代价!"

"你……你怎么敢动用私刑,你……你这是无视天朝律法!"凌悦然惊愕,又怒又恨,气得浑身发抖,又深觉愧对希莲。

妩燕此时亦是粉面怒红,朝自家主子望了又望,右手按在腰间,随时都有壮士拔剑的冲动。悦然拍拍妩燕的小手,示意她稍安毋躁,已经忍了三年的美好形象不要为这个女人毁于一旦。

"什么是私刑?什么又是天朝律法?在我的院子里,我就是律法!"司若兰笑得好青翠欲滴、泉水潺潺。

这话怎么听怎么像——我的地盘我做主!

悦然恨恨地说了句，"你给老娘我小心点！从现在起你可以不说话，但你所说的每一句话将会成为呈堂证供！"

"证你个头！希莲，你告诉本姑娘，你这手是怎么伤的？"司若兰突然朝希莲妩媚一笑，吓得希莲木乃伊似的手不由自主地狂抖了一下，哀号道："是奴婢自己不小心……洗衣服伤到的！"

呃，好吧，有关洗衣服怎么把三根手指洗没了，不属于此次辩论话题。悦然心里腾升起一股无名怒火，"司若兰你不要太得意忘形！"

"把别人当傻子的人，自己才是最傻的！"司若兰笑得趾高气昂，很是欠扁。"你的鬼话骗三岁孩童还差不多，不过，你真要走，本姑娘不介意帮你打开大门！"

"你难道不怕我回宫搬救兵？所谓纵虎归山后患无穷？"老娘回宫后，便下旨抄了将军府，男的充军，女的为妓……呃，好邪恶滴说！

"这里有虎吗？哼，今日只来道别！我再奉劝你一句，走了就别再回来！"司若兰轻轻一笑，扬眉时，对凌悦然方才的抓狂威胁显得尤为不屑，这是何故？难道她真不怕悦然给她们小鞋穿？纵然有免死金牌，但死罪可免活罪难逃啊，岂有此理！

就在悦然重点思考该问题时，司若兰扶着自个儿的贴身丫头一扭一扭地走了，手上迎风飘起的白手绢怎么看怎么像……啊喂……还给我……错别字啊……

"公主，看来她识破了我们的计划，不会帮我们传八卦了。"妩燕目送着司若兰的背影，眸中闪过一丝杀气。

"早知道会被她识破。一方面，她希望我离开乔府，另一方面，她却不想被我们牵着鼻子走，故而，她会偷偷地传八卦。但她恶惩希莲再来挑衅就是想让我知道，不是我的计谋高，而是她自己想借这个东风，在乔正岳那儿，又可以显示出她是多么地维护她表哥高大的形象。"凌悦然喘着粗气，狠狠地踢了一脚雪——枉费了本宫故意让她传八卦，借机挑起他们表兄妹不和的初衷，妖精！

乾元宫。

皇宫红墙黄瓦，皆为雪色所染，连绵的松柏，远远望去，仿似层峦叠嶂。

"公主闹着要和离，可是你欺负得太紧？"树下，男子调笑的声音很是消魂。

"咳咳咳……皇上，下次您开口前，可否先干咳一声？"乔正岳朝华服男子拱手一拜，可见他此时心情是极度不爽的，那表情就是——别理我，烦着呢！

"收到。三年了，你为烨阳付出了不少，也该是朕这个当哥哥的出马的时候了。天雷阵既然已失了作用，烨阳回皇宫对她来说也许更好，还是我皇妹聪明，懂得取舍！只可恨那摧心情蛊依然找不到根治之法，害妹婿你经常'半途而废'，很辛苦吧？"

乔正岳咬紧牙根，额上青筋暴闪，如果不是知道对面这个人是如假包换的九五之尊，也铭记当年是自己请旨求的婚，否则早就一拳打得他满地找牙了。他深吸一口气道："微臣突然想起来，家中还有些琐事，告退了。"

"不过，爱卿家中那十几位如花美眷都快赶得上朕的后宫了，这样朕也就放心了，不然把那本《葵花宝典》放你那儿，还真让朕寝食难安！嗷——"

忍无可忍，无需再忍，乔正岳下手了，反身一拳，打断了松柏的一个枝桠。而皇上正心痛他的"迎臣松"被毁，这可是他一代明君的象征呢，开门倾听诸臣之谏言，不行，你得赔我，否则……

接收到皇上传递来的暧昧眼神，以及不安分的"龙爪"，乔正岳冷冷地掸了掸衣衫，"舍妹与烨阳年纪相仿，自从在乔府假山后被皇上调戏，便决定烈女不嫁二夫，不知皇上可否念在微臣照顾烨阳三年光阴，没有功劳也有苦劳的份上，纳她为妃？"

噌噌噌，皇上跑得比兔子还快。

不知道是凌悦然低估了希莲的八卦能力，还是低估了司若兰的八卦能力，本来准备休养一个礼拜再收拾行李的凌悦然，只闭目养神了两天，大街小巷便传遍了有关烨阳公主的传说。

"听说烨阳公主三年前中了情蛊，被迷失了心智才下嫁给乔将军的。"

"是啊，三日前突然吐血吐出了情蛊，才算清醒过来，刚醒就吵着要与将军和离，回皇宫继续当公主呢……"

"嘘，小声点呀！"

"就你胆小，这事早传得世人皆知，听说都传到皇上那儿了，说不定皇上就要来接公主了……也就不让在府内说罢了。"

……

凌悦然抱着暖炉靠在窗口,听着窗外嚼舌的丫环们窃窃私语,唇角咧了咧。一不小心,这一传十,十传百,变成了全国皆知的秘密啦!烨阳的皇兄得知自个儿妹妹遭了这么大的罪,还不赶着紧地来接呀,到时禁足令一撤,銮轿驾到,乔府还有谁敢拦她走人?

"烨阳——烨阳啊……"就在凌悦然傻笑未完之际,一位佘老太君似的人物由丫头们扶着站在了她面前。这是——何许人也?悦然忙起身,双眼直往屋内扫视,妖燕跑哪去了?她踌躇地向老太君施了一礼,实在不怎么标准。

老太君坐到桌子的另一侧,也没计较,只是慈爱的眼神盯得凌悦然心里直发毛。她干啥那么腻?我跟她很熟吗?她叫烨阳公主为烨阳,一定是府里的长辈,在这院子里敢直呼烨阳名讳的怕也只有乔正岳的老妈了——当然,有那不怕死的,另当别论。

"烨阳啊,这些日子你受苦了。唉,要怪你就怪我这个老婆子吧!俗话说得好,不孝有三,无后为大。你贵为公主,身子娇弱,眼见你三年无所出……"果然,她是乔正岳的老妈,徐娘半老,风韵犹在啊!可是她说的话却不如她的人这么体面,说什么"三年无所出",听妖燕说这三年乔正岳根本就没碰过烨阳一根指头,让烨阳一个人怎么出?现在他老娘还敢来叫板,听着让人想卷袖子揍她。

穿越过来这么多天都不见一声问候,现在听到八卦,迫不及待地跑来一探究竟了。只见老太婆利落地拆开信封,弹开信纸,上面赫然可见斗大的"休书"二字,以及后面的蝇头小楷。要说这乔正岳的字,俊秀中透着傲骨,犹如龙翔九天、霸气暗隐,一如其人,凌悦然心中暗叹。可惜不知穿到哪朝哪代,否则弄个知名人士的真迹带回21世纪那就发达了。休书内容无外乎三年独大却无所出……

叠起休书往怀里一揣,凌悦然真替烨阳打抱不平,于是回了一句,"烨阳也有一句俗话要禀告婆婆,所谓种瓜得瓜种豆得豆,不种,不得,无种(此处第三声)亦不得!"跟我说"俗话",我也不是吃素的。你儿子压根没在我这儿种,我要自己得了瓜豆,不被你装猪笼沉江才怪!

奇怪的是,其他十几院怎么也没动静?莫不是真如她所言,中看不中用?

"你!"老太君怒了,拍桌子的手掌猛地扬起又放下。她是司若兰的姑姑,疼爱侄女,厌恶烨阳这个插足的第三者本是无可厚非,但是胆敢这般欺负公

主的，你们乔家那真叫一个"斗胆"！

在凌悦然玩味的目光注视下，老太太缓缓放下手掌，长叹了口气，"唉，你我也算婆媳一场！三年前，你不过十五岁，却是文武双全的奇女子，便是我，也要敬佩你几分。怎料征战蓝苑时落下寒症，自请下嫁岳儿，图借岳儿所练的九阳真火每月渡功保命。但那时岳儿与兰儿已有婚约，你虽可怜，但我苗疆男女一旦相许便是一生一世，活生生被你如此拆散怎叫人不恨怒于你？为怕你成亲后做出对我乔府不利、对岳儿兰儿不利的事情，我只有出了下下之策，对你下了禁制——终身不得对乔府图谋加害，否则筋脉寸断、无知无觉……"

所谓寒症，乃是因为烨阳的七窍玲珑心被乔正岳活生生拿走，从此"缺心眼"的人伤不起了，隔三差五各种虚弱，真正成了"冰心人"，而乔正岳更是负罪难安，唯有倾尽功力，每月为她修补纸符之心，方能续命。

听完老太太一席话，凌悦然差点打烂手中暖壶。难怪这乔府上下有恃无恐，司若兰别前那不屑的一眼也有了出处，原来还有"禁制"这种东西，关键是还下在了烨阳身上。老太婆为啥在此时全盘托出？赤裸裸地威胁？

本来倒没心思去加害乔府什么，但好奇害死猫，现在倒真想一试——哼，这群人真是太狠毒啦！呃，等等，老太婆还说什么了？凌烨阳是个文武双全的奇女子？但现在悦然没空自恋，主要是——烨阳每月都得乔正岳渡什么功才能保命？那么自己现在离开乔正岳不是自寻死路？呜呜呜，为什么这个老太婆不早点说？

老太婆什么时候率众走的，妩燕什么时候回来为她披大衣的，悦然全然不知。可恨啦，这帮人，她现在该怎么办？

"公主，你怎么啦，脸色这么难看，可是心又痛了？"

"心痛了，头更痛了……怎么办？妩燕，原来那个老太婆在我身上下了禁制，可恶！这还不是最主要的，最主要的是我必须……"

"禁制？"妩燕的脸色一变，却不是茫然的神色，似乎也颇为了解禁制是什么，一惊之下，又了解地点了点头，"难怪她们敢这般对公主。"

"妩燕，你告诉我，是不是每个月我都必须得到乔正岳输的什么破功才能续命？"凌悦然抓住妩燕，有些抱怨她亦是个知情者，为何却一直不提醒自己这件性命攸关的事，难道她不知道这件事比和离更重要吗？

妩燕声音小了少许,试探地说:"其实,天底下也并非只有他一人会九阳真功,我义兄……"

"可是,这样耗费自身能量的事,别人未必肯……"毕竟与乔正岳还有个夫妻名头,还有皇家威严,乔正岳也只好自损功力为烨阳续命。难怪这全院子里的人都不待见烨阳公主——把她们老公的身体搞垮了,会影响到她们的生活质量的……

"义兄他一定会,他一直在等……"妩燕突然有些激动地反握住凌悦然的手。

"等什么……"被妩燕握到发痛,悦然愕然问道。她义兄什么人?与烨阳莫非是旧时相识?

"等……"在凌悦然犀利质疑的目光下,妩燕有些躲闪,"哦,公主初得寒症时,奴婢就去求过他……"

"真的?"凌悦然提高音调。妩燕或许有自己的小秘密,但对她却是真心。俩人曾约定只以"你我"相称,不得自称奴婢,妩燕却在慌乱时刻露出破绽,一时心怯,又自称奴婢了。

"奴婢怎敢拿公主性命儿戏,千真万确!"见她又有跪拜之举,凌悦然也不再强问,既然性命无忧,便也不再计较了。只是好奇妩燕的义兄是何许人也,便随口道:"妩燕的义兄是什么人?"

"公主……"妩燕抬眼,心里明白凌悦然对她已有所保留,她淡淡一笑,"公主,此事说来话长,若是相信奴婢待你的心,奴婢得空慢慢说与你听。"

凌悦然"嗯"了声,正要往榻上去睡个回笼觉,却听门外窸窸窣窣的脚步声由远及近,一个高大健硕的身影便跨过门槛登堂入室而来。妩燕福了一福,便被他支开了。

屋内光线被遮得越发暗了,凌悦然眯了眯眼,这冷冽的气息,不看也知道是谁。凌悦然欠身一福,"夫君……呃,乔将军!"按了按胸口的休书,悦然改口唤他——从此乔郎是路人!

见凌悦然面带笑容,他神情莫辨,这令悦然有些负气,莫非咱必须是一副苦瓜状等你垂爱的表情?赌气地仰头回瞪他,却见那一双眼直直地看着自己,没有温度、没有留恋,竟叫凌悦然不忍。被他的情绪所感染,悦然淡下笑容,眸中甚至升起了一层雾水,一种莫名的伤感纠缠住了她,一下一下地撕

扯着她的心……悦然清楚地知道，这感觉来自烨阳的心，从心底涌出，不受她的思想控制，似乎与乔正岳有着某种神交，若是硬要撤开，便有一种血淋淋的伤痛。这感觉是什么？既然不爱，何来伤害？

良久，凌悦然撇过头去，那是烨阳的心，不是悦然的，既然一切已成定局，这种情状不过是一种矫情。悦然定了定神，"你的休书我收到了，没有罗列其它罪状，谢谢啊！"

本来公主因误食情蛊才下嫁，现在要打道回宫，已让乔府丢够了脸，再让公主先下休书，岂非永世不得翻身，可想而知老太君肯定是着急地让儿子速写休书扳回一成。

"我也是！"乔正岳闻言，径自走到桌前倒了一杯茶。唇角微扬，令他硬朗的五官柔和了几分，狭长的凤眼似有若无地朝凌悦然一盼，风情便如电闪，呼啸而过。他的声音清冷干净，带着让人着迷的磁性音质。这么个"美人"，这么个本来属于凌悦然的"美人"，就要一拍两散了。呜呜呜，好惨啊！小猫啊小猫，看看人家为了你做出了多大的牺牲！

"你也是？你也是什么？"凌悦然不太明白他什么意思——我谢你给我休书，你谢我……呃……咳咳咳……不会是司若兰这个八婆把自己的"大作"敬贡给了……

凌悦然的脸噌噌噌地红到了脖子根，拼命地盯着地上，看能不能盯个窟窿让自己钻进去。

"那个，我……我……"凌悦然的嗓子好干啊，怎么解释那个"小黄书"的事啊？她低着头，挑了挑眼角，翻眼偷瞧他，却被他好整以暇地抓了个正着。悦然直想跺脚，讨厌啦！猛地抬起头与他勇敢对视，愤愤道："如果我，我……"好不容易鼓起的勇气又泄了，垂头嗫嚅着说道，"人家写错字了……这样说你可信？"

头顶上没有任何声音，凌悦然紧张得只听到自己的喘气声。干吗这么深沉啦！悦然生气，猛地扑过去，闭上眼朝他胸口一顿捶打，大叫道："信还是不信，你给个话呀！平生最恨人家给我装！就像你这样的，我见一次打一次！"

打了半天还是没反应，凌悦然已气喘如牛了，歪歪唧唧地靠他肩上休息会儿——唉，话说太有损她高雅的公主形象了。微微抬起小头，眯一条缝偷看他。嗯？他的眼美得炫目，一眸两瞳，重叠的光圈，闪烁着迷人的微光，像是

能把人的心魂全部吸进去。这难道就是有帝王将相之命传说的——重瞳？

"这般有力气，我也放心了。"他侧过脸，见悦然傻傻地盯着他的重瞳，不由轻叹地摇头——或者，这真是她第一次发现到自己的重瞳。三年来，她根本没有正眼看过自己，这一认识，痛彻心扉。

捉住凌悦然的手，紧紧握在手心，这是他作为过了期的夫君唯一能做的事情。

他的手好温暖，好像暖壶，根本不像他这个人给凌悦然的感觉。悦然贪恋地把另一只手也伸过去让他握住，好大的暖壶啊……又将不再属于她了……

此时凌悦然的脑中竟然有一幅渡功图呈现，他握住凌悦然的手便如此刻，难怪她会这么熟悉、这么自然地把手伸向他。

与他双手交握，竟然也能美如画卷。不知道司若兰若是得见会如何咆哮？想到此，悦然便使了个坏心眼，也算给司若兰一点颜色，"本来我就是有力气的好不好，都是你的好表妹害我，不知道放了什么物什在我床被中……"

"一直觉得你不一样了……以前，你从来不说这些……"乔正岳不自觉地用拇指摩挲着凌悦然的手背，"你一直都知道，无论她做错了什么，我都不会怪她！"

未料他会说出这样的话，真的大大出乎了凌悦然的意料。悦然愣住了——乔正岳，你真的让我刮目相看，枉你还是什么将军，竟然不分青红皂白。凌悦然抽开手，冷哼道："好，算我枉做了小人！这三年来，是我对不起你们，现在你们终于如愿以偿了！"

为什么这句"如愿以偿"说出来后，心会这么痛、这么空？便也瞬间明白了，烨阳她为什么会那么说……

"原来你这般……这般不待见我……好吧，我走，我走……"

如果司若兰对烨阳所做的一切乔正岳都是知道的，那么……

太冷血了……

凌悦然摇着头，不可置信地看向乔正岳——他的心是冷的，冷得可怕。

"是不是只要她高兴，做什么伤天害理的事你都可以原谅她，都可以不闻不问？"

乔正岳看着凌悦然,此时水亮静然的眸子中有丝丝抱憾,然而他仍点了点头。

凌悦然忍不住失声而笑,怆然地笑:"包括对我吗?"悦然无法想象,无法想象烨阳为他受了那么多苦,他却视而不见,甚至眼睁睁地看着她为心中执念不愿离开他,被蛊虫吸尽了鲜血,苍白如纸……

他没有回答,但是凌悦然已知道了答案。下一刻悦然把茶壶砸得粉碎,"你走!你滚!我再也不想见到你,再也不想!你冷血,你不是人!"那一晚凌悦然哭得很伤心,就像看了一部很悲情的韩剧,凌悦然对自己说:好了,终于离开了,带着烨阳的心勇敢地告别乔正岳,今后不再为任何人活着,烨阳或凌悦然,都要勇敢地骄傲地活着!

圣旨驾到,皇兄终于在三年之后取消了烨阳公主的禁足令,并宣布于明日接公主回宫。凌悦然终于要离开了乔府这个"牢笼",开始重新做人了。

夜,收拾好少得可怜的行礼,妧燕心情极好,"公主,我们终于可以离开了。以前公主受尽欺负也不愿离开,现在你终于想通了,妧燕真替公主高兴。乔将军只做了一件对公主好的事情,那就是没有……呃……"妧燕似是迫不及待地要离开,又似是早有别的目的地等着她们投奔,话匣就这么打开,好在刹得及时。凌悦然知道她接下去的话是什么,责备地笑看她,斥她大胆。

"公主真的好像变了个人!"妧燕看着凌悦然,有些不确定地愣在那里。

"是变好了还是变坏了?"凌悦然哦了一声,故意漫不经心地问道,心里紧张得要死。

"公主一直是好公主,现在更好,公主的一切妧燕都喜欢,只是舍不得公主受伤害。"

"嗯,好妧燕,明天我们就离开这里。"凌悦然有些慵懒,扶着榻起身道,"我想去院子里看看,毕竟住了三年了。从烨阳十五岁住进来,已经虚度了三年人生最美好的韶华时光。我要为她去看一看,这一走,许是永别,也许她会永远怨恨我吧?"凌悦然带着她的心一起离开了乔正岳。

"公主,你在说什么?烨阳不就是你自己吗,你自己怎么会恨自己?"

"有时候,自己恨起自己来,比恨任何人都凶!哈哈,妧燕,你不会懂的!"

妧燕没有深究凌悦然的话,而是利落地为她披了件压风裘氅。

凌悦然想与烨阳说些话,无论她听到与否,明不明白自己,权当做是自

己向她的告别,明日,她凌悦然将以自己的方式活在这个世界。

甫一开门,屋外一片白茫茫,银月将雪地照出一片金光,雪地又反射出华彩映衬得满月无双,只是一口冷风也差点灌得凌悦然背过气去。刚踏出一步,便觉得寒冷彻骨,妩燕有些抱怨,"公主,要是冻坏了可怎么好?这梨园又有什么好,早点离开才是正经。若不是公主你……痴心一片,妩燕才不舍得公主在此受苦。"

凌悦然笑,"丫头,你就装吧,是不是想骂你家公主傻得冒泡,还连累了你在此受苦?"

"公主你……啊——"

再要动步,却听妩燕一声惊呼,吓得凌悦然猛抬头,却见一人顶风冒雪,似已站了经久。雪花儿不知疲倦地辛勤劳动着,想要把这个阻挡它们咆哮发威的人给卷进它们的势力范围,让他沦为它们的俘虏。若不是他的眉眼眨动,凌悦然差点以为是自己堆砌的雪人长大了。

"乔将军?"妩燕不可置信地叫了声。

"为什么?"他见到凌悦然时,显得有几分莫名的悲怆,身体也踉跄了下。雪花簌簌抖落,又不断地,有新的雪花填补上。说实话,那一刻凌悦然很感动,也很震惊,本以为砸碎茶壶的那一刻,她与他便是诀别了,根本没想到他今夜会来。凌悦然想他应该是有话要说,便支开了妩燕,命她给自己拿暖壶来。

"为什么?"乔正岳艰难地走近凌悦然。

"这不是你们一直希望的吗?"悦然闻到一股酒味,奇怪的是,迎面的酒气并不难闻,反而让人心生荡漾。没想到他会酗酒,似乎还是为了悦然的离去。

"可……为什么以前不?"他的眸子有几分朦胧,美得不太真实。

"因为现在的我再不是以前的我了!我累了……"一直不反抗,一直理所当然地等候,并不代表必须要这样无休止地承受。

烨阳她累了,想要休息,而我凌悦然,代替不了她,也爱不了你。

"累了,哈哈,累了,我也很累……很累……"乔正岳蹙了蹙眉,疲惫的模样令人心疼。

"所以不如放手。"凌悦然说。

悦然忘不了他那天对自己所说的话,如果他乔正岳爱的是司若兰,那么还有什么可说的?如果他可以容忍司若兰对烨阳所做的一切,包括毒杀,那么又何必有此时的矫情责问?

"可是你说过……"他冷冽的眸子因醉酒而染上一层人间烟火,那是一种真实的渴望,却让人以为镜花水月。若悔悟,一切太迟了。

"也许烨阳说过很多傻话,但是你却从未在意过,对不对?现在纵然离去,也不会对你产生任何影响,或者你会过得更滋润,对不对?我知道你心里是怎么想的,你不允许你的人生有任何一个转折是由我主宰的,是那个你不屑一顾的凌烨阳所主宰,即便是和离,也应由你先提出,而不是被逼得无可奈何。可是,你也主宰了烨阳三年的少女时光,我也要找回一点自尊,不是吗?将军,咱们扯平了,从今往后,谁也不欠谁!"

"谁也不欠谁的?谁……"猛地,他吐出一口鲜血,在这银装素裹的大地上,画下点点红梅,美如梦幻。"好,便如你所言,谁也不欠谁的了。明日我便不送了,自有皇家卫队来迎你回朝。"

他似是无法支撑,身子震颤了一下,低头像是问自己,"为什么可以这样放手?"

"其实很简单,因为爱,所以放不了手;因为不爱,所以放手。"

"因为不爱?"他扬眉,想理解凌悦然的话,却又不太明白的样子,怎么看都不像是个情场高手的表现。

"有句话叫君若无情我便休……喂,你可别再给我吐血了,我知道你受不了突然不被人看好,像你们这种自以为是的公子哥,个个都臭美得不可一世,那个一向捧你在手心里的人突然离你而去的失重感,确实会有些受不了,可能会导致吐血。但你别吐太多,若你吐多了,搞不好我一留恋,真留下来了,你不是白吐了吗?其实吧,我还是很想当你的粉丝的,但是你们这个世界不兴'粉丝'这玩意儿。"

"粉丝?"

"就是会追着你屁股后面满天涯地跑,然后说什么什么我爱你……"

"你还会吗?"是星星太亮,还是月亮太耀眼,或是雪花被映衬得太过夺目,为什么那亮晶晶的雪花在他眼角处有了碎钻的光芒,慢慢融在了他颊边。他低头看了看,无意识地问了句,忍不住牵唇而笑,笑中似乎闪着晶莹。

"开什么玩笑,当然不会!噢啦,快回吧,看你冻得浑身直冒热气。"凌悦然朝他没心没肺地挥手。

突然,乔正岳朝悦然缓缓跪下,犹如玉山倾倒,震颤了悦然的心,更吓了她一大跳。

他恭恭敬敬地叩了三个头,再抬头时,目光清澈如孩童,有几分酷似依恋的情绪与雪花一起纠缠入凌悦然的眉尖。他的唇角微动,神情灵动,安然地,孩子气地笑了。

其实他们站得很近,凌悦然却无法看清他所吐出的是哪两个字,是"珍重"?是"别了"?还是什么……

当时是,凌悦然一直以为那是"公主"二字,直到很久很久的某一天,他再次俯跪在她面前,苍白倔强的脸上泪水如碧泉般滚落时,悦然才明白,那到底是怎样的两个字!

悦然与妩燕乘坐着皇宫接公主的銮轿,尚在途中便携手偷溜了。开玩笑,此时若被那素不相识的皇兄给逮进宫,从此后还有凌悦然逍遥的日子吗?所谓一入宫门深似海啊,不定又给指婚到哪家,此时不跑,更待何时?

妩燕还算手巧,没怎么折腾,两位翩翩少年便新鲜出炉了,想必三年前的烨阳也是经常这般装扮吧。请恕凌悦然穿过来便久居深闺难逛街,今天还不逛个够本啊!

一路繁华,酷似清明上河图上所记载的种种,真如置身活动的图中。一时间兴奋到不知所以,但乐极生悲却是古人最实在的经验总结。

"妩燕,快看啊,好漂亮啊!快帮我挑挑,挑挑啦,这个好看还是那个好看?可惜我还没有耳洞。喂,妩燕,你知道吗,人家说如果一个女子肯为……"就在凌悦然双手拿着个下十枚首饰,耳坠、手链、脚环……双眼还不停地在摊铺上搜罗时,一声嘶哑刺耳的怪叫犹如惊雷划破长空。吓得悦然手一抖,挑好的东西稀里哗啦地掉了一地,好在摊主也正惊恐地望天,并没有太过责备。

正在悦然一个劲地一面说"对不起"一面举手遮阳朝天上望去时,胳膊肘儿突然被妩燕一手拉起,身子也不由自主地随妩燕狂奔。但不过三分钟,悦然便无法跟上妩燕的脚步,只有出气没有入气地趴在地上不能动了。

"妩……妩燕,我……我再也跑不动了。"话说凌悦然还没有看到天上到

底是个什么东西,妩燕干啥这么紧张,像是遇到什么仇敌似的奔跑? 难道以前这烨阳是个好战分子,给她留下一路的仇家? 啊啊啊,好惨啊,还是皇兄英明,下了禁足令,名为禁足实为保护啊!

凌悦然又神游啦,刚一抬头却见半空中一个黑影毫无预警地俯冲过来,哇呀呀,悦然只觉得眼前乌云一片,像是有个重磅炸弹向她砸来,"啊……救命啊……"凌悦然吓傻了,双脚更是生了根般动也不能动,好在还有手,她紧紧地抱住头大叫。

只听耳边呼呼风声,像是暴风卷击,当嘟一声,又似利剑出鞘。凌悦然斗胆扒拉出一只眼观察敌情,却见地上几根羽翅,一摊血迹,一只巨型秃鹰振翅当空,阵阵嘶吼,震颤雪地。是妩燕救了她,但妩燕此时却十分疲惫地站在血迹旁,警戒地执剑守护,想必方才电光火石间妩燕为了救自己已拼尽全力。

那秃鹰虽受伤却更加凶悍,便从云霄直冲而下,翅膀所到之处犹如铁剑削斩,便是云朵也被分成整齐的两段,及至地面,残叶落下一地,羽翼生风间,树枝应声而断。难道是神雕侠侣上那只神化了的雕变异加入魔道了?

只见犀利的鹰目直勾勾地瞪着妩燕,似乎要把她给噬了。铁翅横扫向妩燕执剑的手,卷起阵阵刺骨冷风。而妩燕执剑相抵,苦苦支撑,一张俏脸在这冰天雪地仍然香汗淋漓。怎么办?

悦然不能让妩燕一人受敌,她想求援,一扭头才发现原本繁华的街道因惊现怪物而一片萧然,一个人影子也瞅不见。果然是在家千日好,出门一日难啊,可为啥这只鹰要至她于死地? 呜呜呜,到底有没有人来英雄救美啊?!

趴在地上好生着急,看着妩燕与那只鹰艰难周旋,心如刀割,怎么办?

就在秃鹰的巨爪一伸之际,妩燕的剑便如断了线的风筝,当嘟嘟被弹出丈许。妩燕大惊之下,脱口呼喝,"召唤骄阳,星月同辉! 疾疾!"

这法令极似某种招魂令,凌悦然只觉得身体突然有了某种潜能,自然而然地弹身而起,一跃冲天,犹如踏浪,精准地以足尖点上妩燕偏飞的剑,身姿曼妙,儒衫飘飘。

这番变故,早吓得悦然手足无措,双手想要抓住什么,却只有呼呼风声掠过。低头往下一看,心里惨叫一声,"哇呀呀,我有恐高症啊,快救我下去!"

"公主,快与我双剑合并!"妩燕乍见烨阳公主仍然可以一飞冲天,不由

热泪盈眶。三年了，公主的身体早已不能支撑任何法术，方才自己一时心急脱口，已是懊悔不已，未料烨阳竟然还可以飞身御剑。忙盘坐在地，双手兰指捏诀，希望公主还可以恢复当年之勇。

妩燕的兰花指射出橙色光芒，犹如一道激光直射向秃鹰。

哇，比孙大圣的金箍棒还厉害！悦然一见此景，不由热血沸腾，好像自己穿越到了仙剑奇侠传里，身体里一股真气乱蹿，像是要冲破什么，脑中有了一点模糊的印象，仿佛被传教一般——七星阵术共分十二层……一时福至心灵，她双手并成试剑指，"嗖"的一声，一道紫光在橙光即将散尽时尾随而上，紫橙相间，烟花四散状，煞是缤纷。秃鹰被击中，嘶吼着扑闪着翅膀，盘旋在上空，呈想逃又想挟持人质状。

"妩燕，救我……"不过片刻，悦然便被剑转昏了头，她只想下来，身体内的能量在那奋力一击中全部释放般，现在身体摇摇摆摆，像小丑走钢丝。

"公主，别怕，千万别怕！这套七星术本是东华圣君仙长为你量身定制，三星三月一骄阳，你是法阵的精魂所在，一定要守住法门，否则……"妩燕仰头疾呼。

这话悦然听得是一头雾水，但有人却听懂了，不，是某只鹰却听懂了似的，只见铁翅翻飞，带动着一股强劲的气流，瞬间冲撞得悦然摇摇欲坠，无法支撑。

秃鹰凶狠地嘶吼一声，利喙朝悦然猛啄来，只听悦然一声惊呼，翻下剑身，何止360度侧滚翻……当然没有某些解说员所说的稳稳落地，而是倒插葱似的直插下来。好在妩燕眼疾手快，奋力飞身，冒着被压扁的危险，接住了凌悦然，法阵不攻自破。

说时迟那时快，两人因冲力同时撞倒在地，那秃鹰似乎有了人的意识般，紧跟着便俯冲下来，想要一石二鸟。妩燕担忧公主大病初愈，一时间难以与自己做到双剑合并，情急之下一掌推开公主，自己则任由秃鹰抓至空中。

鲜血瞬间迷蒙了凌悦然的眼，那是妩燕双肩被利爪刺穿的血。悦然再也不能眼睁睁看着妩燕被自己连累咔嚓掉，再也不能！泪如雨下，凌悦然猛地纵起身来吼叫，"放了她，如果你只是想杀我，就放了她！我跟你走，快放了她，我跟你走……"说罢，双手前举，呈任由宰割状。那孽畜似乎听懂了凌悦然的话，竟然在空中盘旋片刻，像是想把妩燕扔远点再来抓她。

凌悦然心中暗惊它那鸟脑袋的IQ似乎不在自己之下。

就在悦然等着被抓、等着妩燕平安下来时，意想不到的事情发生了。

一块不知名的檀木令牌从天而降，正砸在凌悦然的额头上，立即，凌悦然的额头不但破了相，还鲜血直流。惨叫一声，谁这么不讲文明，不知道高楼扔垃圾很危险啊？

握住令牌，悦然想看个究竟，也好找到肇事者，却听见半空传来妩燕的疾呼，"拿着它……找我义兄……救我！"

凌悦然想看清楚这到底是块什么令牌，但额头上的血模糊了她的双眼。突然，天空中又传来秃鹰更猛烈凄厉的嘶吼，只觉得阵阵热血洒下，悦然只知道那只孽畜肯定又受伤了，而且伤得不轻。那只鹰不再盘旋上空，而是狠狠地抓住妩燕往远处疾速掠去。

"妩燕……不要啊……"凌悦然终于回味过来，是妩燕，一定是妩燕怕秃鹰再来害她，又一次拼命伤了秃鹰，于是秃鹰恼怒，抓她泄恨去了。它会把妩燕怎么样？追着天空中那个黑影跑了许久，直到再也跑不动了，凌悦然跌坐在地上，泪眼模糊。

妩燕……是我害了你……呜呜呜，怎么办？你教教我，该怎么去救你啊？

紧紧握住令牌，这是凌悦然最后一根救命稻草了，可是，她要到哪里去找妩燕的义兄，她义兄叫什么住哪里自己都不知道啊！所谓远水救不了近火，一时福至心灵，凌悦然将令牌往怀中一揣，扶着额头，一瘸一拐，歪歪扭扭地往乔府赶去。

"开门啊，救命啊……开门啊……"凭着"路痴"那一点点记忆，凌悦然终于找到了乔府，犹如瞎子找到了一颗通往光明的灵丹，她全身的劲顿时泄去，趴倒在门槛上。

许久，门吱地开了，出来个小厮，嫌恶地看了凌悦然一眼，"走走走走走，要饭要到将军府，胆子也够大的。"说罢，朝悦然身上扔了几个铜钱就想关门。

"要……要饭的……我哪里像要饭的？"凌悦然岂容他关门，半个身子爬进去，昂着头摆出公主的高傲派头对那小厮说道，"去，把你家将军叫来回话！"

"你个要饭的，也不看看自己什么德行？以为自己是公主啊，还想叫我家

将军出来见你。再不出去就打死你。"小厮举起门前的木棍就要往凌悦然身上砸,估计以前是对付狗的。

凌悦然大怒,真是狗眼看人低,"我说过了,我不是要饭的,我是你家将军的原配夫人——烨阳公主!"

"烨阳公主?哈哈哈,你是烨阳公主?你要是烨阳公主那我就是皇上了!要饭就好好要饭,骗什么人?烨阳公主今早就被皇上接回宫中了,至于我家将军的原配从来就是兰姑娘,快走!"小厮懒得理会凌悦然,朝里面招呼了一下,立即出来一群小厮。凌悦然还来不及喊一嗓子就被彻底轰出了大门,然后那门便"砰"的一声关上。

这便是人情冷暖啊,凌悦然怎么也想不到,刚出府门不过半日,府内小厮便翻脸比翻书还快,什么叫"他家将军的原配从来就是兰姑娘",那烨阳呢?搞了半天凌烨阳这三年的将军夫人都白当了?还有烨阳公主那个皇兄,搞什么啊?到底接了什么人进宫了,难道他连自己的妹妹都不认得了?呜呜呜,凌悦然好想哭啊!妖燕,我该怎么救你,进不了乔府,求不了那个连亲妹都会认错的皇上……这都是些什么人啊?

凌悦然抹着泪,倚在将军府的门柱旁傻乎乎地等,希望可以碰到乔正岳,希望他能念在毕竟三年的名义夫妻上,救妖燕一救。

忽地"吱呀"一声,凌悦然猛地起身回望,却见朱红的大门仍紧闭。她失望至极,转过头时,却见对面那家的侧门开了半边,原来声音是从这边发出的呀。凌悦然无精打采地望着那侧门,这一看,她的小心肝便突突突地活络起来,泪珠还在腮边,笑颜便绽放开来,"乔正岳……乔正岳!乔正岳!"原来凌悦然一时情急竟然跑错了府门,到人家府上踢了半天的馆。人家没把她当场以私闯民宅、冒认皇亲国戚罪送官法办已经很给面子了,凌悦然傻笑着跳起来。

只见乔正岳一身宝蓝衣衫更衬得丰神俊朗,他漫不经心地朝凌悦然瞥了一眼,而悦然这厢则是拼命朝他挥手,急切欢欣地喊他。忽地,宝蓝衣衫的乔正岳摇身一变,竟变成了司若兰,变成了那颐指气使、心若蛇蝎的司若兰?

"不,怎么回事?我不可能看错……"凌悦然拼命揉着眼睛,怎么也想不明白。司若兰很高傲地朝凌悦然款步而来,害得悦然忍不住有后退的冲动,如果不是后面的柱子抵住她的话。

司若兰忽地笑了，笑容美丽，叫人移不开眼。

凌悦然不想看她，不想被她蛊惑，正要撇开头，却见司若兰的头再次变形，一颗毛茸茸的碧眼金狐头破空而出，朝着她就张开血盆大口……

"啊……"凌悦然紧紧捂住头，一颗心砰砰乱跳——幻觉，一定是太累了产生的幻觉。

"我的相思入骨术如何？贱人，你仍然想着表哥啊？"司若兰走到凌悦然面前，抬手勾起她的下颌，笑靥迷人。

"我只是……只是想求他救救妩燕……"凌悦然被迫看着眼前的司若兰，一股凉意顿生，直接质疑面前站着的是人是妖。

"休想骗我！此术一施，任何人都无所遁形，心中所想便是眼中所见！但是我奉劝你，走了，就别给我再回来，我最不喜欢别人抢我的东西，特别是男人，否则……"她的眼瞪向凌悦然，笑得妖异。回身一让，方才悦然幻觉中的碧眼金狐竟然再次现身，一纵而起，跳到她的怀中，吓了她一大跳。

啊啊啊，变态啊，没事养只狐做宠物？那只狐双瞳金光闪烁，定定地瞪着凌悦然。司若兰没有说完，可是浓浓的恐惧感让悦然深切地明白了那未说完的话，如果自己不听话，司若兰那个贱人会让这只狐吃了她啊！啊啊啊，好可怕……凌悦然猛地捂住心，往后缩了缩，"你……你一定放心，我对他真没兴趣……"

"哼，我更不喜欢别人骗我，记住你今天说的话！"一阵风过，司若兰便似从未出现过那般消失无踪。

望向对面的乔府，悦然一时间不知道何去何从，全身虚脱般爬起来往街上走去，好在还有令牌不是？只要把令牌拿出来问问，应该会有些眉目。

"请问你知不知道这是块什么令牌？"凌悦然拉住一个小摊贩问道。

没有了秃鹰怪物的街道很快恢复了热闹非凡的场面，而空中惊现的秃鹰不过增添了一些茶余饭后的话题。在人们热烈的讨论猜测中，凌悦然艰难地插了句问话，但被问者每每是见牌色变，更别说回答了，收拾起摊铺就走人，不到片刻，街道第二次被凌悦然整"残"了，又萧瑟下来。

悦然无助地瘫软在地，到底这令牌是谁的？怎能让人见牌色变？对着寥寥几个尚未及询问的商铺，她实在是没有信心再问下去了，她累极了，饿极了。

"为什么我这么杯具呀？穿越得好狗血，英雄救美的剧情一样也没落在

我身上呀？呜呜呜，有没有人来英雄救美啊，我快饿死了呀！到底有没有人……"

"咚！"有人扔来半个馒头，估计是受不了凌悦然在那儿自恋地要求英雄救美。呃，老兄，你不能递到我手上吗？地上很脏的！凌悦然有些抱怨地看向扔馒头者，然后很自觉地就默然了。看样子，他应该是个丐帮人士，还是鄙视净衣派的污衣派弟子。全身上下补丁套着补丁，凌悦然一时深觉抱歉，人家是饥不果腹的老乞丐，竟能如此慷慨解囊，自己怎能嫌弃？于是凌悦然伸出手去，却总也不能拣回。这馒头……几天了？馊了没？别说地上这么脏，在没到这乞丐的手上之前这馒头都有些啥经历呀？还能吃吗？可是，她饿呀，为了有力气救妩燕，自己必须得吃……人神大战久未平息，凌悦然的手徘徊在馒头上空，神情较为痛苦。

见悦然迟迟未动，那年老的乞丐来气了，粗喝一声，"我不是英雄你更不是美人，不吃饿死算了。"

唉，一粒米压倒英雄汉啊，凌悦然迟疑着慢吞吞地捏住馒头，心里有个声音说：吃吧，不吃会饿死的，吃了大不了拉拉肚子……

好吧，悦然战胜了一切心理障碍，正准备彻底拣起馒头，勇往直前、视死如归地吃，突然听到身后一阵狂奔的脚步声，然后一只脚便踏在了她捏馒头的手上，瞬间踩扁了凌悦然的手以及手下的馒头，再接着就是一群人如潮水般从凌悦然左侧右侧身上踩过……

悦然能想象得出他们身后是如何尘土飞扬的壮丽、寸草不生的凄美……就像是灰太狼经常被包包大人率领一帮类似狮王之类的庞然大物奔踩过一样。凌悦然整个被踩扁了，扁得像纸一样，被风一吹就飘飘然起来。

"快点啊，再晚就赶不上春香姑娘的开苞宴了！"

"啊，我踢到什么东西崴了脚了！真倒霉！"

呜呜呜，老兄，你踢到的不是东西，是活生生的一个人啊！我才是真倒霉好不好！

悦然痛得吸了吸鼻子，若不是知道此刻必须得爬起来，否则会被踩死，她早泪流成河了。她奋力地伸手揪住别人的裤脚、衣摆往上攀爬——她要站起来，一定要站起来。

这时，一只刚劲有力的大手拉住了凌悦然，手指手心都有硬茧，却因摩

擦力增强，硬是牢牢地握住了彼此。没有人拉自己时，悦然尚能保持清醒、奋力求生，此刻却忍不住泪眼模糊，心里竟生出了以身相许的感激之情。蓦然回头，凌悦然朝手的主人看去——呃，老乞丐？！

又吸了吸鼻子，好吧，咱不是美女，也不求有什么英雄来救，老乞丐，你真是大好人呀！

悦然得救了，只是他们俩都身不由己地被庞大的"好色军团"给冲得涌向了芬芳轩——春香姑娘的开苞宴席上。

俗话说得好呀，红花还要绿叶配，一个好汉三个帮。这众好色者口中所称春香姑娘的开苞宴也不是一上来就直奔主题的，那多俗呀！这得分三个阶段：序曲（主办方发表讲话，介绍轩内各当家花旦的名号、由来，再挂起灯谜，文人墨客猜字吟诗，所谓赏花赏月赏春香），第二项为技压群芳（当家花旦等一一亮相，各显真功，琴棋书画，各领风骚），第三项方是春香姑娘花落谁家。

凌悦然的手死死地把住门框，她不想进去呀，可是"咚"的一声，她就被带倒在一人脚下，摔得鼻青脸肿。那是一双女人的小脚，穿着绣花鞋，十分精致。

"你这小乞丐倒有点意思，今天不知道多少人为春香姑娘而来，你却不愿进门。莺儿，把他带到我房里。"

她的声音极悦耳，凌悦然尚不及看清她的样貌，就被人横架着拖进了房间。扭头拼命找寻老乞丐的身影，却因好色者众，老乞丐被冲散了。凌悦然心里空了，没了招架之力，然后房门"咔"地锁上。此时那橙衣女子坐在一架古琴旁边，她容颜亮丽、美艳动人，唯一不足是已过韶华之年。

"你过来！"橙衣女媚眼如丝，朝凌悦然招手，吓得她浑身乍了毛，后退一步，躲在柱子后面。

"你过来呀，小乞丐！"橙衣女起身朝悦然走来，随手脱去外衣，只着亵裤肚兜，春风拂面般款步扭走。呃，悦然更怕了，死死地抱住柱子大叫，"不要过来，再过来我就……"应该是我就与柱子同归于尽！悦然做出为保贞洁宁为玉碎状。

"你……"橙衣女闻言，顿住步伐，神色即刻阴沉下来，恨恨地冷笑，"好，很好！哈哈哈，想我菀茹也曾名满京城，多少王孙公子慕名而来，今日竟难入一个乞丐的眼，哈哈……为他守身如玉，到头来……"也许今日春香的风头

太劲，叫她这个往日花魁名旦一时难免落迫失态竟疯狂地拽下首饰器物往凌悦然身上砸，有几样东西坚硬无比，砸得凌悦然疼痛难忍。几件首饰咚咚落地时竟然闪花了悦然的眼，其中一枚戒指犹为眼熟，静静着地时，散发出七彩霞光，几角光芒犹如繁星闪烁……那——那不是钻戒吗?!

　　这时代怎么可能会有钻戒这种东西？天哪，莫非与自己一样同为穿越品？这一认知令悦然的心狂跳起来，她屏住呼吸，颤抖着从地上把那枚钻戒拣起来，只见那戒指背面赫然刻着"H LOVE R"，一时间凌悦然的情绪失控了，那是"华爱然"的简写，"肖东华爱凌悦然"……这是自己与男友东华的订婚钻戒……

　　紧攥着钻戒，凌悦然濒临崩溃地依柱而倒，一遍又一遍地亲吻着钻戒，"小猫，我的小猫，你现在在哪里？"

　　"你恶不恶心？快把东西还我！"那菀茹忽见凌悦然涕泪满面，一时被恶心到了，粉面一寒，怒喝道。

　　"不，这原本就是我的！"悦然双手往后一背，生怕钻戒被她抢走，斗鸡一样瞪向她。

　　"笑话，这分明是我刚刚砸你的。快还我，免受皮肉之苦！"凌悦然恶霸行径使菀茹勃然——本来姑奶奶今天心情就不爽，偏来个乞丐不重美色重珠宝。她转身朝纱幔缥缈的粉床走去，纤手一伸，床上的摇铃便叮咚作响。门被打开，几个壮汉以及菀茹身边的使唤婢女鱼贯而入，团团将凌悦然围困。

　　"给我拿下他手中的东西，再狠狠地打！"菀茹喘了口气后，便不再看凌悦然，理了理云鬓，任由婢女再次穿戴整齐，从抽屉里又拿了簪花别在发根，这才犹如贵族公主般看着悦然被追得满屋子跑。而她头上的发饰甫一拿出便刺痛了悦然的眼，那是她的，也是……悦然心里狂喊，那是她准备订婚时所用的镶钻皇冠。

　　难道说，自己穿越前包包里所有的东西都穿错了地方，认错了主人，跑到菀茹这里来了？莫非包包是跟自己一起穿越而来？这一认知让悦然惊喜不已，说不定包包里有什么东西直接导致了她的穿越之旅，如果找到这个东东是不是就有机会再穿越回去？于是一个决定电光火石间闪进了凌悦然的脑海中。

　　"菀茹姑娘饶命！"悦然举手投降，慢慢退到菀茹身边朝她一揖，恭敬地

递上钻戒,"此戒太美,在下一时动了心思,望姑娘不要计较!"

"哼,敬酒不吃吃罚酒!"菀茹并不伸手接。婢女见状,拿布包了戒指,擦了又擦。

"不知今晚可有姑娘助兴的节目?"悦然试探性地问。

"……"菀茹神情一顿,幽幽地看向窗外,"有又如何,不过是给别人作嫁衣,当年风景早已不再。可恨宋十三,哼,不过是个抚琴乐师,当初若非我收留,他岂会有今日风光。他竟敢另投他主、见异思迁!枉我……唉……"过了期的舞妓跟过了期的大房是一样一样的。

"那姑娘可是擅长歌舞?"既须他人抚琴伴奏,想必不是以乐器著称,果然,有人插嘴了,却是凌悦然不曾想到的。

"我家姑娘曾是宫里有名的舞姬,最擅惊鸿舞……"

"梨儿,休得胡言!"菀茹闻言,立即斥责,吓得梨儿寒噤。

这位主,竟然是宫里下放来的,想必定是得罪了什么人被贬出宫门。如此,悦然便心里有数了,"在下自小学习乐律,最擅琵琶,既然姑娘以惊鸿舞名冠京城,在下今晚愿助姑娘一臂之力!"

"你?你一个小乞丐,还是不要丢我的丑!来人,给我轰出去!"菀茹无精打采地瞄了凌悦然一眼,摇了摇头。

"姑娘,何不拿来琵琶试上一试,宋乐师尚未答应替我们奏乐,万一……"梨儿附在菀茹耳边轻声建议。菀茹一听,柳眉立竖,片刻,也只能无奈地点点头。

为了包包,凌悦然豁出去了,好在琵琶是她自小便练习的乐器,相对其它器具,自己从未间断过弹奏,不管高兴时、忧伤时、满怀希望时、颓废寂寥时。摆好姿势,悦然调了几个音准,"姑娘且听听,可否与惊鸿舞契合?"

稍稍改编了一下印度舞曲,凌悦然沉下心绪,为包包奋力一战。其实,这首曲子也是她在心里思考半晌后的结果,有关惊鸿舞,悦然曾在野史中见到过记载,其舞曲舒缓时如三月春雨,缠缠绵绵;激亢时如战鼓响锤,孔雀振羽开屏。心中既然有数,怎会选错曲子?

果然,弹奏不过一分钟,惊起四坐,各人神情立变。继续往下,壮汉打手们都跃跃地摇滚起手臂,陶醉地看着凌悦然手上的琵琶,而菀茹更是按捺不住,起身挥起飘袖,如印度舞娘,如凄如诉地舞动起来,时而像宁静的柳丝,

时而像狂舞的金蛇……原来这就是传说中的惊鸿舞,此舞只应天上有,惊鸿一瞥似梦中。

"不要停,再奏!"菀茹果然不愧是宫中舞姬,对音乐的敏锐洞察叫人佩服。其实这曲调并未至尾音,只是悦然有准备结束的想法,准备跟她谈正题,谈谈出场费的问题,听她这般说,不由一惊,更投入地弹奏。

"弹得好!真是闻所未闻、新颖别致!此曲可是你自己所作?"曲毕,菀茹仍舞醉在地,闭目许久方开口。

凌悦然见时机成熟,便放下琵琶道:"自然!"呃,偶尔剽窃一下无伤大雅吧?她这也是有所为有所不为呀!

"今晚,你真的愿助我献艺?"菀茹由梨儿扶起,看凌悦然时目光中有一种审视,挑眉一笑,"你有什么要求?"宫中之人,心思就是乖戾敏锐。

"我要你手里的戒指,以及那个别致的头饰!"话已挑明,悦然直指标的,其实她是想说那个包包,但话到嘴边,还是决定先试探一二。

"这……"菀茹想必着实喜欢这闪闪发光的钻戒与头饰,这绝异于古时真金白银的光芒叫她十分不舍。

悦然见她沉吟时久,想必是心中挣扎、难以取舍,便佯装忧伤悲愤道:"不瞒姑娘说,这些物件原是在下与哥哥分家后的全部家当,半月前在下想凭借一身琴艺到京城来闯荡一番,未料被强盗抢了。虽说包包里面没几样值钱的东西,但毕竟是在下所有,希望姑娘怜惜在下落魄至此,连同包包一并归还在下。"狗血剧,说得自己都以为是真的,泪眼快模糊了。

"啊?那只怪模怪样的大口袋你还想要啊?"梨儿嗔怪地叫道,狠剜了悦然一眼——你这也太得寸进尺了。

听到此问,凌悦然简直激动得不知如何是好,按下狂喜的心,她继续忧伤道,"在下愿将刚才之曲写下曲谱赠予姑娘。"

菀茹闻言,终于,眼中亮光一闪,似是爱极了这首曲子,看了看梨儿,示意她去床头取什么东西,但是梨儿小嘴一动,附其耳道了几句什么话,菀茹便淡下激动,凉凉地看了悦然一眼道:"包包虽然在我这儿,但若不是我拣到保管,哪还有什么包包。你必须伺候我三年,为我奏乐写曲,三年后,我就把包包还你,从此后我们桥路二不干。"

一听这话,悦然气得要卷袖子,竟然敢叫本公主伺候你?

　　但人在屋檐下不得不低头,悦然深深地吸了一口气,没有说好也没有说不好,只是冷笑了一声,"说个笑话给你们听好不好?有个傻子跑到一家酒店叫嚷着拿酒拿菜,店家匆忙上了一桌菜、一壶酒。傻子问几文钱,店家说菜十文、酒八文。傻子说,那好,我用菜换你的酒。店家怒,拿我的菜换我的酒,你这是扮猪吃老虎,还是真的猪头哇?哈哈哈,你们说好不好笑?"凌悦然笑得欢,旁人也都能听出她语意里的讥讽,一时间除了她的笑声,其他人都面色阴沉难看。悦然笑完,站起来,作势走人。

　　"小哥且慢,菀茹只是惜才。小哥若要那包,菀茹拿与你便是,只是不知道里面是否有所缺失……"

　　悦然心里咯噔了一下,赤裸裸的威胁啊!她要包,是要包里的东西,而不是一只空包好不好?停住脚步,"谢谢菀茹姑娘,既被强盗所抢,在下本也没有指望包里之物完好。"负气往门边走去,悦然赌她在三声之内一定会再喊住自己。结果三声未到,菀茹果然喊住了她,与此同时,凌悦然被人架着按倒在菀茹的梳妆台前,有人揪起她的头发让她看着菀茹。

　　呃,恕悦然神游,只是眼睛不小心瞄到梳妆铜镜里有个头发乱如稻草、衣衫褴褛的乞丐的身影,难道是老乞丐来救自己了?可是老乞丐也没这么零乱呀?悦然奋力地扭头却看不见老乞丐的踪影。莫非这是照妖镜,菀茹原是黑山老妖?披着这一身黑树皮、麻布袋?那镜中人长发纠结,满脸污血,额头脸颊青紫,浑身上下血渍斑斑……这个人是谁?为什么在镜中可以看到,现实中却看不到?

　　这一认知让凌悦然害怕极了,连菀茹的问话都没听见,她结结巴巴地指着铜镜问,"你……你们可看见一个可怕的乞丐……"

　　"不就是你吗,小乞丐?"梨儿睁着大眼,忍不住嘲笑。

　　"我?"悦然望向菀茹,再望向各位打手兄弟,见他们都不约而同地点头,看自己的眼神充满了同情,完全把她当个弱智的小乞丐看待。

　　悦然不可置信地把那指向镜子的手指再指向自己的鼻子,结果镜子里的乞丐也这般做,这一下,她的眼睛都OUT了。天哪,自己几时把个绝色天仙的面容整成了这样?难怪对人说自己是公主时人家会笑得那么欢,好险,没把她送官,以冒充皇亲国戚罪问斩!

　　凌悦然趴在梳妆镜前,不忍再看自己一眼,有一种反胃的呕吐感。

"小乞丐,你怎么啦?"梨儿问。

"太邋遢了,我想吐啊!"凌悦然摆了摆手。

"哈哈,怎么会有人看到自己想吐的,真好笑!"梨儿跟打手们笑得欢快极了。

"时间到了,姑娘!"有人在门外敲打。

"好,我们这就过去!小乞丐,这个是你的了,今晚做好我的琴师,献艺结束后,我便把包包以及包包里的东西全部还你!"菀茹摘下钻戒递与凌悦然。

"不行……不行啊……"悦然惨叫。

"你想反悔?"菀茹收回钻戒,柳眉立起,不悦地怒责。

"我要换身衣服!"悦然大叫,这衣服搞得千条万缕,十之八九是妩燕与那秃鹰打斗时殃及了自己这条池鱼,别在这古代一时不察,搞个春光乍泄。

菀茹点了点头,"这好办。阿三,带他去换身干净的衣服,再打盆水给他洗把脸。"怎么着也是她带出去的人,不能太寒碜了不是?

凌悦然要求就在菀茹床幔的屏风后换衣服,明里说是再不愿这般出去丢菀茹姑娘的脸,暗里则是想把她的粉床翻个遍,找找自己的包包到底在哪儿,里面还剩些什么。可惜,悦然什么也没找到,菀茹已在外头催促,无奈,胡乱地套起小厮的外褂,戴了顶小厮帽便走了出去。

芬芳轩,处处美人处处景,处处喧哗处处闹,这场景丝毫不亚于现代奢华靡靡的消费场所。悦然一双眼睛根本不够用,抱着琵琶亦步亦趋地跟在菀茹与梨儿身后。悦然正怀疑这里的老鸨是不是穿越到21世纪学了什么经营理念再穿越回来起家的,突然,她的眼睛被一只怪物刺激到了——秃鹰?不,明显小一号,是——雏鹰!

话说凌悦然现在非常不待见鹰滴说!

再看那雏鹰,不可一世地蹲站在主子的桌边,而它的主子,二十来岁样子,也正不可一世地靠坐在八仙椅上,一双桃花眼潋滟,睨眼看楼台上美人纷纷。不知道是对表演不感兴趣,还是不满意,那主子一手抱臂,一手摩挲着下巴,似乎沉思,嘴角抿着,始终不开笑颜,明明看上去较为"二世祖",为何却没有色眼迷离?

悦然被安置在屏风后面弹奏,也好,这样总好过直接面对观众——话说,她有点怕啦。

乐起唤离人，舞起惊四坐，菀茹忘我飞舞，台下掌声雷动，而悦然也算功德圆满。

就在菀茹三次谢幕，凌悦然也准备开溜之际，一个清冷的沙哑之声，不大却极有穿透力地送入悦然的耳朵，"买下他！"

竟然有人因为此曲要买下菀茹？悦然一下子有些心慌，不知这对菀茹来说是好或是不好。忙丢下琵琶，从屏风里探出个小头，却见发话者正是那不可一世的年青男子，他容颜俊隽、神情冷漠，唯那双眼，因为太桃花，反而越是风情万般，若是微笑起来，是何等销魂，更是叫人浮想联翩。

"是！"有二人领命，噌噌噌地扒拉开人群，径直跃身而上，朝菀茹冷煞地走去。

"我……我卖艺不卖身……"菀茹愕然，面上有惊有喜，不停地抬眼看那台下的酷哥：非富即贵，翩翩少年；形容风流，不可言语，心下也就不再挣扎了。

"不是她，是他！"那男子悠然地品了口茶后才伸出食指做出"NO"的姿势。悦然一时好奇，把个小头伸得更远，古语有云，好奇害死猫，这话绝对真理。

凌悦然心里琢磨着，不是她又会是谁呢，这台上好像没其他人呀？要不怎么说她数学从小就没学好呢，直到自己被那二"便衣"架出来，丢人现眼地扔到那男子眼下时，才掰着指头想明白了，原来台上确实是两个人，数数把自己数漏了。

"我？开玩笑！"凌悦然睁大眼睛不可置信地用手指了指自己，回头再看看菀茹，见她虽然心有不甘，但也是久经世事的人，咬紧唇瓣，很有大牌范儿地再朝大家谢了一幕，然后昂起头摆着逶迤的长裙离开。台下掌声雷动，台上美人再起，刚才那个插曲似乎无人问津，想是在这个风月之地，买卖之事司空见惯。

那位要买凌悦然的男子笃定地朝她扬起下巴，似乎只要凌悦然愿意，无论什么事他都能办到。这令悦然十分不爽，欠踹吧你，喊！悦然朝他皱了皱鼻子，差点没拿出李小龙的弹跳与叫吼功来挑战他——高傲地扭过头，准备走人。

"呃……放开我，放开我！"那二"便衣"岂容悦然放肆，一左一右又掐得她不能动弹。

"叫管事的来开个价，爷没心情在这里玩。"那男子示意一"便衣"去找老鸨来谈悦然的价格。

话说，自己又不是这里的人，谁有权卖她？凌悦然挣扎着想逃脱另一"便衣"的箝制，"我告诉你，无论你是谁，我坚决不卖啊！"

可是那男子连眼皮都懒得翻一下，手指随着台上不间断的表演有节奏地打着拍子——这么大牌？悦然恼怒。

"哟，哟，哟，官爷驾到有失远迎啊，不知官爷想买的是……"老鸨一脸风尘地扭摆而来。

"开个价！"那一直困着凌悦然的"便衣"把她往老鸨面前一送。

老鸨见悦然这么面生，先是一愣，后来双眼一转，便笑得狂欢了。

糟糕，她不会是想空手套白狼吧？悦然抢先喊道："老太婆，我不是你轩里的人，你要是敢逼良为娼，我皇……我夫……我自己不会放过你的！"也不知道皇兄抬了谁回皇宫，前夫已早就不认她了，呜呜呜，现在只有靠自己了。

"官爷，我这轩里各色各样的都有，保证不管男女都比他这不知好歹的货要好，您看……"老鸨听凌悦然这么说，翻了翻眼赔笑道，估计也怕吃官司。

"爷就要他！我数到三开价！一……"男子不耐烦地喝道，垂眸数数。

"啊——"凌悦然大叫，开什么玩笑，她跟这老鸨没任何关系，"你先别数，别数啊！"奋力扑上去捂住了他的嘴，悦然高傲挑衅："我很贵，无价之宝，你买不起的！"

"呃……"这下，他经久不变的精致容颜变了色，指尖只是轻轻一弹，悦然的手腕便有一种骨裂的痛感，那只捂他唇齿的手也被他反手扭紧。

"啊——"猪哇，好痛的，你知不知道？悦然痛得失去了人性——呃，不是，是失去了理性，朝男子捏她的手背就是一口，立即就有涩涩的血腥味传来，可悲啊，最近她怎么老好这口？

刹时，凌悦然被他弹开了下颌，脱臼了啊！呜呜呜，她痛得泪眼模糊。同一时刻，悦然被他两个手下拖了下去，而那只雏鹰更是火大地俯冲向她，若不是男子猛地喝止，估计悦然的左眼就废了。"便衣"手下有些惊慌，齐声向男子告罪。

第三章
隐身传说

"罢了！"那男子从袖中拿出汗巾擦拭着凌悦然方才捂过的地方,再仔细擦拭被她咬过的手,睨眼看她时,冷意顿生,仿佛在说:买回去爷再好好收拾你。可是,老天,你能不能告诉我,他的血为什么是黑色的? 啊! 啊! 啊! 悦然有呕吐的冲动。

"开个价,否则,爷就带走了!"男子终于擦拭完毕。而悦然的心却被他吊到了嗓子眼,他已经存下折磨自己的决心了,不依不饶地问老鸨,那势在必得的模样令老鸨狮子大开口,把五根白胖的手指伸出去,又缩了缩,最后扭捏着还是伸了出去,但神情还有点不太确定,毕竟看凌悦然这模样也不太敢开这个价,"五百两银子……"

但是悦然不干呀,凭啥卖了她那老鸨得钱呀? 自己跟她啥关系也没有哇! 悦然用手揉了揉下巴,把它摆弄好了,哼哼道:"呸,五万两……"

"呼……"一阵风大力地扫过,眼前飘过几根羽毛,呃,原来是雏鹰不耻凌悦然的报价,愤然出掌。悦然有些不好意思地低下了头。

"好! 成交!"男子点头称好,悦然顿时一惊,也伸出五根指头,丝毫没察觉到自己此刻的动作与那老鸨是何等相似。

悦然与老鸨同时结结巴巴地问,"五……五……"到底没"五"出来。

"五百两,给她银票!"男子朝逮住悦然的两"便衣"示意,唇角若有似无地飘着一层笑意,似乎随时会被风吹走。

"啊哟喂,别给她呀!"凌悦然一得自由忙抓住那个掏腰包的"便衣","千万别给她! 我不是她这轩里的人,她手里也没有我的卖身契,她没权利卖我的。我不卖,我不卖啊……"那"便衣"被凌悦然晃得眼花,掏腰包的手也停顿

公主要休夫

下来,朝老鸨望去,正在这当口,悦然拔腿就往门口跑,没跑两步,又被门口打手迎上。没辙,她只好爬到桌子上,这下大家都朝她这边看来,"喂喂喂,快给我拔110,呃,不是,有没有官府的人呀,有人要逼良为娼,大家一定要给我做主啊!这个老太婆手里没有我的卖身契,却敢卖我,有没有人帮帮我啊?"

可是大家听了片刻就又去欣赏台上的歌舞表演,几位被悦然挡住视线的哥们不停地伸长脖子左顾右盼,生怕漏了台上美景,可恶!

"好,这可是你们逼我的!"凌悦然卷起袖子,从怀中掏出檀木令牌,拿着鸡毛当令箭,"大家看好,我就是这个门派的帮主。如果你们现在不帮我,等我的手下来了,叫你们吃不了兜着也走不了!"这下闹哄哄的开苞宴突然静下来了,凝重的场面是悦然始料所不及的,连窃窃私语都没有。

悦然有些疑惑地看向手上的令牌,难道它的主人是恶魔?不然怎么只要这令牌一亮相,人们的表现就都很默然?哼哼,这下没人敢拦自己的路了吧,悦然宝贝似的收起令牌,嘿嘿!

正准备跳下桌子跑路,却见门口立着一位着深蓝华服的年青男子,他眉目如剑刻刀雕,脸廓分明英挺,侧脸板型极好,冷目看着场上周遭,特别看着高人一等的凌悦然。但明明悦然在上而他在下,怎么感觉悦然好渺小?呃呃呃,对了,她主要是不想在他眼中留下不好的印象嘛!

随着他不经意的走动,带动起一股小小的气流,令他整个人看起来气场十足。此处应该有闪光灯的吧?悦然想象着咔咔咔的情形,这是大腕出场该有的气势。原来大家不是因为她的什么令牌而屏气凝神,而是因为这个酷哥气场太盛。凌悦然的小心脏咚咚直跳,双眼红星闪闪。

他走向她了,啊啊啊,忍不住热泪盈眶,亲人啦!

"我在这儿!"凌悦然吸了吸鼻子,朝他张开手臂,"小猫,呜呜呜,你真好!人家就知道你会来救我的!"悦然幸福地闭上眼,朝他猛扑过去。结果,众人听到了响亮的"咚"声,而悦然自己则摔得快断气了。这个死人像是压根没看见她的动作似的,依然那么潇洒地走着,但是凌悦然知道,知道他在自己扑向他的千钧一发之际微侧了侧身,正好躲过她的八爪鱼功,呜呜呜,她的腰断了!

悦然揪住他的脚腕,再往上揪住他的裤管,再往上揪住他的衣摆,再往上揪住他的胳膊,然后靠在他身上,"小猫,你……你为什么要这样对我?!呜

呜呜……我恨你！你一定不是我的小猫，小猫总是把我捧在手心里，一定不舍得这样欺负我……"这下凌悦然是真哭了，疼到钻心呀。

"你说对了，所以，请你放开爪子！"他的目光所到，快要冻伤悦然的手了。悦然含泪看着他，怎么也不相信他与小猫没有关系，怎么也不相信这个酷似小猫的人会这么对自己。感觉中，他就是自己的小猫啊，那种亲近的感觉总在悦然心头挥之不去。

爪子？凌悦然看向那只徘徊在她不远处的雏鹰，自从自己准备扑倒慕容铄时，那只雏鹰就拼了命地想来啄她，若不是自己靠在慕容铄的肩头，怕是早就被它给叼走了，想想，他没有阻止自己倚在他怀里，这证明了什么，证明他想要保护她呀，直到此时悦然仍花痴地想着。

"不要！"如果她现在放开，难保那早憋了一肚子气的雏鹰不来咬她，再说，悦然也没力气再动了，"小猫，他们都是大坏蛋！他们要买我，你快带我走！"

"我跟你很熟吗？"慕容铄侧身一抖，悦然就被他抖了下来。此时老鸨与轩内打手见来者与悦然毫无干系，便一起冲上来擒住她，到手的五百两，怎么着也不能让它跑了不是。悦然被擒得嗷嗷叫。

"小猫，是我啊，你不记得我了吗？"他的目光陌生到叫人不寒而栗，悦然忙把小厮帽拽开，扒拉开头发，让他看仔细，不会是得了健忘症了吧？

"少说废话！"轩内打手与老鸨怕凌悦然巴结上大佬而坏了刚刚的生意，抬手就想把她打晕，却被慕容铄挥手化解，低喝道："滚开！"

"二哥，这么大火？方才你自己不是也摔得他不亦乐乎？"那开始要买凌悦然的男子不动声色地看了半晌，此时方起身行了个简单的礼。

啊啊啊，原来是一家人？悦然目瞪口呆地张大嘴巴，自己这不是刚出狼群又入虎穴？

慕容铄抬眼冷凝周遭，又像是目空一切，"除我之外，谁也不可以动她！"

这话绝对的霸道，别说其他人，就连悦然听了都觉得有点不可思议。这慕容铄吃错药啦，不是不管她吗？生怕她站他旁边影响了他的形象，怎么突然来了个180度大转弯？但话说，这话咱爱听呀，这是低调的奢华，霸道的温柔啊！

"拿五百两给她，我们走！"慕容铄从打手手里拉起悦然，脸色很臭地说。

"干吗给她钱？别人不知道你还能不知道吗？我又不是这个轩里的人，你要给钱就给我吧，我把自己卖给你啦！"凌悦然俏皮地依在慕容铄怀中滚动，"哈哈，真是太好了，小猫，你终于肯认我了，呜呜呜，我就知道你对我最好了，一开始我还怕戴了这顶小厮的帽子你认不……"

就在凌悦然叽叽歪歪的时候，小猫更生气了，一把揪住她的头发，狠狠地再把帽子卡上，悦然"啊"了一声，拉了拉歪歪的帽沿不敢再碎碎念了。

"我出一千两！"

呃，谁在乱抬价？老兄，您这是干吗呀？莫非是老鸨请来的抬价老千？这老鸨也太黑了吧！不过，一切都太迟了，她已把自己卖给小猫了！好喜欢他臭臭的、硬硬的表情，那是在乎她的表现呢。

呃，不要太花痴哦！

"一千两？"慕容铄的声音里有一种讶然的戏谑，他回身，目光搜寻着某发声源，最终定格在一位面扣银质面具的紫衣少年身上，从衣着看不过平常人家，但张口却千金一掷，看来这身行头必是有所伪装，不想被人识破来路。

哇，这面具银辉映寒，如羽翼假面，是凌悦然记忆中的最爱。曾在年少时，便因神雕上的杨过而茶不思饭不想，一见杨过误终身的又何止一人？

那人被识破，也不避让，冷淡一笑，步履沉重地朝他们走来。与悦然对望时，薄唇微动，似乎有话要说，但终是归于平寂。身无常物，除了面具，便是那一双眼，看人时灿灿生辉，如睫毛在阳光下偶有五彩重影般，有一种超乎常人的摄魂之美，让凌悦然觉得似乎在哪里见过，但却一时难以记起。当看到她迷惘地摇头时，面具男子唯有苦涩一笑，失了方才竞价的心思。为什么这个女人可以无情至此？那一瞬间的怔忡，只能是一瞬，她变了，变得太多太多，他几乎不认识了。也曾听闻头部受过重创或是受到什么刺激，会让人失忆或性情大变，他此时，倒宁愿相信。

慕容铄的弟弟与面具男子对视一眼，隐晦地互相撇开，似乎曾是旧识。

而慕容铄，此时眸中忽现杀机，继而抿去，谑笑，"你看走眼了，小兄弟，她不值这个价！"

一旁那只不可一世的鹰跟它那不可一世的主子一样，对慕容铄这句话深表赞同，一个负翅一个负手，等着看好戏。

凌悦然一听就不乐意了，"谁……谁说的？这位开金口的仁兄，您慧眼识

珠，一眼就从瓦砾中找到我这块宝玉，真乃……啊——"悦然被人用手狠狠地按住了后脑勺。猪啊，不能动作轻点吗？她的鼻子直接撞到慕容铄胸口，都快被他这大力一按给撞塌了，然后便浑浑噩噩地被这个霸道鬼拖走了。

"喂喂喂，一定要记得给我钱啊！"凌悦然财迷地揪住那人拖她的手，帽子被拉得遮住了眼，可恶啊！

呜呜呜，好丢脸的说，不是春香姑娘的开苞宴吗？为啥是她先被卖了？不要，不要这个抛砖引玉啊！可是悦然太累了，关键是买她的人是她的小猫呀——呃，应该是吧，悦然早已把他们画成了等号……遂安静地倒在他怀里理所当然地睡死去……

"七月七日，晴，忽然下起了大雪，不敢睁开眼，希望是我的幻觉。我站在地球边眼睁睁地看着雪，覆盖你来的那条街……

"七月七日，晴，黑夜忽然变白天，我失去知觉，看着相爱的极限。我望着地平线天空无际无边，听不见你道别……

"七月七日，晴，忽然下起了大雪……"

雪、雪……为什么七月会下雪？为什么？凌悦然睡得极不安稳，仿佛是一个永远无法醒来的梦。明明艳阳高照，为什么突然天空无光，犹如黑洞吞噬，大雪一片一片像是芭蕉扇那么大。她努力扒拉开，因为她怕被这雪挡住了身影，那样她的小猫会看不见自己。小猫不会就这样丢下她不管的，他一定会回来找她，一定会给她一个完满的解释……

可是，雪越下越大，他已经走了三个小时，她的心已经冰冷，好痛好凉，仿佛血液被冻结、心被摘走那般……

一个拎着挎包的雪娃娃傻傻地站在雪地里，孤零零的，只会可怜地眨眼……

啊——

"小猫，我怕！小猫……小猫快来救我！"悦然被吓到，额上汗珠滚滚，猛地弹身坐起，却撞进一个有力的臂膀里。他搂住她，轻拍她，虽然动作极其僵硬，却让她安下了心，喘着粗气环住他，"小猫……你终于来了，我等了你好久好久……我以为你不要我了，我以为你爱上了……"呃，为什么她会这样子说，莫非还在梦境不能自拔？

搂悦然的人僵了一僵，却没有立即放开，拍她后背一下，"蓝苑快到了，

睡饱了就起来吧。"

悦然尚不知自己因脱力，浑浑噩噩地又"冬眠"了四天。

挣扎着抬头看他，果然是慕容铄，不过似乎憔悴了不少。他温暖的掌心正贴着她的后背，莫不是在为她输功续命？悦然心下欢喜，揪住他的衣袖撒娇地问道："你怎么不问问我就把人家带到蓝苑国？"不过，自己原本也是要来找他的，正好。

马车一颠一颠的，悦然也就顺其自然地窝在他怀中。突然记起了另一件事，糟糕，妩燕的小命还在自己手里呢！她的令牌，她还得去找妩燕的义兄救她，还有自己那可怜的包包，她不能没有它。悦然匆匆地推开慕容铄，往地下找鞋。

"奴仆是买来伺候主子的，主子到哪儿，奴仆必须跟到哪儿！给本王记下！"慕容铄见悦然有闪人的动作，在一旁凉凉抱臂。这话怎么听怎么逆耳。

悦然怒，"什么奴仆？谁是主子？！谁是奴仆？！别人不知道，你不知道哇？我可是堂堂烨阳公主，如假包换……呃……"假虽假了点，但这身子是真的啊！敢让本公主做奴仆，你小子欠踹吧？！

"我得去救妩燕，她被一只鹰抓走了，全身血淋淋的，我不能不救她！"悦然充满期待地看向慕容铄，希望他能大发慈悲地帮自己一起去救妩燕。

"你知道怎么找到她、怎么救她吗？"慕容铄瞬间秒杀了悦然的眼神，那是一种"想都别想"的眼神。

"我有令牌！"悦然往怀里摸摸，没摸到；又往袖子里摸摸，还是没摸到。

"是这个吗？"慕容铄无聊地晃了晃手中的东西。

"你……你怎么可以偷我的东西？"悦然着急地扑过去抢，这可是救妩燕的法宝啊。

"奴仆没有自己的东西，所有的东西都是主子的，包括……"他不怀好意地朝凌悦然胸口看去，凉凉的，波澜不惊，似乎她这个很没看头。呃，难道说也包括……

"你……你卑鄙无耻！"悦然气急败坏。

"奴仆没有自己的名字，从今后，你就叫阿灿吧！你做奴仆的任务就是寸步不离地跟着本王、伺候本王！其他的事，你不用管，也管不了。"他将令牌一让，收回自己怀中。

阿……阿灿……天哪，来阵雷劈了我吧！这不是奉旨行乞的苏乞儿的名字吗？凌悦然费力地转动着已被雷得不怎么灵活的大眼，"我已经卖给你这个'二'殿下了吗？我们好似还没来得及签约，我也没收你的买身钱吧？"

"契约在这里，有你画押为证！"他从怀中不紧不慢地掏出一张四方便笺，只不过字是竖着写的。看他那笃定的表情，凌悦然有些狐疑，反过小手看看，果然拇指上有红印，还湿漉漉的。

"呃，什么时候的事，我怎么一点印象没有？"仔细研究拇指上鲜红的印迹，想努力回忆起一点蛛丝马迹，可是徒劳。

"在你睡觉的时候，你自己答应的。"他一副"我没骗你"表情，叫人有卷袖子的冲动。悦然按下心中的郁闷与烦躁，咬牙低声问道："请问什么叫在睡觉的时候？我睡觉的时候知道啥，怎么就自己答应了？你给我答应个试试？"

"你没反抗！"他脸不红气不喘地说。怎么好意思啊？这脸真堪比万里长城的城墙。

欠踹啊！我睡觉的时候懂什么叫反抗吗？你干脆杀了我吧！怒红了双眼，悦然想捶头——怎么会这么弱智，这么天真，轻易地相信他是好人，是我的小猫？他根本不是！

山巅之上，有一骑立马遥送，那紫衣长衫犹如隐修，银质面具的光华被树叶的波澜所掩，唯那一双怅然若失的眸子紧紧跟随着疾驰而过的马车队伍。她，没有一丝留恋地离开了西凌，离开了乔府，离开了……他……

甚至，不管身上的情蛊之毒，也不管每月必须修补的纸荷心，她这样的决绝，又是那样的喜悦。决绝是对他，喜悦却是对慕容铄的吧？难道她心系之人竟然是蓝苑的慕容铄王爷，她唤他小猫……难怪……苦涩慢慢吞噬了他，便如这山巅之上的寒风，已寒透骨髓。

"主上，这是那个小乞丐想要的东西。"一位衣衫褴褛的老乞丐出现在林间，手中提着一只白色软皮的大口袋。

那天，小乞丐甫一拿出檀木令，他便目光如炬地捕获到了，但，小乞丐的秀逗行径，着实让他鄙夷，故而扔个馒头在地上，爱吃不吃。

见令如见主上，必拼死保护持令者。所以，老乞丐纵是腹诽，关键时刻还是扒拉了小乞丐一把，又尾随保护于他，结果竟然看到他小子艳福不浅地被菀茹姑娘拉进了厢房，吵闹着要个什么白色的包包，于是，他就顺手牵羊了。

"嗯,留下吧,辛苦你了。"假面男子接过包包,朝老乞丐一挥手。

这只白色的包包,不知道是什么材质制造的,柔软又富有弹性,像……像动物的皮毛……这一认知,让假面男子微微瑟缩了下,再抬头,山路之远,哪里还有马车的影踪,唯余绝尘。

为什么她根本认不出我来?为何三年的相处,只换来这样的离别,她的性情更是变得捉摸不定?

可是,她走了,自己真的就可以放下吗?怕是一辈子也放不下了,可怜的是,他这一辈子又不是常人的一辈子,会很久很久,很孤单很孤单……

为了彰显主子的权益,慕容铄折磨得凌悦然吃不下饭咽不下水,睡不着觉打不了盹。

因为是奴仆,悦然没有名字,成了阿灿;因为是奴仆,悦然没有房间,随时待命;因为是奴仆,悦然好了伤疤,却被抹黑……从此成了其貌不扬的小厮。

好在没有留疤,凌悦然揽着镜子偷偷地照。不知道为什么,慕容铄勒令凌悦然抹上一层掩面的药膏,使得她整个面部看起来微微泛着黄色,失去了原本的莹润光泽,整个人都倦怠得没有精神,更别说叫人惊艳了。

活动活动筋骨,悦然决定开始自己的跑路计划三部曲。

"今夜月色正好,不知道主子有没有雅兴饮酒赏月听小曲?"

慕容铄静默地抬眼看凌悦然,眉头都没动一下,好像很有内涵的样子。悦然在心里唾弃他,这里又没外人,一定要搞得这么低调的奢华吗?

耸耸肩,悦然佯装无所谓道:"当我没说!"

"来人,备宵夜、清酒,取琵琶!"他朝门外招呼了声,再回头看悦然,眉尾似锋,眸光犀利,"不要在爷面前提'我'这个字,记住,你只是阿灿。"

一群乌鸦飞过去……

"阿……阿灿……这个自称……我实在是……是记不住啊!何况,我本是烨阳公主……"她实在是自称不出口啊……无语得抓狂,一提到阿灿,凌悦然就想到周星驰披头散发满场狂奔的场景,她真的是不能把自己这个绝世无双的大美女与那么个形象画上等号,虽然周星驰一直是她的偶像。再次重申下自己高贵的身份,希望他还没得间歇性失忆症。

他神情肃冷,特别是凌悦然在提及烨阳这个名字时,猛地振了一下衣

袖，像是在抖落什么。凌悦然的心缩了缩，不敢正面接上他睨来的一眼，他已很不耐烦，"那就自称小人！"

"小……小人？"呃呃呃，谁是小人，你才小人，你全家小人！

见凌悦然眼睛睁得比鸡蛋还大，直直地瞪着他，他终于有了别样的表情，眼中微微升腾起一丝笑意，慢慢扩大，唇角的弧度优美之极，"孔子曰，唯女子与小人难养也，阿灿，你占全了。"

好吧，阿灿就阿灿吧！凌悦然挠了挠耳朵，那个，他怎么知道在所有乐器中，自己对琵琶情有独钟？

不消片刻，所有的东西都"快递"到。凌悦然拨弄着琴弦，心想：不如弹个离愁别恨，让他来个借酒消愁愁更愁！到了夜间，趁他醉得不省人事，自己就爬上他的床……喂，你那是什么表情，悦然只是想偷令牌去救妩燕好不好？搞得她见色忘义的样子！嘿嘿，二话没说，就埋头奏响了《化蝶》。

果然，他是一杯两杯三杯四杯，五杯六杯七八杯……

起先他只是埋头喂酒，这会儿估计是喂饱了，偶尔口中含着酒看着悦然，神情不辨，却是说不出的诡异，像是某种难以割舍的情愫，不滋生时无情无义，一旦滋生便是灭顶之灾。

啊？悦然严重怀疑这是一壶假酒，见他久喝不倒，越奏越有些急躁，主要还是受不了他那迷离的眼神，萌得勾魂夺魄。明知道人家定性不足，偏要放电，惹得姐姐一个不爽，小心我高唱——你是疯儿，我是傻，缠缠绵绵到天涯……

索性放下琵琶，捋起袖子，"主子，我也饿了，我也吃点喝点。"

他的耳朵动了一动，像是听到什么不洁的话语，接着他的眉锋挑了挑，下颌收扬，不置可否地看着凌悦然。

嘿嘿，失败，一时不察又自称"我"了，揉了揉鼻子，悦然端起酒杯，"阿灿敬主子一杯，愿主子快点喝醉……呃，不是，是快点睡觉……也不是！"悦然把那杯以为是假酒的东西灌入自己口中，顿觉苦涩得叫人想吐掉舌头，然后大脑就开始不听使唤，以史上最牛的速度酒后吐真言了，不知道该把舌头放哪里，不停地伸出来吹气。

慕容铄突然双手握拳，冷冽地扫了她一眼——呃，他难不成嫌悦然聒噪，想劈了她？或是悦然一不小心说了真话，令他心生了质疑？悦然的头上竖

立三根黑线,一片下雨的乌云正徘徊在她的正上方。

缓缓地,他解除了警报,看了看手中那樽被凌悦然刚刚碰得"嘟嘟"的盛酒器皿,有些嫌恶,但还是一饮而尽。

悦然暗暗松下一口气,对自己下手更狠,倒了个满杯,"哈哈,主子,这酒性太烈了……亏我刚才见主子喝得那么云淡风轻的,还以为是什么假……"打住,悦然拍拍迷糊的脑袋,"话说,酒可是个好东西呀,是以内养外补肾养颜的佳品呀,主子多喝两杯,才会不烦不躁睡得好,和我一样貌美如花!来,主子,祝你睡得香、梦得好、美梦成真!"悦然竟然毫不淑女地打了个酒嗝,呃,不要活了,竟然这样大煞风景、自毁形象。

她捂额兴叹,"主子,对不起,我……我喝多了,不能伺候你了,我睡觉先!"舌头打软的凌悦然全身伏倒在桌上。

"谁让你喝了?"头顶传来一声暴喝,吓醒迷蒙的小受气包。凌悦然使劲揉揉眼,想看清楚他,可是他干吗离她的眼球这么近?好模糊,好……好重的酒味,悦然更晕了。

发际边被他猛地弹了个暴栗,像锥子一样,疼得凌悦然真醒过来了。无辜地捂住被他弹痛的地方望向他,"主……主子你干什么?你……你干吗戳我头?好痛的你知不知道?"

"看来你还是不太懂规距,阿灿!"慕容铄好像很痛心疾首的样子,就如同某人很想丢弃一袋垃圾,但垃圾里又有一块鸡肋叫他想丢又舍不得丢。

"你想干什么?杀……杀人……灭……"凌悦然紧紧地揪住他的衣襟,怕怕地看着他。他那样子好像要噬了她,很狰狞地说。

"灭口……"他猛地勒紧凌悦然的腰往自己身上提了提,低头恨恨地攫住她的唇,肆意摩挲。

嗯嗯嗯,头好晕啊,凌悦然快透不过气了,因为醉酒,提不起一丝劲,只知道乖乖地承受着他的霸道与怒气,可是他到底在气什么?气她又自称"我"了,还是气她没经他同意就坐在他对面喝酒?想着想着就觉得大脑严重缺氧,有昏厥症状。

唇上的人急忙松开她,揪起她的脸颊命令道:"呼吸!"

"哦!"凌悦然被他揪痛,怕他再痛下毒手,忙按照他的旨意,张嘴大口大口喘息。

"呃,不要,不要再喂我酒……"他的唇松开片刻,却更重更深地覆上,这次又啃又咬,好像气急败坏。舌头戏弄片刻,便不再等待,有力且无耻地钻进她口中,酒味重到好像又灌了悦然一壶酒进喉似的……

悦然的腰也快被他勒断了,与他紧紧契合的身体迟顿地感觉到他的某个地方发生了质的变化,硌得她发痛,迷糊中听他急喘,"你这个妖精,竟然敢在爷面前装疯卖傻!你就这么笃定爷会喜欢你……不,是被你勾引?哼,不要再耍花招,爷平生最恨你这种人!"

"我装什么疯卖什么傻了?"我又啥时候勾引他了?乘着他数落自己的当口,凌悦然努力地勒住他的脖子,不让自己一下子滑下去。嗯嗯,这是一张属于我家小猫的脸,有我喜欢的轮廓与眉眼,特别是唇瓣,厚薄适中,却粉嫩柔软,入口即化……呃,这好像是什么食品的广告……

"酒里有毒,你不会不知道吧?"在凌悦然的小手无意识攀上他的胸口时,他的恨意犹如熊熊烈火燃烧而起,"咚"的一声把悦然扔到座位上。

"酒里有毒?"悦然敲了敲脑袋,这一认知让她惊愕,捶着头努力想让脑袋工作,可还是一团糨糊,啊啊啊!

"哦,对了,你那个三弟……我喝了他的毒血,呜呜呜,黑色的……"好想呕吐啊。

一听她这般说,慕容铄真想把她吊起来打,"现在才知道怕!以后还敢随便喝别人的东西吗?"今夜这酒,便是他早有准备为她解毒的。慕容斐喜欢使毒,所以他全身血液里都流淌着毒素,跟他在一起,时时刻刻都得提防,所以他身边常备着能解百毒的酒,闲来无事,便喝上几口。

"嗯,嘘……"凌悦然把食指并到唇边,左看右看后,"不要和陌生人说话……嘿嘿,这个我懂啊,但是,你不是陌生人,你是我的……""男友"二字直接被悦然省略,话说好口渴。

凌悦然的脸有些发烧,主动依偎过去,贴了贴他的脸,很好,清爽冰凉,再贴一下……

"谁是你的?!"但不可否认,吼过后,他又莫名地心情极好,看悦然的眼神里除了冰冷之外还多了几分莫名的情愫,但很快被他抿去。他掳她回来,不是疼爱的,她是他不能碰的人,但却是他必须得到的人。

"嗷……"被调戏的男人终于忍无可忍地发飙了,一把揪起凌悦然的头

发往后拉，好吧，这就是色女的下场。可是他是她男朋友啊，法律也没有明文规定调戏男友有罪吧？凌悦然嘟着嘴唇等他来吻，“小猫，我嘴唇好辣，舌头也是，你亲亲我，呜呜呜，我想喝水……”

咚！悦然的脑袋好像被人敲了一记，后知后觉地听到有人倒下的声音，不会是自己吧？

半夜里，悦然被渴醒，想要起身，却发现身边有座大山，怎么也跨不过去。睁开眼一看，呃，这不是她的床铺，她的床铺就是地铺，没这么奢华。再仔细看身旁那座山，顿时想大吼出声“啊——”却被她死死地用手捂在了口中。慕容铄?！他……他怎么会在自己的床上？呃，不，是自己怎么会在他的床上？

酒能乱性！凌悦然忙往身上看，还好，基本上还是个完好无损的小萝莉。烛火摇曳，他姣好的五官影像有些重叠，模糊的美感，就像难以触及的月华，让人觉着一种异样的宁静。话说，凌悦然的口更渴了，嘿嘿，好吧，她承认自己邪恶了！

此时此景，真是天赐良机啊！一思及此，悦然的小心肝都在颤抖。于是她鼓足勇气，将罪恶之爪慢慢移向美男的胸口，“没有？”再慢慢袭上他的腰，“还是没有？”悦然紧张得心都快帕金森了，手心里全是汗，全身有些神经质地颤抖，再往下，把手伸向他的小腹……可不能再往下了呀？他、他不会这么变态，把那个东西放在……呃，好恶心，不敢想象……悦然的脸涨得通红，早就香汗淋漓，心想：如果真放在……放在那个地方，那令牌她就不要了，可是……

“怎么还是没有？”悦然的手已伸向他的小腹下，人神交战中……

“该有的爷都有！没见识的女人！”手心下的男人叔可忍婶不可忍地箍住凌悦然的毛手。

“嗷……”凌悦然被捏得痛彻骨髓，她另一只手扒拉住他的铁臂哀号，“我要令牌，我要救妩燕，呜呜呜，她会死的……”

“你若因她而走，她也会死，被我派出去的人杀死！”慕容铄蓦地睁开眼，冷光一闪，像极地狱阿修罗，这个人怎么可以这么两面？

“你若敢派人杀她，我……我……”我该怎么样啊？一休哥，快帮我想个最狠毒的，可是一休哥现在拍戏比较赶，没时间理凌悦然这个弱智粉丝，于是悦然只好很没创意地来了一句，“我恨你一辈子！”

"嗯哼！"他笑了，眸中繁星闪烁，"原来你的恨这么少，本王以为你会说要恨我三生三世。你知道吗？其实你的一辈子很短暂……"

"眼一睁一闭的工夫？"难道你是传说中的小沈阳穿越过来的？凌悦然肃然起敬，想找根铅笔到墙脚蹲着画圈圈。

"错，不用那么麻烦，"他拿出把匕首往凌悦然脖子上架过来，"此乃上古神物盘龙匕，乖乖的不要眨眼，一点都不痛！"

啊啊啊，悦然慢慢往床外爬，也不知道踹在他身体哪个部位，只是小步小步地往外移，而他的匕首总是如影随行地跟着她的脖子。老兄，您一定要拿稳点，不然自己这条小命就报废啦！咚，凌悦然一个不察，滚到床下，当意识到失去平衡时，她本能地想去抓住那个坏男人，结果他此时却果断地撤去匕首，眼睁睁看着她滚下床，发出"啊啊啊"三声惨叫，然而，他心情好极啦！

凌悦然的第一次起义，就这样被无情地镇压了。但这次起义的意义非同小可，它揭示了一个重要的真理——是女人，就应该对男人狠一点！

如果当时她说会恨他三生三世，他会怎么样呢？还会拿匕首指着她？哼哼，指我指我，再指我，我就把你吃掉！

匕首鄙视说，"也不怕硌牙？"

悦然回瞪，"我呸，我说吃你了吗？我说吃我家小猫好不好？"

当然，慕容铄最没人性的绝不是这些"小巫"，他可以做到跟他的侧妃"嘿咻"时，命凌悦然在帐外手捧他们的衣物……话说，听得悦然是面红耳赤外加鼻孔流血……

要说这慕容铄与凌悦然的前夫乔正岳相比，那还算好一点，只有两个侧妃，木有正妃滴说。这一认知让悦然着实郁闷了好久好久，乔正岳娶几房她不管，但是慕容铄有可能是她的小猫呀。怎么办？难道让她与这两位侧妃共事一夫？虽然这只是悦然一厢情愿的猜测，可是慕容铄长得这么像她的小猫就是不行！

当是时，名为柳玉叶的侧妃命婢女前来禀报，说主子身体微恙，只因思君心切，如今殿下已归数日，不知可否探望一二？

说完，那一双眸子跟个探照灯似的，不停地扫视着凌悦然。

慕容铄挑眉，一双褐色的眸子有些沉吟，然，还是痛快地点头答应去。看来叶妃果然耳目者众，已将烨阳这般装扮还是未能逃脱她的眼线，也罢，她

是皇兄赐予他的女人，也是皇兄在他身边安插的棋子与耳目，既然已经察觉，不如安抚一二。至于面前这个女人，他要的，只是她的那颗七窍玲珑心，赶在皇兄之前夺走她的心。

翻了那八卦婢女一眼，凌悦然的脸色刷地就白了，那女人分明是让他去……呜呜呜，她不要！可是她凭什么不让人家那个啥啊，即便是正妃也没权利阻止吧，何况还是个小厮。

磨磨蹭蹭地帮他整理好衣衫，心里已是百转千回，而他已有几分迫不及待，从她手里抢过一缕飘带，便要随那婢女走人。色鬼！凌悦然心里赌气，赶上几步，伸手去揪他的后襟。拽了两拽，希望他能明白她的意思。

慕容铄冷哼一声，拂开凌悦然的手回头，"你想随本王一起去？"

毕竟他是主，悦然是仆，主子要去HAPPY，悦然这个仆在一旁捣什么乱，小心搞得他败兴，或是不举，那悦然这个仆就算"功德圆满"，可以"寿终正寝"了。

凌悦然委屈地撇嘴，谁想跟你一起去，我是让你别去好不好！

他低头凝睇着悦然，冷冽肆虐，害悦然的脸在如此高压之下就那么不争气地红了——被慢慢蒸红的。"我……"悦然艰难地吞咽了一口口水。

他的头几乎要全压在凌悦然的头上，害得她眼睛里无限放大他的毛孔，涨痛无比，耳朵被他捏着提起来："听好了，阿灿！"

呃，一听这名字，凌悦然就浑身止不住地抖动。

"你要安守一个奴仆的本分，爷要出门，你就要提鞋，爷要漱口，你就要端茶。"

"那，爷要是行乐呢？"干嘛揪人耳朵这么痛？悦然不服气地单以一指点歪他的鼻子，这样，她的呼吸终于顺畅了。

他被凌悦然小手一点，差点破功，特别是她的问话，叫他瞠目结舌，表情愕然。这是一个正经公主该问的话吗？少顷，他揉正鼻子，睨目坏笑："爷若行乐，你就要候着！"

"候着？怎么候着？"悦然一时不明白他的意思。

"怎么候着？哈哈，哈哈哈……"他笑得好猖狂，朝那边已等急了的婢女走过去，凌悦然则小跑步地跟上。一路上景色虽好，悦然却无心顾及，时不时偷看慕容铄，那婢女则时不时地偷看悦然与慕容铄，搞得如那"螳螂捕蝉，黄

雀在后"的样子,令悦然十分不快。及至柳玉叶的侧妃雅院,可谓是春意盎然,即使是曾有病容,也是病树前头万木春啊。

屋内夜明珠流光闪烁,映衬得帐幔影绰似舞,美人如玉侧卧贵妃榻,郎君何忍不度玉门关?

一进门,悦然便感觉情况难以控制了,按理说,人家这也算是原配,她这名不正言不顺的,搞不好反还成了小三。双手紧握成拳,不过是让自己冷静下来罢了。

"殿下,贱妾给殿下请安!啊……"榻上女子娇弱无力,只一个起身,便似难以招架。凌悦然嘟着嘴看那女子,真的很像一条滑不溜秋的鱼。

"小心!"慕容铄快步上前,扶起那女子,真是郎情妾意名花倾国啊,看着那女子被扶起娇无力的模样,凌悦然这会儿有些自惭形秽了。同样是女人,人家怎么就那么有女人味?不知道曾经的烨阳是何等风华,到她这儿,精髓没了,徒留一具美貌的空壳,何处可寻美人踪?

眼见着慕容铄抱得美人入暖帐,悦然一时自暴自弃,立在那儿半晌,决定还是随那婢女一同退出去比较好,虽然她的心里有一百个不愿意,可是帐内传来的阵阵戏笑,叫人很难克制地想入非非。那女人喃喃娇语,便像在悦然心上刻下一刀,她回头看着那粉红摇曳的帐幔,心情异常愤懑沉重,原来穿越真的一点儿都不好玩,原来慕容铄是小猫的猜想只是一个美丽的迷梦……

"阿灿!"

凌悦然捂住胸口,那里空荡荡的痛,转身欲奔出,却被慕容铄挥手飞出的一件衣物盖住了头,"唔……"悦然嫌恶地赶紧扒拉开,还好,只是件罩衫,还没来得及庆幸,一件一件的衣物纷纷从帐内劈头盖脸抛向她,呃,亵衣?内……内裤?肚……肚兜……

这也欺人太甚了,慕容铄,你确实是当主子的料,小人佩服!你是不是笃定我喜欢你,就可以这么贱踏我?就在凌悦然倒吸一口气,愤然含泪地掷下衣物时,帐内飞出一物,正砸在她的鼻梁上,当场令她流出了鼻血。面红耳赤外加热血沸腾,都溅出来了。

"啊——"悦然捂住鼻子,痛得就地蹲倒,泪水刷刷而下,从小到大还没受过这种委屈,何止号啕,"小猫,我恨你!恨死你了"

　　"叶儿你——"慕容铄刚唤出，便止住了声音。凌烨阳，是他用来炼丹的，不是用来疼的，他不该为她心动不舍。何况柳玉叶这枚棋子，皇兄送来，他更要送还皇兄，以其人之道还治其人之身。这天下，情意难长，利益却永久！

　　"怎么？殿下这就疼了吗？"

　　慕容铄从帐内传来一声闷哼，不知道是他责备柳玉叶对悦然痛下毒手，还是柳玉叶对他痛下了什么毒手，反而柳玉叶云淡风轻地掩口痴笑。

　　一对贱人！凌悦然的指甲深深地嵌入肉里——慕容铄，我看错了你，你可以不爱我，但你没资格这样对我！我要走，必须离开！猛地站起来，昂首挺胸，正要动步，脚下却被什么东西硌了下，定眼一看，天助我也，是那块檀木令牌。

　　弯腰伸手，就在手与令牌相触的刹那，五指指尖就像被蚁虫所咬，悦然痛呼一声，慌忙撒手，比扔烫手山芋还要快百倍。

　　"哈哈哈……"粉帐被一节藕似的手臂招起，那女子妖艳异常地半卧在慕容铄身上，笑得泪水灿灿，"好好玩啊！殿下……哈哈，你从哪里拣来的宝贝？"

　　你笑我啊，八婆？

　　凌悦然漫不经心地看着眼前令人血脉喷张的限制级画面，"慕容铄，你不是我的小猫，我也不会是你的然儿！"抹了把鼻血，然后勒令自己拿起令牌，即使上面淬着毒药也要紧紧抓住，即使那个女人还会使毒计害她。

　　凌悦然就是这样的人，平素不会生气，嘻哈过日子，天真待人生，但是骨子里却是个倔强到清高的人。

　　果然，那女子五指齐发，一排细如牛毛的飞针便无声无息地朝悦然指尖袭来，可是，她没有躲，看向慕容铄的眸子里充满了戏谑的冷笑。你带我回来就是任你折磨的吗？亏我这般相信你，相信你会呵护我，原来真的是我的一厢情愿。还是那句话，君若无情我便休，但在休前，我还想赌一把。

　　"呼……"一件物什以更快的速度飞过来，叮叮叮，银针狠狠地撞击上玉扣，然后玉石俱焚，纷纷砸落地上。

　　"小猫？"看着如意扣断裂成两半，凌悦然的心仿佛也被猛地扯住。难道这一切都是冥冥之中注定的？千年后，小猫颈上所系的平安如意扣中间就有两条仿似血痕的裂隙，莫非便是今日之伤？

"殿下？"柳玉叶柳眉一蹙，猛地俯跪在慕容铄面前，"如意扣乃是殿下的修仙法鼎，贱妾有罪！"

慕容铄抛出如意扣那一瞬间也许只是一种本能，直到如意扣发出尖锐的一声裂响，他才清醒过来。看着那断裂的修仙法鼎，他有些不知所措，也不知是心疼毁了法器还是别的什么。

"殿下，你……你在乎他？"柳玉叶见慕容铄久久不将她扶起，反而怔怔地看着碎裂的如意扣，不由撩目看向凌悦然，美目阴冷，"殿下若降罪，贱妾绝无怨言！"

原来那是他的修仙法器？悦然虽然不甚明白其中厉害，但看他失魂落魄的模样，也知道这法器对他意味着什么。因自己一时赌气，竟然害他毁了法器，这无异于令大鹏失翼。一时间，凌悦然又有些心软，怜惜不舍地回头看他。

"何罪之有？不过是阻他拿令牌逃走罢了。"慕容铄终是回神，见凌悦然目光中流露出丝丝怜悯，他的嘴角慢慢漾开一道优美的弧度，笑意却是未达眼底，高傲地蔑视她。

悦然恨自己为什么就懂了，原来眼神真的可以杀人于无形，原来眼神真的可以千变万化，他在告诉她——你不配，一无所有的你不配用那种眼神看我，你只是我的奴仆！

足有千斤地怔立在那里，看半裸的他伸手将似从野人谷里走出的、衣不遮体的美人揽入怀中，亲吻她因委屈嘟起的小嘴。这两人有必要在她面前秀吗，是不是暴露狂啊？至少凌悦然现在是小厮装扮，那柳玉叶怎么一点都不避嫌，还是早已知道了她的女儿身？

"殿下勿用担心，前几日贱妾一时手痒，新制了个机关，今儿正好用着！"柳玉叶的三围好到令人咋舌，凌悦然本以为烨阳这就算是最好的了，但这心狠手辣的女人怎么隆的胸，严重怀疑她穿越21世纪做过隆胸手术后再穿过来的。

她披了条红色的纱缦，捏指默念一诀，那令牌便飞身而去，"只需把令牌放置在这镂花隔栅内，没我的口令，休想打开。若有人偷盗，就会触动机关，利箭穿心。不知机关可有瑕疵，还请殿下指点一二。"所谓青竹蛇内齿，黄蜂尾后针，两般犹自可，最毒妇人心！佩服佩服！

"哦,本王正想瞧个热闹,不访一试,看看叶儿的机关是否真有这么厉害!"慕容铄挑起剑眉,宠溺地看着眼前的女人。方才,柳玉叶阴狠的眸光乍现,慕容铄不得不提防她对烨阳不利,于是故作对烨阳不屑一顾,是可随意供柳玉叶玩乐的。

钻入芙蓉帐暖度春宵时,那女人回眸一笑,直叫凌悦然一颗心提到嗓子眼——好一个梅花妆,笑靥如花,妖气横生,床上春暖不知地上寒!

小猫,你到底是不是我的小猫?你明知道我要拿令牌救妩燕,你明知道你的侧妃……她这是想置我于死地呀,你竟然连眉头都不皱一下地认同?

难道你有什么苦衷?

一群无良男人!先前一个乔正岳就弄得她遍体鳞伤,他说无论司若兰对她做什么,他都不会怪他,包括毒杀。现在,你也是一样的吗?枉我对你痴心一片,你竟也这般狠心对我!无论这个柳玉叶如何施计要害我,你也无动于衷吗?那你先前又为何舍器救我?

凌悦然犹豫地看着帐幔,又看看令牌,突然发现令牌处不知什么时候竟蹲着一只怪、怪、怪物……呃,不是,是一只巨大的硕鼠。它、它为啥双眼放射着绿油油的光,为、为啥狠厉地瞪着她不放?凌悦然这次是真的不敢动步了,真怕一动会触怒它,然后,它"啊呜"一声冲来咬她。心里默念,"硕鼠硕鼠,无食吾肉……"可是没用,它听不懂悦然的鸟语魔咒。

"啊——好、好、好大一只老鼠……"眼看着它伸了个懒腰,伸出长长的利爪,凌悦然倒抽一口凉气,带着哭腔求救。平生最怕老鼠,就连那种刚出生的小老鼠都怕,何况这只快成精的。

"呃……"

帐内人似乎破功了。可是天地良心,悦然真的是看到了一只巨鼠,绝不是要跟他捣乱的,真的真的,比珍珠还真啊。

"呜呜呜,它的眼睛好亮,瞪我时,那简直是两道绿色的激光啊,好可怕……"

"小猫,你能不能待会儿再吃那条'美人鱼'啊?快来帮我抓老鼠!"话说,美人鱼是哺乳类动物吧,不然哪有那么丰满的胸部?咳咳咳,这不是凌悦然现在需要研究的课题。

"殿下……贱妾今晚不美吗?为何你今晚总是不专心?"柔弱的声音像是

远古时候的神秘咒语,帐内又吱吱地开始了动作。

"不好,它向我走来了,不是,是跑来了,也不是,是匍匐着弹跳过来了,啊啊啊……"

请问什么叫匍匐着弹跳?

不知道哇,就是弹跳吧?那四条腿的,站着就叫匍匐了。

一滴什么东西从帐内弹出,鲜红夺目,尚不及分辨那到底是什么,那只巨鼠便一跃而起,快如闪电般扑向凌悦然,"呃——"悦然惊叫一声,不及多想地朝那面镂花隔栅后躲闪,前后只是一瞬,她骤然感到左肩剧痛,似乎有什么东西带着刺骨的风戳进了她的左后肩,嗖的一声没入……

惨叫,凌悦然扑倒在隔栅上,鲜血瞬间渗透了前襟。

"阿灿——"

眼前一阵电光火石,噼里啪啦过后,乱箭落了一地,悦然这个靶心却幸运地只中了第一箭,其余的被某狂躁男凌空弹指打落。这难道就是传说中的弹指神功?可是他为什么不姓大理段氏?

她的小猫,他还是在乎她的!凌悦然艰难地转回头,目光涣散地看着那衣冠不整的男人,呃,他的身材真好,麦色肤质,健瘦性感,跟21世纪的小猫一模一样。悦然捂住胸口,打扰他办事真不好意思,特别是连累他折腾到现在还是一场空。后肩一面凉飕飕地痛着,心里一面还沾沾窃喜,毕竟他的晚节被她保住了。

血流了一地,肩疼得实在厉害,头一歪,倒在地上昏死过去。

慕容铄面颊青筋暴闪,又恨又恼,气急败坏地抱起凌悦然,一面拍打着她的脸,一面暴喝,"你若敢死,本王必杀妖燕!"

被他放言一吓,悦然开始努力保有一丝知觉,可是接下来揭晓的答案却让她宁愿长眠不醒。

"殿下!"女子面若桃花,声音却凉到心透,"不过是个坏人好事的腌臜泼才,殿下难不成对他……好吧,真人面前不说假话,她是谁你我心知肚明,不过殿下莫忘了,她是你皇兄要的人,你动不起。"

"你会向皇兄告密吗?"慕容铄笑得魅惑。

"王爷怎会这样想?玉叶虽然是皇上赐给王爷的人,但自从嫁给王爷,便再无他心了。"

"这个本王自然知道,所以今晚便带她一起来了,此事本来也没打算瞒你,其实上次你没有将我与越将军密谈一事泄露给皇兄,我已对你去了敌意。现在本王问你,你是甘愿做一枚棋子,继续当本王的侧王妃,还是母仪天下的皇后?"

原来他也在处处提防着自己,柳玉叶垂眸冷笑,不过现在却柳暗花明了,一枚棋子,一个有异心的王爷,一狼一狈拥抱在了一起。

"可是王爷,贱妾犹记得月前你前去寻她,无非是想置她于死地,岂料莲花池水却没有淹死她。现在,你却下不了手了?贱妾真担心她会成为殿下宏图霸业的大忌,不如就由贱妾代劳吧!来人——"

呃,美女,你不会真有暴露癖吧,一下来十几个男侍卫,你也不穿戴整齐点?果然,美女又说了,"听本妃口令,数到十方可进来,一、二……"

嗯,这还差不多!

柳玉叶一面帮慕容铄披上外袍,一面数数,当数到八时,自己也打理得差不多了,回眸冲怔忡的慕容铄妩媚一笑。

月前,甫一寻到花妖妖燕的气息,慕容铄便马不停蹄地赶到了乔府。传说,得七窍玲珑心者非但可以独大天下,还可纵横四海八荒——这一次绝不能让皇兄再得了先机,不能摘得她的心,便毁了她。

那夜,她用冰寒的眸子冷笑以对,"蓝苑二殿下,你们还真是锲而不舍,可我,已经累了。"

犹记得,他无论如何用通天眼寻找她的心,都是徒劳。她竟然学会了隐遁心脏?除了幽幽的粉彩光芒外,她的胸腔内一片虚无,似乎还有莫名似雪片的纸屑,可恶!

看来短时间内是无法强夺心的,他焦躁起来。

"替我问候蓝苑皇慕容珏,三年来,我无时无刻不在想他,哈哈……"烨阳笑得森冷,她现在身体虚弱至极,似是油尽灯枯之症。

月华之下,烨阳冷艳至极,自有一股摄人心魂的美。冷风过处,寒潭掀起阵阵涟漪,她咳喘不止,最后竟然咳得昏过去,不支地倒进慕容铄臂弯。

她真的很娇弱,很纤细,遥想当年她是何等横刀立马、驰骋疆场,不由叫慕容铄一时手软。她此时乖乖地伏在他怀中,只想汲取他的温暖,"你知道什么是这世间最远的距离吗?"

　　慕容铄因心底腾升起的柔软而发怒，但莫名的，他却知道答案，并且在她的屡屡相问中回答道："是不是'我爱你，你却不知道'？"

　　"哈哈，是我记起了前世，你却只活在今生……"烨阳绝望而笑，意识已经模糊。

　　远处传来急切的脚步声，看来乔正岳已有所察觉。近处，一只碧眼金狐从花圃内蹿出，而金狐的主人正在不远处惊愕地捂嘴偷看。

　　慕容铄狠下心肠，猛推一掌，将烨阳推下寒潭，然后纵身跳上树干蔽身。

　　片刻，乔正岳拼命地将烨阳从寒潭中救起，但烨阳生死如何，他却是不知。

　　乔府已经沸沸扬扬地传出烨阳不守妇道，私约老情人蓝苑二殿下，因事情败露，惊慌之中跌入寒潭的谣言……

　　几日后，慕容铄再次造访，竟是再也不能对她痛下毒手了，终是决定带烨阳回府。

　　"叶儿，不如把她关进如意扣中，若还有些用处，如意扣自然会化她成丹；若是废物，则把她化成水，亦可修补如意扣的裂隙，也省得爱妃费心。"慕容铄召唤来断裂的如意扣，双手猛地握紧，只见如意扣光芒忽闪。这神器虽然被毁坏，但修补好裂隙估计还能用，于是，凌悦然自然而然地成了修补神器的东东。

　　如意扣在慕容铄手中闪闪发光，变成了宝塔形状，朝着悦然就是一道金光。这好比是把宝葫芦口对准一个人，大喊那个人的名字，那人"啊"的一声，嗖地一下就被吸进去了。

　　柳玉叶沉吟片刻，也只好答应下来，不过要求由自己保管如意扣，慕容铄点头应允。二人眉目传情了会，柳玉叶便伸出玉臂勾住了慕容铄的颈项索吻。

　　话说，二人基本上忘了在屋外正做冲刺运动的侍卫们，在听到"八"时，已摩拳擦掌、迫不及待了，那情状，就一刘翔跨栏的冲刺画面，但柳玉叶的"九、十"被慕容铄吞进了口中，可怜外面的侍卫等了一个晚上。清早第一声鸡鸣时，侍女们发现有快挂了的侍卫，保持着跨栏姿势倒地而睡，见怪不怪的，也跨栏般涉过他们进屋伺候主子了。

仙界,东华宝殿。

一阵迷雾缥缈,几只鸟雀扑翅,小溪潺潺欢唱,磐石毅然而立。

古琴古曲雅无情,美人如玉惑智心。他一袭月白长衫盘坐于磐石上抚琴,雾霭盈盈,仙姿欲滴,一双静无风动的眸子看着世上的痴男怨女,他,乃是修行不知几万年的东华圣君。突然,他的心绪微有波动,"咚!"一根焦尾琴弦被拨断,他神情一动,低低在心中嗟叹,"菩提本无树,明镜亦非台。本来无一物,何处惹尘埃?"。

世上本来就是空的,看世间万物无不是一个"空"字,心本来就是空的话,就无所谓抗拒外面的诱惑,任何事物从心而过,不留痕迹。

他虽然闭上眼,却还是没有办法拂去那小小女孩儿求生控诉的双眼。她脏兮兮的小脸仰望天空,似乎在扣问——为什么要这样对我?那眸子里带着怨念和勾人魂魄的魔咒,直直地触及了他心底的漏洞。那一段往事,他本以为再不会想起……可知负什么也不能负心,亏什么也不能亏情,心已乱,无论念多少的佛经、悟多少的禅亦是枉然,于是他拂袖而起。

满身污血的女孩昏厥在皮鞭下,全身上下早已血肉模糊,但牙齿却把嘴唇咬出了血,始终没有发出一声求饶与呼救。

"跟那个贱人一样,哼!"一身华贵锦衣,那美颜妃子柳眉竖立,不可遏制的刻骨怒恨令她冷笑到狰狞,一脚踩在女孩的额头上,"看我啊!再看我!哼,要怪就怪你生了双与你那贱娘一样的眼,长大后定然比她贱百倍。来人,给我挖了!"

"容贵妃,她可是……"一旁的嬷嬷忙附嘴过去,神情惊变。打个半死不要紧,最多巧立名目,若是致残,特别是夺去那双足以惊艳天下的眼睛,连老嬷嬷都觉得是伤了天、害了理,双手开始颤抖。

"怎么,连你也要忤逆本宫?"容贵妃侧目相逼,从袖中摸出把匕首。

"遵命!"老嬷嬷一抖,忙召唤身后几位婢女,"还不利索点?"

小婢女们平日仗着主子荣宠在身,故而横行后宫,但此时却也手脚软了,看着那倒在血泊中的小女孩,再若夺去她的双眼,岂非会触怒神灵?

"一群废物,莫非还要本宫自己动手?"容贵妃冷哼一声,看着手上的匕首,再看看地上的女孩,"妖货,从你一出生本宫就知道你是个妖货,你连死也要搅得本宫与手下人不和。"说罢,将匕首往女孩身边掷下,"不夺她的眸

子,本宫便要夺你们的代替!"

　　婢女及嬷嬷们吓得扑通扑通跪倒在地,有几个为讨好主子抢着去拿匕首,其余人按住小女孩的头,那几个人共握匕首,但真正行事时,却难以下手。

　　容贵妃拂袖怒喝,婢女们手底下一滑,那匕首尖直刺向女孩紧闭的左眼,鲜血四溢……

　　"天若有情天亦老,月若无恨月长圆……"一声长叹,一身白衫。

　　他是什么时候进来的?这绝不是重点!

　　他是谁?这也不是重点!

　　世上怎么会有这么纯净纯粹的人,浑身上下散溢的灵气与仙气叫人心神迷醉,却又不敢动步上前,生怕亵渎了他的纯美,生怕惊扰了他的静雅!

　　他的衣带飘转轻舞,自有岚风保驾护航,脚下似有浮云,步履了无尘埃。他的眸子幽静如水,淡淡地扫过你时,会有暖风拂面的感觉。无论你现在在做什么,在想什么,一旦与他的目光相接,便只剩下了空白。似乎有任何的动作、任何的思想都是有罪的,连吸呼都变得绵长小心。

　　他走向那个血泊中的小女孩,握着匕首的婢子们自惭形秽地扔开了血淋淋的凶器,转身捂头。便是这刹那间,嫡仙般的男子蹙了蹙眉,几万年来不曾有过的心痛感让他一时间陌生到无所适从,他俯下身将女孩抱起,那么轻柔,那么不舍……

　　谁能让他动容?谁又能令他心痛?

　　谁能迫他下界?谁又能乱他凡心?

　　容贵妃初见他时,便惊愕到不能自已,这个犹如神祇的男人到底是谁?自己一心想要征服的男人、这个世上的主宰,难道不是紫禁城里那个高高在上的皇帝?为什么与他相比,那个男人突然什么也不是?她幽幽地恨起来,为什么遇见他不是在自己最美丽的时候,为什么初见面竟是这般情状,在他心里留下的会是怎样的不堪?

　　直到见他心痛地抱起那个贱女孩,那么小心翼翼,她才明白原来他是为谁而来。怎么会为她而来?她不配,不配得到这么好的,不配得到老天这样的眷顾。她震惊又恨怒,为什么不是为了自己而来,便是死在他怀里也值啊!

　　容贵妃没有动,阻住他的前路,只为让他抬眸正视她,自己能够看一眼

在他眸中的倒影也就够了,此刻她有点心灰意冷。

"我不想伤人!"他说,眸子专注在女孩儿尖瘦的颊边,丝毫不在意她的鲜血浸透了他的月白长衫,污渍了他的身体。声音里没有温度,却犹如仙音飘飘般好听。

他不想伤人?!他说的是他不想伤人,而不是说——我不想伤你!

原来,人与人之间的区别是这么大,陌生绝对可以伤人于无形!

他没有抬眸,好像不想浪费任何一分一秒的时间在别的人别的事上,便是这么小的心愿也是不能够的。容贵妃定定地看着眼前这个谪仙般的男人,从小到大,如果得不到,她便想毁掉,可是这个男人看似云淡风轻,却不知道为何给她一种强大到惧怕的感觉?

"能够告诉我你的名字吗?我保证今后绝不会伤害她!"这是她最后的要求。

离开的脚步微微一顿,这是一个保证,也是他需要的保证,他不可能陪伴她一辈子,也不可能护她一辈子,此番私自下界已是触犯天条,所以他停住脚步,"如此,肖东华代阳儿谢过!"

"肖东华……"目送他绝尘的背影,容贵妃将这个名字深深刻入心底。

"是你救了我?"单薄的小女孩揪住男人的衣袖,睁着一双足以惑媚天下的双眸问道。一样的清澈,一样的静默,没有大喜大悲,更没有闪烁红心,此时她尚不懂男女情爱,只知道这个大哥哥长得比自己还要美,眸子里闪烁的星河比自己还要亮。

肖东华半蹲下身体,刚刚撤去了绷带,她的双眼还有些不适应光亮。用清水轻轻擦试着,仔细检查小烨阳的眼伤,好了,全好了,连同烨阳身上的伤,他也点化花精妩燕成人,为她涂抹了他自制的草药,今后人间再重的伤也不会伤到她的筋骨,而表皮也不会留下疤痕。他告诉自己再没有留下的理由了,"嗯,我也该走了。"

"不要走,我不让你走!你是这个世上唯一对我好的人。"小烨阳的身体立即扑进了肖东华的怀里,"你若走了,他们又会来打我,还会戳瞎我的眼。从小,他们就喜欢欺负我,后来每隔几天就来打我,不过,我从来没在他们面前哭过,他们不知道,其实我很想哭,可是我的眼泪都偷偷地在半夜里流光了……"

这亦是肖东华最放心不下的，即便他是仙。心隐隐地揪痛，伸手将烨阳揽在怀中，低头看着她那双如水的眸子，他忍不住嗟叹。经过他的手，她的双眼已受点化，再不是凡胎肉眼，只是他私心地让她不识上仙等阶罢了，不知是好是坏。伸出右手与烨阳的小手紧紧相握，便在此时，小烨阳看到十指相扣的手心里有道道金光闪射，惊呼一声，疑惑地看向肖东华，"那是什么？"

"是我的法记。今后若有人欺负你，你便伸出右手默念口诀——日出东方，华摄天下！我就会来救你！"

"有用吗？你会不会赶不来？"烨阳不可置信地看着小小的手心，可是她什么也没看到。

肖东华被她孩子气的问话逗笑，仙姿飒爽风，笑颜惊四坐，伸手刮了刮小烨阳皱起的鼻头，"那是法术，我已许你与我共享，你就是我，我就是你。"

"那……会不会失灵？"烨阳翻看着肖东华的手心。小小的柔软，叫肖东华心神一动，乱了凡心的神仙伤不起呀！

此刻他的回答是满带笑意的，宠溺到自己都不知道，如果此刻在天地乾坤镜中看到自己，他会不会脸红？

"小傻瓜，如果你手心里这个法术失灵了，就代表我本身已无力支撑这个法记，或者我失去了仙术，或者我已死去……但事实上这是不可能的。"这个世上没有人、没有仙会令他死去，这一点，他心知肚明，所以此刻他只当这是一场玩笑话。

"哦，如果是这样，我一定要保护好我的右手，不让法术失灵。"烨阳双手捧起肖东华的右手往脸上贴了贴，"阳儿愿神仙哥哥长命百岁！"

阳儿愿神仙哥哥长命百岁——这是凡人对恩人的最大祝愿了吧？

咳咳咳，肖东华笑中带着被呛到的轻咳，如果只是百岁，现在他已经死了不知多少回了。他留恋般伸手抚摸烨阳粉嫩天真的小脸，本以为单是这双眼，才勾动了他的心，原来真的是你下界历劫。阳儿，我该拿你怎么办？阳儿，如果万年前，你我携手共枕鸳鸯巾时没有……今时今日，你若没有怨念纠葛，没有魔障在心，还会下界历劫吗？

"怎么了，神仙哥哥？哈哈，我知道了，你莫不是想我祝你万万岁？"烨阳伸出小手勾住肖东华的脖颈，亲昵地亲亲他的脸，"阳儿不是不想祝哥哥万岁万万岁，可是这样会让阳儿想到父皇，他从来不顾我的死活，任由那个妖

妇害我,我恨他们!"

"阳儿,你受苦了!"肖东华承受着烨阳这异界的亲昵,俊颜微红,再看着那滴滴晶莹剔透的泪珠翻滚出烨阳灿然的眸子,心里一时苦涩到不能自已。心怀如此恨意,如何可以历劫成佛、超脱成仙?一句话便脱口而出,"不如我再教你几套心法,平日里你要勤加练习,这样坏人就欺负不到你了。"其中的"静心大悲咒"也许真的能够静心淡意,却也能让人对世事了无牵挂、四大皆空。肖东华真不愿烨阳因为人世的不平而伤了原本那颗纯净的心,所以唯有让她以平常心待……

"那,哥哥不就成了阳儿的神仙师父了?"小烨阳嘻嘻一笑,挣扎着伏地一拜,"神仙师父在上,请受徒儿一拜!"

"乖!"肖东华嘴角微有抽搐,一番对话下来,他们的辈分越发疏远了,自己已上升到她的长辈分上了。只是如今的亲近,又会让他日仙界的重逢何等的尴尬?

"师父,阳儿有师父啦!哈哈……"小烨阳欢快地爬起来又笑又跳,突然奔至空地对着天空大叫,"我再也不是孤孤单单的一个人了,娘亲……娘亲你听到了吗?你再也不用为阳儿担心了,再也不用了……当年害你的人,我要一个一个地手刃,至于父皇……你告诉阳儿不要恨他,好吧,阳儿不会与他为敌。可笑世人都称他万岁,人真能活到万万岁吗?即便活到,身边人都离去,一个人孤孤单单,便如我这般,又有什么意思?噢,我忘了,我比他幸福,我有师父了……师父!"烨阳再次扑入肖东华怀中,这次似乎用尽了全力,紧紧拥住到手的幸福,这是她现在唯一想抓住的,也是唯一能抓住的。

"阳儿,你恨我吗?恨我吗?"听了烨阳的话,肖东华被触动,全身止不住地颤抖。烨阳或许不懂,但却字字戳在肖东华心里,叫他这个上仙也无法不动容。

"我怎么会恨师父,你是我的救命恩人啊!"

救命恩人吗?救命恩人也曾置你于万劫不复之境。你若忆起,又会是怎样的情状?今日你不恨我,是因为你忘记了,他日你若记起,必然恨到刻骨……

"如果有一天,师父没能力保护你,或者没有保护好你……"肖东华此刻心如刀割,只想把小烨阳带回身边呵护三生。

人生本无对错,只问你的心可悔了,悔了便是错!

"那就换烨阳来保护师父,哈哈……我一定要练好本领,不让任何人欺负师父,不过,"小烨阳欢快地捏住肖东华高挺的鼻子,一本正经地道:"到那时,你要拜我为师,唤我师父……"

会有那么一天吗?肖东华此刻心中一片向往。他认真地看着小烨阳,"如果真有那么一天,阳儿真的会保护我吗?"如果知道真相的你还会护我爱我,那,我不单跪你为徒、唤你为师父,还宁愿入世历劫、三生三世相随。

"会呀,若你是我徒弟,我自当护你一世周全!哈哈,你唤我,唤我师父听听……"

肖东华终于笑了,万年的心结在此刻得解,爽朗的笑声环绕在烨阳周身。真的很好听的声音,烨阳伏在他怀中安然入睡了……

"这套七星阵术共分十二层,乃是为师为你量身定制,三星三月一骄阳,你是法阵的精魂所在,一定要守住法门,守住了法门,就守住了心。此阵是为你固心求源所创,常习,可御敌,更可护心……"

在肖东华的精心调教下,一个倾世帅将,一个绝代红颜诞生了,烨阳公主何止脱胎换骨,那是脱去了凡胎,换上了仙骨……

旧时恩怨随风而逝,得到的失去的,都只为一个"师父"而圆满。

又是一年飘雪时,有个影像模糊地向凌悦然走来,他是谁,为什么她怎么也看不清他的样子,只是他清冷淡雅的体香叫人熟悉到不能再熟悉。他久久地看向悦然,那么纠缠,那么怨念,可是,悦然依然想不起来他是谁?直到——

他如玉山倾倒般跪拜在凌悦然的面前,叩下三个头,再抬头看她时,一片清泉流淌,泪滚落在他的唇角,他凝眸深深地看着悦然,对她吐出了两个字,"师……父……"

师父……师父……

是谁?是谁在唤她?他为什么会唤自己师父?

啊——凌悦然一下子惊醒,这是一个极其绵长而古怪的梦,醒来之后,悦然的心犹自怦怦乱跳,只记得一个镌刻入她灵魂深处的名字——肖东华,还有就是那声仿佛来自他灵魂深处的唤呼——师父……

醒来了,罪也就来了,后肩刺痛难忍,但奇怪的是没有血淋淋的感觉。凌

悦然伸手入衣内摸摸,竟然已结了痂。揉了揉乱发,她举目四望,好像坠入了一座密封的宝塔内,突然听到有人在外默念什么咒语,悦然就被一阵风吸了出去。

"果然是在骗我,哼!什么化丹、化水,骗人的鬼话!"一下被放风,凌悦然还有点不适应,茫然地看着那条美人鱼。她妖冶的模样更甚,可是她又在发什么飙?

"原来你在他心里这么重要,竟让他不惜骗我!可怜我却是不知!"那女子笑盈盈的,突然变成罗刹,"闪电貂,给我去!"咬破手指,弹出一滴血,圆晕一闪,带着腥味朝凌悦然疾掠。而她的宠物——昨夜那只硕鼠,更如出笼的猛虎,腾空飞起,闪电般追着那血滴疾扑而来,几乎与血滴同时落在悦然腕上。原来它不是老鼠,它是貂啊!说时迟那时快,凌悦然惊恐疾呼,"啊"的一声,想伸手去挡,但那貂岂容她有所动作,一口咬死在她手腕上,鲜血如注喷洒而出……

"啊——"那叫一个痛彻心扉,凌悦然差点没昏死过去。话说这个貂有没有鼠疫啊?

貂勃然,你一定要把我看扁是不是?好,那我就整个鼠疫给你!

"姐姐好大的火气。哈哈,想必昨晚夫君没有帮你好好泻一泻?"一位红衣女子手持皮鞭,足蹬皮靴,俏皮之极地朝紫衣女子走来,怎么看怎么像一串红辣椒。

"妹妹怎知此事?莫非心里着实思念夫君的好,在姐姐窗下偷听了一夜?"柳玉叶狡黠一笑,说不出的妩媚。

"你们……你们别再八婆了好不好?快救救我?"感情这对妖精似的姐妹正在争风吃醋呢!可是你们也别欺人太甚了好不好,这里有人快要挂了!凌悦然僵死着手腕,不敢动,怕一动那貂咬得更凶。被啃噬的刺痛撕扯着凌悦然的每一根神经,说实话,这时的悦然真想召唤雷公劈死慕容铄,这样那两个妖精恐怕会分点神关注她一下。

"你还想活命吗?"那红色的小辣椒仿佛听到世上最好笑的笑话,"若无解药,任何人都不能从姐姐的闪电貂口活下来!"说罢,她理理衣衫,同时看着凌悦然恐惧无比地愣在那儿。呃,渐渐地,那孽畜似乎不动了,利齿也松开了。凌悦然连咽了好几口口水,壮起胆子用另一只手揪起它脖子上的一点皮

毛，咚，它就从她腕上滑了下去，摔在地上无声无息了。

"貂儿？貂儿？"柳玉叶见此情状，娇容骤变，一双美目犹如滴雨，广袖翻飞，眨眼间，飞沙走石，那闪电貂便腾空而起，落入她怀中，只是依然是挂了的模样。"貂儿？你怎么了？你醒醒！"柳玉叶玉容惨淡，身体摇摇欲坠，仿佛不能承受这般打击，越发楚楚可怜，再看凌悦然时，竟然又温柔到滴水，"你杀了我的貂儿?！现在它孤孤单单地走了，你说，我该怎么办才好？"

别问我呀，我真木有这个本事杀你的貂儿，它为什么挂了，我真的不太清楚滴说。老大，你们这里有没有法医啊？我请求法庭对受害貂进行尸检，像它这种野生凶猛类生物应该是乱吃什么东西导致食物中毒的，可是它是毒貂，不是阿猫阿狗好不好，有什么东西比它还毒？把它给毒死了？难道……一个认知犹如晴天霹雳，把凌悦然的头打低下。她仔细又仔细地瞪着自己的血——不怕不怕，还是鲜红色，木有泛着绿色黑色泡沫滴说。

"你不说，那就是同意了？"柳玉叶一扭三晃，朝凌悦然盈盈而笑，那笑好美，像是白骨精吃人前那滴"鳄鱼的眼泪"。她在说什么，凌悦然怎么一句也听不懂，自己同意啥啦？不过很快她就懂了。

柳玉叶手腕上那只银镯在阳光下耀眼夺目，只见她指天划地，一阵口诀念出，银镯脱手而去，渐渐变大，朝悦然头顶飞掠而来。这难道是传说中哪吒三太子的乾坤圈？好害怕它会撞她的头，就像当年撞牛魔王一样，一下子就把老牛打回原形。凌悦然也顾不了该打狂犬疫苗的那只流血不止的手腕，慌忙捂住头，保住项上人头才是正经。

"姐姐少安毋躁！"要说这个红辣椒比她姐柳玉叶心肠要好很多，手中皮鞭一抖，仿似银蛇，及时勾住了银圈，空中瞬时狂风大作、日月无光。那银圈笼罩下一片漆黑，边沿处渗透着隐隐炽白，而唯有银蛇勾住的地方泛着刺目光芒，像极了天狗食日。

"安娇娇，你给我闪开！否则休怪我无情了！"柳玉叶暴怒，玉指翻飞，更凶狠地与之捏诀缠斗。

"原来姐姐一直对小妹是有情的呀！"红辣椒笑意盈盈，红衣胜血，冽冽生风。

凌悦然此时急于想找个地方来清洗消毒伤口，再找个兽医瞧瞧，呃，呸！是找家卫生防疫站之类的地方。于是她跌跌撞撞地爬出战圈，正庆幸大功告

成,却突然见半空中惊现一毛脸和尚,呃,"斗战圣佛?"她这不是在做梦吧,怪鬼力乱神力?这是个什么世界?

"嘘……"半空中惊现的那位冲凌悦然做了个"嘘"的噤声姿势后,挠了挠头,不解地问,"偶素雷公啦,不是那什么毛脸和尚!难道偶跟他真的很像?"

"雷公?呃呃呃,别以为会飞就往脸上贴毛装雷公,我不怕你!"这个年代的人都会飞来飞去,凌悦然已习惯,但你要是这样骗我,我会鄙视你!

"是啊,这里咔咔放光,偶以为是电母找偶,原来是两只小妖斗法,偶去也!"说罢,单腿立在云头,做孙悟空翻跟头状。

"喂,你真的是雷公啊?"半空中那位开始嗖嗖嗖地在乌云里穿来梭去。他在干吗?凌悦然鄙视地看着他,脑门飞过一群乌鸦,"你要是雷公,你就劈个雷我看!"最好把那两个妖精劈出她的视线,最最好把凌悦然劈回21世纪。

"晕,不带这么玩的。人家都已隐身了,你怎么还看得见偶?"见始终无法摆脱凌悦然紧紧跟随的蔑视目光,雷公终于累得快挂在云头,忙问她。

嘿嘿老兄,这你就不懂了吧?你虽然隐身,但有两种可能不能忽视啊,一是您的好友对您设置了上线提醒,只要你一现身,哪怕只有一秒,他也会立即知晓;另一个就是,有可能你对她设置了"隐身对其可见"呀?好友同志,你是不是忘了某年某月的某一日,你一时手贱,许她这项特权,无论你拿着小牌子挡在身上、脸上、屁屁上都没用,在她眼里,你一直在线上裸着哦!

"看见你很奇怪吗?"凌悦然朝天上的他翻了翻眼,你秀逗了吧?以为自己很帅,谁想看见你!

立在云头许久,雷公突然怪眼一翻,朝凌悦然施施然一礼,"呃,原来是凌波上仙下界历劫,小仙这厢有礼了!"

凌波仙子?凌悦然?历……历劫?这么狗血?

"喂,别跑,快告诉我……"告诉我这部狗血剧的编剧——司命星官在哪儿?等我位归仙班定饶不了他……

第四章

兄妹情未了

这一会儿工夫，那边打得难解难分的两姐妹又和好如初地并立在凌悦然面前，她俩估计是把斗嘴斗法当成了磨练嘴皮子与手上功夫的家常便饭了。

见凌悦然趴在墙脚，头缩缩地窥探，安娇娇一鞭子就圈住凌悦然受伤的胳膊，把她带得一个趔趄，直接跌趴在地。好痛啊！这个妖精，想痛死我啊！突然想起梦中那真实得不能再真实的过往，何访一试？于是凌悦然张开右手，对准她们忍无可忍地大喝一声，"日出东方，华摄天下！"

瞬间，从凌悦然右手心里射出万丈光芒，直逼得两妖精掩面后退。

华光闪烁里，似有一月白长衫的挽发男子谪仙般显现，只是一个形，随那光芒渐息，他便越来越淡，化为乌有……

非旦是凌悦然，连那两妖精都愕然而立，久久不能回神。

悦然反过手，看了好几遍，梦境莫非是真？那……那为何法术失灵了？突然，她的胸口揪痛难忍，几乎无法喘息。

"小傻瓜，如果你手心里这个法术失灵了，就代表我本身已无力支撑这个法记，或者我失去了仙术，或者我已死去……"

梦中人一语成谶，莫非他已经……

凌悦然捂住胸口，一种难言的伤似乎被触到，隐隐地痛。可梦中人回眸相顾、淡淡却清晰地吐出"肖东华"时，是何等的撼动心扉！21世纪时，悦然的小猫岂不就叫肖东华，但梦中人的样貌与小猫却是有相去甚远。他是谁？自己曾见过吗？为何如此熟悉？此时努力回想那梦中人的样子却是徒劳，这一切到底是怎么回事？

　　两妖精见凌悦然也不过尔尔，便放下心来，安娇娇耍猴一样地抖动皮鞭，把凌悦然拖来拽去。腕上伤口极痛，心中早已羞怒到极致，"不带这么欺负人的，你们有没有搞错啊，我本来是想离开这里的，是你们那个二殿下非把我的令牌藏起来，不然，我怎么会打扰你们的好事呢？美人鱼，要不你把那令牌还我，我保证立马走人！"现在，对慕容铄，凌悦然真的好失望，他竟然视她为他宏图霸业的绊脚石，为了不让他的皇兄得到自己，特赶去西凌国，只为推她入莲池灭口。既然他这般不待见她，凌悦然一厢情愿地留在他身边又有什么意思？便是现在，任由两侧妃如此戏弄于她，纵是不舍，也好过将来被他手刃，更好过在此被这两妖精当猴耍。

　　"姐姐？她……她如何得知你的真身？"安娇娇惊问。

　　"殿下为了她连修炼的法器都能随意摔碎，遑论你我真身？哪天被这贱女人害死都不知道！"柳玉叶幽怨道。

　　呃，她们在说什么？什么真身？柳玉叶不会真是条鱼吧？那安娇娇难道是串红辣椒？这慕容铄的品味够杂乱的！

　　"可是这个？"安娇娇勃然，警戒地盯着凌悦然，扬了扬从柳玉叶手中拿过来的檀木令牌，继而蔑视且高傲地冷笑，"殿下不让你走，你偏要走，我们姐妹倒是想做好人，但若给你令牌，你走了，殿下便会天涯海角地寻你，那岂不是害了我们姐妹独守空闺？若是我，要么留你在身边折磨，要么让你死在殿下面前，这样，他就会死了心地一直伴在我们身边，再不会离开。"

　　你……你们，一对蛇蝎女人，现在想起司若兰，那简直是纯洁得像天仙般的小萝莉啊。

　　"两位嫂嫂好雅兴！清早就出来遛狗啊？"

　　这位仁兄，你眼睛长哪儿了？一听这冷嘲热讽的话，凌悦然就知道一定是慕容家的某们，他们家光遗传"毒舌"这条了。不过比起两妖精，凌悦然还是比较待见这位的，当时在开苞宴上，还是他率先要买她的，独具慧眼！

　　"喂，慕容……"慕容啥呢，悦然还不知道他的名字呢，"慕容那啥，你快救救我！"

　　贵公子打扮的慕容斐依然狂狷，而他那只雏鹰依然不可一世地盘旋在他的上空。这两位只能用一禽一兽来形容，慕容斐用鄙视的眼光睨了凌悦然一眼，声音好似三九寒天，"本王跟你很熟吗？"

"喂,你得了健忘症啦?你们慕容家不是毒舌就是健忘,有没有一个正常点的?"凌悦然纵起来往他身上扑,想让他正面看仔细自己,可是她忘了他们慕容家还有一样是共通的,说时迟那时快,慕容斐侧转了一下身体,凌悦然便摔跌在地。

悦然趴在地上不动了,今天运气太背了,她想金盆洗个手先!

"哦,本王想起来了……"慕容斐用脚后跟踩了踩凌悦然腕上的伤口,悦然大悟,"那天你屁颠颠地跟着二哥跑了,可怜不过几日,竟成这副模样,若是当初你选了本王……哈哈,哈哈哈……"

"现在选还来得及呀!"凌悦然的心肿了又肿,老兄,你故意泄私愤呢?好吧,你只要把我带出慕容铄的府邸,我就半路跑路,让你们谁也欺负不到我。忍得咬牙,凌悦然可怜地笑。

"咳咳咳……"慕容斐被呛到,笑声刚止,咳嗽又来,好容易安静下来,于是他勾起一抹冷艳的浅笑,拿把铁扇抬起凌悦然的下颌,"这可是你说的!"

看样子有戏,悦然忙着急地说:"我还有个小小的条件,你能不能让那串辣椒把手中的令牌还我!"

"啊——我没脸见人了!"安娇娇惊呼捂脸,把令牌直直地甩了出去。

我说什么了我?你把我折磨成这样,我都没说没脸见人,哼哼!不过等本宫搬师回朝,一定要皇兄替我报仇血恨!

雏鹰似是听懂人话般,利爪一伸,安安稳稳地把令牌收入囊中,然后在空中跳了段"华尔兹",以示邀功。

慕容斐俊颜绽出一抹会心的笑,从怀中掏出一粒黑色的药丸抛向雏鹰。

华……华尔兹啊,真的是华尔兹啊!凌悦然瞠目结舌,也许是眼花了吧?

"两位嫂嫂可要谢我一谢才是!"慕容斐朝安娇娇与柳玉叶施施然一礼,便弹开凌悦然臂腕上的皮鞭,揪住她的衣领将她提起。看他这个身高也不比她高多少,怎地力气这么大,煞气这么足?

"不过,我家王爷似乎很看中她,若是这般被你带走,我与妹妹无法向他交代。"两位妖精巴不得拱手把凌悦然这烫手山芋丢出去,但柳玉叶还是心计大过了醋意。

"两位嫂嫂尽管放心,我与二哥一起从西凌找到的她,二哥并未瞒我,现在我也不会瞒他的,只是皇兄已怀疑二哥了,小弟我这才来接她回府的。你

们看,这是二哥的玉牌。"

坐在慕容斐的马车里,凌悦然有些惴惴不安,走这么快干吗?害她一时都想不出什么好方法逃脱。

小眼偷偷地瞄向慕容斐怀里——令牌的藏身地,"那个……三殿下,令牌可否归还我?"

"可以,"他很爽快地答应,从怀中掏出来向悦然一扔,漫不经心地接着道,"不过已喂了毒,你想要就拿去吧!"

呃?凌悦然眼睛睁得怒圆,你没事干啊,喂什么毒在令牌上?你不懂节约资源啊,令牌又不会死!

可是人会死呀!

凌悦然把差点接触到令牌的手在身上擦了又擦,任令牌啪啪掉地上,愣是没敢接。回想起上次咬他一口黑血就直冒,悦然的小心肝怦怦地不走寻常路了。一群腹黑的主,她这是刚离虎穴又入狼窝啊。

他笑,露出八颗洁白的牙,让悦然有想撬牙的冲动。看了看手腕上一片血肉模糊的尖利牙印,凌悦然真想趴地上号啕大哭。为啥别人穿越有房有车,有相公爱还有情人疼?到她这儿,不是这儿受伤就是那儿挨打?相公鄙视,情人没见着,情敌一大堆!

话说她凌悦然也不是好吃懒做的米虫儿,她也愿意凭借自己一双不太勤劳的手创造自己的美好生活,呜呜呜,这常年挨打的日子何时是个尽头啊?

就在悦然自怜自爱的悲愤中,马车一个急刹,差点把她直接甩到了外太空,"咚"的一声,脑门撞在车框上,一时心里那个哀怨,只能用泪如雨下来形容。

这人怎么开的车?呃,怎么赶的车?

"你是何人?胆敢拦车?"马车夫"噌"地站起身,暴喝一声,"活得不耐烦了吗?"

"叫你们主子出来回话!"

嗯?这男子之声好生熟悉,充满着妖异的冷魅,醇厚性感,关键是他气场太强了,竟然敢叫慕容斐出去回话。悦然揉着小头,立即把头上那包是拜谁所赐全忘了,提拉着门幔,正想偷偷往外探上一眼,却被慕容斐猛地一掳,挤

到一边,门幔被他大力地掀开,不知是发怒还是不屑,冷漠地奉承一句,"不知主上驾到,有失远迎。"

"呃?"悦然乘机看向有胆拦车的壮士,一见之下不由发出了他乡遇故知的唏嘘,他、他、他不就是上次慧眼识珠的紫衣假面,真是天无绝人之路啊!

那男子一身紫衣长袍,外罩藏青纱衣,衣质并不见有多么光鲜华贵,但那银质面具却在冬阳下灿灿生辉,为他披上了神秘和神圣的光晕。他白皙的修指反手相对,食指上所戴的墨玉扳指与面具相得益彰,这是一种权力或是一种威严的象征。果然,慕容斐的脸色变了变,不太情愿地拱手道:"不知主上有何吩咐?"

"把她,交给我!"男子用戴着玉扳指的食指朝凌悦然一指,气势如虹,声音中带着强加的意志,不容反驳。

呃?悦然一阵感动。他不会是一路追踪她而来?所谓一见钟情也不过如此啊!

但他怎么会是慕容斐的主上?若是如此,为何上次在青楼不命令他留下自己? 悦然满眼疑惑地看向紫衣假面, 这次可别再刚离一匹狼又来一只虎啊。

"这是主上一个人的意思,还是……"慕容斐颇不以为然,低下眉,唇角露出一丝不易察觉的讥讽笑意。

"本座一个人的意思还不够吗?"

"够吗?"

"哈哈哈……什么才叫够呢,冥夜幽使?"他的声音好冷魅,笑声更是,那反问,叫人暗暗心惊,仿佛阿修罗虐杀前的试剑。

慕容斐微微动容,仰头看着马背上那英姿飒爽却又高深莫测的男子,莫名惧怕,不是惧怕他以玉扳指冠名的权力,而是他那种与生俱来的霸气。但他讨厌这种被压迫的气场,"主上不要忘了,我直接听从王的吩咐。"

这么牛?凌悦然终于嫌从门缝里看人把人看扁了, 把自己完全暴露出来。

那紫衣假面看见她时,冰冷的眸光微微柔和了些,连悦然都觉得诧异,拿句慕容兄弟的话,他跟自己很熟吗?

"本座不介意试试你的幽冥指!"也许是悦然那渴望被带走的眼神触动

了他,给了他带走她的决心。

"上次主上为何不将她带走？"听他这般决绝,慕容斐有些不确定了,但很快他就有了主意,这肯定不是王的意思,既然不是王的意思,就休怪他一石二鸟了。

上次吗？紫衣男子薄唇微扬。上次她执意要走,他无法挽留,现在,她遇到危险,他不能袖手。

"上次,她不愿跟我走,这次,她想我带她走！"

两个人的眸光相互流转着莫名的相知,紫衣假面伸手相邀,那动作何止潇洒,简直太潇洒了,任何一个站在地上的人都想上他的马的说。

喂,不要说得这么直白好不好？悦然脸红了,人家是想跟你走,但,这不是私奔好不好,你不要说得这么暧昧。

慕容斐阴沉着脸看向凌悦然准备动步的腿脚,幽幽道："可怜二哥不见了你该怎样着急呢,我这样弄丢了你,又如何向他交代呢？"

这样一说,凌悦然微有迟疑,便是这一迟疑,那紫衣假面的双瞳中便掩上了一层阴影,在面具的银光中,竟似重瞳。

这重瞳——似乎曾有这样的重瞳出现过,到底在哪里见过呢？悦然拼命地想,终于想到了,却不可置信地摇了摇头,也许真的只是巧合,怎么会是他呢？以乔正岳对烨阳的冷心冷情,又怎么可能如影跟随、危急相救？

"他若有心于你,天涯海角也会来寻；他若无心于你,相对数年也会……弃之若屑……"

马背上那人终是收回了僵硬的手,薄唇轻轻吐出了这句在心头滚翻了不知多少遍的话,抖过马缰,回眸冷笑。此话,伤人伤己,那声音是极致的冷,却又是极致的魅。

这话触动的何止是凌悦然,只见慕容斐当场呆怔,竟然无力再去阻止悦然奔向假面人的脚步。

双手彼此交握,紫衣假面忍不住手臂一颤,再见她伸来的手腕上一片鲜红的伤口,不由紧咬住牙根,方才能阻止自己向慕容斐出手。定下心神,猛地一提,却又怕伤了她的手腕,另一只手已抄过她的腰,横抱而起。

便是这样,还是换来凌悦然一声痛苦的惊呼,她后肩上的伤,好痛啊！

该死的,这短短时日,她竟然受了这么多的伤！紫衣假面隐在面具下的

脸阴沉下来,薄唇死抿,转回头狠狠地瞪向慕容斐——我的人,你也敢动?

有多久没有这种被人呵护的感觉了,悦然的眼睛有丝丝湿润,吸了吸鼻子,她咬着唇,一言不发。那种委屈与孤独一旦爆发,会将她灭顶。她一直以为慕容铄会是她的小猫,在这孤单的世界里,是她的依靠,所以,她相信他,但是,他却只是想夺走她的心,任由他的两个侧妃戏弄她,还重伤她……

"那是怎么回事?"他吆喝了一声,骏马载着两人疾驰而去。

"没什么!"悦然呜咽了声,有关伤口,她不想再提了,纵然提及,亦不过是在伤口上再划一刀。

"你想去哪里?"

"不知道,这里又没有我的家。"悦然嘟起小嘴抱怨。

"那你最不想去哪里?"

"反正……你不要把我送进西凌国的乔府便好了,我刚刚才从那里逃出来。"凌悦然认真地想了想说,突然大叫了声,"糟糕,我的令牌还在那个慕容斐手里,我要去救妩燕……"

她的话一语中的,紫衣假面的脸颊在面具里抽搐了下,若不是知道她身上有伤,他怕自己会一时难以自控,捏碎了她。他凉凉地说了句,"如果我说那令牌的主人是我,你信吗?"

"嗯?"凌悦然愕然,撇了撇嘴,转回头看他。虽然你救我出狼堡,但谁知道你这里是不是虎穴,我凭什么信你呢?

"你们经常跑江湖的,有没有听过这样一句话,有人的地方就有江湖,有江湖的地方就有……"

"是不是就有江湖恩怨?"

"错,有江湖的地方就有江湖骗子,哈哈哈……江湖骗子啊你!"

紫衣假面凝睇着怀中人,见她乌黑点漆的眸子左右转动,煞是可爱,不由微微一笑,冰雪寒星般的重瞳更因这一笑而染上繁星光点,一时间只想守着她一辈子。

"你真的是重瞳呢,好漂亮!"悦然抬手想去抚摸他的眼,却又觉得太过唐突,不好意思道,"我有个认识的人……也是重瞳,可惜那时没有仔细去看。"

"为什么呢?"

公主要休夫

"因为他不喜欢。"

"你没有看,怎知他不喜欢?"

"他每次看我都很冷,我想他大概会讨厌我吧!所以我们都离开了。"烨阳与我,都离开了,再也不要看他的臭脸色行事了。"你们古代相术不是认为重瞳象征吉利与富贵,是帝王的象征吗? 你可要小心呢,防止当今皇帝会看你不顺眼哦。"

假面无所谓地笑笑——天底下能对他不利的人屈指可数,他怕什么呢? 若然烨阳不再回头,他空活千年又有什么意思呢?

"帝王? 我不稀罕,我稀罕的,已经不在我手里了。如果……如果那个人,他不讨厌呢?"

假面好奇怪,为什么老是围绕这个话题?

"如果……如果有'如果'的话,我也不会在这里了,哈哈……"悦然笑道,"对了,大侠,我有个情同姐妹的女婢,名叫妩燕,她跟我一起逃离乔府时被一只鹰叼走了,走前砸下块檀木令,让我去找她义兄救她,你若一定要说那块令牌是你的,那妩燕莫非是你的义妹?"

"可以这样说!"假面思索片刻后点头。那令牌的确是他曾经赠予妩燕的,足以号召他的门下救援,故而这令牌甫一现身他便知晓,第一时间赶到时,有个不识好歹的女人却当着他的面跟别人跑了。

"你确定你不是江湖骗子?"

骏马一路奔驰,已载着两人穿过热闹繁华的街道,往西凌方向前进。当马儿行经盘山小道时,雪没过了马儿的蹄子,它开始求稳慢行。

紫衣假面宠溺地看着悦然,折身从马肚边的行李中取出一样东西,"你再说我是江湖骗子,我就把这只大口袋去下山崖,让你再也找不着。"

"啊! 啊啊——"悦然惊喜得无所适从,那白色的真皮大口袋岂不就是她21世纪时所用的背包? 这惊喜实在太大,大得像被雷劈了似的。悦然猛地抢过包包,把个小头整个埋了进去,不停地扒拉扒拉,钱夹、头饰什么的,全扔在一边,猛地,她看到了,看到了那个酒红色的小"炸弹",小小地单薄地躺在那里,但在悦然心里却重达千金。那小小的手机里有她最后帮小猫拍的照片……也许正是因为这张照片她才穿越而来……

"啪"地移动手机滑盖,她的心突突乱跳,手指颤抖着点开相册,仅有的

那张——小猫滑稽搞怪的照片蹦了出来……

啊——

无论是身体还是精神，悦然都已超负荷了，她重重地倒在了紫衣假面的怀中，连句"谢谢"都来不及说，就晕了过去。

梦中，有人在为她敷药疗伤，那动作轻柔之极，悦然只感觉全身一片暖洋洋，好像冬天盖着薄被，躺在阳光透射的玻璃窗下，没有一丝寒风，四周静谧，棉被上有阳光的味道。

这样的好时光总是短暂的，当悦然被假面唤醒时，头脑还有些混沌，就着他的手，张口喝下粗瓷大碗中的药汁后才觉得苦涩异常，不由蹙眉，想要吐出去，却被他手里高扬的东西吓得"咕咚"一声，将药汁尽数咽下。呛得闷咳两声，眼圈一红。

"给我！"她发怒，一手暴躁地抹了把嘴角的药渍，另一只手朝他伸开。

假面的眸微微寒凉，随手一掷，那酒红色的手机便坠入悦然的棉被上。

刚才他竟然朝着洞口做扔她手机状，悦然被吓得一身冷汗，此时捧着手机，犹如捧着一颗心般小心翼翼，但那被伤的人却悄然离开。

话说，悦然腕上那伤竟已结了痂，真叫一个神速，搞得她想去看兽医，呃，不是，是想去看看医生都没有借口。

结痂归结痂，但疼痛还是丝毫不减。

这是一个较为隐蔽的山洞，洞口积雪深厚，洞外继续下着细密的沙雪，将足印掩得很浅很浅，几乎不见。

山洞之中燃着几堆柴火，假面沉闷地做着饭。他面朝着洞口，背影很孤寂，而那孤寂似乎是与生俱来的。

一只野鸡被他用木棍横穿着架在火堆上烧烤，除了噼噼啪啪湿木被燃干炸响的声音，洞内一片寂寥静默。

悦然收好手机，心里深觉对不起假面。且不论他怎么知道她心系包包，也不管他送还与她有什么目的，只要能再见到手机，她已是激动得无所适从，所以方才才会那么失去理性，对他发怒吼叫吧？

朝那人的背影干咳了声，不理；她窸窸窣窣地爬起来，拖着鞋，踢踏作响，还是不理；她只好走到假面身旁，推了推他的肩，还是不理；她半蹲下来，抢着帮假面转烧鸡，一不小心，两人的手碰到了一起。假面翻着重瞳看她，她

怯怯地垂头说了句,"I'msorry!"

假面反手深深地攥住她的手,刚想问她说的是什么,轰,火星四溅,煮熟的烧鸡滚进了柴火中。假面懊恼地看着因烧鸡的加入而更猖狂的火堆,转眸没好气地道:"今晚有一个人要饿肚子了。"

"你吗?"悦然反问的语调与表情十分生动,让人禁住想抿嘴而笑。

假面无奈了。

地上只有一只清洗干净的野鸡了,悦然捋起袖子道:"刚刚的事情对不起啊,不如今晚我来下厨,向你赔罪?"她灵动着眸,讨巧卖乖地嗔看假面。

假面不置可否,冷眼旁观,似乎笃定她根本没有厨艺可言。这模样彻底激起了悦然的雄心壮志,说干就干,下厨第一步,让男人当助手。

"先用调味品抹遍鸡的全身,啊呀,你这包袱里怎么只有盐,算了,先腌制一会……"话说,悦然只吃过叫花鸡,没动过手啊,于是她只负责当教官,盯着新学徒工作。

"然后……唉,没有猪油哇?就用鸡油好了……"看看满手油腻的假面,哪里还有什么大侠的风范,整个一新东方厨师班不及格学徒。悦然突然想起一句广告语:学不会者,免费再学……

"哈哈哈……"悦然笑得开怀,差点摔在假面身上。

假面想要扶她,又怕鸡油污了她的衣,再见她在火光之下笑得俏脸飞霞,不由又气又恼,她这哪里是在做什么晚饭,分明是在折磨他,看着满手的腥油味,他的胃里直翻滚。

"哈哈……我跟你说,我这里可是包教包会,学不会者,免费再学……那啥,看我干吗?动作利索点!"教官发威了,可是新学员怎么也有发威的架势?只见他眸晕内微光忽闪,伸出满是腥油的手就往悦然脸上涂,吓得她又叫又跳,拎着衣摆四处躲藏。假面没有再去追她,他做不出那般的小儿女姿态,毕竟他已经一万岁了……

又是那天雪地里的模样,灵巧、可爱,抿去了冷傲,她竟然可以如此妩媚娇俏。如果她真是因为什么刺激而性情大变,那么,他喜欢现在的她。

"那啥,这个叫花鸡呢,还需要……荷叶是个问题……咦?你的包包里竟然有荷叶?太好了……"悦然大喜,她却不知这是假面的必备,无论他身在何处,身边必有此物。他只是为她而准备,纸荷心是需要有水性调养的,这荷

叶,便是他为她补心之用。抽出一片,悦然拍手大叫,"大功告成,亲一个……"

呃,当那男子水润的眸子透视过来,悦然才惊觉方才的失言,这、这是韦小宝说的,可不是我说的,你别那样看我,你去亲他好了……

"嗯,再用麻绳紧紧扎住……"悦然不敢再造次了,低调地垂着小头,"呃,我去挖点湿黏土来……"

悦然刚要起身去洞外,却被假面拉住,真的很油腻滴说,于是腹诽,你故意的吧?

假面掠身而起,足不沾雪,弹身飞出了洞外,不一会儿便拎了包土回来。悦然看见门前丝毫没有人迹出没的痕迹,心里大抵猜到了他的顾虑。果然是跑江湖的范儿,怕被人跟踪,但是谁会没事干跑到这雪山之巅?

"这泥土就铺在……嗯,撕块床单,"悦然噜噜噜跑到自己刚刚睡过的床铺前撕了块垫单,"好,把鸡用荷叶和泥土包裹起来,可以烤了……"

请原谅这是叫花鸡的做法,但现在因陋就简,也只能如此了。好在假面虽然不爱说话,但做事却十分利落,是个好学徒。不一会儿野鸡便被烤得香气四溢,刚闻到香味,悦然就把它扔进了另一堆熄灭的灰烬处。假面一愣,悦然笑道:"没关系,本来就是需要在火堆里焖烧一段时间的。喂,怎么样,香不香?"

假面默然地点头。

"是不是流口水了?都不能说话了!"悦然这说的是她自己,她饿得肚子直叫唤,管它什么东西,盛上来在她眼里都是山珍美味了。

假面又默然地点头。

"你……你那只虽然掉到火堆里了,不过,我这只可以分你一个鸡腿……"悦然宣誓主权,但说得有点底气不足。谁打的野鸡,谁做的野鸡,她除了动动嘴皮子,可没帮一点忙啊,怎么就认定那掉到火堆里的一定是假面的呢?

假面又默然地点头。

"这样,会不会太欺负你?"悦然不好意思继续问道。

假面刚想做出默然点头状,突然愣了下,唇角微翘,扬起一个优美的弧度。

喂，你那什么表情，搞得真跟我欺负了你似滴，好吧，等会儿再把那个鸡头赏你好了……

"上次……你为什么竞拍我？"说到上次自己在青楼被卖的事，悦然有些脸红。

"竞拍？"假面可是很纯洁滴古代人呢。

"就是……就是为我飙价嘛，话说，我在你眼里真的值那一千两？"呃，不是，意思没表达完整，重新问，"话说，我在你眼里只值那一千两？"也不是，这话问得有点暧昧，却还是意思没表达完整，应该说，难道她这个人只值那一千两？

呼呼，山风呼啸而过，吓得悦然忙捂住头，还以为是那只不可一世的雏鹰在听到她无耻地自抬身价后追来灭她！

"无价……"假面凝睇着她。

"无价？"悦然一愣，无价可是有歧义的好不好？是一文不值，还是无价之宝？

"当时开价只是想留下你，但你……"没有给我追价的机会……

假面看向山洞之外，目光遥遥。

"你不是从西凌来？嗯，像你们这种侠客，一定是仗剑四方的。"悦然开始从灰烬里扒拉开叫花鸡，真的很香。拍了拍脏兮兮的小灰手，悦然强忍被烫伤的后果，就要撕下鸡腿。

假面摇头，将叫花鸡拿过来，一刀一刀切给她。

悦然一面吃着递来的美食，一面懊恼自己给现代人丢脸了，相比之下，她大概是从元谋人时代穿越而来的，还好，没茹毛饮血。

眼见悦然食欲不错，他的薄唇微微扬起，眸光中一片软糯，"我也不是什么大侠，更不会仗剑四方行侠仗义，我之所以来到蓝苑，只为一人。"

"呃，那一定是个女人，而且惊才绝艳。"悦然早把他归为杨过一般的神仙人物，自然，他要等的要寻的人也一定如小龙女般不食人间烟火。满嘴油腻，塞满食物的她，就算了吧！

他没有回答，双瞳的幽光闪烁如星，似乎缀着露水，清澈雅然、笑意如虹。带着几分炙热的眷念与令人脸红的宠溺，他就那样地看着她，看得她心如小鹿。

见她终于害羞,他才点了点头,"以前她确实是惊才绝艳,现在,我却是不知了,越来越不知道她是什么样的人?"

紫衣假面怅然的目光锁紧凌悦然,像是要看透她。悦然眼见他这般失魂落魄,心中不由生出一股怜惜之情,暗怪自己不该挑起事端,明明人家都说了是出来找情人的,两人也许分别得太久,脑中仅是曾经的记忆,当下,却是不得而知了,忙安慰道:"你千万别灰心,她一定会回到你身边的,就像小龙女一定会回到杨过身边,哪怕是十六年以后。对了,还未请教大侠尊姓大名?"

紫衣假面见她说得恳切,却是置身度外的模样,不由心灰意冷,是她太粗心还是她不想认?思索片刻后:"也许她想很快忘记我,我的姓名她也不愿再记起了。如果你唤我,就叫'负卿'吧,宁负天下,不再负卿了。"

悦然被他抑郁的伤感所打动,这句话的悔恨之意是如此浓烈,叫闻者动容。她仰头迎上他的眼睛道:"负卿,你放心吧,你心里的那个人一定会回来,一定会原谅你的。她……是不是很像我?"说完自己就笑起来,脸颊微热。世上没有免费的午餐,自己很有可能是那个女人的替代品,不然他老追着自己不放,又替自己找回穿越包包干什么?

假面负卿的心炙痛起来,那个女人……

"是的,很像,很像,如果不是禀性不同,几乎是一个人。"

这我就放心了。悦然吃下最后一口鸡肉的时候,有些负罪,那个,真的只剩下鸡头给他吃啊?

"你给我说说你们的故事好吗?"

"我不会说故事,你会听得乏味……"

二十年前的一个清晨,大相国寺来了位祈求子嗣的妇人。本来妇人的命数里该有一子,却是三年后的事情,但她来得正巧,这虔诚的祈求惊醒了寺后百里正在吸取日月精华的万年狐王。这些日子他正在为万年大劫的到来而心忧,届时,他的功力会倒退回婴儿时期,身形也会如幼童,若遭遇险情,根本无法自保,于是他想出了个万全之策,在大劫来临之前,幻化成一缕胎气,由着那妇人将他如世间所有婴孩一般生养而出,抚育长大。

当他长到十七岁那年,为躲避万年雷劫,他躲于山崖溶洞之中,结果还是未能幸免。重伤之时,他遇到了一个神秘的女子……

"十七岁那年,那一心修仙的男子回乡探母,在山洞之中他遭遇了一个神秘的女子,这女子中了……中了蛊毒,需与男子……"负卿言语生涩,似乎不知如何措辞。

"呃?是不是合欢散什么的?"悦然见他害羞,不由凑上去邪恶地问道。这种场景武侠小说上比比皆是,童鞋,你太纯洁了。

"倒不是,比那种下三滥的手段要高明太多。"假面负卿闻听合欢散,立即浑身一抖,不可置信地看了眼悦然。她怎么问得这么自然?毕竟是一国公主,但看过她之后他便后悔了,脸红的是他,被她欺身相逼,差点盘坐不住。

她真的全忘了吗,忘了那段经历?又是在什么时候忘记的?是在她落入寒潭再醒来的时候吗?完全不一样的两个人……这件事,他一定要弄清楚。

"那你们……"悦然嘻笑,伸出左右手的大拇指,做出拜天地的动作,当即叫负卿溃不成军,只想遁逃。丝毫也没感觉出悦然已将人称转换,主角就这么理所当然地由"他",变成了"你"。

"没有,她说她有喜欢的人,不过是一时寻不到……寻不到他来双修,便……"

"那你不是沦为了替代品?这么惨?"

是的,沦为了替代品,所以很惨……

悦然不愿他再提及如此伤心的事,便做昏昏欲睡状,不料真睡着了。

"你知道吗?盗取了她的心之后,我便后悔不已……"

怀中人已然睡熟了,他说过,他不会说故事,还是她根本不愿听?天地寒凉,却不如他的心酷寒……

山巅的夜,泛着阴森彻白的幽光,皑皑的白雪反射得天空微明,广袤无垠处,万径人踪灭。

一声接着一声的吼猴狂吠响彻山涧,负卿知道,这多年来修炼小憩的地方要易主了。

悦然被惊醒,猛地觉得寒凉刺骨,左右看不见假面,心中一阵焦忧,深一脚浅一脚地在山洞里摸索,越来越惧怕,声音泫然欲泣,"负卿?"

"别说话,有人寻来了!"负卿猛地从洞外掠身而入,一手捂住她的嘴,唇紧压在她的耳坠上冷喝。悦然被捂得"唔"了声,唇瓣都来不及完全闭合,润滑柔腻地亲在负卿修长的指间,两人莫名尴尬,酥麻如电击。

悦然轻轻一挣，他便放了手。

随着吼猴叫声越来越凄厉，负卿的身体僵硬紧绷，似乎遇到了强劲的对手，一种本能的紧张。

他知道这是慕容斐的下策，他定是散布了七窍玲珑心在自己手上的消息，故而引来修行千年的异兽。到时候，慕容斐只要黄雀在后，不但能灭了他，还能得到玲珑心。

现在他只有三百年的功力，绝不是这吼猴的对手。感觉到腥风血雨来临前的崩裂嘶吼，负卿再次抓住了悦然的手腕，塞进一方帕子，"一会无论发生什么事你都不要出声，用这绢帕捂住嘴呼吸。"

这种交代后事的话悦然现在不想听，她反握住他的手，踮起脚对准他的耳洞小声道："我答应你，但是，如果你丢下我，我就叫唤！"

耳内被她小口的喘息弄得痒腻，心神一荡，负卿没奈何了。

两人话音刚落，洞外风声鹤唳，一个庞然大物竟然以飘浮的姿势落定，落定后，雪地上立马被压下个大坑。来物的身形极似猴类，蹲走在雪地上，肩上扛一把装饰着数枚圆环的挎刀。它如野兽般缓缓地走近洞口，用鼻子嗅了嗅，便当啷抖动了下挎刀，对着洞口横劈一下，只见整个隐洞猛地坍塌，气浪滔天。

负卿挥手间将悦然置于三角洞顶的一个窝洞处，自己则迎着刀波，势若蛟龙出海，一脚踏上刀背，弹身引开那庞物。

刀剑相击，只听丁零零，那挎刀上的铁圈乱声作响，击出的火花更如琉琉绚彩，原来那铁圈不是装饰，竟是扰人心神、乱人耳目之物。只见一团团莹光鬼火自那挎刀上冉冉升起，此起彼伏向负卿袭击而来。悦然一颗心跳跃得比那铁圈更胜，几乎要从那洞顶旋涡之处摔下来，死死地用绢帕捂住了口鼻，她的眼睛惊恐地盯着那团团鬼火将负卿围困其中。

眼见着那鬼火越缩越紧，似层层紧箍咒束缚着负卿。不消片刻，负卿已全身着火，火光簇簇，映得他银质面具一片幽蓝。

"交出她，我饶你不死！"尖刻刺耳的声音，比它的吼叫更甚。

"王的命令，你也敢违抗？"负卿冷魅的声音还是一样的悦耳。

"王的命令？哈哈，这一招也只能吓唬吓唬冥夜幽使！"那只吼猴似的怪物又发出了刺耳的嘶吼，"你敢假传王令，私吞玲珑心，本座便要替王行道，

诛杀于你！现在交出玲珑心,本座便什么也没看见、没听见！"

又是玲珑心……悦然咬住绢帕,心中一片死灰。难道负卿也是为了她的玲珑心？若是这样,谁赢谁输,谁生谁死,于她而言,又有什么区别？

这样一想,突然漫不经心起来,凉凉地蹲在那洞顶的旋涡处,以观众的身份来观赏这一场惊心动魂的打斗。

"你如此执迷不悟,休怪本座下毒手了……哈哈哈……"这笑声在宁静的雪山之巅更显阴森恐怖、凄厉惨淡,似哭非哭、似笑非笑,震荡进人的耳膜,咻咻作响。

猛地捏诀念咒,它庞然的身体突然暴涨,犹如一座黑色的山峰平地降落,压住了洞口的亮光,一片漆黑,除了负卿身上忽明忽灭的鬼火依然在燃烧着他,照亮着世界。

已经告诫过自己不要再受骗,也许这是他的苦肉计,也许这是他们合演的双簧,可是悦然的心仍止不住地颤抖。这瞬间,风雪大作,不知是吼猴召唤来了坏天气还是山巅的雪被他卷起万千雪浪,负卿手中的剑"咯嚓"折断。但他仍以绝胜之姿站立其中,双袖冽冽生风,单凭一双手召唤起八卦乾坤阵,"天地乾坤,阵！"虽然此"阵"非彼"震",但还是震得衣袖上的鬼火覆灭不少。

"小子,你的火候太浅了！震得了我刀上的火,却震不了我心中的火！哈哈……"一口火喷薄而出,立即置负卿于刀山火海之境。只见吼猴那把挎刀上的铁圈猛地脱出挎刀,幻化成数柄挎刀,与负卿双手缠斗,而那火海比方才不知凶猛多少倍,立即,悦然闻到了昨晚烤鸡的香味,如果这也是苦肉计的话,未免太苦了……

"天地乾坤,阵！"负卿足下生风,欲在火海中脱困,但那火海似乎也是某个八卦阵,只可惜现在他竟然寻不到法门。虽然有九阳真功护体,但怎敌得住这千年吼猴的业火焚烧？回眸,他看了眼洞口,突然像上了发条一样,猛攻向吼猴,逼着吼猴发狂,追着他越跑越远,而他不再自御,任由业火在身上钻咬。

只是那一眼,悦然便泪如雨下,好吧,如果是苦肉计,你赚满了我的眼泪,请你不要再演下去了,不要！

"负卿！"心中又急又痛,不管不顾地跳下洞窝,朝负卿的方向奔过去。

只是凉风一带,她便倒在吼猴的面前。

"七窍玲珑心？"吼猴猛地折回身,伸出黑胖黑胖的爪子,做西子捧心状,

"没想到今生今世我竟能得到这样的稀世珍宝，我终于可以脱离这妖胎了，哈哈哈……"那只爪子越伸越出，越伸越长，好像拉面，悦然惊骇地看着那指尖穿透过来，"啊——"

咣啷一声，是负卿咬着牙，以断剑弹开了黑爪，他站在那里，满眼的责备与心痛。那吼猴更暴怒，阴恻恻地冷笑，"看来不除掉你是不行了。呜呜呜，也罢，既然这么情深义重，一起熬了丹来吃，一定，很好吃……"那黑衣老怪眉目尽赤，神色凶戾，说到最后一句时，声音突然变得又狂暴又兴奋，还带着泪珠般不舍，猛地双手扶刀，在地上一刀划下，若在江河中投下重磅炸弹，只见漫天雪花齐齐暴起，翻卷反射如银蛇吐信，朝着悦然与负卿就是暴射开来！

"七星阵术共分十二层……"猛地，悦然的脑中闪过丝丝模糊的记忆。难怪方才觉得负卿所使的乾坤阵看着十分眼熟，原来早在自己与妩燕合并成阵抗击秃鹰时曾用到过，只不过他这个是单阵，自己那个似乎更高他一筹。

说时迟那时快，这念想只在悦然脑中一闪，她便觉得浑身充满了力量——我是希瑞！

"七星术，三星三月一骄阳……我是阵心，我只要守住心，无人能破！"悦然一边鼓励自己，一边念出口诀。她依照着梦中的记忆，照葫芦画起来。

只见雪地里一片清风拂面，转而烨阳腾升，那万条雪箭也化作绵绵春雨，柔柔落地。

负卿一见此景，只觉得那战神般的女子再次重生了，一时竟要落泪。他本是对八卦奇门通晓甚多，很快便发觉这七星阵与自己自创的乾坤阵有相通之处，配合起来竟然天衣无缝，似乎本来就是融入一体的阵法。

负卿双手摊分捏诀，恰似俊柳迎风，悦然被他的气韵荡起，直冲云霄，指天划地之间，兰花指起，垫于心下，高空的冷风拂过她的眉梢发丝，但她没有像上次那样害怕，她不允许自己再犯上次的错误，那错误让她丢了妩燕，现在，她不能再丢了负卿。

只见青色的光柱与紫色的光柱相交融，轰的一声炸响，雪雾纷纷，在两股极光之下，一片妖异。

那雪花卷绕着庞然的黑物不停飞转，最终停下，一切静然。那吼猴只来得及发出最后的一声叹息，便灰飞烟灭，那困扰负卿的业火也随着主人一起灭了。

一缕幽幽的光芒往天外疾飞,但,却被负卿一把劫获,喝道:"不要再去害人了!"

"那是什么?"悦然不解地问,却见他默念着什么,把那一簇幽光放入她胸口。

"那是他罪恶贪婪的灵魂,不过现在我已经把他锁起来了,再不能附身害人了。"

"锁哪儿了?"悦然低头看看自己的胸口,有点不放心。

"锁在你的莲心里。你知道天上的宝莲灯吗?那盏灯有净化天地灵魂的功效,你的心,也可以……"

"真的假的?江湖骗子!"悦然捶了他一把,没想到他演戏演过头了,轰然倒地。

"负卿……你不要吓我……"悦然吓了一跳,忙半跪在雪地里抱起他。

"我……我没事,只是他的戾气太重,业火伤了我。"负卿仰头看她,似乎很享受她这样抱他在怀的感觉,如果时间允许,他想再多待会儿,可是……

负卿朝远处吹了声口哨,那是召唤他的坐骑,本来是想躲开这一劫,躲开贪心的吼猴,准备治好烨阳的伤再走,但还是……

表面上,负卿安然无恙,不过是些皮外伤,其实,他受那业火攻心,内伤极重,差点噬伤了元神。

"你骑着它先走,螳螂捕蝉黄雀在后,这黄雀怕是要来了。"负卿不舍地看了眼悦然,"自己保重,你不愿回……乔府,便回皇宫吧。"

"我把马骑走了,你怎么办?"悦然眼看他这般虚弱,实在不像没事的样子。

"他不敢伤我!"这话说得霸气,眸光中自有君临天下之威。

"都伤成这样,还说人家不敢伤你,哈哈……呜呜呜……"悦然想笑,却怎么就哭了,"人家不要走,你相信我,我能够保护你。"

以前的她也许……现在的她,他不敢拿她的生命冒险,她身体亏空太甚,已没有支撑法阵的能力,只能依仗他人的力量才能开启七星阵术,他不能让她涉险,"乖乖的,除了你,谁也伤不了我。他们伤得了我的身,却伤不了我的心……"这话,负卿几乎是锁在喉间说的,除了他自己知道在说什么,谁也没听到……

"负卿……负卿你别在这儿睡呀,这儿多冷啊……"悦然使出全身的力

气都没撼动他，最终，她想出了个好主意，把那床铺上的木板贡献出来，做了辆马拉雪橇，一拉马缰，马儿便载着他俩在茫茫雪山之巅顺势而下。

那家伙，一个字——爽！

及至山腰，回头只见红日悬托于雪山侧巅，天空蔚蓝湛亮，身后白雪皑皑，连马蹄也被平铺的木板擦净，像是粉板在黑板上擦来擦去，擦下一路的雪粉……

悦然看着负卿被她整治成木乃伊似的绑在木板上，不由失笑，如果他醒来，见到自己非但没有按他的意思行事，还把他绑成这样，会不会……

大侠吗？变大虾了？乃是天外飞仙呀！

"叮叮当叮叮当铃儿响叮当，我们滑雪多快乐，我们坐在雪橇上，那里白雪闪银光，乘着年轻好时光，带着心爱的姑娘，把滑雪歌儿唱……"

这是万年来他听过的最好听的歌，虽然音调古里古怪，但她唱起来很是悦耳欢快，如百灵鸟在放声歌唱，他喜欢，但，追兵也很喜欢，不远处，有风吹衣袂的声音……

近了，负卿费力地从简易的木伐制品上抬起头，他本来没有伤到脖子，可是拜某人所赐，他被绑成了个"大"字形，所有动作都不太容易。

雪又开始下起来，且越来越大，钻进他的眼里嘴里，他却不能抹一下。怨念啊！

刷刷的风声，扬起远方的雪尘，肆意狂舞，那两匹栗红并进的高骏大马，拖着后面如敞棚车似的去盖小轿，疾速奔行，犹如圣诞老人送礼物的雪橇，锦绣华美。

"喂，你想干什么？别乱动，小心翻车啊！"悦然坐在马上，感觉负卿在左右晃动，不由警告——就怕他不听话，所以才绑住他的。转头怒责了他一声，突然觉得远处有什么光景很碍眼，定眼一看，呃，数辆豪华雪橇带着怒飞的雪花卷着气浪朝他们滑翔而来。悦然一怔之下，猛地扬鞭促马，"快快快……"

好颠簸的说……

负卿被颠得头晕目眩，连闭眼都觉天马行空、繁星翻转，纵然是一万岁了，他也不由童心未泯起来，他好想好想坐到迎面追来的那辆雪橇上，同样是雪橇，这差别怎么就这么大呢？

"啊——"马被什么东西绊了一下，本来三角形的绳索纠结起来，咚，后

面的雪橇翻了个个,成了负卿驮着木伐……

　　"我想……我想坐……坐他们的马拉雪橇,又漂亮……又舒服……"

　　悦然本来正疲于奔命,却听他躺在木伐上还叽叽歪歪,不由气不打一处来,"你以为我想拉你啊!哼,他们那雪橇有什么漂亮的,要是给我点材料……呢?负卿……"人呢?难道是在刚刚的趔趄中掉下了木伐子?晕倒了,悦然忙跳下车,在木伐边转悠了一圈,再站上去,招手远眺,完了,除了看见那些"圣诞老人"越来越近,天地间一片白茫,哪里还有负卿的影子。

　　悦然心里着急,可着劲地站在木伐上呼喊,"负卿……负卿……"

　　每喊一声,都是用尽了全身的力气,都要将气沉足,都会把负卿踩在木伐底下更深,直到负卿终于被迫发出最后的吼声时,悦然才负罪地把他从脚下雪坑中扒拉出来。

　　当是时,负卿别提有多幽怨,满脸满身都是雪,整个一雪人雏形。

　　"对不起!对不起!"悦然忍俊不禁,忙解开他的五花大绑。突然一个绝妙的主意闪现而出,悦然扶负卿上了木伐,驶向迂回的弯道,这样那些追兵便有暂时的视野死角。就像现在,虽然能够隐隐看到追兵的雪橇,但其实山路迂回,离他们还是很远的,若拐进死角,则完全看不见。

　　悦然来不及多解释,快速解下自己与负卿的外袍,并盛满雪,借树枝杂物摆弄成个雪人形状。负卿不是傻子,立即明白了她的用意,赶快帮忙用衣料子兜雪。最后,悦然让两雪人并排躺地捆好,盖上棉被,笑道:"这个是你,这个是我……"

　　"……"负卿一时感动得热泪盈眶,他的唇角微动,却什么也没说,那句"不离不弃,生死相依",他不知道该如何说出口。

　　悦然拉着负卿站在木伐之上,互相之间已是心有灵犀,猛地挥动马鞭,马儿如通灵般,载着两个雪人与悦然二人,更生猛地狂奔而去……

　　在下一个视野死角处,负卿强行催动内力,猛地抱着悦然跃出木伐,滚进枯枝杂草旁的一方大石后,此时大石被白雪所覆盖,晶莹如东海龙宫的珊瑚礁。悦然被他压在身下,极不自然,推了他一把,却没有推动,不由脸一红,气咻咻地嗔他。孰不知,负卿已耗尽了力气,良久才缓过劲来,自己滚到一边。

　　悦然见他脸色苍白,嘴角已溢出血色,不由懊恼万分,伸手与他相牵,他却呈昏死之状,一时间,她又急又忧,却又不敢呼喊,只能紧紧地握住他的手

......

　　好在山腰已有些矮木丛草,与大石相掩,确是个藏身的好去处,何况这四周毫无脚印与雪地破坏的痕迹,故而一辆辆追兵雪橇并未他想,快马加鞭地朝那载着两雪人的木伐子追去了。

　　狂风暴雪总是相得益彰,不一会儿,正在下的雪和被狂风吹来的雪将悦然与负卿两人掩盖,使他俩成了真正的雪雕艺术品。

　　负卿躺在这冰天雪地之中,体内的九阳护体神功开始自动开启,虽然气息微弱,但总算有了一丝知觉。一根枯草被风卷进了他的耳朵,他顿觉奇痒,干咳了几声,彻底有了些意识,从雪地里挣扎起来。

　　却发现自己与悦然相牵的手都冻凝在了一起,忙催动稍稍回升的功力去为悦然驱寒。

　　这冰雕似的人儿,一副乖巧可人的模样,晶莹剔透,像个易碎的雪娃娃。他的心柔软得像一片羽毛,只想轻轻为她拂去心头的阴霾,他不要她叱咤风云,也不要她惊才绝艳,更不要她的七窍玲珑心,他只要她像现在这样古灵精怪、逍遥快活。过去的烨阳太累,现在的烨阳,只要为自己活着就好。无论她是失忆,还是故意遗忘;无论她性情大变,还是想活得自在,只要是她喜欢的,他都会默默为她守护。

　　抱起雪人似的她,掌心贴向她的后心,那里一片厚厚的雪衣,突然,负卿一时福至心灵,在悦然背后的积雪之上疾速写下了几个字——宁负天下,不负卿!

　　今后,再也不会负你,卿卿!

　　不一会儿,悦然便全身冒着热气地醒了,叽叽歪歪地问道:"你在我背后写了什么?"

　　"这是我的决心!"

　　"什么决心?"

　　"你猜!"

　　"猜不到呀!"

　　"那就,猜到了再告诉你!"负卿拉起悦然,拍拍她身上的干雪。

　　"喂,你怎么这么坏?"悦然甩开他的手,佯装生气。她真的好想知道他写的是什么嘛,是他小情人的名字加誓言吗?那干吗在她身上写呀?这一认知

又让她有些醋意，不高兴地拉了一下后襟，想要抖落什么。

"他怎么坏了？"这一声沙哑的调笑，惊醒了正闹别扭的两人，不是阴恻含笑的慕容斐又道是谁？

"早知瞒不过你！"负卿满不在乎地朝慕容斐冷笑，一手将悦然护在身后。

"哼，那一群废物除了当花肥，本王实在想不出还有什么其它用处！"慕容斐调笑的语气更甚，视人命如草菅的，难道那一群没有抓住他们的追兵都……

"是你引来的吼猴？"负卿冷冽地问，敢对本座如此挑衅，你还不够格！

"那只贪嘴的猴子还需要我引吗？打麻将三缺一时，不是有句话叫'带个信，感谢不尽'吗？哈哈哈……"慕容斐笑得好诡异。

话说，他那句——带个信感谢不尽的话，好现代啊！

悦然怔怔地瞪着慕容斐，还有他头上那只鹰，这一禽一"兽"，很让人惊恐。

"王爷！"齐齐一排弓箭手弯弓搭箭在前，只需一声号令，便开始乱箭齐射。

"嗯！"慕容斐小人得志般微笑，"世人皆知本王我喜欢使毒，所以若中箭，别怪本王没有提醒，这箭都喂过剧毒了！"

悦然蹿了几次没蹿出负卿的护拦，急得大叫，"慕容斐，我便跟你走好了，你不要再伤负卿！"

"瞧瞧，这才几天，若是被我二哥听到了，他该有多伤心！"慕容斐啧了两声，摇头道。

"你——"负卿再不愿让悦然承受慕容斐的污言秽语，弹指一挥，一截木枝便应声落在他的手心，以木代剑，便抖开朵朵剑花。

负卿唇角的鲜血越溢越多，悦然急得快要落泪，没有他的引导，自己竟怎么也无法开启七星阵术。单见她笨拙地捏诀默背，口诀颠来倒去，四周却依然无波无澜——又失灵了，跟那个"日出东方"的法术一样，失灵了。

"哈哈，还以为你有什么高招来应对我的幽冥指呢？"边说着话，慕容斐暗使了个阴招，两掌忽闪，十指倏地伸出，摇摆而来，一指点向悦然，一指点向负卿，像极了东方不败的绣花指。

负卿依然拦在悦然前头艰难地抵挡着，动作却越发缓慢下来，腿脚僵立不动了……

　　"不,不要!"悦然目瞪口呆地看着负卿机械地挥动着手,纵然慕容斐已停止了攻击,但他仍那样左拦右挡,双瞳无光,没有意识,双手只是那样不停地挥动着,仿佛只有一个意念,保护她……

　　"没想到中了我的幽冥指还能动作,佩服佩服!"慕容斐的脸色微微变化,"是不是用情的人真的可以自行挣脱开我的幽冥指?我很期待,撒!"

　　"可是王爷……"有侍从怕纵虎归山,后患无穷。

　　"给他三个时辰,三个时辰之后,格杀勿论!本王真的很想知道他能否挣脱开我的幽冥指!每隔半个时辰记下他的反应,本王要好好研究。"

　　无论他挣不挣得脱,以负卿现在的伤重程度,能抵挡住有毒的弓箭或虎视眈眈的刀剑?或者慕容斐一走,那帮偷工减料的家伙就杀了他交差?

　　泪水涓然,悦然被两弓箭手拖走,她想回眸看看负卿,却被掐住了颈项,无法动弹。她真的好担心……

　　"我不许你杀他!"悦然的眼中噙满了泪,眼睑一片殷红,恨恨地直盯着慕容斐,大声疾呼。

　　"不许?你有什么资格说不许?!"慕容斐嘴角冷冽一扬,"若不是这个半路杀出来的程咬金,我怎么会被二哥骂?"

　　斐王府比起铄王府更多一点冷冽的风格,一看就是典型的酷男居所,处处四四方方,有棱有角,没有丝毫柔和可言,这点与慕容斐本人的气场倒是很像。

　　两个时辰刚过,便有黑衣侍从癫狂奔来,差点撞倒了奉茶婢女。黑衣侍从跪倒在地,喘着粗气道:"禀王爷,那人跑了……"

　　"跑了?哼,我还真没看错你们,一群花肥!给我追,追到天涯海角也要把他给我追回来,要是追不回来,我就让你们全部做花肥,滚!"

　　茶盏永远是第一个遭殃的,啪地碎了一地。

　　慕容斐这边是怒火熊熊,悦然却暗中欢喜:跑吧,跑得越远越好,尽早找到心爱之人,过些逍遥的日子……

　　本以为慕容斐会迁怒自己,事实却不是。

　　从穿越过来到现在,凌悦然终于过上了正常人的生活。没想到慕容斐掳她回来,不但没有折磨她,竟然给她好吃好住,还让她破天荒地泡了个温泉澡。

　　见一身脏兮兮、小厮装扮的凌悦然,慕容斐扭捏起来。他无聊地瞥她一

眼,那眼神是——你有我好看吗?你我同在时,若有人看你,那么可以断定,这个人不是瞎子就是二百五!

遂吩咐婢女,"放下衣物在外伺候,任何人不得打扰!"

噢耶,乃真素好人啊!

忍着全身的伤痛,费力地清洗过后,凌悦然换上了干净的新装,感激涕零地对慕容斐一揖——这才是穿越主儿的逍遥生活嘛。

他上下打量了悦然一番,才稍稍缓了下眉头,"现在好多了!"

"什么?"什么"现在好多了"?难道他是在关心自己的伤?凌悦然不由两汪清泉向东流。

见她闪烁着无敌可爱的瞳仁冰点,他后退了一步,尽量与悦然保持安全距离,"我有洁癖!"

"呃?呃!"说话能不能含蓄点哪?好吧,悦然承认,经过一番折腾,她确实变得有味道了点!

"凌悦然,看着我!"

突然,一声女子的呼喝好像来自天外,又似响在头顶。凌悦然愕然抬头,直接掠过慕容斐四处找寻。这时才发现唯有这间屋子显得特别秀气,像是间闺阁,缥缈的垂帘与床幔相得益彰,锦被上的百鸟朝凤更显得贵气娇横,特别是床头一捧玫瑰,红紫到泛着金黑色的边,令整个房间洋溢着十足的女人味。

凌悦然的目光无数次地扫过慕容斐,又无数次地掠过,因为知道她真名的不可能是这些古代人,而且这个声音与慕容斐的截然不同。悦然正在努力寻找穿西装打领带的,或是穿超短裙的,突然,她的目光死死地定在了慕容斐脸上,会不会他也是穿越主?但是他是谁?怎么会知道她的名字?而且……

"你是谁?"凌悦然有些颤抖地问,分不清是激动还是害怕。

"我是谁?你不知道吗?"这是一个女人的声音,十足妩媚,带着丝丝沙哑却绝对魅惑。悦然目瞪口呆地看着慕容斐,见他嘴里蹦出来这句话后,然后瞳孔便无限放大地昏了过去。

我是谁?你不知道吗?

好吧,你的催眠曲的确了得,小的甘拜下风!

站在欧式的童话城堡前,凌悦然偶尔伸出手看看时间,看来是自己心太

急，来得太早了，可恨肖东华，偏在订婚这一天搞什么可行性报告，害自己一个人先来化妆。

"凌女士，您好！恭喜你成为我们公司百里挑一的幸运顾客，这款＊＊＊（支持国货的说）智能手机送给你！"

呃，眨眼间，面前那个制服妹妹就刷刷刷地拆开了包装，将一款炫目的酒红色手机递给凌悦然。可是自己什么时候成为他们公司百里挑一的顾客的？他们是什么公司啊？他们是什么人啊？

就在悦然伸手接过手机思考的当口，那人"呼"地一下就不见了。她忙转身看向那位妹妹的背影消失的地方，心里突突地不安。

"七月七日晴，忽然下起了大雪，不敢睁开眼，希望是我的幻觉。我站在地球边眼睁睁看着雪，覆盖你来的那条街……"新手机骤然唱起了《七月七日晴》，吓了凌悦然一跳。

点开短信一看，"宝贝，今天是我们订婚的好日子，这款＊＊＊是我的一点心意，希望你会喜欢——肖东华。"

讨厌啊你，就知道是你使的坏！凌悦然的心由先前莫名的恐惧到丝丝甘甜的欣喜只是一瞬，拿着新手机提着大挎包，全身充满了力量——我是希瑞！

大踏步地往约好的影楼走去，远远看到某坏男人已经摆着POSE勾引人啦！凌悦然俏皮地朝他飞着媚眼，然后举起手机朝他扬了一扬，"谢谢你啦，亲爱的！啊，别动别动，好帅好帅的！"

悦然想给他拍照，可是他却在见到她的一瞬间就好像见了鬼似的，拼命摆手，"别照别照，快扔掉！"

·　可是"咔！"凌悦然还是按下了快捷键，这一张恐怕是他最搞笑的照片了，手脚并用地跳动，面部表情好狰狞滴说。凌悦然回看照片时，笑得肚子都痛了。可是当她还想为他多拍几张搞怪照时，却在手机里看到了他与那个送手机的女孩手挽手朝自己走来。悦然愕然地移开手机，直直地望进他褐色的瞳仁里，如果今天是愚人节，那么我原谅你！否则，哼哼，你懂的！

本来凌悦然骄傲得像个公主，昂起头娇气十足地睨着肖东华，但当他们距离自己越来越近时，她只能不确定地低喃，"小猫……小猫……"

眼看着那两人并肩而来，小猫看凌悦然的眼神却没有任何温度，像是突然失忆般，陌生到冰冷。悦然愕住了，面上微微变色，但心里却在猜想：会不

会是小猫又想给我什么惊喜？但是他们直接越过了她，渐行渐远，似乎走在另一个空间里，与她平行的另一个空间，怎么也不能再交汇……

凌悦然终于紧张起来，笑容僵在脸上，变成零乱的苍白，这种恐惧的认知几乎将她灭顶。她不停地呼喊着小猫，可是他好像一点也听不见，狂风一阵接着一阵，然后迷蒙了凌悦然的双眼，她拼命揉着，想看清小猫到底往哪儿走了。狂风过后便是昏天暗地的光圈，路上找不到一个可以求救的行人，悦然被圈在这片小小的天地里，找不到出口，不知道小猫去了哪里，也不知道自己该往哪儿走……

"七月七日晴，忽然下起了大雪，不敢睁开眼，希望是我的幻觉。我站在地球边眼睁睁看着雪，覆盖你来的那条街……"

"……七月七日晴，黑夜忽然变白天，我失去知觉看着相爱的极限，我望着地平线天空无际无边，听不见你道别……"

七月七日晴，忽然下起了大雪……

雪、雪……为什么七月会下雪？为什么？雪花一片一片像芭蕉扇那么大，凌悦然努力扒拉开，因为她怕被这雪挡住了身影，那样她的小猫会看不见。小猫不会就这样丢下她不管的，他一定会回来找她的，一定会给她一个完满的解释……

啊——

这梦，别来无恙，她们又见面了！第二次，一模一样的梦境。凌悦然终于明白了，只是那咔的一声响，她的小猫永远地留在了照片上，定格在了手机里，不再属于她了……

为了寻他，她穿越而来，却在这个世界里遇到了与小猫长得一模一样的慕容铄，又在另一个似梦非梦的境地里遇到了东华圣君——肖东华？他们到底谁才是她的小猫？谁才是她真正的爱人？

醒时已是夜半，但入目处却是灯火通明、华光溢彩。只是全身无法动弹，凌悦然又疑似是在梦中。

"哥哥，你比斐儿预想的要早到了呢，既然来了，缘何不推门？"女子沙哑却感性的声音带着浓浓的娇媚。

"斐儿好雅兴！"竟然是慕容铄的声音，不由叫凌悦然的心跳漏跳了半拍。斐儿，难道是慕容斐？这两人暧昧的语调，害得悦然忍不住腐了一把，睁

大了眼。

"与哥哥相比，斐儿相差甚远。"

"咳咳咳，"慕容铄似是被触到禁忌，掩示般咳嗽起来，"斐儿大了，你我兄妹，如何能不顾念你的声誉。"

"哈哈，哈哈哈……"慕容斐笑得好欢快，其中却又是说不出的凄然与狠绝，"哥哥说了个天大的笑话呢。这蓝苑，或者天下，谁人识破得了斐儿真身，谁又敢识破？再说，"慕容斐为慕容铄添了杯新茶，"你我是不是亲兄妹，你心知肚明！三年前，你宠我在手，有如至宝；三年后，你弃我如帚，连看也不愿多看一眼！有时候我在想，若三年前我便杀了凌烨阳那个贱人，又会如何？可惜，一切太迟了，在你看到她的那一刻就迟了，结局先我抵达，我又怨得了谁？"

慕容铄握紧杯樽，表情苦涩，"斐儿，你这又是何必？过往种种，只因为兄护你心切，而非男女之……"

"够了！"慕容斐把杯子掷在桌上，胸口起伏难平，似乎压抑日久，已无法自控。他声音低缓却带着沉重的哀怨，"够了……现在哥哥想怎么说都随你，只要哥哥还挂念着斐儿，只要哥哥还愿意日日夜夜陪在斐儿身边，斐儿就知足了。"慕容斐含着幸福的微笑，步步生莲地走到慕容铄身边，将头枕在他的肩上，"为了拒绝我，你竟然点头应下了与那两个妖精的亲事。哥哥，你可知道这三年来斐儿是怎么度过的吗？怎么度过的吗？"慕容斐猛地起身，正视慕容铄，然后笑中带着凄美的泪花，"哈哈哈，每想你一分，斐儿就在腕上刻一刀，如今已刻了数千刀。什么叫千刀万剐，你懂吗？"

捋起袖子，那绝不是一个女人所应有的左臂，不，那绝不是一个人所应有的左臂，触目惊心不过如此。那只手臂像根枯枝，是用斧头砍树时一斧一斧乱斧劈就而成。

"斐儿，你——"慕容铄初见此景，俊颜震颤，神情动容，心痛难耐地握住这根"柴火棍"，声音与身体都不堪其重地颤抖。

"哥哥，你还是关心我的，对不对？"慕容斐含着泪笑了，声音愉悦。

"斐儿，哥哥怎么会不关心你？只是，你已经长大了，不是一根糖葫芦就可以逗笑的小丫头了……"慕容铄无可奈何地叹息，自责之极。

"哥哥，还记得最后一次买糖葫芦给我是在什么时候？你一定都不记得了，因为三年来，你的精力全花在找那个贱人身上。你看，这是那次庆功宴开

席前你送我的糖葫芦。"慕容斐从怀中掏出一四方绢帕,小心翼翼地层层捻开,里面有几颗霉变的糖葫芦。此时她神情是痛并快乐着的,而一旁的慕容铄则呆若木鸡地瞪着那手绢上黑乎乎起毛的物什。那模样像是很怕慕容斐一时发了狂躁症,硬逼他吃上一颗似的。

"也是在那次庆功宴上,你看见了那个贱人,从此你的眼里便有了她,再也不记得给我买糖葫芦。可怜我当时却是不知,否则,我又怎么舍得多吃一口?你送我的六颗糖葫芦,那是我准备带回府中当夜宵的,可惜,当晚我错失了杀那个贱人的良机。这三年来,我无时无刻不在煎熬中度过,每到除夕,我思你成痴,连刻刀也不想用,只得食一颗。人人都说我毒,却毒不过你;人人都说我狠,却也狠不过你!当我在青楼第一次看到那个贱人还活着时,我就打定主意要带她回来。哥哥喜欢她,我也不会折磨她,只想困她在身边,这样哥哥才会经常来看我,这样就足够了,其实斐儿要求的一点也不多。"

慕容铄揽着慕容斐的娇躯,褐色的眸中一时怜悯一时狠厉,最终长叹一声,将慕容斐重重地搂入怀中,无奈地闭上了眼,"斐儿,你不要逼我!"

"哥哥,接受斐儿真的这么难吗?斐儿不懂,斐儿有哪一点比不上那个贱人?哥哥能够接受两位妖嫂,为何就是不接受斐儿?"

慕容铄不舍妹子如此痛苦,咬牙道:"斐儿,我不能伤害你!"

"难道哥哥现在不是在伤害我?"慕容斐一身红衣,黯然垂泪,我见犹怜。幽怨叩问,君心何忍?

"将来能如何,我也不知,只是不想连累你……"慕容铄轻拍着妹妹的肩,心中千回百转。

"不要说了,我知道!我什么都知道!"慕容斐近乎绝望地摇头,尖叫道,"她是出身高贵的凌波仙子;她是出淤泥而不染的七窍玲珑心;她可以助哥哥独霸天下、与世长存!而我只是生在忘川河畔一株卑贱的冥夜幽兰,永远不能与她相提并论,永远也不可能与哥哥同步……"

这一切到底是怎么回事?怎样的恩怨纠缠才造就了如今这剪不断理还乱的局面?慕容斐也说凌悦然是凌波仙子,莫非,自己真的是凌波仙子下界历劫?这是一场多么怪诞的梦,只希望它快些结束,还她一片晴空。

"可是哥哥,她若知道你留她在身边只为夺取她的玲珑心,她还会任你宰割吗?世上除了我肯为哥哥献出一颗心外,还有谁愿意?哼,哈哈,可是你

不在乎,你、皇兄,还有……全都想得到她的心。所以,当你查访到她的消息时,便第一时间赶到,生怕再如上次那般被皇兄得了先机,可惜,哥哥万万没有想到,凌烨阳也会遁心之术,纵然你有通天眼,也无法看到她的心。你得不到,自然也不想让皇兄得到……"慕容斐若有似无地朝凌悦然所在方向望了一眼,唇角挂着必杀的冷笑。

已经听到淌口水声音的凌悦然害怕地闭上眼,佯装昏迷范儿,只听慕容斐继续道:"如果你真的杀了她该有多好,可是,为什么她又活了?非但活了,还活在了你的身边,活进了你的心里!我恨,我恨她!这个贱女人是不是要夺走我的一切才甘心?!"

"斐儿,不关她的事,要怨,你就怨我!"慕容铄有些沉痛地低斥,他也不知道自己怎么了,似乎再见到凌烨阳时,一切都发生了变化。

"怨你有用吗?以前我不知道,原来人世间最远的距离竟是'我爱你,你明明知道却陌视'。也罢,强求来的,我慕容斐不稀罕,可是却对你一再破戒,或者某天,我真的可以不再破戒……也许是我坠入忘川河的那一刻……"慕容斐凄然一笑,凌悦然忽然觉得她好美,而且忽然就觉得她是来自21世纪的人——呃,如果她不口口声声骂她"贱人"的话。

"今天哥哥来,是想带她走吗?如果斐儿不让呢?"

慕容斐如此动情,不过换来慕容铄四个字,"不要逼我!"

凌悦然的心拔凉拔凉的,这确实是个无情的人,也许他爱的、所在乎的只有他自己吧?能够为了一己私欲赶去西凌国杀她,不在乎有个为他捧心的女子痛哭失声,还有什么是他在乎的?

"哥哥要杀我?哈哈,能够死在哥哥手里,也算是一种幸福呢!"慕容斐复又小鸟依人地伏入慕容铄怀里。

"斐儿,我不想与你反目,也没有办法……接受你,如果你还认我是你哥哥,你就让我把她带走,否则……"慕容铄没有再说什么,表情冷毅、目带寒光,弹指一挥间,凌悦然藏身的帐幔就成了两截,吓了她一大跳,其中一截帐幔就那么好死不死地正覆盖在她脸上,啊啊啊,她要不能呼吸了。

人家是割袍断义,你舍不得割袍子,也别割帐子啊,就算你要割帐子,也请拣个没人的地方割啊!

"早知瞒不过你,只是不知哥哥的耳力竟已达到如此出神入化之境。"慕

容斐抿唇一笑,犹如拈花,"被斐儿的幽冥指点中的人,意识不明,其他更如死人,不仅无法移动,更是毫无呼吸可寻。哥哥又怎知她被我匿于此处?"

呃,什么?既然跟死人一样不用呼吸,为啥她现在被捂得这么难受?大概是心理作用,悦然心里狂喊:快来个人救救她啊,妖也行,木有性别……呃,木有种族……也不是,木有木有,什么歧视都木有!

便在凌悦然万分虔诚地祈祷时,飞来了只大蚊子,呃,悦然翻了翻眼,人家是六月飞雪,到您这儿是十二月飞蚊?她鄙视地看着那只蚊子来来回回地在她身边嗡嗡转悠,时不时来个亲密接触,又痛又痒,就像是在她心头放了把火,凌悦然顿时想说:如果你是孙悟空变的,那就快点现形救我;如果你只是一只蚊子,那么闪远点!

蚊子流泪,黯然神伤:吾其实是只为了工作废寝忘食,甚至忘了季节的小蜜蜂而已,因为一直没有采着花蜜,肚子被饿得越来越小、越来越小,就变成了现在这副模样,你还忍心这样对人家?呜呜!

"原来……如此……"慕容斐侧过耳朵,仔细听着饿得快没气的小蜜蜂发出的嗡嗡之声,一时怔愕,幡然醒悟后,脸色一变再变,咬牙切齿道。

"便是如此!"慕容铄已倦了,没有再解释什么。

"哈哈,我原以为是三年前我向皇兄告密伤了哥哥的心,所以你弃我不顾,而我罪有应得,原来……如此……原是蜜蜂惹的祸!"慕容斐终于悲愤了。而她的"原来如此",似乎远非字面上的意思。

"便是如此!"慕容铄像是回答了她字面上的意思,又像是另含深意。转身向凌悦然走来,神情坚定、势在必得地走来。

这两个人在打什么哑谜?这时小蜜蜂又撞到了凌悦然的额头上,扒拉来扒拉去,快急哭了。

嗡嗡,你明明很香香,为啥没有花粉?我要采蜜!嗡嗡,你知不知道人家有多伤心?小蜜蜂用它的爪子在凌悦然额上挠来挠去,做采蜜状。悦然忽然就明白了,原来是因为自己身上带有淡淡的体香,引来一只饿鬼蜜蜂。

花不迷人,人自迷。也许慕容铄要的不仅仅是花心,那淡淡的体香,在浓郁的玫瑰之下,依然可以让人清晰感知。

第五章
心有千千结

死一边去！你就算没有脑容量，也知道本宫现在心情不爽吧？虽说本宫现在口不能言、手不能举，但你不会看本宫脸色行事？连花跟人都分不清楚，难怪饿得只剩层皮了。

呃，嗡嗡，我看不见你的脸，嗡嗡，你的脸色是什么样子的？

好吧，凌悦然承认这该死的帐幔快覆得她断气了，你看不清我的脸色很正常，但你也别给我摆出那么一副不懂装懂的样子啊。

当一双有力的铁臂将凌悦然从那半截帐幔下解救出来时，悦然却因惊愕过度昏了过去。

一只蜜蜂跳着八字舞旋在小猫的头顶上方，同样的画面定格，永远定格在她的脑中。这完全是她为小猫照最后一张照片时的情景，难道说只要在那张画面里的东西都会……会穿越过来？

"你会后悔的，你会回来求我的！一定会！"慕容斐跌坐在椅子上，怔怔地看着慕容铄将凌悦然抱起来，歇斯底里地拂去桌上所有物什，一片噼里啪啦。

为什么在他臂弯醒来会这么自然，这么惬意？

"啊——"凌悦然一声惊叫。一个男人，一只蜂蜜，蜂蜜在帐内飞舞，男人紧紧挨着她，连彼此的呼吸都能清楚感知。

见她初醒时傻乎乎的模样，他微微一笑，那褐色的眼眸里是亮汪汪的深情。噢，小猫！那一瞬间，凌悦然只觉自己幸福得直冒泡，直想在他的溺爱里自由自在地歌唱、舞蹈，可是，也只是一瞬，她便完全醒了，他不是她的小猫，他是蓝苑慕容铄，他要的只是她的心，不是她！

　　见凌悦然刚刚扬起的爱娇笑意慢慢褪去，犹如潮水，尚未涨起便退却，转而是警戒与愤恨，他覆在悦然颊边的手随着她脸色的变化而越来越僵硬，笑意僵在唇边，"你相信她？"

　　他的眼神冷冽，邪肆地扬眉，眸中犀利，暗示凌悦然如果她敢点头，那便是灭顶之灾！但，初听真相的绝望让凌悦然暂时抛却了贪生怕死的念头，坚决变成反光镜，连同他的眼神一同反弹回去，"是！"

　　"你相信她胜过我？"

　　"是！"

　　同样的眼神，姿势却不尽相同，他的手掐进了凌悦然的脖颈。

　　"如果这样，是不是我说什么都没有用了？"

　　"……唔……"

　　这个混蛋、霸道鬼！他猛地欺身将凌悦然压扁，唇覆上时带着报复的肆虐，狠狠地将她的"是"字吞噬进喉。

　　舌尖来来回回摩挲，叫人下唇麻酥电感，忍不住心神悸动。凌悦然怎甘愿如此承受于他，话还没说清楚，两情不相悦，你懂不懂？可是他完全不理会她的反抗，他太大男子主义了——爷恩泽于你，你应该感激涕零才是！

　　他的手往悦然胸口探进，凌悦然踹他没商量，可是不知道是不是踹错了地方，被他一手紧握，若有似无般挠痒痒，害得悦然忍不住发笑，使劲回缩，只听他呻吟一声，差点把悦然的舌头都吸进喉中，痛得她不停捶打他，你是猪啊……

　　"主子，皇上传谕，宣你进宫！"好在门外适时响起侍卫的声音，慕容铄才僵直身子，无奈地放开凌悦然，眼神幽深，带着迷茫。他气息不平，额上汗珠滚动，这模样与她的小猫一般无二，凌悦然的心便在此时生出一股怜惜之情。

　　他见凌悦然看他，神情缓下，带着潮红，不由再搂了她一下，随即抱怨道："热死我了！"

　　活该的，凌悦然恼羞不已，狠狠地在他胸口捶了几下，"下次再这样，休怪我不客气！"

　　"怎么个不客气法？"他又欺身上来，恋恋不舍似的，如此眸光，深情浓意，竟然是凌悦然所不能承受之重，让她忍不住有举白旗的冲动。悦然翻眼

看他，早知如此，何必当初？你只是为了我的心罢了，而我已知晓，现在这般，又是何必？何况我并不是真正的烨阳，连我自己都不知道自己那颗心被她藏到身体的哪个部位去了。

也许是凌悦然下意识地捂住心口的动作令他微有些不自然，他眸光渐暗，开始起身整理衣衫——他们之间怕是永远要横隔着这条银河。

小蜜蜂在帐外扑闪着翅膀，很欢快的样子，让人想扁它。

见凌悦然愕然，慕容铄扬唇道："它好像很喜欢你，我便把它带了回来，让它做你的宠物，陪陪你也是不错的！"

呃，什么叫同人不同命啊，凌悦然今天终于知道了。美人鱼的宠物是只闪电貂，慕容斐的宠物是只雏鹰，她的宠物，呃，就是只缩了水的小蜜蜂，还是只迷失在季节里的傻蜜蜂。

凌悦然咬牙，这可是你逼我的，"好，但是我要叫它慕容铄！"嘿嘿，悦然好整以暇地等着他暴跳如雷、目怒凶光什么的。

"……"他褐色的眸子里促狭之光一闪，笑得有点春暖花开，"好，明天爷买头猪回来叫阿灿！"

凌悦然泄了气，好吧，我知道以我的智商斗不过你，你就是一腹黑的主。

小蜜蜂来回旋飞，终于飞不动了，可嗡嗡叫得更厉害了，原来是被一蜘蛛网网住了，怎么挣也挣不脱。

"你稳坐了军中帐，我误闯了八卦阵……"凌悦然摇头冲自己轻笑。慕容铄穿戴整齐，朝凌悦然回眸，眸中清辉似明镜，"只要你喜欢，再没有所谓的军中帐，更没有令人生厌的八卦阵。"说罢，弹指一挥间，蜘蛛的八卦网便废了，"废柴"蜂振了振翅飞出来。

可怜了趴地上的蜘蛛，它好伤心地捶着地——人家要上网啦，没有网人家肿么办？人家没办法在网游里冲浪，没办法PS扮酷找MM，最主要的是人家没有粮食吃，人家……反正你把我打下来了，人家没时间做你的宠物啦！

慕容铄最后从怀中掏出一方小盒，打开方见檀木令牌。

"你走吧！"他的眼神很放肆很不屑，像是丢弃垃圾似滴，让人很不爽。

"呃？"这转变是不是太快了？叫人措手不及。凌悦然有些目瞪口呆，怎么也没敢接那有毒的令牌。

慕容铄轻声笑道："怕我害你？爷没那闲工夫对你用毒。"他的手轻轻地

刮过凌悦然的鼻梁,竟然有丝丝爱怜,仿佛他们是一对正在打情骂俏的小冤家。悦然忍不住脸红,避让到一边。他将方盒放到她手心上,"其实你应该都知道了,你就是我皇兄找了三年的人,他想要的东西,十年八载,哪怕一辈子,他也会等!如今,必是斐儿不甘心,再次背叛了我,将你的消息告诉给了皇兄。也罢,你终归不是我的,我也终归得不到你的心!如果时光可以倒退……"他的目光幽远,透过窗棂,似乎穿越到了遥不可及的时空。

此刻,凌悦然突然就萌生出生离死别之感,她伸出另一只手去握住他长满硬茧的手心,"也许……你不会再去杀我……"其实凌悦然想说的是,如果你不要烨阳的心,如果你真心喜欢上了我,我可以再给你一次机会。

从种种迹象表明,特别要强调的是,她和那宠物——无法沾上一点边的宠物——勤劳的小蜜蜂同志的穿越,让凌悦然对慕容铄就是小猫的猜测又多了几分。但,悦然也是有底线的,只能再有一次,若再伤她,她绝不回头。

慕容铄摇头,神情冷漠,斩钉截铁道:"错,如果时光可以倒退,我希望自己当时先刺瞎你的双眼。"

他这句话说得狠厉,竟然让凌悦然一下子掉入被容贵妃恐吓鞭打,差点挖掉双眼的梦境。她惶恐地看着他,不敢相信他是这样喜怒无常、变化莫测。

"你走吧,既然我已经不能再狠下心来杀你,又岂能剖开你转而取走你的心?"说这句话时,他的脸微熏,红云一闪而逝。他径自转身,打开贵妃榻上扶手的内置机关,"你便从这地道里逃走吧,这本是我为自己安排的最后生路。"

他也需要为自己安排最后一条逃命的生路?凌悦然还没来得及他想,便被他连人带包袱推进了地道。"哗……"转动的石壁合起,凌悦然突然有一种错觉,便如电梯内外你我默默相对,唯有千万情丝被渐渐关闭的电梯门斩得七零八落,最终只余一线。刹那间,悦然默默流下了不舍的泪水,然后狂拍着石墙大叫一声,"慕容铄,如果你肯为我守身如玉,我一定会回来找你!"

突然,一不明飞行物"嗖"一声猛地撞到凌悦然的牙齿上,嗡一声,又速退几米,趴在石壁突起处怕怕地看着她。怎么,怕我吃了你吗?

嗡嗡,刚才好险,差点被你吃了!

没空再理会小蜜的嗡嗡声,只听门外传来一声响雷,"皇上驾到——"

呃,皇上?慕容铄口中的皇兄怎么来得这么快?看来是气势不差啊!

　　自己走了,慕容铄怎么办?凌悦然再想挤出那道渐合的石壁门,却只是徒劳。石壁终于严丝密缝,连蚊子似的小蜜都没办法通过了。

　　离凌悦然远远的,小蜜把手里捧着的一个小纸团从高空扔给她,再匍匐到石壁上,这着实令现在心情不佳的凌悦然火上浇油,很不爽。突然好想唱琼瑶阿姨的《情深深雨濛濛》,"好想——好想,好想——好想,好想好想踹你没商量,无论万水千山,飞遍海角天涯……"

　　哼哼,凌悦然邪恶地看向小蜜,你若再在我面前整得跟弱柳扶风一样,我就踹你没商量,踢得连你爹妈都不识。

　　地道里每隔一段路程就会燃有油灯,看来慕容铄外表如铁,其实内心极度缺乏安全感,这或许就是包藏祸心之人的常态。灯油似乎新添不久,很满。

　　凌悦然弄了个火把拿在手中,这样感觉亮多了。虽然十分不待见小蜜,但有了小蜜嗡嗡的声音在耳边折腾,还真让她少了点害怕,多了些探险的刺激感。

　　走累了,从包袱里拿了块饼充饥,展开方才没来得及看的小纸团,呃——差点没把悦然噎死,只见纸条上信手涂鸦,一笔勾成一头猪,正啃着圆饼,旁白——阿灿,累了就吃口饼!

　　慕容铄,你成心啊?!

　　同时,凌悦然也下定决心一定要喊小蜜为铄铄!

　　"话说铄铄,虽然用慕容铄的名字来唤你可能污辱了你,你也不太乐意,但是为了打击一下慕容铄的狂妄自大,你千万得为我忍一忍啊。"凌悦然又啃了口饼,口齿不清地对小蜜道。果然,她家小蜜十分幽怨,极不乐意地翻了个跟头,差点一头栽下来。

　　"话说,铄铄,怎么感觉你今天好像胖了点?喂,胖就是胖,缩肚子是没用的!"凌悦然打趣小蜜。小蜜很抓狂,在半空中飞来飞去,最终停在凌悦然对面,捧着触须似的爪子凝视着凌悦然。呃,对它这样的小生物可否用"凝视"?

　　"吃饱了,我们开路!"凌悦然背起包袱朝它挥手,"铄铄,等出了这个地道,我找点梅花什么的让你尝尝鲜啊!"没办法,冰天雪地的,哪有什么花给你授粉采蜜?

　　喂,你那什么表情?抵死不从?没有吃的你会饿死的。嗯,那你说你喜欢吃什么?

小蜜围着凌悦然嗡嗡直转，害得她只好小心地避让，难道你想吃我？别闻了，我虽然有点点花香，可是，人家是个人好不好哩？真的没叫错它，跟慕容铄那厮一个德行。

与小蜜一起边走边聊，倒也欢快，丝毫没有正在跑路的感觉。大概走了一天的工夫，凌悦然才开始气喘吁吁地扶墙。此时她面前突然出现了三条鸡爪路，话说，她往日就是路痴，最恨的就是鸡爪路。

"怎么办，铄铄？"凌悦然愤愤捶墙，"这可是你们逼我的！"别怪我走路不长眼！

见凌悦然目露凶光，小蜜紧张地扑闪着翅膀，示意凌悦然跟着它，它知道怎么走。

"不管三七二十一，走左边！"这只蜜蜂以为自己是谁，竟然敢在本宫面前摆POSE？鄙视地看它一眼，径直往前走。

小蜜一听说凌悦然要往左边，似乎是定下了一颗心，开始尾随着她飞。突然，它挡到悦然前头，嗡嗡地跳起了"8"字舞，凌悦然仔细一看，呃，原来自己走进了右边的胡同里。右边就右边吧，反正也不知道要走哪条，再说有句广告词不是这样说的吗——不走寻常路！

小蜜因为拗不过凌悦然，只好换"嗡嗡"为"哼哼"，时时撞进悦然怀里，那架势是恨不能撞死在她怀里，小蜜越是这样，越让凌悦然有一探究竟的念头。

哗——

终于走到终点，死胡同了。凌悦然开始摸索墙壁，想看看机关所在。小蜜此时异常紧张，嗡嗡地趴到一块内凹的石窝里。难道我会触动什么错误机关把你炸死不成？

凌悦然瞥了它一眼，吐了个椭圆形的雾气，"铄铄，没想到你还挺有创意啊，话说用这做你的蜂窝确实不错，但是，我可不会陪你在这鸟不生蛋的地方哦！"

小蜜无语凝噎，只好靠自己微薄的力量弹起身体往石窝上撞，然后就

哗——

呃，光明来得太快，吓了凌悦然一跳，忙以手遮面。见到阳光的感觉真好，双腿自然而然地打软，如条懒蛇，扭啊扭，扭啊扭，一会就扭出来了。

然后，凌悦然就以为自己进入了宫廷古装剧组。

明晃晃一片黄，阳光灿烂，金黄四射，奇花异葩刺绣的华盖折射着冬日的光芒，寒风料峭，华盖袅袅摆动。

华盖之下，那人朝凌悦然举杯而笑，这笑似乎隔了千年，有点寂寥陌生，又有点渴盼了然，似乎早知凌悦然会于今日今时、此处此点而来。他明晃晃的袍子上五爪金龙犀利凶猛，小酌一杯时，衣袂飘飘，仿似要一飞冲天。

"你……你是……"哪个剧组的？这种狗血的问题被凌悦然生生压在了舌下。从他这种泰然处之的气场里，凌悦然看出了端倪，那个——咬手指，对，只有咬手指才可以对抗那个男人强大的气压。一个真正的皇上出现在了凌悦然的面前，此情此景，她好想上去拍照留念，如果他不是那么反对的话。

"斐王说得果真不假！"那个男人再啜一口酒，方抬眼扫过凌悦然，转头对身后一人说。

呃，这时凌悦然才注意到，华盖后面还站着她的大仇人啊，她肩上那只雏鹰与她这个人是一模一样的冷血啊啊啊啊。凌悦然咽了口口水，不知道是因为看到美男使然，还是看到仇人害怕，总之冬天的口水是冷的！

"哈哈……"慕容斐昂然地看着凌悦然，明明身高不比自己高多少，为啥悦然总有一种被她俯视的感觉？下意识地挺了挺腰杆，却见她笑得更欢了，沙哑的声音让人难辨雌雄，"若非如此，臣弟岂非犯了欺君之罪？想必是莲花潭的水比较好喝，烨阳公主一不小心就喝高了！"

喂，你怎么不说我喝傻了？呃，啊呸！我才不傻呢，我只是大智若愚，你懂不懂？

"烨阳公主不是已下嫁了西凌国的乔大将军，现虽和离，但早已被她皇兄接进宫中，怎会出现在朕之疆土之中？"那只妖孽男嗔了慕容斐一眼，虽然那一眼是绝对地朝着慕容斐，没有丝毫偏向悦然这边的痕迹，可为啥她会有一种被撩倒的感觉？

只需一眼，风情足见一斑。凌悦然咬了咬舌，表示坚绝不为所动——美男，她凌悦然见过啊！但，这枚人物怎生如此眼熟？呃，这还真不是套近乎啊，难道美男都是一样一样的？

于是，凌悦然开始腹诽他——妖孽，退一边去！

"哦，臣弟一时失言，万望皇兄恕罪！"慕容斐微有些紧张，朝妖孽一拜。

"哈哈,你我兄弟何须多礼? 来人——"

那妖孽男开始呼喝,凌悦然忙双手抱住自己,警惕地瞪他,"放开我——"

话说,这句狗血剧中都有的经典台词是不是被凌悦然喊得太早了点? 再说了,如果你这么一喊人家就把你放开了,那还抓你干吗?

果然,妖孽愕然,看着凌悦然笑得像只狐,"有谁捉住你了吗,爱妃? "

爱、爱、爱妃? 他这是在唤她吗? 因为太惊恐,凌悦然脚下一滑,吧唧就摔倒在他们面前了,痛得龇牙咧嘴。他当她是男是女? 有慕容斐这个仇人告密,他应该早知道自己的真实身份了? 一旁大小十几名侍卫嫔女全都神情凛然,甚至木讷,眼观鼻,鼻观心,哪有半点力气的样子,连凌悦然摔出这么大动静,一个个都跟被点了穴似的一动不动,脸上估计都打了肉毒素。

"呃,爱妃勿需行此大礼! "那只妖孽若有似无地笑,但颊边青筋闪烁,可见他忍笑忍得非常痛苦。经鉴定,这个人正常!

喂,司命星君,不带这样的,干吗老让人家出丑?

司命星君正在树上打盹,忽被吵醒,双重鄙视地吐了口椭圆形的二氧化碳气体,无语。

其实剧本只是个框架,没详细到人物动作好不好?

不懂!

也就是说,这丑是你自己要出的,OK!

悲催了。

话说,真没看错他们慕容家的人,这叫人以类聚,物以……好吧,凌悦然就是要将他们慕容家的生物当成某些东西——哼哼,见她摔倒,一个比一个冷血,替我问候您老爹老妈吧!

妖孽男干咳了一声,目光熊熊,"自从三年前你失踪后,朕每日都会在此等候……"

要不要这么苦情,当凌悦然真傻了啊?

悦然在心里把头摇得跟拨浪鼓似的,好不容易爬起来,拍拍手掌,为难地问道:"你确定你是在等我? "

"你以为呢? "他笑,几分幽怨。平生最恨男人娘,为啥这只妖孽抛出这样的眼神竟是这么理所当然地……震慑人心? 好像凌悦然负了他几千年的情?

不管,悦然避开他的眼,却又看见他的白牙森森。曾记否,每一位极品帅哥的嘴里都有一款好牙?

凌悦然恨,不带这么欺负人的,明知道人家是穿越来的,失忆了,还把皮球踢过来! 呜呜呜,悦然不理他,自顾自整理衣衫,"难道我长得那么像你的妃子? 可我是慕容铄的贴身小厮啊! "

凌悦然把"慕容铄的贴身小厮"这几个字咬得颇重,希望他能听出她的话外音来。人家说朋友妻不可欺,何况是兄弟,可是她忘了这里是帝王之家。那——所谓忠仆不侍二主……呃,算了,只要能威慑到他,让他有所顾及,凌悦然就承认一回是慕容铄这厮的仆吧。

"爱妃,三年不见,你变得成熟了……"妖孽男啜着清酒,薄唇压在杯沿上,眼神捉摸不定,飘忽进凌悦然的眼底,让凌悦然忍不住与之对望,望啊望啊,就望进去了,若不是他垂下眸饮酒,估计悦然还在他的眼中荡漾。明明不是心动,为什么纠缠不休? 凌悦然低下头揉眼——幻觉,退一边去!

"爱妃,三年不见,你变得成熟了……"这话怎么理解,他三年前就认识她,不对,应该是认识烨阳? 那现在的凌悦然相较于三年前的烨阳是老了? 秀逗了? 迟顿了? 痴呆了? 晒黑了? 关键是,烨阳怎么会是他的妃子? 这只妖孽难道是人贩子? 烨阳被他拐卖后,费尽千辛万苦逃回了祖国的怀抱? 皇上怕妹子受人歧视,下旨命乔正岳娶她,然后,乔正岳抵死不从,可惜敌不过皇命,只好忍辱偷生……打住,太苦情了!

"我……我可不可以问个问题先? "凌悦然举了举小手,话说,本人一向遵守课堂纪律,这个好习惯经常让凌悦然受到老师表扬,被同学唾弃,现在更被一群不文明的古代人鄙视,呜呜呜,他们不知道说话前要举手的啊……

慕容斐那表情简直是一种不忍心,不忍心看凌悦然,她撇过头去,嘴角抽搐,眼角隐有泪光。

已经这么惨不忍睹了我? 凌悦然侧头看向自己高举的右手,有自残的冲动,然后干笑两声,做广播体操状,"很久没有锻炼了,哈哈! 那个,我就是想问一下,您是慕容谁? 我真是你的妃子吗? "

"朕姓慕容名珏,字……东华! 三年前,爱妃喜欢唤朕东华君! "他眼中的受伤一闪而逝,仍然温情脉脉地以唤醒植物人的口吻对凌悦然说话,满眼宠溺。朝她看时,仿有霞光拂向她的容颜,那是三千宠爱集你一身的目光,叫凌

悦然忍不住浑身一颤，即便曾经如是，这种眼神也非她此刻可以消受得起。可是，这个名字好耳熟好耳熟，耳熟到听一遍就可以在心中刻下千万遍、铭记千万年，血液似有冻结之症，眼前幻影重重，好似大雪纷飞，如芭蕉扇起……凌悦然的心好痛，针扎般，却又似乎干涩到淌不出血，废旧黄符纸般呼呼作响，"东华……君吗？"

猛如醍醐灌顶，这谪仙的容颜，不是梦中的东华圣君，又道是谁？这一切到底是怎么回事？他是烨阳的师父？怎么又成了她丈夫？

抬眼凝望，绵绵扣问，"日出东方，华摄天下？"

他的脸色微动，沉吟良久，眸光黯然，"爱妃还记得？"

轰，一阵响雷劈过，啊啊啊，乌鸦群飞，原来真有这回事？真有一个东华圣君曾救过烨阳、收她为徒传授法术？

见凌悦然神游，慕容珏扬眉，微有不悦问道："怎么啦？爱妃似乎不愿想起？"

"呃，我只是以为那是一场梦，没想到会是真的！"见他似乎小心灵受到极大创伤，凌悦然忙解释。

"一场梦?！"

"……一时说不清楚啦，关键烨阳她不是你徒弟吗？怎么你们这个时代比较流行师徒恋的样子？顺便问一句，你在她手上画的这个符怎么不起作用了，害我到处被人欺负，要不，你再给我画一个？"这句话，其实凌悦然觉得十分正常，但听在慕容兄弟耳中，那简直就是天方夜谭。慕容斐还好，转瞬便抿唇笑了，似乎悟透了其中奥妙。但慕容珏却是蹙眉而视、薄唇死抿，一双深眸寒如三九冰潭，似乎山雨欲来。

"慕容珏，你再给我画一个好不？就画那个——"其他的凌悦然倒不是很清楚，可是依梦中情状，这个东华圣君可是疼极了烨阳的，估计是觉得凌悦然与曾经的烨阳千差万别，才有所迁怒，于是凌悦然壮了壮胆，开玩笑道。做了个很标准的姿势，将掌心朝慕容珏一挥，娇喝一声，"日出东方，华摄天下！"

突然，眼前一片明晃，慕容珏豁然起身，凌悦然甚至不知道他是如何捏住她挥出的手的，双手被扭转着背到身后，疼得悦然嗷嗷直叫。他干吗这样子对她？暴君！是不是他当了皇上后性情大变，所以烨阳不愿再做他的妃子，

然后逃回了自己的祖国？

凌悦然看着他，越来越熟悉，真的好像是梦中东华圣君的模样。可是为什么长相一样，神韵却不同？啊啊啊，慕容珏是不是东华圣君？慕容铄是不是肖东华？

凌悦然很怨念，作为"猪角"，最好不要随便改名字，这样很不道德啊！你倒是爽了，读者会不知道谁是谁，或者谁又是谁的谁啊?！

慕容珏扭着凌悦然的手臂，脸色如常，眸中却泛着阴冷的一抹深蓝，威胁地推悦然直走，"爱妃，有什么话随朕回去说吧，装傻的结果只能有一个！"

装傻——谁？

迎上他不屑的冷眸，悦然忽然看见他手里有一只五彩斑斓的琉璃镯，心中大惊——那不是妩燕随身之物！双瞳骤然发亮，二话不说就追了上去，仿佛怕人家把她落下似的。

嗡嗡嗡，小蜜着急地拦在前头，可着劲地跳"8"字舞。

"呼！"慕容珏振袖一甩，小蜜便如断了线的风筝，旧时王谢堂前"蜂"，飞入寻常百姓家了。

小蜜啊，难道你不知道主角与配角的区别吗？不要随便抢镜头好不好，这样猪角很生气，后果很严重，除非你给导演赞助了。

小蜜挣扎着爬起来，嗡嗡嗡，咱以前也是大腕，主演过"蜂神榜"好不好？

"摆驾回宫——嗷——嗷……嗷……"

男的站左边，女的站右边，不男不女站中间，这架势岂不是要把太监搞火了？大太监站在道正中，拂尘在半空中划了个弧，朝身后人招呼。说时迟那时快，慕容斐抓了几根四季青绿的松针刷刷刷像缝衣服似的把那太监的上下唇用三根松针串缝起来，其他侍卫嫔女全都脸色惨白，动作犹如木偶——暴君家族啊！

"喂喂喂，你怎么可以这样对他？你不要搞性别歧视啊！"话说，太监也是有性别的吧？凌悦然想伸张正义，可是被慕容珏勒得没法动，看他们慕容兄弟都是些冷血的主，只得缩了缩脖子，为自身处境深感忧虑。

"什么叫微服私访，你懂吗？"慕容斐狠厉地冷笑，看看手上还残留的三根松针，似乎在想要不要再缝他几针。

此女果然狠辣，看来凌悦然的小命……

公主要休夫

　　大太监疼痛之极,满头冷汗浸出,急忙摇头摆手,结果换来慕容斐更冷的目光,"你说你不懂?"如果眼光可杀人的话,大太监已经死了。到此,凌悦然确信了慕容斐所说的话,没有人能看破她的女儿身——这么冷血,谁会当她是女子呢?即便是看出来又如何?谁敢多说一句,便是死路一条啊!唯有像大太监这样"三缄其口",方可以明哲保身吧?

　　大太监慌忙点头,慕容斐就笑了,笑得好"和谐","你是想再缝三针?"话说,她真像拿着巨型针管的护士,向着小婴儿步步逼来——别怕宝宝,不疼的,一点都不疼哦……

　　看着大太监已经神经错乱,开始胡乱摇手、胡乱点头,慕容斐笑开了怀。

　　"斐弟,给朕留点面子,你别忘了这个月只有二十八天!"慕容珏侧过脸,五官深邃的好处就是正面好看,侧面更好看!真理!

　　"怎么,二月只有二十八天吗?!好险,差点超过预算!好吧,皇兄开了这个金口,'二二八'暂且留到明日吧。"慕容斐扬眉,似笑非笑。顺手捏着三根松毛有一下没一下地在另一只手背上划拉。预算?好现代的词啊!

　　凌悦然一时嘴贱,插话道:"二月有时候会有二十九天的,比如说闰年……"

　　在看到慕容斐越来越感兴趣的眼神后,凌悦然迅速凋零了,枯萎在了慕容珏的手里,头歪进了慕容珏的怀里,心里默念咒语对抗慕容斐,"看不见我、看不见我、看不见我……"

　　"二二八"什么意思?难道是二月二十八号?难道他们皇宫是以每天必废除一个大太监来编号记时日的?那不是东方版的《一千零一夜》。凌悦然抱歉地看着抖得像风中落叶似的大太监,SORRY呀,我真不知道还有这层典故。

　　感觉自己好像穿越到了孙二娘的人肉辅里,随时有被"辗作花泥更护花"的可能,好、好、好可怕呀!

　　浩浩荡荡的人马横穿京城,凌晨时分方到达皇宫。凌悦然在马车内几次有找周公约会的冲动,都被自己以手代替牙签撑开了眼。悦然好困,但她也知道这里好危险,承受慕容斐莫名笑意里的恨,感觉慕容珏与东华圣君截然不同的神韵气息,她突然好想念慕容铄,虽然不能确定他是不是自己的小猫;虽然他很腹黑,经常欺负她;虽然他也心狠手辣,曾为夺玲珑心亲手劫杀凌烨阳,但是,在他身边就有一种无法言表的安全感,可以毫无后顾之忧地

睡死在他肩头。唉，此刻我好想念你啊——慕容铄，我的大抱枕！

好吧，凌悦然承认她就一废柴，最终还是睡过去了。

模糊醒来忽见有一女与妩燕一般无二，伸手颤巍巍地向她走来。难道说妩燕已不在人世，怨她一直不去救她，故托梦而来？凌悦然一时情急，猛地起身，气喘吁吁地瞪视着她，而她仍面无表情，只差没直挺挺地一纵一纵了。凌悦然突然有一种被掐住脖子的感觉，很怕她真会掐过来，或是突然显现七孔流血的惨景。悦然想往后缩，全身汗湿，嗫嚅着道："妩燕，我不是不想去救你的，真的，你不要怨我……"

"皇贵妃醒了？"那侍女原是要来扶起凌悦然的。触手的温度是热的，悦然放下心来，再仔细端详她，真的与妩燕百分之九十九的相似度啊。

"你是不是妩燕？是不是太生我的气所以不愿意理我了？妩燕，呜呜呜，我想死你了！"凌悦然一把抱住她，可是她却一动不动，像根木头。再看她的眼，目无神光，让凌悦然想到一样东西——失了灵魂的傀儡。这下，凌悦然倒抽一口冷气，像丢炸弹一样丢开她。无论悦然的表情动作如何夸张丰富，她自岿然不动。悦然的双眼瞬间有些迷蒙，妩燕一定受了不少苦！想起她被那只秃鹰抓走时鲜血淋漓的模样，再想起她与自己共处时的灵动可爱，悦然忍不住，猛地下床再抱住她，"妩燕，都是我的错，我对不起你！若不是因为我，你就不会变成现在这样！"

"皇贵妃，奴婢咏梅，并非妩燕。"她淡然开口，令凌悦然万分失落。

明明是妩燕，为何却自称咏梅？凌悦然不敢相信自己的眼睛，更不敢相信自己的耳朵，除非双胞胎，世上怎么会有这么像的两个人？

"爱妃，昨晚睡得可好？"慕容珏不知何时负手而来。凌悦然用衣袖擦了擦眼泪，顺带着擦了把脸，算作以泪洗面，不然蓬头垢面多不好意思啊。

慕容珏眼神有些飘乎，根本没管凌悦然洗没洗脸，只拿一双犀利的眼审视着咏梅，似乎要把她灼伤。凌悦然下意识地把咏梅挡在身后，"慕容珏……呃，皇上，我一切都好。您一大早的不上朝，到我这儿来干什么？"

闻言，他眯了眯眼，似乎听到什么极不顺耳的话，随后也就释然了，扬唇浅笑，那弧度很薄情，"朕昨日才找到爱妃，自然是想与爱妃多处些时间。朝政之事明日处理也不迟，若爱妃再丢了，朕如何还能安心理政？"

闻言，凌悦然微微心虚，脸红红，有心怪烨阳的情债怎么这样多，又怜她

一世未得乔正岳真心,含恨而去。听乔正岳老母说,烨阳是因三年前的一次征战蓝苑失败被俘,误中寒毒,看中了她儿的九阳真功方才下嫁。难道说三年前烨阳被俘后,先是嫁与了慕容珏?被迫还是自愿?这慕容珏若就是东华圣君,那又为何要与悦然在战场上为敌?

"呃,我可不想君王为我从此不早朝!"凌悦然努了努嘴,本想让开他的手,却又不敢过于明显,最后还是败下阵来,僵硬地被他揽入怀中。

他凑在凌悦然耳坠边笑,"哈哈,那今晚朕就赐浴华清池,摆驾朝阳宫!"

热气从凌悦然耳朵里流蹿至全身,害她浑身一颤——呃,他不是说真的吧?朝阳宫不就是凌悦然现在所在的地方吗?啊啊啊,皇上,虽然你仍记得大明湖畔的夏雨荷,但大明湖畔的夏雨荷早换了演员了呀,咱朝阳宫不留陌生人,不是,是不留男人住宿啊……你若敢来,咱这就留头不留人,留人不留头!

头顶一片滴水的乌云,与天气预报上的多云且短时有雷雨大风的小图标差不多,呜呜呜,此地不宜久留啊!

嗡嗡,嗡嗡……

待慕容珏早朝去时,打不死的小蜜不知从哪里蹦跶出来,又开始跳起了"8"字舞。

知道啦!知道啦!"8"就是"不",你只会说不行不行,还会说什么?嗡你个头啊,凭你那指头大小的脑袋估计也想不出什么好办法。

"妩燕,跟我一起跑路吧!"凌悦然一把抓住咏梅细嫩的手腕往门外拖。

"谢主子厚爱。咏梅既然进了宫,便生是皇上的人,死是皇上的鬼,今生从未想过要离开皇宫。主子若是要走,除非踏过咏梅的尸体!"

喂喂喂,你是不是中了什么邪?凌悦然以百万伏高压居高临下地瞪着妩燕——你敢再说一个"不"字!我可是你曾经的主子,你们古代不是最讲究忠仆不侍二主的吗?

可是咏梅丝毫不为所动,当啷拔剑,同样是从腰间弹出佩剑,潇洒利落,可是这次却不是为了保护公主。这样的落差,悦然实在受不了,眼圈又红了,耍赖般扑到她身上,"为什么呀?我的妩燕去了哪里?呜呜呜,去了哪里?你要是再这样对我,我……我就自残!"说罢,伸出手腕,小心翼翼地往她剑尖上移去。

咏梅愕然地望着凌悦然,估计没见过这么自残的人。怕死的,你倒是快点啊,是不是就等着人家导演喊"咔"啊?

"主子,请别逼奴婢!"咏梅终于在凌悦然抽筋般地示意下让开剑,朝她伏地一跪。

"你真不是我的妩燕,可我不信!"凌悦然幽怨地看着她。估计她是真中了什么邪,关键她不帮忙跑路也行,悦然不要"春寒赐浴华清池"啦!

咏梅一丝不苟地照顾着凌悦然的起居,一如妩燕从前那般,怀中早被她塞了暖壶,甚至早膳刚过她便为悦然端上了暖胃的红枣燕窝粥。悦然一面小口小口喝着粥,一面红了眼圈偷眼去望咏梅,她很想问咏梅为什么不承认,这里只有她们两个啊!她更想问咏梅为什么在乔府那么支持她跑路,如今却冷目相对?难道她曾说的"此处不留爷自有留爷处",指的就是蓝苑的朝阳宫?

按慕容珏的意思,凌悦然必须去华清池。銮轿一起,凌悦然只觉头皮一麻,好在咏梅一直跟随,叫她的心稍安了些。除去轿卫,还有十几名侍女。凌悦然掀开帘幔,只觉得外面一片冷清,寒气逼人。那些侍女明明就在前方齐齐挥袖动步,她却又觉得她们离自己遥不可及,随时会飘然而去。

厚重洁白的雪覆在青石路上,几乎没有了那青石原来的模样。但一路却是繁花似锦,只是没有花香,凑近一看,全是假花。凌悦然的心不由咯噔一下,严重怀疑有另一位21世纪的高人穿越过来。

就在凌悦然神游太虚时,銮轿途经皇宫太庙。叱咤雷鸣暴响半空,一时三刻,闪电便布满整个皇宫。暴雨瞬间倾盆而下,打在轿盖上劈啪作响。本来不过下午时分,此时却阴云密布,天色早已不辨。轿卫侍女一任雨水肆意,却无人敢进太庙躲雨,依然如机器人般往华清池方向前进。

"停下、停下!大家去太庙躲躲雨吧!"凌悦然掀帘命令。仰头看天,所谓的"冬雷震震,夏雨雪,天地合,乃敢与君绝!"全被凌悦然碰到了。

"不可!"咏梅阻止,"此乃皇家圣地,闲杂人等不可越雷池半步,否则杀无赦!"

"那……那怎么办?雨太大了,前面还有多远?"凌悦然把头伸出轿外,立即数滴豆大的雨点斜斜地打在她脸上,还有一股腥味。凌悦然"啊"了声,赶忙擦拭。只见外面已经是漆黑一片,除了闪电偶有湛蓝阴冷的亮光外,但便

是这亮光也将人脸照得阴惨青紫。悦然心中大骇,"咚"地翻滚下轿,一把抱住咏梅惊叫,"我害怕,妩燕!"

小蜜着急地在轿内乱飞,却是不敢出来。

"主子别怕!"咏梅长剑弹出,伸出一手反握紧她。见悦然着实抖得厉害,咏梅只好道,"要不就在太庙外的水榭内暂避,但不得再往前,否则大家都会死!"

听到"死"字,轿卫侍女们瑟缩了一下。雷电凶猛,阴风呼呼,冷雨飒飒,众人皆不敢再前行,只好在就近的水榭里挤作一团。

"呼——"狂风乍起,带得斜雨尘浆四处飞溅,吱呀呀——太庙外竹栅摇动,朱红的环扣门被风吹得大开,里面隐有霞光闪烁,渐闪渐亮,犹如七彩棱镜折射出万道炫光,足可与冷空中的闪电相抗衡,仿若无数金光银箭冲天暴射。

凌悦然愕然,怔愣立起,有动步去一探究竟的冲动,却被咏梅死死地拉住。可是那千条万道光芒便如看不见的丝线,一根又一根地牵引着她,束缚着她,由不得她害怕,更由不得她挣脱。除了这万丈霞光的万紫千红,凌悦然的眼中再也看不见其他,再也感觉不到其他,她就这样朝着那霞光走去,一步一步走去,不是用眼睛去寻路,而是用她纸符般的心去追寻。

走在暴雨里,眼中那团灼灼霓虹犹如无限流光变幻万端,折射在雨滴上,凌悦然的眼前立刻形成了一席五彩缤纷的幕帘,就像是水幕电影下的喷泉,随着光影,折射出雾里看花的迤逦彩帘,风雨摇曳,更显妩媚诡丽。待悦然走进太庙,其中一扇门扑地合上,吓了她一大跳,忙回身,却见咏梅紧紧握住的那个"凌悦然"正与她对望,神情木讷,似是灵魂出窍,此情此景何止惊得凌悦然毛骨悚然!

刚想逃,却见闪电再亮,那灼灼霓虹此时竟再也无法与之抗衡,反而变得黯然,似是为了引她来此耗尽、燃烧了自己。

凌悦然不知为何那霓虹宁愿自毁也一定要引她来,不忍拂它之意,便一步一步朝大殿内走去。殿内的烛火可能是被狂风吹灭了,借着闪电一惊一乍、一闪一灭的蓝紫光亮,悦然摸索着走近它。

"你是什么东西啊?如此决绝唤我而来,可是想求我帮忙?"凌悦然朝着那微弱紫光靠近,那是一个带着盖子的大酒坛,悦然摸了摸上面的盖子,有

点像麻绳。

"阳儿……你终于来了！"那是一声苍老、嘶哑带着泣声的呼喊，犹如杜鹃啼血，似是用尽了等待千年的力量，最后爆发出来。

"啊——"凌悦然无法形容自己此刻的惊恐，"咚"地跌坐在地，她的心脏停止了跳动，只是目瞪口呆地看着那酒坛盖子，自己手里的麻绳原来是……

那"麻绳"抬了起来，凌悦然宁愿相信它只是一个别出心裁的酒坛盖子，也不愿相信那是一个人的头。他没有五官，双眼早成空洞。悦然不停地惊呼，如果这里是地狱，请让她死去，她宁愿死也不要看到这样的惨状。因为前后的落差太大太大，因为完全没有心理准备，凌悦然几欲昏死，跪趴在地上，不停地对他说："不要过来，不要过来，求你！"

"喀嚓"一声，闪电一没而过，凌悦然不幸再次看到了眼前的惨状，她惊叫得变了声音，最终嗓子都叫哑了，变成了嘤嘤的哭泣，双手捂脸，"不要，不要，求你放我走，不是我害你的，不是……"

没有了闪电，殿中复又转为黑暗，甚至那"酒坛"所散发的微光也越来越弱。他的声音像是从远古传来，"阳儿，你不要害怕，为师一直不愿离去，只为能再见你最后一面。"

从那半扇门传来的阴风呼啸肆虐，凌悦然有后背受敌之感，抬头见黑暗中幡幔如金蛇狂舞，只觉殿中一片森寒，她壮了壮胆，颤抖着撑地，"你说什么？你说你是烨阳的师父——东华圣君？"

"三年了，阳儿！三年前为师遭人暗算，失了元神！如今被他整制成这副模样，让你害怕了……"见凌悦然仍惧怕之极，想离他千万里的样子，他苦笑一声，"你手上的符可是不能再用？阳儿，你都忘了吗？忘了我们还曾拉过勾？你说过，如果为师不能再保护你，就换你来保护我，而我要反过来唤你一声师父？"

听着酒坛中的人如此说，脑中全是那日梦境中的过往，瞬间凌悦然的心刺痛难忍，涕泪如雨，是什么样的深情才可以在承受如此非人的折磨下依然等待着爱人的救赎？

师父，师父……只是初见，却似曾经。此时凌悦然在心里狂喊着，恨不得揪出心来给他，只要他能够好好的。这心痛的感觉到底是属于烨阳还是悦然，还是她们俩都有？

梦境中，他那双眼好似天上的太阳，只要他的眼看着她，就觉得心里暖洋洋，暖洋洋地想窝在他怀中，撒着小娇过完一辈子，可现在，他的双眼只是两个洞，两个洞啊！啊——凌悦然一时气喘，难以呼吸。

全身的力气都被抽走，凌悦然爬向他。此时周遭仍是一片漆黑，可是悦然心中有一团火，只觉得眼前是一片金光闪烁。无视漆黑阴森的诡异，她紧紧抱住了"酒坛"，大颗的泪打在他的脸上——失了五官的脸上。凌悦然口齿不清，满含苦涩的咸味，"师父……师父啊……师父，呜呜呜……还我师父来！老天，还我一个好好的师父来……"

"为师的夙愿已了，今生还能再听你唤我一声'师父'可真好！为师要走了……世上再也没有东华圣君了……可惜阳儿你的灵力因寒毒消失殆尽，就让为师最后再送你一件护身法器吧！阳儿，记得，一定要记得我们的约定，为师太累了，今生不能保护你，该换你来保护我了，哈哈，我的阳儿师父……"

霓光万丈，仿佛回光返照，东华圣君顿如风中纸符，燃烧殆尽。

凌悦然的心炙痛不已，猛地伸开双手想要抓住什么，突然，半空中有一舍利子坠入她的手心，金光一闪而入，"不、不，不要，不要——"凌悦然不停地揪着手心，想把舍利子揪出来，可是手心除了痛疼之外，什么也没有。"师父，不要离开我！老天，我愿意！只要把师父还我，我什么都愿意……"整个大殿回音惨淡。

"拿走你的心也愿意吗？"是谁在冥夜中对凌悦然循循善诱，声音幽冷。

"我愿意！我愿意！"

便在此时，凌悦然的心口撕裂般的疼痛，似乎有什么东西要剥离开她。她低头一看，心口处一片金光闪烁，一株莲花独秀而出，啊——

凌悦然伸出双手想要抓住那颗闪着金光的莲花心，却只抓到一片虚无，手指穿越而过，接着便什么也不知道了。

"为什么还是不行？"蓝苑皇慕容珏焦躁怒吼。他等这一刻已经等了三年，或者更久，他早知道那太庙之中被他盗取元丹的东华圣君仍残留有一丝念想，纵使已干枯成木乃伊，但那一丝意念仍在苦苦等候，还真是情深义重。故而黄雀在后，他循循善诱，以便坐收其利，等着烨阳因东华圣君的惨状而自愿贡献出玲珑心，竟却还是一无所获。

"皇兄莫不是忘了,你与烨阳身上种有子母情蛊,既然情蛊在她体内仍起作用,皇兄若想令她动情献心也不是不可能,此事又何必急于一时?"

闻此言,慕容珏稍稍收敛下来。不是他不能等,而是慕容铄不让他等,他的野心已经显露。

"若是再强行盗取,恐她一如从前,元神重伤出窍,再次遁入凡尘轮回。"慕容斐阻拦下慕容珏粗暴的动作,"届时,恐怕就没那么幸运,既可以找到轮回中的她,又可以借万年开启一次的乾坤法轮逆转时空带她回来重生。可恨当时还牺牲了铄的色相,否则她恐怕不会这么轻易地被带回来。好在我及时抹去了铄的记忆,否则他现在未必肯再按你的计划走!"

一想起当时他们两奉慕容珏的命令穿越去21世纪带回凌悦然的事情,慕容斐就忍不住恨得咬牙。

为了保证计划万无一失、成功带回凌悦然的身心,慕容铄还化名为肖东华,与凌悦然在21世纪谈了场轰轰烈烈的恋爱,若不是自己及时将他们带回,又抹去了慕容铄的记忆,后果真的不堪设想。

"哈哈,铄的色相?铄与朕相比又如何?"慕容珏笑得诡异,令慕容斐都心惊,因为那一张脸皮犹如画皮,早在他食下东华圣君的元丹后,就慢慢变成了东华圣君的模样,再不是原先的慕容珏。

未回答,难道可以问他:现如今到底是曾经的你,还是现在的你?慕容斐昂首冷笑,"哼,那我与这个贱人相比又如何?"

连夜的暴雨洗刷,屋外积雪竟是去了大半,怀中抱着暖壶,凌悦然一时缓不过劲来。总觉得哪不对劲,呆呆地思量了好久,方才想起昨夜那惊心动魄的场景来。伸出右手看了许久,虽然一样的白皙纤指,心里却知道不一样了,一切都不一样了。那里面有东华圣君一颗爱烨阳的心,否则谁会将自己炼制成丹,只为永远地保护自己的爱人?也许人只有经历了,才懂得。

凌悦然亲了亲自己的手心,默默地对他说:"我答应你,我绝不会忘记自己的誓言,可你也一定要来寻我,拜我为师啊!到时,我们便以'日出东方,华摄天下'为接头暗语好不好?"边说,凌悦然边淌泪。她仍清楚地记得,他说过这世上再没有一个东华圣君,所以这世上还会有人跑过来对她说——"日出东方,华摄天下"吗?即便有,她又敢相信他就是东华圣君吗?

"皇贵妃,昨天受惊了,再睡会吧!"咏梅眼圈微红,看凌悦然时十分怜

惜,像极了妩燕。于是凌悦然故意又干咳了两声,果然,咏梅冲上来便抱住她,并不住在她后背处拍打,"可是受凉了……"

凌悦然幽怨地回头望她,泪珠在眶内滚了滚,"可是凉了心了?"

为什么不相认,为什么把琉璃镯给了慕容珏?

她的手僵住了,一如她僵在脸上的表情。扯了扯唇角,她叹了口气,"你想知道什么便问吧!"

"你是谁的棋子?"

其实咏梅,也就是妩燕在心里已知道凌悦然最想问什么,但还是面色一变,有些惨白。手抖了抖,想帮凌悦然捋一下鬓角,却没成功,最终她立定在那里,双眼绝望地挣扎,一咬牙道:"慕容珏,蓝苑皇上!"

套用一句很流行的台词,她猜到了悦然的问题,悦然却猜不到她的答案。凌悦然怎么都不会相信,相信这就是自己要的答案。她看妩燕的眼神逐渐变冷,变得陌生,"那只秃鹰……"

"是……是他的宠物!"妩燕恨恨地回答,似乎在怨着什么。

凌悦然哑然,她早该猜到,有只小雏鹰,还能没有老的?

"你怕他?被逼迫?"凌悦然宁愿相信是这样的事实。

"自愿!"

"你恨我?"好,很好,你自愿的!那你应是恨极了我吧?否则怎么会在我身边潜伏这么久,只为取得我的信任?我就这么好骗吗?你到底想要从我身上得到什么?

"不……"妩燕猛地伏地叩头,一如初见时分,眼中有湿意,却没有落泪。她不想勾起凌悦然的同情心,该怎么样,都让她自己承受。

凌悦然真是不懂,妩燕既然不恨自己,为何要骗她?当时她们跑路时根本没有目的地啊,妩燕若想骗她来蓝苑皇宫,为何要演得那样血肉模糊?为什么要那么逼真?

"公主……"妩燕"咚咚咚"地趴在地上叩头,立即额上血流如注,眼中却仍倔强得没有一滴泪,"公主要怨奴婢,奴婢无话可说,奴婢仙长名曰肖东华……"

仙长?是不是类似学长?本来已是恼怒之极的凌悦然突然就偃旗息鼓,怔怔地看着妩燕,听她继续,"奴婢亦是因为他放心不下公主而入的宫,在公

主身边一待就是八年。未料公主远征蓝苑失利，中了……中了蛊毒，失了本性，先勾引蓝苑皇慕容珏，后勾引慕容铄……"

等会儿、等会儿，自己怎么就失了本性？还先勾引蓝苑皇上、后勾引慕容铄了？这里是不是省略了几千字？凌悦然蓦地想起初见慕容铄时被他骂成是水性杨花的主，难道竟然是出自这个典故？

见悦然瞳中一片灰茫茫，像是无所谓，妩燕心口凉了半截，以为悦然就此不再与她交心，眼圈泛红道："公主还记得那一年你差点被容贵妃夺了双眼，有个为你擦药沐浴的童女吗？那时你身受重伤，仙长因男女有别，才点化我成人，其实我本是山间一株空谷幽兰。"

凌悦然只是怨她骗了自己，却从来不知道这其中渊源竟然要追溯这么久远。特别当妩燕谈及自己的出身时，凌悦然几乎石化，她竟然不是人？

妩燕自嘲地笑道："确实，奴婢本不是人，只是仙长为了有个知心人能够照顾公主而点化成人形的花妖。我的法术也低微到几乎没有，好在公主你待我情同姐妹，教我足以护身的武艺。本来我以为这一生能够幻化成人形，便是最大的心愿了，可惜三年前，随公主远征蓝苑国，改变了平静的一切。"

眼见妩燕说到正题——三年前到底发生了什么，确实是凌悦然最关心的问题。她不自觉地正襟危坐，"说、说下去，我到底中了什么情蛊？为什么我都不记得了？"

妩燕看了眼悦然，心中疑惑，她怎么都忘记了？什么时候忘记的？却又不敢怠慢，将前因后果又说了遍："想必公主还记得，每当出征，你我必是同一装扮，唯一不同的，便是你的头盔顶上有一簇红翎，以此来混淆敌军的主帅，方便你变幻兵阵。那天，蓝苑战场上来了位蒙面神兵，非但破了公主的七星阵……最后，还把奴婢当做公主擒走……"

妩燕眸光微转，神情在回忆里变得柔和，略带着小女儿般的娇羞，末了，又恨得咬牙。不由让凌悦然浮想联翩，这个天降神兵到底是叫慕容什么？

"后来……"妩燕苦笑，低头嗟叹道，"后来我才知道，原来不是他抓错了人，而是其故意为之。待公主为了救我而涉险时，便收了网，说到底，奴婢还是害了公主。看到公主被缚在庆功宴上，奴婢心如刀割。看着那些人齐呼'皇上英明神武'，奴婢方知他就是蓝苑皇慕容珏。当晚……"妩燕说到激动处，有些气喘，以手按胸，似是难以平复，不愿回想。

公主要休夫

　　"公主被捆绑着送进了慕容珏的内殿，奴婢害怕他会对公主痛下毒手，于是咬破舌尖，本想用花妖最后的求生本能——移花接木术，向仙长发出求救信号。果不其然，慕容珏对公主下了嗜梦情蛊咒，一生一世公主只能与他一人……一人欢好，否则必将被情蛊反噬而死……"

　　咚咚……凌悦然的小心肝擂鼓一般作响，艰难地吞下一口口水——这只邪魔妖孽，真不要脸！同时，脸刷刷地红到了耳根。悦然想妩燕此时怕也红透了一张苹果脸，两人索性低头，互相不看。

　　"现在，他唤你爱妃，估计便是源于此吧。好在后来，公主以自身功力拼死压制，"妩燕长叹了口气，似乎不愿再往下讲，挣扎的模样叫人心痛，"便在那时，慕容铄突然出现，对奴婢说，他有个法子可以救下公主，只看奴婢愿不愿意。原来在暗处，慕容铄已感知到奴婢其实乃是小小花妖……"

　　凌悦然把嘴一撇，本不愿去想，却偏偏大脑不听使唤——想来慕容铄对花鸟鱼虫之类的妖物很有研究吧！

　　"奴婢岂容慕容珏毁去公主一世清誉，如此又怎么对得起点化我的仙长？便……便按了慕容铄的计划……"妩燕不自觉地以手遮面，估计有些难以启齿，"移花接木术，是花妖最后的绝招，一生只能用一次，便如黄蜂尾后针般，是求生逃脱的本能，亦可用在救人上。慕容铄竟然知晓，要我替下公主，承受慕容珏的……的……"这个确实不好措辞，凌悦然忽觉很明白。

　　可她真的为凌烨阳献身了？悦然睁大晕乎乎的眼，仔细地瞧着妩燕，见她又羞又愤，蛾首摇头，"奴婢当时只想保住公主，自己死不足惜！"

　　"岂料公主虽然被奴婢替下，被慕容铄带离出宫，但情蛊却偏偏又再发作，竟然对慕容铄……"

　　不会吧，凌烨阳是调戏了慕容铄还是"霸王"了他？呃，悦然双手举到齐刷刷咬紧的牙齿前，小头摇得跟拨浪鼓似的，一脸的抓狂：你若敢给我点头，我就死给你看。可是妩燕还是沉痛地点了下头，难怪慕容铄曾讥讽凌悦然是花痴，是人尽可夫的主，原来出处在此。

　　突然脑中便有了那般不堪的画面：慕容铄对凌烨阳的调戏与挑逗是抵死不从……唉，太丢脸了，悦然郁闷地捶着桌子，竟然对他那般投怀送抱他都没有反应，还弃之如敝履？失败中的失败！更失败的还在后头，脑中突然蹿出慕容斐尖细刺耳的怨怒声，怨他哥哥竟然在此跟凌烨阳玩亲亲，而不是去

为她拿糖葫芦。紧随而来的,是慕容珏的禁卫军与火箭手……

那时,慕容铄便知道她会被情蛊反噬,所以才拒绝她的吧?那一天烨阳逃得很狼狈吧……

恩恩怨怨便在此时清晰起来,慕容斐一直以为慕容铄是因为她这次告密而疏离她、恨了她,其实,若是不爱,任何的缘由都是一种借口,不爱的借口罢了。

"这样说来,蓝苑皇慕容珏根本就不是东华圣君,那他们为何长相如此相似?"悦然蹙眉,几乎被他骗得云里雾里。

"是,也不是!"妖燕幽幽地摇头,"仙长为了公主的蛊毒能够驱除干净,只身来到蓝苑,其后情况无法想象。奴婢一直以为只要照顾好公主,只要公主能够回心转意离开乔正岳、解了蛊毒,便可以与仙长白头偕老,我便可以功成身退,回报他再造之恩!谁知道,三年内仙长渺无音讯,而慕容铄却寻着我的花妖气息,找到乔府,推公主入莲花潭,差点害死公主。奴婢怕公主再遭毒手,便起了去雁归山求我义兄收留的念头,但随后,慕容珏的那只秃鹰将我掳回来才知,仙长的元神竟然被蓝苑皇慕容珏所破,而仙长的内丹亦被慕容钰所食,故而慕容珏的长相发生了巨变,与奴婢的仙长一般无二。"

原来,东华圣君是真的毁了,悦然忍不住心神一恸,不自觉地右手握拳置于胸口。

"本来奴婢被那只秃鹰抓回时掷下檀木令,是希望公主可借那令牌寻求到我义兄的保护,那样奴婢便死而无憾了,但是,得知仙长被慕容珏食了内丹,在那太庙中残留着仙长的残骨,以及一缕等待公主的意念,奴婢又改了初衷,答应与慕容珏合作,摘下随身饰物给他,引公主来蓝苑皇宫。慕容珏一直怕公主反抗,却不料现在公主的身体大不如前,法术也因身体亏欠而无法开启,根本不需要奴婢这枚棋子。"

喂,话不能这样说,人家这不是初来乍到吗?假以时日,人家的法术一定会大有长进的。悦然吸了吸鼻子,丢了烨阳的脸了。

"慕容珏疑心极重,除了他自己他谁都不相信,所以,宫内人都须服用他配制的毒药,服药后形如僵尸,没有自己的思想,对他的命令唯有服从才能活命。掳我回来后,亦然。所以无伦他在不在身边,都要小心提防。今日公主怨了奴婢,奴婢也只好说出原委。自从知道仙长遭难,奴婢便铁了心希望公

主能来皇宫。常听仙长说,你的玲珑心只需一瓣便可令人死而复生、得道成仙,若公主还念及仙长的好,何忍不救?骗你也好,哄你也罢,奴婢一律承担。只求公主救我仙长一命!"

妖燕一席话,听得凌悦然一愣一愣。可是昨晚她亲眼见到东华圣君燃成灰烬、化作舍利遁入自己手心,难道那只是一场梦?

"公主也不想我仙长日夜受此煎熬吧?只有你可以救他,只有你的玲珑心可以令他元神重生、打败蓝苑皇!再说,蓝苑皇掳公主来此,亦只是为了公主的玲珑心,若不先下手为强,必遭他毒手。"妖燕楚楚生怜,跪地低泣,悦然忽而想起那太庙内的残骸,一时心痛不已。

原来自己的心真的很有用啊,能令人死而复生!能令王孙公子竞相捧月!凌悦然摸了摸胸口,昨夜情状历历在目,一株虚幻的莲,好像竹篮打水,没办法掬起啊。

"只要一瓣,只要一瓣就够了!公主,你不会有事的!真的,请你相信我!"妖燕焦急地说着。说完,又觉得太直白、太强人所难了,特别是那句"请你相信我",请问悦然还可以相信你吗?

凌悦然摇了摇头,绵绵道:"可是,那朵莲不是真的!"那分明是虚幻的,没有实体。但悦然又想,也许因为是梦,所以才会没有实体,终于想起来问自己昨夜是如何回来的。

妖燕闻听,微有一怔,勉强笑道:"公主被大雨所困,只得停驻在太庙前的水榭,后来惊雷吓到了公主,公主便昏了过去,是……是奴婢吩咐轿辇送回来的。"

这样说来,自己是真的没有进太庙?

见悦然紧紧捂住胸口,也不知道在神思什么,妖燕眸光黯然,朝凌悦然再叩三个响头,"奴婢造次,还请公主恕罪!"

悦然懒骨头似地趴在桌子上——她要慢慢消化,慢慢地消化。

及至傍晚,小蜜追着妖燕就出去了,烨阳也似乎觉得太无聊,竟然趴在桌上睡着了。窗外正是腊月隆冬、寒凉刺骨,悦然却觉得无论开窗或是开门,都燥热难耐,一阵紧似一阵的暖热,全身说不出的难受。想睡又睡不着,想起身出去溜达溜达、吹吹冷风时,才发觉自己已脱得只剩亵衣。

"呃?"

　　这一惊,才有了些意识,自己这是怎么了?铜镜中的人,双颊红赤,一双眼亮晶晶的,闪着贼贼的光芒,摸了摸脸颊,烫得惊人,"发烧了吧?"

　　推开半掩的门,悦然准备去小灶房取点冷水敷脸,刚刚推开半扇镂金玉雕的双环门,却见树影之下有一雪人莹莹而立,雪花纷纷扬扬地落下,他的周身已是白茫一片。唯有那银质的面具,倒映着白雪的光华,泛着清冷幽辉……

　　乔正岳?不……是负卿?悦然倚着门框,初见时,竟然以为那一身白茫的雪人是乔府梨院中那雪之精魂般的人物,不,乔正岳不会为她而来,确切地说不会为烨阳而来,他喜欢的司若兰,他可以容忍司若兰对烨阳的任何迫害……

　　眼前人站在梅枝之下,似乎是梅树的精灵,等待着有人来采摘般,动也不动,遥遥相望……

　　这惊喜来得太快,叫悦然不敢确定。绵绵唤了声,"负卿?"再拼命举起双手,揉了揉模糊的泛着血丝的双眼。那人薄唇微扬,或许也只有她才能轻易勾动他的温柔。

　　最是那扬唇时一抹温柔,惹得百花失颜色。

　　"啊——"欢呼一声,悦然纵身飞奔了过去,紧紧抱住了他,"负卿,你怎么还活着?"

　　呃,好吧,她太激动了!

　　悦然抱着他开心地跳着,"负卿,你怎么还没死?"

　　呃,负卿终于低声轻笑,害悦然羞红了脸,人家真的是,太、太激动了。

　　"负卿,你是怎么杀出重围的?"

　　"区区幽冥指还困不住我,只是一时被麻痹了神经,后来那群爪牙就更不在话下了……"负卿不愿她挂心,三言两语就将那天的血腥场面掩去。他的伤若是没那么重,不会到今时今日才来找她,好在还来得及。

　　有她在怀的感觉真好,安心极了,闻了闻她熟悉诱人的幽香,不期然喃喃问道:"在担心我吗?"问过后,又后悔。现在,这种身份下,两个人好像还没熟到这个份上吧?他有点焦急,怕她退缩转身、不再理他,又有点怯怯,期盼着她的答案。

　　"嗯!为什么来了也不叫人家?在这里摆什么臭酷?"悦然伸手环住他有

点僵直的肩,整个人都吊在他怀中,"人家担心得都快要死掉了!负卿,再别让我担心了,看到你受伤,我真的好难过!"

这答案叫负卿悲喜交加、难以负荷,他不敢相信自己的耳朵,"真的吗?"

"真的!"

纯粹,肯定!悦然不假思索的回答让他惊喜不已,但下一刻却被她打入十八层地狱,"你也算是我的救命恩人,而且对我那么好,如果不是我先遇到了他,也许还会爱上你哦!"

"如果不是我先遇到了他"?这句话在负卿耳中来回荡漾,叫他郁结。那个他,到底是谁?是慕容铄吗?

"可是,我……"悦然难以支撑身体的热度。这烧快有40度了吧?一波一波的暖流袭遍全身,她有些痉挛,勒在负卿双肩上的手更紧了,头脑一片混沌,小头不停地在他胸口擦来转去,幽幽地嘟囔道,"负卿,我发烧了,不能陪你说话了,我想……"

想睡觉?虽然有点困顿,但没有什么睡意啊,反而双眼睁得金光闪烁。

当负卿怜惜地伸手抚摸她滚烫的脸颊时,悦然终于舒服地叹了口气,将细腻的"红苹果"深埋入负卿的大手,此刻,大脑中全是与小猫戏闹的场景。

抱紧眼前人,悦然抬起头,睁着雪亮却没有焦距的眸子,"小猫……我想你了……"侧过头,便主动去索吻,柔软的唇轻轻地印在负卿唇上,便是脸触上冰冷的面具也没感知。

啄来啄去,不知道是她把自己幻想成了啄木鸟,还是把负卿幻想成了大树,抱怨道:"真的好想你,我现在……也想玩成人游戏……"

早知道她心里有另外一个人,但当着他的面这般深情地唤出,还是他无法承受的锥心之痛,那个人比他早到了……

负卿抱起悦然走进内室,回身一眼,发丝带过一阵风,那双环门便锁紧,同时结下一层结界。

每个月的这一天,月夜分明,似有狼犬坐于月影之中,乌云来来回回飘浮不定,但月华却盈盈堪满。

这一天,是个值得记住的日子,初相识是这一天,他夺了她的心,从此后,每个月的这一天,他必须为她修补纸荷玲珑心,同时还必须安抚她体内躁动的嗜血子母情蛊中的子蛊。

　　两人盘坐,掌心相附,再紧紧互扣,仿佛生来便是交握的;分开,便是一片血肉模糊。

　　话说,今夜的悦然似乎特别难以搞定。她坐得东倒西歪,时不时就是凑上来偷亲负卿一口,惹得他心神荡漾、难以自控,但他更深深地知道,自己什么也不能做,否则她会有性命之忧。

　　终于,凌悦然消停下来,确切地说,是她体内的子蛊消停下来。她沉沉地进入了梦乡,但双手还是依恋地勾住负卿的脖子,那模样说不出的淘气可人。但这对负卿来说,无疑是更深的诱惑,他不敢回亲她,他怕自己会忍不住。西凌皇调笑的声音恰在此时回响在他的耳边,"幸亏你还有那十几房妾,否则朕还真不敢把那本葵花宝典放你那儿……"

　　混蛋! 负卿暗恨,回宫后,定把那棵"送臣松"砍了!

第六章
假面先生

　　远处，有脚步声传来，负卿不舍地分开悦然勾住他的手，宠溺地亲亲她的手背，"再过些日子，你便不用再受苦了，瑶池那边有朵新生的九天莲开了，只要采得，你的玲珑心便可以织补重生，到时，你便……便真的可以离开我了，再无需所谓的九阳神功来驱除寒毒，只是那情蛊之毒……"负卿的重瞳闪出一抹狠戾的冷光，如果没有解药，那么他不介意杀了慕容珏。母蛊消失，子蛊安存？

　　"一切等我取回九天莲再说……"负卿温柔地替悦然掖好棉被，贪婪地再看一眼她娇媚的睡姿，无论多么古怪精灵，在他眼中都变成了小可爱，像只顽劣的蝴蝶，翩翩飞舞，引人追寻。

　　闪身而去，徒留万千宠爱于她，但她，却是不知。

　　妩燕甫一推开外院的双耳门，便觉得气氛有些诡异，再见侍女们昏昏欲睡，不由大惊，匆匆奔至内室，当看到悦然安然地睡在锦榻之上，才算安心。蓦的，目光被远处的银光忽闪而刺到，凝神一愣，追至窗棂时，却不见了踪影，暗中思量，"莫不是义兄来了？"

　　犹记得三年前，她偷偷逃回西凌国寻找公主时，路遇几个恶妖，是一个银质面具的男人救了她，当她告诉他自己要去乔府找烨阳公主时，他赠给她一面檀木令，"危难之时，只要拿出，可保平安！"

　　后来眼见公主在乔府备受欺凌，妩燕也曾有心想去寻求义兄的帮助，可巧那夜公主寒毒发作，乔正岳偏不在府上，到了下半夜，妩燕竟然看到那戴着银质面具的救命恩人自公主室内跃出，不由大惊。追上去，才问明白，原来他竟然是思慕公主已久，此次不忍公主寒毒入侵，特来解救。

一方面是自己的救命恩人，一方面又对公主这般情深义重，妩燕心里的天平便倾斜到了他身上，更对乔正岳不屑，时时希望公主能够想通了，离开乔府。

她却不知，那夜，乔正岳因要务在身，回来得匆忙，来不及摘下面具，也忘了布下结界，只想救烨阳于水火之中，才会被她发现，无奈，随口编了一个身份，否则，一个正牌夫君竟然偷偷摸摸地进入自家娘子的内室，太伤自尊了……

小蜜追着那道银光飞去好远，终于停下，幽幽地瞪向远方，这个人竟然可以在皇宫自由出入？

一觉睡到自然醒，悦然好久好久都没有这么轻松自在过了，伸着懒腰，昨天还真做了一个好梦，到现在她的脸还红红的，埋进被子里好久。

看见妩燕进来伺候时，突然又想起了她的话：自己这么舒服，师父却在那边受苦。不可否认，妩燕的话在悦然心里掀起了滔天巨浪，如果太庙内真的锁困了东华圣君的残骸，她又岂能袖手？当天夜里，凌悦然又鬼使神差地偷偷翻过了太庙的竹栅。

就在她刚刚离去后，妩燕在值夜的铺位上睁开了双眼，冷冷地看着停立在窗棂上的小蜜，"我骗了她，一切，都按你的计划走了，但你答应我的事，不许反悔！夺了她的心之后，放我们走！"

"嗡"的一声，不知是答应还是不屑，小蜜追着悦然去了——今晚只许成功，绝不能失败！

也不知道为什么，悦然现在身体里就有一股真气，浑身不似从前那般冰冷，反而时时有热血沸腾之感。特别是右手心里，感觉随时都可以捏诀成风、翻手为云、覆手为雨。

"阳儿，你终于来了……"

凌悦然受那霞光所引，不费吹灰之力就再次来到了大酒坛前。太庙大殿里一片死寂，只有这一声苍凉的呼喊在回荡。原来妩燕说的是真的，肖东华依然被束缚在酒坛中，依然没有五官，依然苦苦在那里挣扎……

此情此景，催人断肠。

昨夜，只是一场梦吗？

因为心中对东华圣君充满了敬爱与怜惜，这次悦然没有摔倒后退，而是

上前紧紧抱住了他的头,"你告诉我,如何才能解救你!"

"阳儿,我不需要你救我,只要你离开这里、离开慕容珏就好!为师已油尽灯枯……"

什么样的深情使然,此刻的他令凌悦然动容动心。只是一瓣心而已,连这一点小小的伤都不愿让爱人承受吗?也许是烨阳脑中残存的对东华圣君的情意深深浸渍了凌悦然,她的眼中泪光模糊,"师父,你不要骗我了,无论如何我都是要救你的。妩燕告诉我,只要我的一瓣心就可以救你重生,可是我不知道要怎么才能召唤它出来,你教教我,教教我!"

"阳儿,你别听她瞎说,人不能没有心,为师宁愿魂飞魄散也不愿你承受失心之苦!"他猛地摇头,突然周身泛起紫光,决绝之态状似昨晚梦境中他自燃的模样。凌悦然大骇,忙求他不要。可是紫光越来越强,悦然害怕他会真如昨夜预警的迷梦那般化成舍利,忙对着他大叫,"师父,你等了我这么久,不就是心里还有夙愿,还盼能与我携手同看日出日落。我答应你,只要你同意收下我的一瓣心,我便永远陪在你身边,一辈子不离不弃、生死相随!"悦然用最能唤醒植物人求生意念的话语对他呼喊。

紫光一顿,竟然瞬时熄灭,快到令她愕然,那五官缺失的人就那么定定地望着她,空洞的眼眶,干枯的眼神,却又似有盈盈的阴忧的褐色闪烁。最后他艰难开口道:"好,我答应你!只要你与我意念相通,自然可以唤出遁隐的心。"

凌悦然的手在他的授意下按住了他的太阳穴两端,完全放松自己,让他的神志进入。初时只觉得有一股暖流慢慢注入体内,懒洋洋的,让人昏昏欲睡。也许是因为这前奏太美妙,接下来的高压电击就让凌悦然难以承受了。

悦然的双手不停颤抖,就像被电击到般,麻痛难忍。如赤闪电由双手指尖蔓延至腕部再至全身,扫雷般,扫过身体的每一个角落,又像是吸尘器,吸过每一个毛孔。冥冥中觉得有一双眼在看着她,以透视镜的方式看着她。心里害怕极了,但凌悦然仍死死地咬住唇,不想发出惊恐痛苦的哀号,生怕会惊扰到他,让他不忍下手,半途而废。

不过片刻,悦然已大汗淋漓,几欲昏厥,这简直就是电击呀!全身哆嗦得厉害,此时她便是想喊停也喊不出来了。可是东华圣君仍然没有找到标的物般,开始了第二轮的轰炸,这一次那电子眼像是直接进入了悦然的身体,刀

割般剖开她,啊——

如果这样还不昏,那凌悦然真的是凌波仙子了!

"阳儿,你的心,它不愿意属于我呢,我便是强求又有何意?真不愿再让你这般痛苦,真的好不舍得……你可知道?阳儿,如果你懂,你承诺我的话就一定要记得,与我携手同看日出日落;如果你懂,请一定要给我机会,给我一个解释的机会……"

"阳儿,请给我一个解释的机会……"多少年前,曾经有个声音也如是说。

是梦是幻,凌悦然仿佛看到一身红袍胜血的烨阳站在天庭的诛仙台上,身前身后一片火海,越来越多的天兵天将呼喝而来,战袍列列生风、戟枪金光刺目。可是她一点都不感到害怕,反而笑得猖狂得意,双眼连扫都不肯扫视其余人,只单单困死那一个胸前裹着一团大红花的新郎官,他今日的坐骑赤兔神马正站在浮云上,似乎在找寻主子,而新郎官本人却挑枪而战,不停地为烨阳打退围困而来的天兵,好不狼狈。突然,肩头中箭的他回身相望,血流如注,再染新衣。

烨阳笑了,冷笑原来可以这样子伤人。烨阳似乎知道自己伤到了他,伤得他遍体鳞伤。吾欲伤人必伤己,可知伊人早被你伤透心扉,一个没有心的人,你还能指望她如何呢?

凌烨阳捂住胸口,鲜血迸发,可是她却不觉得痛,因为她的心被这个男人夺了……

便如此时,他成亲了,新娘却不是她,他还怎么忍心再来拿走她的心?

凌悦然混沌之中,只觉得烨阳如艳火般惊艳,她拖着逶迤的长袍,红色,满眼鲜艳欲滴的红,纵身跳下了诛仙台。那一刻,她回眸凝望,凝望着那一身新衣的男子。仿佛在说,我要你记得,记得今日的我,即便你结婚生子,即便经历千秋万载也忘不了我。若遁入轮回,我要你记得,记得我的眼睛,我要惑你生生世世,不得超生。

耳边呼啸的不知是风还是什么,心口只有呼呼的纸符在呻吟。

啊——

凌悦然的双腿猛地一蹬,似着地。惊魂未定地睁开眼,满脑子像机器一样的嘈杂叫嚣。慢慢地,呼吸才开始平稳,心如纸符般呼呼作响。汗湿的枕巾

似乎在嘲弄凌悦然,难道又是一场梦?悦然翻身将头藏进锦被中,"不,怎么会?"

"公主?可是不太舒服?"妩燕的面容苍白憔悴,倒像是她做了那场噩梦似的。

越是这样莫名其妙,悦然越是想弄清楚,连妩燕同她说话也懒得理会,这令妩燕颇有些怅然。小蜜很乖地趴在帐顶上睡觉,似乎是怕凌悦然郁闷的火会烧到它。

妩燕悄悄退出,去膳房为悦然取了几样她平日里爱吃的糕点,想起昨夜公主无声无息、昏厥如死的模样,她再也忍不住失声痛哭:"公主,对不起!对不起啊!"

"嗡……"小蜜什么时候飞了进来。

"什么?你今晚还要试一次?不,你说过只试一次的,你这个骗子!我不会再让你害公主了,她会死的!"妩燕几乎失控,压低着声音,却是咬牙切齿的怒斥。

半空中,小蜜的身形渐涨,如一缕炊烟,袅袅地幻成人形,那是——慕容铄。

原来,其后钻进地道,与悦然一起进入皇宫的小蜜,竟然就是居心叵测的慕容铄?

为了七窍玲珑心,他故意让悦然负疚跑路,自己则一路跟随,及至进入皇宫。

太庙内锁有东华圣君的残骸,这是慕容珏用来引凌烨阳动情献心所备,只是他没有料到,东华圣君对烨阳用情竟那么深,受此劫难后,仍强留一缕苦候的意念,将自己化成舍利,意在助爱人脱离魔掌、逃出蓝苑皇宫。那第一晚的惊心动魄,慕容铄看在眼中,计上心头。

慕容珏可以移花接木,催动烨阳对东华圣君的爱意,并自动献出玲珑心,他也可以做到,但他需要有人协助,那个人就是妩燕。必须让烨阳怀疑昨夜只是梦境,让她再次踏入太庙,去拼死挽救东华圣君。只有自愿,她的心才会显现,否则便是炼化成丹,也只是一颗没有灵性的废心。

"你不是希望他恢复真颜吗?整天戴着别人的脸皮,有多痛苦!"慕容铄冷笑,一句话勾动了妩燕备受折磨的心。

"是不是东华圣君的内丹一被取出,慕容珏就可以恢复原本的容颜?他真的没有生命危险吗?"妩燕纠结着,不太确定地问。

"当然,但是会受很重很重的伤……"慕容铄的目光游离起来:很重很重的伤……

"……"妩燕踌躇了,但她潜意识里却不想慕容珏受那种生不如死的煎熬,所以,她还是下了决心。

想起那时,自己移花接木的手段被他知晓,他暴怒之下差点错手杀了自己,后来却又百般哄诱关心。明明知道他有多假,自己心上的天平却还是倾斜了,现在,重回他身边,看着他日夜备受煎熬,越是于心不忍、想要解救他。即便他重伤,她可以照顾他;即便他不再是皇帝,她可以养活他……

"但是,我又要欺骗公主?"

"一次、两次,有什么区别吗?都是欺骗,都是背叛……"说完那句冷血的话,慕容铄习惯性地按了按胸口的平安扣,才发现脖颈处一空,平安扣竟然遗落,莫非是昨夜用功过度,挣开了扣锁?

"糟糕,我的平安如意扣……"

"嗡……"慕容铄猛地一晃,又变幻成小蜜模样,飞了出去。

"皇上驾到——"

这声音与那日地道外的呼号有异,虽然同样尖细,却是完全不同的音调。悦然猜想那位嘴上缝了三根针的童鞋是否还健在?她无精打采地赖在床上,看着内室里飘进一袭明黄。

"这个人食了师父的内丹,把师父变成了酒坛状的人彘……"凌悦然的脑中嗡嗡作响,恨不得撕了他这张面皮,看他的眼神也透着警惕的惧意与冰冷的恨。

"爱妃为何这般看朕?莫非是怪朕这两日听从了你的谏言,因勤于理政而冷落了你?"慕容珏走到床前,亲昵地伸手来探凌悦然的额头。

悦然不自觉地瑟缩了下,想让开,却僵硬地承受了,干涩地笑道:"皇上说笑了。"

"怎么一股汗湿的馊味?朕昨夜可没有来啊?"他弯眼而笑,犹如日光煦煦。好似调戏的口吻,却说得那么抱怨,叫人忍不住想歪。他俊美的五官此时笼着一层柔和的金光,完美如神祇,令见者坠入粉红梦幻难以自拔。

这模样，一如梦境中的东华圣君，凌悦然不由仰面怔愣。

她在想象撕开他的脸——画皮啊……

慕容珏见悦然望着他发呆，怔愣片刻，转头看向鸳鸯镜，那里面是郎情妾意的美丽画卷，镜中他的笑容慢慢收敛起来，眸中升起一层迷雾般的东西，散尽时，他俯下身子，宠溺地揉了揉凌悦然的头发，将她从床上抱起来。

凌悦然不想做得那么明显，可是她对他已经从心底里产生了反感。他这只披了师父皮的黑心狼，她不会放过他，她要为师父报仇，要帮师父重生并打败他。

不知道他是见凌悦然温顺了，还是什么，竟然俯下唇在她太阳穴边轻轻一吻，也正是这一吻叫她着实受不了，猛地推开他，大叫一声，"不要碰我，你这个混蛋、恶棍！"

啪的一声，是妩燕摔碎茶盏的声音。慕容珏回身侧目，眼神极冷，似柄利剑。

"奴婢该死！"妩燕伏地而跪，不敢稍动。

"你确实该死！"一股戾气自慕容珏的周身散发出来，君王的冷情冷血一览无余。他本想以东华圣君的容颜诱逼凌悦然的计划因妩燕的告密而宣告失败，怎不叫他震怒？

"不许你伤她，否则——"凌悦然一把揪住慕容珏的衣袖。

"否则怎样？你敢跟朕这样说话？嗯？"他一伸手捏紧凌悦然的下颌，眉宇间狠戾残暴。

猪哇！好痛的！凌悦然双手扒拉开他捏她的手，"否则我宁愿自杀都不会让你得到我的心！"

"哦？那如果朕答应你不伤她又怎样？"慕容珏挑眉，像是逗弄宠物。

"那——那我就不自杀，你就凭本事来拿我的心吧。"经过几日的梦境，凌悦然突然就明白了一些事，似乎烨阳用遁心术之类的法术将自己的心藏起来了，若非她自愿，别人无法抢夺。这倒是件好事，但坏就坏在，连凌悦然这个半路出家的玲珑心主人，也找不到开锁的钥匙啊！

慕容珏闻言，眸中冷光一逝，"你当朕不敢吗？"

"你找得到吗？"凌悦然挑衅。

"三年前，你精致得像块通灵宝玉，令朕不忍碎之。而今，朕突然就有了

一种想要割开你的冲动,你知道这是为什么吗? "

　　凌悦然愕然,他这是什么意思?什么叫"三年前",什么叫"而今"?难道与烨阳相比,她凌悦然真的这么差劲吗?金枝玉叶与粗枝大叶的区别难道就是烨阳与悦然的区别? 她还就不信这个邪,说话咱把烨阳演绎得这么生活化,你们应该感谢我,颁发我最佳穿越新人奖!

　　"朕突然就有了一种想要割开你的冲动",他这句话也轰炸得悦然半天没缓过劲来,她猛地再抬头与他正视,想看看他那心灵之窗里可有什么讯息传递给她,他是真的知道了自己的来龙去脉,还是此话另有深意?

　　凌悦然翻眼看他,极力想掩饰内心的惧怕,却是徒劳,好吧,她垂下眼撇过头去:"为什么? "

　　"因为现在的你不是三年前的你!"他的眼神如切割机一般。

　　他朝她笑,那是——小样,怕了吧? 跟我斗,你还嫩点!

　　好,你就讽刺我吧,悦然承认,自己没有烨阳完美,凌悦然就一废柴!

　　OK,OK,怒从心中起,恶向胆边生,于是凌悦然也毫不示弱地瞪回去,"你知道为什么我三年前没踹你,现在脚却痒了? "

　　"为什么? "他也许还没把"踹"与"脚痒"联系上,随口一问。

　　"因为你欠踹啊!"凌悦然飞起一脚踩在他的脚面五根脚趾处,只听他"呃"地闷哼一声,看凌悦然的眼神有几分趣味性。

　　这一招"飞夺五趾山"从未失脚过,凌悦然很得意!

　　看什么看? 我不怕你! 悦然昂起高傲的头颅与他对视。

　　他伸手来摸悦然的脸,似乎想把她脸上的皮给撕掉,"你比三年前有趣得多! "

　　凌悦然怕他一使劲真的把自己的脸给撕了,忙"以其人之道还治其人之身"反调戏回去,捏着他的脸恨恨道:"你比三年前好看得多,特别是这张脸,跟我师父好像!"

　　猛地,他成了一尊雕像,石化在凌悦然面前。

　　他垂下头,悦然却知道他表情已然扭曲,那是幼兽被捕杀前的哀号。她成功地伤到他,那颀长的身姿挺拔而优美,就那样在凌悦然面前默默转身。

　　无论是慕容珏还是慕容斐都称得上绝世男颜——哦,斐是红颜。若是没有那一场贪心的变故,他又何至于会沦落到如今披着别人的面皮度日? 日日

看着镜中的自己,那个曾经被自己劫杀的人,这是怎样的一种毛骨悚然?

一想到此处,凌悦然竟然就"妇人之仁"起来。上前几步,从后面握住了他无力低垂的手,想给他些许人道主义的安慰。他顿下脚步,突然挥开凌悦然,接着便是一阵噼里啪啦作响,这是慕容珏忽地拂去茶几上的所有物什所致。没有丝毫停顿,再冲到贵妃榻前,一股脑地搬起了瓷器玉壶,砸得粉碎。可怜妩燕跪在地上,被四溅的碎片割伤无数次。凌悦然忙挡在她面前,想扶她起来,可是却怎么也拖不走她,妩燕仍倔强地跪在地上动也不动。脸上手上的伤口慢慢沁出血来,纵横交错,可是她仍是那么"一片冰心在玉壶"的表情,看慕容珏时,一片死寂、灰败。

"是不是你,是不是你告诉她的?除了你,不敢再有第二个人!我早该杀了你!"慕容珏拎起凌悦然甩到旁边,再一把扼住妩燕的脖子将她提了起来。

妩燕抬眸一笑,惨然道:"是我!皇上若还记得,妩燕早在三年前就已死了。"

咚!慕容珏将妩燕重重地掷下来,也不管地上一片狼藉的碎屑尖砾。

妩燕没有喊痛,纵然模样凄楚之极,却仍若无其事地起身打扫,带着累累的伤痕与血迹。

悦然心疼妩燕,自责不该哪壶不开提哪壶,殃及了妩燕这条"池鱼"。

"妩燕,我错了!对不起,真的对不起啊!"可是妩燕不理,凌悦然只好讨好卖乖地抢过她的扫帚。

"公主待妩燕恩同再造,只有妩燕对不起公主。如果说这三年来妩燕还有什么牵挂,那便是公主待妩燕情同姐妹,但是,我们都有自己必须要走的路,不能永远生活在乔府这个保护伞下……公主,对不起!"

我们都有自己必须要走的路吗?凌悦然的路是什么?是烨阳的还是她自己的?此时凌悦然尚不知烨阳的路就是她的路。

连续几夜的折腾,凌悦然身心俱疲,只想痛快地洗个热水澡,然后狂睡三天三夜。于是,晌午时分,悦然便招呼妩燕及几位婢女朝华清池进发了。途经太庙时,凌悦然忍不住又掀开了幔帘,只是匆匆一瞥,心却突突不安起来。朱门只半开,竹栅自风来。清冷亮光幽幽地折射而出,可是烛火?

幔帘被悦然放下,一颗心却怎么也放不下。不自觉地揪紧帘的一角,缝隙中看到妩燕亦有几分紧张,秋波扫过太庙,又硬生生收回,避开悦然的目

光,不自然地一笑,"公主!"

自从妩燕向悦然自首后,她们间的关系就变得很微妙。悦然虽然不再恨她欺骗了自己,但亦不敢太过信她,只是互相赔着小心,怜惜又警惕着。

"春寒赐浴华清池,温泉水滑洗凝脂……"粉饰与自然相得益彰的石壁上刻有"华清池"三个刚劲有力的小篆,凌悦然忍不住遥想当年杨贵妃如何众星捧月。

不想被围观,她让妩燕领着侍女们在外面守着,自己拿着衣裙走进华清池的入口。一路假山怪石,芳草凄凄,小桥流水,长亭凭栏,青石板的小径渐渐变成了鹅卵石铺路,华清池便也近在咫尺。

要说这古人一点也不比现代人缺少浪漫调情的细胞,泉水里设有水下按摩的石板、小憩的高椅,有酷似浴缸的高枕木盆……泉水被引至高处的龙头口中,再喷散而下,木盆里的水均匀充盈,再由小孔排出去。看着看着,凌悦然的头就晕了,因为她突然想起了小学数学,什么开一小时自来水可以装满整个水池,若要排尽水池里的水则需要两个小时,若一开一放,需要多长时间才能装满整个水池?凌悦然她怕呀,早就说过"凌废柴"从小学开始数学就差呀!

就在悦然正臭美着把自己幻想成杨贵妃般的美人时,池门外突然一阵兵戎相见,"贵妃入浴,擅闯者死!"是妩燕的呼喝声。

"禁卫军统领李响,奉皇上之命捉拿逃犯!得罪了!"

什么逃犯?他们不会真闯进来吧?完了完了!门外打得是天旋地转、噼里啪啦,凌悦然也没闲着,慌忙从泉水里爬起来穿衣服,呃——一个黑影带着血雨腥风般的气息猛地撞倒凌悦然,呜呜呜,鹅卵石真的很有按摩作用啊,关键是——人家还没穿衣服啊啊啊!

叔可忍,婶不可忍,当我是死人啊?朝着石门凌悦然开始大叫:"抓……唔……"

他吞了她的"抓"字,哦,不但是个恶贼还是个色鬼,只狠狠地吻住了她!悦然想踹他,但身体被他压制得死死的;她想揪住他的头发或耳朵,可是只一念,双手就被他缚上头顶。现在,悦然只能咬他了,可是咬了几次都没有咬中,反而听到他难耐的呻吟,羞愤得她差点断了气。

"小傻瓜,是我!连自己主子的味道都不记得了,叫人怎生放心得下?"

　　小猫？悦然"呃"了声,正要睁大眼看仔细,却听有一波侍卫已大胆闯入,他连忙掳她跳入泉池之中。

　　哇,齐刷刷的禁卫军列队进入了凌悦然的领地,这样子好像是悦然在检阅他们,又像是他们在检阅她,好在小猫将悦然拖下水时顺便把她的衣裙也一并带了下来。悦然隐在泉中,胡乱地抱着裙衫遮在胸前,面容素寒,努力装出大发淫威的刻薄模样,"大胆! 竟敢惊扰本贵妃沐浴! 你们有几个脑袋可以摘下来让本宫当球踢,还不快滚! "

　　"请贵妃恕罪,末将只是奉命行事! "

　　喂喂喂,为首的,我平生最恨人说什么"奉命行事"! 姐现在不是已命你滚了吗? 你为啥不"奉命"了?

　　那些禁卫军齐齐地朝四周环视,似乎在搜寻着什么。气恼得凌悦然直想踹水下的慕容铄,搞得她火大了,把他拎起来直接贡献了。

　　站在温泉里,悦然举着衣裙的手都有些发酸颤抖,面上却一派暴戾的怒容,"既然各位是奉命行事,本宫怎能干扰? 只是别怪本宫没有提醒你们,现在本宫就要出浴,谁若多看本宫一眼,本宫就奏请皇上格杀勿论! "

　　禁卫军们齐齐看向他们的统领,便在他们有所动摇时,突然有一人指向凌悦然身后大叫,"血、血、血……啊——"

　　你小子"血"个头啊,要晕血你早晕啊,说这么多废话后一头栽下去晕了,真是败给你!

　　"这有什么大惊小怪的? "那群禁卫军互看一眼,蠢蠢欲动。凌悦然在心里哀号了声,干咳片刻,带着羞愤道:"不过是本宫的月事,为免污浊了池水,本宫这便要出浴了! "这群人是吃了熊心豹胆了,就是不走。

　　"贵妃请便,末将们绝不会多看一眼! "

　　呃,你小子有种! 贵妃出浴呀,是何等的艳遇,竟然能够保证自己绝不会多看一眼? 这么嚣张? 凌悦然冷哼一声,一时被气得不轻。装腔作势地扫视全场,笑得十分邪恶,"皇上是听你的保证,还是听本宫的控诉与指证? 现在要么给本宫滚出去,要么……"

　　果然,禁卫军在悦然的淫威下,行了一礼,齐刷刷地走了。悦然刚要转身揪起水下那货,却见李响再次折回,吓得她像斗鸡一样看着他,结果人家果真看都没看她一眼,直直地将晕血那厮拖走了。

然后，便听水下人"哦"了一声，被凌悦然踹了一脚后，再被揪起来，狠狠地挨了一耳光。可恶的色鬼，凌悦然真不知道自己为什么还要救他！

他痞子般一把抹去嘴角的血迹，看悦然的眼神似饿狼扑食般狠戾，一步一步朝她逼近。

"你，你敢过来?! 你……你不要忘恩负义啊！"

真正一个东郭先生与狼的翻版啊！自己怎么就这么傻，慕容铄是什么样的人，她难道还不清楚吗？为什么要救他？凌悦然心中恨恨地想踹自己，步步后退，警惕地望着他渐渐逼近的身影，"我……呃……"

脚一滑，凌悦然身子猛地斜倾，沉到水底。好在他已近在咫尺，长臂一捞，一把托起她的腰。"哦，咳咳咳——"悦然咕嘟咕嘟呛了好几口水，刚一被他救起便大咳起来。他却在此时欺身压近，结果可想而知，悦然如大象浇花般喷得他一脸口水。他愕然地透过水帘看她，并一步步向她走近，逼得悦然倒退到石壁边。不知道是不是因为悦然被温泉水泡得粉红的肌肤引起了他的某些遐想，两人这般亦步亦趋在泉中走动时，流水的阻力反而令两人的身体纠缠得更紧密。

他压她在石壁上，无视身后一条血痕慢慢在水中扩散。凌悦然捶打他，让他放开她，可是他笑得很欠扁，蓦地与她的唇瓣相合，肆意勾引。悦然又气又恼，知道你这么坏，真该早点把你丢出去！捶打毒害他的后背，悦然拼命扭开头去，"你疯了！"

他终是放开凌悦然，两人目光纠缠，悦然先败下阵来，她毕竟是个女人，还是现在这般狼狈不堪的模样。

你、你竟然像痞子一样挑逗我？

悦然都快被气哭了："你的伤……会死的！"

见悦然真的红了眼圈，他微微一怔，示弱道："只是喜欢你嘛！"

打住！生平最恨男人撒娇，特别是她的男人！那样凌悦然会HOLD不住的。自己的"百炼钢"就这么被他的"绕指柔"给打败了，心底里那股被调戏侮辱的羞涩感非但消失得无影无踪，同时还腾升起一股甜蜜的味道，虽然不愿承认，但是真的有点喜欢他——不，不是一点点。

见悦然闪了神的傻瓜样，他闷笑，抬眸对上她时，有几份迷离的得意，褐色瞳仁里闪烁着梦幻般的光影，照在悦然早已羞红的脸上。慢慢地，他再次

压近她，唇瓣亦压上，"乖，是我错了，因为太想你，便偷偷闯进后宫来救你。你也知道皇兄现在视我若眼中钉，只是我没有料到，他竟早布下天罗地网等我，一路被禁卫军追杀至此，可恨有个笨蛋竟不领情。"

"呃……"本以为他的吻会比方才更火热强悍、粗暴到不可理喻，结果他只是柔柔地含了一下便放开，害得凌悦然一时萌动，不舍的眸光就那么一泻千里。

"原来你也是这么想要我？"他捧着悦然的小脸，喃喃道，"我真傻，原来我一直想要的东西早就属于我了，我却不知。阿灿，真希望你会一直这样待我！"

"不要脸！谁、谁想要你？谁属于你了？自大狂！还有，不准叫我阿灿！"凌悦然不好意思被他看穿，凶凶地吼他。

"哈哈……"他蹙了蹙如笔走剑峰的眉，那里是舒万卷风云的韵色，"方才以为你恼得想再扔我一耳光，结果你仅是担心我的伤……改日，我们选个黄道吉日再行大礼可好？"

"还说？不要脸！"凌悦然气得跺脚。

"呃——"他捏了捏她嘟起的小嘴，回头看看泉水，再看看周身，"原来已经流了这么多血了……"说完，就晕菜在悦然怀中。

待凌悦然一切打点停当，便火速冲到石门外，这一瞧才知道为啥禁卫军走了这么长时间，妩燕都没有声音，原来她与十来位婢女齐刷刷被点了穴，正大眼瞪小眼立在那儿。

"妩燕，这可怎么办才好？"悦然一时没了主意。好在咱现在还有点小力气，一把抱住僵直的妩燕往洞里拖——拔萝卜，拔萝卜，嘿哟嘿哟，拔萝卜……

"好了！"悦然拍了拍手，把妩燕放到慕容铄的跟前，吓得妩燕差点翻滚到温泉池里。这样一折腾，穴道竟然被她自己撞开了，趴在地上长长喘了口气。

"别怕别怕！"凌悦然抱住妩燕，着急道，"三言两语也讲不清楚，总之呢，他再也不会像当初在乔府那样推我入寒潭了。"

妩燕的眼神中充满了鄙视与不信。好吧，妩燕一定以为自己被美色所迷，竟然救了差点杀死自己的凶徒。悦然的脸一红，小声解释道："真的，他再

也不会害我了。这次他冒死入宫被追杀，也是因为……因为要来救我逃出皇宫。妩燕，咱们救救他好不好？"

凌悦然赔着小心，像个犯了错的小孩，虽然低着头，依然能够想象妩燕额前立马显出的一排黑线。

良久，妩燕噌地站起来，笔直走向慕容铄，那样子就像是来踢馆的。

"妩燕……"悦然焦急地在后面喊着——慕容铄已经身受重伤，不能再折腾了。

"……你成功了！"妩燕背对着凌悦然，低沉沙哑地说道，地上人犹如溺水般闷咳起来。

悦然闻听妩燕答应了，心里窃喜，一蹦三跳跑过去，抱住妩燕道："就知道你待我最好了，咱们把他怎么办？"

"先放这吧！"妩燕漫不经心地回答道。

"呃！"悦然不敢苟同，妩燕莫非想让慕容铄自生自灭？她知道妩燕护主心切，慕容铄在乔府推烨阳入寒潭的那个梁子算是彻底结下了。

"最危险的地方就是最安全的地方，先找个地方把他藏起来，然后奴婢再找点药与食物送来。难道要带他回宫里吗？"妩燕目光灼灼地看着慕容铄，像是要把他看穿似的——好吧，仇人见面分外眼红，关键凌悦然这个当事人当得很失败。

一切听妩燕安排，打道回府了。奇怪的是，府内冷清异常，这才发现少了小蜜的叽歪。久居鲍市不闻其臭，被小蜜吵啊吵的，吵习惯了，它一日没了声息，还真觉得空落落的。到处找也不见，凌悦然撅起嘴站在窗棂边发呆。

"公主，你真的变了好多！"

时隔不久，再听到妩燕的这句评价，却觉得深意十足。凌悦然微有些不自然，回眸问道："那，是变好了还是变坏了？"一如那日般的回答，估计今日妩燕会给悦然一个不一样的答案。

"也无所谓好与坏，只是主子越来越心软，这可是大忌！对敌人的仁慈，就是对自己的残忍！"

嗯？这句话怎么这么耳熟，悦然于是膜拜起妩燕来。

当是时，凌悦然没有听出妩燕话中有话，事后想起，只觉得有一种挖心的痛楚。

　　夜，凌悦然扒拉着窗棂，本不是多愁善感的人，此时却有些矫情，想起小猫因她而重伤，想起华清池里的情状，一张脸红了又红。虽然在21世纪时与小猫也有过几回亲热，但每到关键时刻小猫便长长叹息一声，怜惜般亲着她。小猫告诉悦然，他要把最美妙时刻留在新婚之夜。如此的珍视叫悦然幸福羞怯不已，被人捧在手心里的感觉真好。

　　入暮时分，妩燕便被悦然催促着为慕容铄送去疗伤的药与膳食，到现在还未归来。为方便行事，悦然支走了其他侍卫婢女，现在正无聊地数着星星。也许是为了配合她的心情，星星少得可怜，数来又数去，最后只剩下寂寥的烦闷。本来担心着慕容铄，想亲自跑去看他，结果被妩燕生生按下，心里便再不能安宁了。

　　窗外黑洞洞一片，看不真切，故而一道白影穿梭而来时，着实惊了凌悦然一身汗。她壮着胆厉声喝责，"你是谁？想干什么？"

　　"哈，世界之大，真是无奇不有。一只占了鹊巢的鸠，理所当然地躺在鹊的巢里，反过来问鹊你是谁，想干什么？"她站在窗外，整个身影都没于夜色中，但那双怨毒的眸子却越发冷清剔透，"奇怪吗？不奇怪！"

　　"慕容斐？"凌悦然眉头一皱，说真的，她其实比较怕慕容斐，在她心里早已把慕容斐跟"心狠手辣"划上了等号。

　　"是我！"慕容斐冷笑，"三年前，我错失了杀你的良机，今晚，他们都受伤了，我看还有谁来救你！"

　　"他们都受伤了？"凌悦然不太明白，"他们是谁？"

　　"他们是谁？哈哈……"双扇门被慕容斐一脚踹开。一身白衣袅袅生风，笑时如仙子，怒时如罗刹，长剑直指凌悦然，"可笑那俩人为你斗得死去活来，遑论君臣、兄弟，你竟然在这里装傻？"

　　听她这般说，凌悦然心里一紧，难道慕容铄今天确实是被慕容珏所伤？想至此，她便更急了，往门外看了看——妩燕怎么还没回来，莫非半路杀出了个程咬金？

　　"有时候我会问自己，你到底哪一点能胜过我？哪一点，你告诉我！"

　　慕容斐本就生得国色天香，此时一身男装更显妖异魅惑。她怨凌悦然这个外来户也是情有可原，便如司若兰恨凌悦然一般。

　　对乔正岳，凌悦然可以放手；可对小猫，她却绝不能放下手啊。最后一张

照片难道还不能证明慕容铄就是她的小猫吗？那个失忆的小猫，她一定要唤醒他。

"有关感情，我也觉得很奇怪，为什么世界上有那么多人，偏偏就爱着一个呢？"凌悦然努力让开慕容斐手上颤抖的剑尖。老兄，你一定要拿稳点啊。

有人曾这样形容"爱"：就算是喝过孟婆汤、趟过忘川河，下辈子仍然能从无数擦肩而过的人群中一眼看到他……凌悦然现在亦深以为然，不然又怎么会有她现在的为爱穿越而来……

"呸！你以为那是爱吗？哼，如果你不是那朵什么破莲，你以为你可以得到什么？我平生最恨你这种得了便宜还卖乖的人！你敢跟我赌一场吗？""破莲"？好吧！慕容斐凶神恶煞地死勒紧凌悦然的脖子，笑得犀利。

悦然差点忘了，她曾恨怒自己的出身不好，她曾自称是忘川河畔的一株冥夜幽兰。

"赌？"凌悦然本以为她开场开得那么华丽是要来杀她的，结果只是来跟自己赌博的？她四处搜寻了一下，呃，没看到什么值钱的东西。纠结着对上慕容斐不屑的冷光，悦然汗淋淋地问，"你想赌什么？"那啥，你可千万别给我说什么赌命之类的话。

"赌你若失了玲珑心会如何？如果届时慕容铄仍对你不离不弃，那我愿赌服输，唤你一声'嫂子'；若他弃你不顾，你就得给我立即消失，终生不得出现在我的视线里。"

"……"悦然的脑中反反复复回响着慕容斐的赌约，一时竟不敢接下这份战书。若真是她的小猫，凌悦然自然可以毫不迟疑，谈笑间樯橹灰飞烟灭；但现在的慕容铄却是个半残的、失忆的主，在没有唤醒他的记忆之前，悦然只能保证慕容铄心里有她……这个她，是她的人还是她的心？

见凌悦然犹豫不决，慕容斐笑得嚣张得意，"不敢？"语调里满是肆意的挑衅。

是可忍孰不可忍，悦然翻眼逞强，大声吼回去，"谁不敢？WHO怕WHO？"

慕容斐一得到凌悦然似是疑问的肯定答案后，得逞地晃了晃剑尖，收起了剑。

嗯？这就要走了？她就是来跟我谈这个赌约的？

"WHO怕WHO？"慕容斐若有所思地点了点头，然后提剑转身，"如果有一天我们互换了身份，你成了长在忘川河畔的冥夜幽兰，我成了凌波仙子，世界会怎么样？到时候，你所谓的'爱'的背后会是什么？我很想知道！"

眼见慕容斐曼妙地走了，徒留下一身冷汗的凌悦然，所谓的爱的背后会是什么，她也很想知道。

妩燕一夜未归，害凌悦然成了熊猫眼。简单打点了一下自己，悦然匆匆往华清池方向跑去，结果刚到半路，便被眼前的景象惊呆了。满树梅花飘飘洒洒，散落雪地，雪地上渗着殷殷血痕，一路流到她的脚下。那一人，一身明黄广袍，悠然地半倚在华盖下的雕龙椅上，阖目的样子像只慵懒的猫。许是知道凌悦然来了，他的睫毛动了两动，翻然张开，冲她便是一弯明月般的笑意，"爱妃?！"

凌悦然朝着血痕走过去。地上是冻僵的妩燕，她以半跪的姿势倒在地上，似是已经昏厥，双膝还深深地插着碎碗屑片。

悦然半蹲在妩燕的身旁，只知道笨拙地伸手揽她入怀，想要给她温暖却不知该怎么办。妩燕一定是因为送东西给慕容铄时被慕容珏发现才受此惩罚的，她又一次为自己受累了。颤抖地抚摸着妩燕俏丽却惨白的脸，凌悦然干涩地开口，"皇上，能否赐一枚免死金牌？"

"免死金牌？是什么？"慕容珏闪烁着星光般的眸子，颇有些兴趣地问。

身为一个皇上，连免死金牌都不知道？还是说免死金牌并不是每个国度都必设的优待？

"确切地说，就是无论我犯下什么错，只要亮出免死金牌，都能使我安然无恙的东西。"凌悦然抱着妩燕轻轻摇晃，看都没看慕容珏一眼，如果慕容钰要降罪，悦然宁愿此时昏迷不醒的人是她。

"爱妃，"慕容珏长叹了一口气，突然起身走至凌悦然身边，"你还需要免死金牌吗？你应该知道，无论你做错了什么，朕都不会杀你！"

"知道，怎么会不知道?！玲珑心嘛！如果我失了玲珑心又会如何？哈哈，也许会比妩燕更惨！"此时再想起与慕容斐的赌约，更觉得讽刺。

慕容珏神情难辨地看着凌悦然，似乎真的在思索，若她真失了玲珑心，自己会如何处置她。片刻神游归来，他自嘲地笑道："你若不愿信朕，朕也唯有赐你这块天龙珏。今后无论爱妃做错什么，甚至危及到朕的性命，朕亦不

会怪罪于你,赐你永世安然!"他解下腰佩,半蹲在凌悦然身边为她系上,神情温柔,酷似多情公子,再抬眼看悦然时:眸仁幽深,怨卿不解风情、辜负大好春光。

赐你永世安然!

感动其实很简单,耳边骤然响起那句——谁,吻我之眸,遮我半世流离……

"谢皇上!"本来,凌悦然看见妩燕如此惨状,心中已是恨极了慕容珏,此时被他这一番动作下来,倒有些心软,特别是他那与东华圣君一模一样的神情,叫人狠不下心来。她当着慕容钰的面扯下天龙珏塞入妩燕手中,"皇上,求你救救妩燕?"

慕容珏眸色一黯,容颜有些山雨欲来的怒气,"原来你是为她而求!哼,御赐之物你也敢随意赠送?!这可是欺君之罪!"

"只是想求皇上救救妩燕,其他罪责,我一律承担!"凌悦然倔强地抬头看他。

"也罢!"慕容珏伸手接过妩燕,再回头,眸色调侃,"爱妃记得欠朕一个人情!"

入暮时分,妩燕终于醒来,除去膝上的伤,其他的一切正常。悦然终于定下心来,两两相看,就差执手泪眼。只听妩燕说道:"公主,昨天送的干粮够慕容铄吃两天了,你不必担心。"

"对不起!"凌悦然不知该对妩燕说些什么,每次都笨得让她受伤。

"路上被禁卫军统领李响跟踪,回来时便……"妩燕神色有几份忧伤,自嘲地笑笑,"原本他就狠,我也不是才知道,可……"

"太可恶了,李响这个混蛋!竟然把你整治成这样!"凌悦然拍案。小心本宫来个奸妃作派,状告你对本宫不轨!

"公主,妩燕死不足惜,为公主所做的一切也不值一提,只求公主救救奴婢仙长……"说罢,捉住悦然的手便气虚地一滑,吓得悦然大叫。

此时,凌悦然似乎也明白了妩燕对东华圣君的倾慕,也许正是因为有一个烨阳,所以小小花妖才掩下自己的心事,如今的恳求,叫悦然无法不动容。

"妩燕、妩燕……"

妩燕再缓缓地翻开眼看悦然,"公主,我没事!"

"我答应你,答应你!纵然你不说,我也一定会去救他的。就在今夜,我一定要救回他,到时,我们三个便像离开乔府那般离开慕容珏的皇宫,过属于我们的无忧无虑的小日子。"

妩燕挣扎了一下,眸色向往,笑道:"'无忧无虑的小日子',我喜欢呢,可是……"

"没事的,一定会过上这样的日子的。妩燕,你相信我!"

"我相信公主不会骗我,可我却骗了公主……"妩燕圆亮的眸子里涌出了清泉,再滚落腮下,水晶般透明。公主,我又一次骗了你,这场苦肉计,是演给你看的,也是演给他看的,可惜他的眼里只有你——慕容珏……

"傻瓜,不要再提什么骗不骗的了,等着公主的好消息!"悦然拍拍妩燕湿润的脸颊,暗下决心今天一定要成功,一定要把师父救回来。

悦然整装而去,慕容珏姗姗现身,他冷凝着床上伤痕累累的妩燕,她竟然去为慕容铄送药?昨夜的惩治太轻太轻了。但他还需要她这颗棋子,否则这出苦肉计如何演下去?

低沉斥责,"戏演得不错!你这样骗她,是为了朕,还是为了慕容铄?哈哈,一切都不重要了,就在今晚,朕一定要夺取玲珑心,再杀了慕容铄,还有……"

那个"你"字,慕容珏以眼神示意,却凉透了妩燕的心,她闻到了一股浓郁的血腥味……

"阳儿,你……"那一声苍凉的呼唤一如前两次,似从远古传来,苦苦守候了很久。

凌悦然大方地走到人体酒坛前,截下他的话,"对,我终于来了……"

《大话西游》里至尊宝为了找到杀害白晶晶的凶手而数次穿梭时空的情景就在此时浮现在凌悦然的脑海中,她知道自己不该在如此煽情的时刻想到这个画面,却又一时无法自控。

好吧,凌悦然错了,是真的错了!她强迫自己停止神游,自觉自愿地将双手抵在了东华圣君的太阳穴上,这一举动令坛中人猛地一震,那双枯井眼瞪得她差点背过气去。吓得凌悦然忙缩回手,"怎么了?"

"没什么,只是不想让你再受这无谓之苦!"故作悲怜,酒坛中人长叹一口气,心中却怒气丛生,原来,慕容铄确实是在太庙动了心思!可惜,他非但

丢了修真法器平安如意扣,事后还因回来找寻而被自己打伤,真叫人算不如天算,一切还在自己的掌控之中,哈哈哈……

听东华圣君这般说,悦然暗松下一口气,心里一暖,"你不要自责啦,我最不喜欢人家婆婆妈妈的了,现在,开工吧,今夜一定要成功!"说完,又把双手分按向他太阳穴两端。这次他不再拒绝,程序与前两次并无不同,只是附加在凌悦然身上的电击更胜一筹。

"呃!"凌悦然忍不住呻吟出声,不行了,这样下去她会死的。

"阳儿,你可知道为师一直在盼你长大?"

就在凌悦然再无法承受这巨大的痛苦时,脑中突然钻进一个熟悉的声音,然后是一大一小牵手在雪地上步行的背影,男子长衫飘飘、任风飞卷,女孩好容易够到他的手,吃力地拔出陷在雪地里的小脚丫,然后笑得清脆。

"可笑为师修行几千年,原知道不该再妄动凡心,可是……"

小女孩不小心滑倒在地,哭红了鼻子也没有看到师父。天渐渐暗了,野兽要出没了。树林里一阵沙沙作响,小女孩瑟缩成一团。无可奈何心落去,似曾相识故人来。嗟叹前世之债,师父唯有抱紧手中的小徒,爱、恨不是;走、留皆不成!

"一直害怕这卑劣的心思会被你知道,可是,便是这煎熬,为师也是愿意受的,只要能时时看到你,知道我的阳儿一切安好……岂料你中了情蛊,竟然与乔正岳私订了终身……"

"师父……"凌悦然的心似乎是经受不住这一次又一次的呼喊与捶击,胸口一朵粉红莲花摇曳又婆娑着款款而出。

"你喜欢师父吗?阳儿,喜欢吗?"

雪地上,有一大一小的脚印,树影间有一大一小两个身影。冰冷的半空中,有一大一小的雪球在交错,光芒如虹。大的雪球是小女孩的,此时她只知道要打败师父;小的雪球是师父的,此时他只知道要宠溺爱徒。

"喜欢呢!"

"有多喜欢呢?"

"说不出的喜欢,好多好多喜欢!"

"那,你愿意与师父同生共死吗?"

"愿意!没有师父阳儿也不要活了!"清脆的誓言是如此扣人心弦,足以

令仙动容。

"阳儿,为师本不屑以师之名迫你爱慕,可是世间情爱本就是牵牵绊绊、因因果果,若无前因怎有后果。唉,超脱六道轮回的仙也不能免俗啊!青青子佩,悠悠我思,纵我不往,子宁不来?"

纵然我被困于此,不能再去找你,难道你就忍心不主动来寻我吗?

也许这是爱的魔咒,也许这是爱的蜜语,那粉红莲由万丈霞光般的虚幻,渐渐转为妖艳的实心莲,驻在胸口之外,悬于半空,似乎任何人都可以唾手可得。

"啊——"

一只黑手猛地探入,一把抓抢那朵心莲,往外扯去。那疼痛真叫一个撕心裂肺,凌悦然惨叫一声,本能地去护属于自己的心莲。

嗡嗡……

说时迟,那时快,小蜜猛地介入其中,蜇向那只黑手。

只听得一声惨叫,那黑手突然遭袭,被迫放开凌悦然的心,前后只一瞬,凌悦然的心就很聪明地遁了——它也怕痛啊,呜呜!

凌悦然捂住胸口,近乎昏厥地望着大殿之上的种种变故,无法用言语来表达心中的感受,只觉得一切都那么虚幻……

那人形酒坛倏地就炸开了,碎片粉末肆虐而起。半空中腾升起一人,此人虽是一身明黄的便服,但他谪仙般的容颜却比大殿内昏暗的烛火还要明亮,微一侧身,那拂袖的神采何止指点江山?

师父?

"慕容铄,你好大的胆子,竟然敢私闯朕的太庙?"

竟然是——慕容珏?悦然惊愕之极,一时天旋地转。

原来一直是他假扮东华圣君诱她来此,那妩燕所说的那个故事又是怎么回事?

"啊——"颈后突然生出一只大手,猛地擒起凌悦然扔向高台,吓得她大叫一声。

"阿灿,是我!"那人无奈地闷声相告。

好吧,怨她,到今天还是不太习惯慕容铄的手法。凌悦然病快快地趴在高台上往下看,只见一身玄衣的慕容铄与一身明黄的慕容珏打得是难解难

分，各有法术在手，输赢本在一招半式之间。大殿之上，光彩如虹，慕容珏越斗越勇，想是修为高于慕容铄不少。

凌悦然在高台上很着急地想下地，可是左看右看，没有梯子怎么下呀？急得她像只热锅上的蚂蚁，团团转悠。慕容珏一眼瞥见她，眸中阴寒一闪，鹰一般地飞扑而来，伸手便抓住了她，再回身一抛，于是凌悦然做了个抛物线状的自由落体运动，嗖地飞出殿外。

眼看着便要与殿外的金罩大钟来个亲密接触，有人脚踩风声，呼呼赶来，死死勒住了她的腰，就这样还是被她的惯性带出了好远，好在及时刹在了大钟的钟沿边，否则，悦然怕是早已化身为夹心肉饼。

"小猫……啊——"此时，悦然无比激动外加无比感动地窝在慕容铄那温暖的怀中，不懂柔情胜似柔情的感觉真好啊，如果不是情况不允许，凌悦然还想亲他呢。

可是她忘了慕容铄早在昨天身负重伤，如何还能经得起这般折腾。果然，胸口的伤迸裂开来，鲜血立即浸染了前襟。悦然心痛地"啊"了声，但这只是小巫，就在他俩站势不稳之时，慕容珏的利剑又已递到，直冲慕容铄劈来，劈山之威亦不过如此。慕容铄怕殃及了悦然这条池鱼，又将她远远地扔了出去，而自己则硬生生地受下这一剑，轰然倒地。

"不，不要……不要伤他！"凌悦然凄惨地大叫。慕容珏，你还是不是人啊，对自己的弟弟都下这么重的手？

难道自己的心真的这么重要，足以令他们兄弟相残？从地上爬起来，凌悦然发疯似的冲向慕容铄，但是他却用尽全力暴吼一声，"不要过来！阿灿你快走！"

"一个也别想逃出朕的手心！"慕容珏冷哼一声，嘴角的笑意张扬而讽刺，对着慕容铄阴恻长笑，"朕早知道你这招黄蜂尾后针，好，很好，你想夺朕之位，也要看看自己有没有这个命！"

"废话少说！只要你放了她，我的命你拿去！"慕容铄蔑视地看着慕容珏。此刻他虽然倒在地上，但在凌悦然心里，他就像是一把撑在自己头顶上的伞，一如护她若至宝的小猫。

"慕容珏，你敢动他，我……我死也不会放过你！"请原谅，情急之下，女人也就只会说这句了。

"那就死吧！"慕容珏懒得理凌悦然，重重地拔出剑想要再刺。

鲜血迷蒙了悦然的双眼，她大叫一声，"不要！不要啊！"心急如焚，本能地侧掌翻上，一股由周身汇聚而来的力量就那么喷涌而出，单掌光华可比日月同辉，全身都被照亮，"日出东方，华摄天下！"

嘭——

慕容珏就那么活生生地被凌悦然推出丈外，撞到金罩大钟上再噌噌噌下来，倒地吐血了。

如此威力，吓坏了悦然，她惶然地盯着自己的手掌，那绝不是自己的力量，那是——东华圣君的。

"你……你竟然为了他对朕动手？"慕容珏瘫软在地上，不可置信凌悦然有如此法术，但从他愕然的表情中，他似乎更不敢相信悦然会为了慕容铄去伤他，接着，他笑得好奇怪，"你喜欢上他了？可是爱妃，他并不是你看到的那么好，他尾随着你进入皇宫，不但为了窥窃朕的皇位，更为了在朕施法夺取你的心时伺机介入，渔翁得利，哈哈，你不要被他骗了……"

"阿灿，不要听他胡说！"慕容铄向悦然伸出手来，犹抱琵琶半遮面，撒娇示弱地看着她。悦然一用力，把他拉到身后。

"爱妃，朕有没有胡说，你马上就会知道……慕容铄，昨日你来太庙是想做什么勾当？你是在找这个……"慕容珏手里竟然拿着慕容铄的平安玉扣，那一抹碎裂的绿痕刺痛了凌悦然的眼。

"被朕发现打伤后，你被迫逃入华清池。哼，若不是今夜朕还想再夺一次爱妃的心，你以为你可以安稳地活到现在？"慕容珏将手上的平安扣往凌悦然面前一扔，"爱妃，难道你不想知道慕容铄的玉扣怎么会遗落在太庙？"

"不要过来！不要再过来！"悦然侧身护住慕容铄，只见慕容铄的脸色苍白骇人，情急之下，她也不知道该相信谁，只能凭本能意识挥掌相向，对着慕容珏厉声呼喝。

可是慕容珏像是料定了悦然对他仍存有一丝怜惜之情，也料定了他挑拨离间的话一定会在悦然脑海中起作用，所以他仍拖着蹒跚的步伐，面上挂着无所谓的笑容，一步一个血脚印地朝她走来。

凌悦然近乎绝望地看着他，而杨坤那沙哑的嗓音便在此时飘荡——无所谓，谁会爱上谁，无所谓，原谅这世界所有的不对……我无所谓……

无所谓，一切都是无所谓了！慕容珏唇角的笑意带着淡然的嘲讽，"爱妃，你的心真狠，比朕还狠！哈哈，不对，应该是比从前的朕还要狠！所谓世事难料，朕千算万算也没有算到，竟被肖东华这厮临死还摆了一道。"慕容珏紧紧捂住心口，神情幽怨，"内丹虽化为朕所有，但不知道为什么，朕的心里脑子里无端就生出一个你来……一定是这厮使的诡计，一定是……哈哈……哈哈哈……"

"不要逼我！"悦然护着慕容铄缓缓后退，汗湿如雨，发丝零乱地贴附在耳侧、额颊，她不想对他动手，刚刚那法术迸发出来的杀伤力是她内心所不能承受的。望着因她而伤的慕容珏，凌悦然实在下不了手，那与东华圣君一模一样的容颜此时那么受伤、那么易碎，悦然无法漠视，所以，请你不要再靠近，不要再逼我。

"快、快——保护皇上——"禁卫军从四面八方奔跑而来，火把映红了半边天。李响高声呵斥，亲率弓箭手列队奔跑，手旗一挥，队伍立即就地布阵，弯弓搭箭。

"停！谁敢上前一步，朕先斩了他！"慕容珏没有回头，只是朝后做了个止的手势，又继续朝凌悦然走来，欣赏着她笨拙地一再后退。

突然顿下脚步，他指天画地、捏诀唤符，"天地之大，莫非朕土，飞沙走石疾！"

立即，如龙卷风般的大风卷击着沙石，将凌悦然与慕容铄围困当中，越困，圈子越小，其中的细沙粗石不停撞击着圈子中的二人，让人疼痛难忍。可以想象，再过片刻，凌悦然与慕容铄定是千疮百孔。

无奈，悦然被迫发出最后的吼声，苦撑着放手相搏，"日出东方……"她本身没有法术，只希翼能唤醒已逝的先师的仙术来解救自己。

光华刺目，如一道屏障，阻隔袭来的飞沙走石，只听一阵咚咚作响。

那光华最终交织成圆晕，越来越亮，渐渐反包围了沙石旋风，再反送一程，还与了慕容珏。瞬间，只见情势陡变，慕容珏被沙石所困，如同一头被蜂群追赶的贪嘴熊。

突然，只听"嘭"的一声，慕容铄竟在此关键时刻用尽全身力气偷袭一掌，无暇招架的慕容珏口吐鲜血再次倒在地上，连慕容钰身后的禁卫军也被掌风所及，惨叫着栽倒大半。

一阵训练有素的奔跑声从四面八方涌来,柳玉叶、安娇娇以及素未谋面的越老将军,率领京城重兵冲进皇宫——逼宫。

看着那雄雄燃烧的火把,悦然的眸中闪过一丝了然与愧疚,虽然慕容珏为了得到她的心不择手段,但,她却在不知情的情况下助慕容铄夺宫成功。这一变故,让她无法接受,只得盯着慕容珏。

许久许久,慕容珏都没有动。凌悦然真害怕他会死了,被自己与慕容铄合力杀死,一种莫名的哀伤锁紧了她,悦然胸闷得大气都不敢出。

"……爱妃……咳咳咳,朕现在好生后悔……"终于,他眼睛眯成条小缝朝凌悦然看来,索性躺在地上。

凌悦然颤声问道:"后悔食了我师父的内丹?"若你没有招惹师父,我又怎会忍心伤你至此?

"不,后悔没有亲自去异界找你,而是让……"他艰难地抬眼看凌悦然,或者是看她的身后,遂苦涩一笑,"哈哈,难道这就是所谓的缘分……"

"异界,你所说的异界莫非是……"凌悦然的一颗心突突跳得厉害,答案呼之欲出——是慕容钰,至少他有参与召唤她来到这个陌生时代的行动。

"爱妃……"慕容珏的眼神逐渐涣散。凌悦然不忍他就这样离去——他既然能够召唤自己来,或者有法子再送自己重归21世纪。便在她刚有一念想走向慕容珏时,突然,身后之人弹出一阳指,瞬间如一柄利剑般穿透了慕容珏的胸膛。

慕容珏惊愕地捂住胸口,不可置信,"你……呃……"

鲜血如注,倒映在凌悦然的眸帘,那是一片艳阳红。悦然的头轰地一炸,虽然一直知道慕容铄冷情冷血、心狠手辣,但是,此情此景,她仍不敢相信自己的眼睛。她沙哑着嗓子喝责,"慕容铄、你……他可是你哥哥!"

"阿灿,你要相信我。今日不是他死就是我亡,若此时不杀他,他一定会追杀我们到天涯海角。"慕容铄焦急辩解。

"你杀不死我,哈哈,你杀不死我!"此时,有一层淡淡的光晕从慕容钰身体里汇聚凝结,那光晕越来越亮,渐渐凝聚成一枚珍珠大小的颗粒,粉紫粉紫,那是——

师父的内丹?

一时福至心灵,悦然的目光紧随那颗珍珠飘移。

　　身后人竟然有所动作了,推开凌悦然,倏地张开五指,犹如任我行的吸星大法功,直接将那枚粉圆的珠子吸了过来。难道他也想抢夺师父的内丹?悦然惊愕,岂容这颗可以令师父重生的内丹再遭窥探!猛地跳起来拦在慕容铄前头,以掌相向,那内丹立即有所感应般没入她掌心不见。

　　凌悦然低头看看手心,再谴责地抬头看向慕容铄。难道是我看错了你?你不会为我有丝毫的改变,你的初衷永远都是你人生的最高目标,而我永远都是次要的,是不是?既然这样,你为什么还要救我?哦,我知道了,你不能让我的心落入慕容钰之手是不是?我真傻,怎么会这么傻?傻到被卖掉还开心地帮你数钱!

　　慕容铄走过来,半依在凌悦然身旁,喃喃道:"我只是怕再被旁人抢去而已!"

　　凌悦然侧目看他,面上无波,心却阵阵抽痛。

　　"爱妃……慕容铄他不配,不配得到你的心……咳咳咳……为了方便计划的实施,他不惜以远古之咒化身蜜蜂,遇水则现真身,可怜爱妃却被他骗得团团转!第二次,在太庙假扮东华圣君试图夺走你玲珑心的人就是他,就是他……哈哈……慕容铄,朕得不到的,你也休想得到,休想……"他就那么昏死在地上,任血流了一地,光晕散去后,他的面容在粼粼似波光的神秘光圈中渐渐恢复,一变再变,竟然完全脱去了肖东华的面容,变成了另一位遗世而独立的陌生美男,原来这便是慕容珏最初的模样,虽然受到重创,但终是得偿所愿了,恢复了自己的容颜,不用戴着别人的面具过活了。

　　乍闻他此言,凌悦然只觉得脑子一愣,仿佛能听到脑袋里吱吱转动的声音,那晚的情形又浮现在眼前,那些曾被她忽略的某些细节慢慢浮出水面。东华圣君那空洞的枯眸中似曾有褐色光芒闪过……

　　要听懂慕容珏的话其实很简单,但是要凌悦然接受,却难于上青天。她没有回头去质问身后人,全身石化般冰冷,难怪小蜜在,他就不在;他在,小蜜就不见了!原来,小蜜就是他;原来,他还是没有放弃算计她……一切的一切,都按照他的计划没有丝毫偏差,而她自己,只是他摆布下的跳梁小丑!

　　"阿灿……"身后人感觉到凌悦然僵硬的手与抽离的动作,浑身有些颤抖,弱弱地试探,那呼唤好单薄,根本没办法拉回眼前人。

　　悦然决然摔袖,向慕容珏动步。

　　"阿灿！"身后人死死地扑上，勒她在怀，没留一点空隙。无论如何相契，悦然的心都已经空了，空茫茫的，没有支点。她没有挣脱，只是任他这么抱着。

　　"阿灿，不要、不要相信他！"他害怕得声音都有些发抖，"你听我解释，你答应过我，无论如何都会给个机会给我的……"

　　原来，真的是你啊！凌悦然只感觉眼前一片雪花飞舞，那晚，没有成功的"肖东华"别前曾苦苦哀求，"阳儿，如果你懂，你承诺我的话就一定要记得，记得与我携手同看日出日落；如果你懂，请一定要给我机会，给我一个解释的机会……"

　　悦然的心已凉透，不知道为什么，她现在特想笑，笑自己太傻太痴，轻易就爱上了他，这颗心若非被烨阳匿得太深，此刻，自己岂不成了"空心菜"一棵？还怎么"萝莉"？

　　她遥遥望向慕容珏：雪地多冷啊，他这样会死的，于是，她想扒拉开慕容铄箍在自己腰上的手，第一次，没有成功。继续开始扒拉，她一根一根地撬起慕空铄的手指，虽然慕容铄极度不愿意，此刻他却不敢再忤逆凌悦然，落寞而怅然地放开她，任她拖着华贵的裘氅头也不回地笔直走向慕容珏。

　　禁卫军全被慕容铄的队伍控制住了，不敢上前。

　　而侍卫嫔女们更是吓得躲在角落里，没有人敢上前掀看，也没有人愿意挺身而出为君王讨回公道，也许是慕容珏平日里太骄纵狠辣，竟没有人肯回眸相顾。此时，妩燕的伸手相扶便显得弥足珍贵。妩燕什么也没说，眼中只有倒在地上已恢复了真颜的慕容珏，她紧紧地抱住慕容珏，亲了亲他的俊颜，"原来真的是很重很重的伤……你就这样走了，丢下了我……"泪水滚落她的口中，"他骗我，骗我说只是会受重伤，没有说会死啊……皇上……"

　　又有大批死士及锦衣卫在慕容斐的亲率下冲进了皇宫，慕容斐爱的天平永远是向着慕容铄的，看来慕容铄准备得相当充分啊。天下与玲珑心，他都是势在必得的，现在，他只得了天下，玲珑心却离他越来越远。

　　走至慕容珏面前蹲下，凌悦然伸手握紧慕容珏的手，千万句"对不起"竟说不出口。慕容钰挣扎着睁开眼看向她，气若游丝，却说了句很欠扁的话，"爱妃，朕很累，改日吧……"说罢，一口紫色的血被他呕出，其中竟然有一黑点左右摇晃，不一会儿便与血融合在了一起。

　　"嗜血情蛊的母蛊！"慕容铄惊呼一声，满心欢喜地看向悦然，终于解开了子母蛊的毒了，母蛊消失，子蛊焉存？果然，悦然喉头一甜，也呕出一口紫血，与慕容珏的如出一辙，原来子母蛊真的是相依相偎的。

　　慕容珏重伤，无法再继续治理国家，遂昭告天下新皇继位，而这新皇不用多说，便是慕容铄。

　　新皇登基三把火，凌悦然不是不知。其实那个国家离她也很遥远，她并不是一定要把它当成自己的家园，也许是烨阳的心理吧，当从妖燕口中得知慕容铄要攻打西凌国时，凌悦然便坐不住了。

　　慕容铄每晚都来看她，但悦然与妖燕几乎每晚都在侍奉慕容珏，他筋脉寸断，几乎不省人事——这是慕容铄答应妖燕的，会放他一条生路。

　　每当慕容铄用他褐色的眸子深深望着悦然时，她只当他在看她的心，看看她的心还在不在，还能不能为他所用？

第七章
义兄来袭

　　两个人已经水火不容,相敬如宾的落寞便是如此的不堪。凌悦然朝他行礼,毕恭毕敬地唤他"皇上",再无其他言语,因为受伤的心不许她再多情。

　　"阿灿,你能不能给我点时间?"他仍是这般唤凌悦然,自贬身份地从"本王"到"我",并未在悦然面前自称过"朕",希冀悦然可以像从前那般很欢快地唤他主子,唤他慕容铄,跟他吵闹嘻哈,或者唤他铄铄……那样的青葱岁月,于他们已是过去式了吧?

　　"我以为我给过你了,只是当时你不稀罕,你现在大权大握,应该更加不稀罕了。举望天下, 当你的铁骑踏遍大江南北之时, 哪个女人不是唾手可得。"凌悦然鄙视地看着他,不再信任他,她告诉自己要拿得起放得下,她凌悦然不是输不起的人。

　　他容颜灰黯,似有万语千言,最终也只是闷闷地说了句,"我以为你懂的,如果不是大权在握,我又如何能够保护好你!"

　　"保护我干什么? 为了挖走我的心?"凌悦然蓦地勃然大怒,有些话压在她心里许久,现在终是爆发出来,"你为什么要变成小蜜,你说啊?! 你说怕慕容斐告密皇上,遂还我令牌让我跑路,'伟大'地承担一切后果,实则变成小蜜引我进入地道,随我进入皇宫,难道不是想伺机夺走我的心、夺走慕容珏的皇权,或者再夺走我师父的内丹? 慕容铄,你好深的心计啊!"

　　"阿灿,我不否认,这些确实在我的计划之中,但是,最终我并没有取走你的心啊? "慕容铄有些急躁起来。

　　"是吗? 如果你有那个本事,你会手下留情吗? 我怕是早就成了一棵空心菜,被你弃之若帚!"

"是不是我说什么都没有用了？"

"是的，说什么都没有用了！我不会再相信你！"

"我再问你一句！"

他压迫而来，凌悦然不由自主地后退，瞪眼看他。没有用了，无论你如何威逼利诱，在我这儿都没有用了，我也有自尊好不好，就让彼此都保留一点自尊好不好？

慕容铄将凌悦然挤到墙角，头轻轻地碰在她额上，热气拂面，却是凌悦然不愿承受的。她偏过头去，他却双手相挡，他的头压着她的头，轻轻地摇着，似是万般无奈，"阿灿，你喜欢过我吧？"

本是"百炼钢"，被他这般一问，倒是一时百转千回，但还是爽快地承认了，"喜欢过！"

"喜欢过……哈哈……"他笑得颇有几分凄凉，怎一个"过"字了得？

他终是离开了。凌悦然呆呆地靠在墙角根，任泪水盈湿了眼眶——小猫再也不会出现了。

"妩燕，如果我当时真的走了左边就好了，为什么要不走寻常路呢！"凌悦然吸了吸鼻子，对着一旁进来许久的妩燕说。

"人生就是这样，选择了就要面对，没有回头路可走！唯一可以释怀的，不过是告诉自己，这是我自己选择的路，无论对错，都要走下去！拼了命也要走下去！"妩燕咬着牙对凌悦然说道，又像是对自己说。看悦然似乎不太懂的样子，她无所谓地笑笑，"无论你如何选择，无论你走左还是走右，该发生的都会发生，只是时间的早晚，不信你可以回地道里再看看，也许左边是一条直接通往太庙的地道！"

妩燕此时像是能预言的巫婆，悦然怔愣地看着她，有点害怕。

"你……喜欢慕容珏？"凌悦然小心地探头问。开始的时候她以为妩燕喜欢的是师父，但看她对慕容珏的态度，又似乎爱之深恨之切。

妩燕的耳朵因凌悦然这句话而有些闪动，似乎触动了什么，她翻眼看向悦然，又撇过头去，"喜欢过！"

瞧，凌悦然说什么来着，近朱者赤近墨者黑，何况她这还是乌鱼墨！

"那你义兄……敢问他是哪位啊？"凌悦然瞥了眼内室干咳的慕容珏，觉得妩燕的情感世界好复杂哦。

"还没机会出现！"妩燕用怨念的眼神看凌悦然,好像在说你一直都不去找他,他哪有机会上戏啊？明明一个男主硬是被你磨叽成男二配,你还好意思问我？

我错了,凌悦然垂下头逗手指。

"你也许不记得他了,但是他……喜欢你好久好久了,嘻嘻,他是华山武仙门开山师祖……"

咚——

"公主？公主你怎么啦？"妩燕见凌悦然晕倒在她肩上,忙扶正她,拍拍她的后背,"就说最近公主你伤了心肺,得多休息,若是你再病倒,可怎生是好？"

"不是,关键是高兴的,难得有位开山师祖喜欢上我……"

"啊？什么啊？"妩燕突然失忆状。

"你这级别也非同一般啊,师祖奶奶。"

"啊？哈哈哈……"妩燕笑了起来,眼睛从圆溜溜变成了月弯弯,真的好可爱。如果没有欺骗过自己的话就更可爱了,悦然叹了口气。

说起义兄,悦然眼前突然显现出负卿的身影,那个天降神兵般的男子,骑一匹赤兔马,戴一张银质假面,举手投足的凛冽锐气叫人仰视,却又因为失踪的心上人与她神似,而对她呵护备至、生死相救,当自己戏称他为"江湖骗子"时,他竟一时又气又恼又无可奈何的抓狂模样……一时很想再见见他,也不知道他的心上人可有找到。

特别是那夜,他顶风冒雪而来,立在梅树之下,恰似雪之精魂,若不是面具的冷辉,有那么一瞬,她竟把他误以为是那一个人,但在心中又立即否定了。那个人对烨阳那么冷漠无情,无论司若兰如何迫害烨阳,他都无所动,又怎么会千里迢迢来寻她、保护她？

妩燕笑得揉起了肚子,"我说我义兄是华山武仙门开山师祖的第十八代弟子,也是历代弟子中最先入地仙之境的人啊。"

"你这丫头,越来越坏,没事大喘气干吗？"凌悦然笑着去捏她的鼻子。

也许是谈及了义兄,妩燕今晚显得异常激动,看慕容珏的眼神也比往日柔和了很多。她服侍好退役的皇帝后,转过头来定定地看凌悦然一眼,朝悦然行了个叩拜大礼,"公主,谢谢你。奴婢知道你心里一直有很多疑问,却没

有责问奴婢，奴婢十分感激。"

凌悦然笑，摇了摇头，一个人如果被出卖惯了，就不会觉得那么痛不欲生，抗打击能力也就强了。问了原因又如何？出卖已经成了事实，再多的借口也不能改变出卖的本质。

"奴婢与慕容铄约定，由奴婢骗公主再去太庙，他夺了公主的心与皇位后，就放我们三人走，奴婢到时会求义兄为你继命。至于慕容珏，奴婢不想他活得这么痛苦，每天披着不属于自己的面皮生活，也猜到慕容铄定会重伤他、取走仙长的内丹，到那时，慕容钰虽然不再是皇上、不再有绝世法术，却可以……"

悦然点头，经历得多了，也就懂了，"可以做回自己，最重要的是，可以与你在一起。"

"公主！"妩燕被说中心事，不好意思，满是羞涩和愧疚。

"没想到，连我师父那样的人物，也会遭遇如此毒害……"悦然看着隐入手心的内丹，悲喜交加。

"仙长与公主擦身而过，遭遇了慕容珏的利诱，同样是运用的移花接木手法，安娇娇的手段比起奴婢来不知道高明了多少，结果救你心切的仙长便被慕容珏的锁骨钉锁住了仙骨，失了内丹，被锁入了酒坛之中，三年干枯，只留一缕神志，苦等公主平安的消息。而奴婢，一心想救仙长，便偷偷跑出皇宫去寻公主，岂料这乃是慕容珏之计，他只是想通过奴婢找到公主的行踪。当奴婢与公主再次相聚时，却是公主下嫁乔正岳的时刻，后来奴婢才知道，乔府内其实设有天雷阵，足以屏蔽公主体内嗜血情蛊对咒语的感应，故而无论是慕容珏还是慕容铄皆无法寻到你。他们不知战场上冷冽果敢的凌阳公主与养在深闺人未识的烨阳公主竟然是同一人……"妩燕嘴角带上了一丝笑意。

所谓玉女冰心经，又是怎么回事呢？凌烨阳是如何遇到乔正岳的，然后又发生了什么？凌悦然的脑中却是一片空白，如果一定要回想，她只记得别前，乔正岳对她盈盈倾拜、泪如清泉，他唤她什么，她一直很好奇，莫非是"公主"？或是"珍重"？

"你在他们眼前消失了三年，但慕容铄还是因为我的气息寻到了你，来到了乔正岳的府上……"

又是花妖！成也花妖，败也花妖啊！

凌阳公主？还好，羚羊就羚羊吧，没整个藏羚羊，凌悦然也就默了。

想必西凌国的皇上亦是知道自己皇妹被人摆了一道，为了保护她，也只能将她禁足于乔府。

话说，所谓的"金口玉言"被慕容铄自己毁了，他只答应让妖燕带着残废的慕容珏出宫，从此不得再踏入蓝苑皇宫，而凌悦然，他要永远地囚禁她，无论她意愿如何。

新皇初定，慕容铄并没有如愿以偿的喜悦，那个女人正在跟他决裂，他有时真想杀了她一了百了。

"二哥，不如让斐儿为你解忧？"慕容斐一声调笑，更是惹恼了慕容铄。

见他仍喝着闷酒，慕容斐的眸中盛满了冷笑，"斐儿有一良方，能保证二哥药到病除，但二哥你必须允诺斐儿一个条件。"

听慕容斐说得这般肯定，慕容铄终是顿下举杯的手，褐色的眸子狠狠地瞪向慕容斐。那偷天换日、佯装东华圣君的计谋有一半的灵感是慕容斐提供的，但结果还是失败了，这一次，该不该信她？

"啊——"凌悦然懒洋洋地睁眼时，正是午时。暖阳照在窗棂之上，倒映出一片融融的树影，随风摇曳，铃铛清脆作响，一片窗明几净的安逸。左边是她熟悉的书橱，上面整齐地摆满了书籍；右边是她熟悉的宠物橱，可爱的公仔、绒偶正朝她微笑；正眼前一捧玫瑰，散发着芬芳……

"啊——"这熟悉的布置叫她怔愕，当看到西装革履的某帅哥时，凌悦然失控得尖叫，突然双手捂脸，猛地背过身躲进了枕芯中。她不敢相信自己的眼睛，一如穿越初始般。她的小脑袋极速地转动，自己又穿越了吗？穿越回21世纪了吗？泪水打湿了无忧的高枕，悦然呜呜哭得好委屈好委屈，她甚至不敢再睁开眼，怕一睁眼，方才所见又成虚幻的梦影。

"小猫?!真的是你吗？我好害怕这是一场梦！你抱抱我，呜……"凌悦然无法控制那种颤抖，她竟然看到了打着领带、身着绯红西装的肖东华，是不是自己日有所思、夜有所梦，将头深埋入枕中，她害怕这仅是一场梦。

后背传来温热的体温，一双有力的大手紧紧扳过她的肩，唇轻轻吻来，有些颤抖，"宝贝，别害怕，一切有我！"

闻言，凌悦然终于痛哭起来，哽咽道："小猫，你叫我什么，再叫一声

……"

"宝贝,你是我的宝贝!"肖东华将凌悦然掬起,深深地拥入怀中,"别哭了,我再也不会让你受伤,再也不欺骗你。"

"小猫,呜呜呜,我想死你了……"凌悦然由起初的不可置信到欣喜若狂,深深圈住肖东华的腰,生怕一放开他就不见了。

"宝贝,跟你说件事,你千万别激动好不好?"

"呜,你说。待会儿,我们就一起去逛街,我好久好久都没有逛过街了,对了,我得重新买部手机,你送我的那部,我不喜欢啊!"一回想到穿越的梦境,凌悦然便对那部手机产生了抵触情绪,她真怕这噩梦再次成真。

搂着她的双臂慢慢僵硬起来,肖东华艰难地说:"宝贝,你答应我,无论听到什么都乖乖的好不好?我会爱你一辈子。"

"嗯!"凌悦然从来没有这么乖过,失而复得的喜悦冲昏了她的头。啊,有电脑有热水器的日子太可爱了,她突然想去洗澡澡,可是腰上被那双有力的手臂紧紧箍住不得动弹。

耳边痒痒地传来他的哄诱声,"我们并没有回去,宝贝。你还在蓝苑国,我现在的身份仍是蓝苑国的皇上,所不同的是……我记起了你……你是我矢志不渝的爱……"

一声响雷轰炸而过,凌悦然僵在他怀中,许久许久,她起身推开他,再环顾四周。窗棂,没有塑钢,书架上不是穿越小说,宠物橱没有玻璃门,玫瑰外包的绢丝,肖东华……肖东华穿西装的样子好滑稽,找不到丝毫现代气息,显得那么累赘。原来不是自己又穿越回现代,而是慕容铄记起了曾经与她共度的美好时光,他真的是肖东华跟随自己穿越而来?

凌悦然的心微微活动了下,既然穿越回去已是奢望,爱侣又为了自己穿越过来,且又重拾旧时记忆,不是正合心意吗?难道要演绎一场《穿越之神经侠侣》?

最重要的是,他记得自己了,他记得……

心情大起大落,凌悦然一时无法调整,但还是感激老天将肖东华送给了她。一时,慕容铄的种种都被她甩到了九霄云外,窝在他怀中,悦然相信肖东华对自己的爱,否则他不会追随自己穿越过来,有他在,竟觉得一切都是崭新的。

闻着玫瑰，她泪中带着笑，一下扑倒了慕容铄，狠狠地吻他。慕容铄把代表着他爱的誓言与真心的修真法器挂在了凌悦然的粉颈上，悦然也将刻着"华爱然"的钻戒赠予了慕容铄。两人终于执手一笑，再无间隙了。

傍晚，大雨滂沱，悦然却带着安然的笑意入眠，睡在她古代的浪漫小屋里。

"哥哥对这结果还满意吗？"慕容斐站在窗棂边，感受着雨点打在手背上的凉寒。她喜欢那种刺骨的冷，便如她喜欢撩唇冷笑，这世上，除了慕容铄，她谁也不在乎。

"谢谢你！"慕容铄面上尽是欢喜，失而复得的惊喜让他俊颜生辉。虽然他并不知道为什么要把房间布置成这样，也不知道为什么要那样唤悦然，但是，这结果竟然是这般的圆满，本来对他坚决抵触、誓死不从的凌悦然突然就转了性，变成了若人怜爱的小猫咪，绝口不再提及往事。

"我要的可不是你的'谢谢'二字！"慕容斐轻笑，终于收回拾雨的手，走向慕容铄，一直走进他怀中。

"答应你的事，我会做到！你的凤冠霞帔会是世上最贵重的！"慕容铄搂住慕容斐的腰，低头压在她的额上，虽然说皇帝三宫六院只是寻常，但此时，他的心里却隐隐生出了不安。

"谢谢哥哥成全！"慕容斐仰头吻上慕容铄的唇，终于，如愿以偿了，但，这还远远不够，她要的更多更多……

"哥哥，有句话，不知当讲不当讲，其实，凌烨阳根本就没有七窍玲珑心，当年在幽冥之地，我与她本同为兰草，她却不知得了什么机缘，才得道为仙，根本就不是什么九天莲女……"

东华山上仙雾缭绕，灵气逼人。

在那繁花似锦的深处，一男子阖目而寐，他容颜俊逸，在这四海八荒内，若是屈称第二，无人敢当那第一人。

众仙娥以及门下弟子本不愿打扰他的幽梦，可是他这一觉已是睡了十几天，相当于人世间十几年的光阴。

关键是上头来人了，司命星君吟吟一笑，便吓得人噤若寒蝉。无论谁撞到她枪口上，她在宿命簿上画几个字、批上一命，便只有任其摆步的份了。

司命星君伸手捏了个诀，便见那俊逸男子慢慢睁开灿若星河的美眸，由

于眼神过于明亮，显得极其空洞。

"东华，你可是醒了？这天庭之上，你也敢用金蝉脱壳？瞧瞧，惩罚可是不轻啊！"

男子依旧斜靠在竹榻之上，似是暑意未消、全身软绵，平添一份弱不禁风的病态美感。半晌，眸子才转动，唇角浮上若有似无的浅笑，此时，众小仙才松下一口气，这才是自家圣君平日的做派，自从大婚变劫，他便对什么事都不上心了，慵懒、肆意、随意、妄为。

"东华，你一定要挺住！"司命星君因为喜欢写小说版的命格，有时候还恶搞，导致身边没几个朋友，谁都怕她找到自己的宿命簿，被批几段狗血的命格，故而她十分珍惜东华圣君这个蓝颜。

"司命，我可以说，本圣君现在不想见你吗？"肖东华终是从摇床上起身，长发如流云飞瀑，亮泽华顺。他赤脚踩在青枯相间的落叶上，颇似林中精魄，回眸一笑，却是百媚顿生。于是司命也顿悟，缘何天君的祈巧公主非君不嫁，可惜她这个小司命拿不到上仙的命格本本，不知道他们的变数，也许超脱了六道轮回的神仙们本来就是个变数。

"你以为本司命想见你不成？"司命并不恼，只是调笑地朝帅哥翻白眼，"祈巧公主苦等了你上万年，你就没个心疼？她那时毕竟是爱了你一场，否则怎么会求她老爹赐婚？"

祈巧公主，那个颜如玉雕的美貌女子，天君最宠爱的小公主，她在乎的只有她自己的颜面，她不会在乎别人的伤痛，否则怎么会任性如斯？

肖东华倚树回眸，本来沉睡时实体的身形，被司命点醒后却时隐时现，似乎受了某种致命的内伤，最后身体隐隐泛着消逝的光芒。

微微一笑，东华遥想当年，自己与祈巧俩人共同拜在洞庭神君门下初学法术之时的情状，也算得上两小无猜。

祈巧爱慕甚，天君也愿促其成。岂料宝莲灯被妖界偷偷盗走，供奉于妖界的妖劫殿。灯神素来拥有"许愿神"的美誉，内有一白一黑两段灯芯，灯芯一旦被点燃，灯神便被召唤而来，必满足召唤主人一个请求。三千年后，宝莲灯失去了原本的灵气亮泽，通体乌黑黯然，白芯不见了，只有两段黑芯隐隐泛着幽光，灯神甫一现身，却似鬼魅，袅袅腾升、瘴气迷漫。

"我的主人，你想要什么？"远古的声音，带着穿越的金属回响，震颤了整

个妖界,连偷盗它的狐妖们都战战兢兢。

未料,灯神竟然爽快地答应下来,答应助他们破开万年前镇封妖王煞天的东海鼎炉。但狐妖们也必须回赠他一点东西,那就是妖丹,以及此后妖界都要听从他的号令。灯神的双眼彻底被妖雾遮掩了,再也分不清是是非非。

莲花灯座失去了雅然的香气,灯芯燃起时,飘散着阵阵刺鼻难闻的塑焦味道。一个被妖劫殿供奉而生的黑暗灯神,怎么能够给人类带来光明?

肖东华与祈巧公主初学小成,奉命磨砺一番,但谁也未料到强大的灯神竟然泯灭了神志,与妖为伍。那场天界与妖界的战斗因为灯神的助战而惨烈无比,灯神抓走了祈巧,重伤了肖东华,便在那时,肖东华看到了身披艳如血滴的战袍、持枪促马、从幽冥司领旨赶来降伏灯神的使者,只是那一眼而已,怎料到会演变成今时今日、三生三世的纠缠。

被妖火染黑的灯芯草,与日夜看管业火、生于忘川河畔的冥夜兰草相斗,那叫一个黑吃黑。还是天君英明,灯神不敌,掳回公主退守妖劫殿。

妖王煞天终是被放了出来,只是她重伤难愈,尚无力统领妖界再战江湖,于是她蛰伏了,等待东山再起的冬眠才是她最好的选择。

肖东华所受之伤并不致命,却因灯神捏诀所使的灯芯箭内隐有妖瘴,若不立除,恐日久浸入五脏六腑,化身为妖魔之徒。但又有谁敢来吸去这伤口之毒?

那一身艳红战袍的女子,当即撑开胜血的外袍,将两人紧紧裹住,像个大红色的蚕茧,外人不得窥见。肖东华被她的气场所慑,一不小心仰倒在茧中。

那女子二话不说,东风压倒西风般上前撕开他的衣衫。虽然明知她生于忘川,冷情冷性,看惯世间生死轮回、痴男怨女的情爱,并不是对自己动了什么歪心思,但当她冰凉的小手撩开他的亵衣,他还是忍不住有了发乎情的反应,这令他羞愧不已,双手反撑在地,睁着一双惊鹿般惶惑的眸子,咬唇相视。

当她如樱的唇瓣终是俯在他伤口上吮吸时,他忍不住呻吟,随后便有扭断自己脖子的冲动,满面红云,让俊如神祇的他显得异常可爱而生动。

无法承受她讶然的眉眼,他知她不懂情为何物。

"疼?"她问,不解风情。

叫他如何回答？仰身承受于她的蹂躏，他咬牙切齿，害怕自己再发出任何可耻的声音。

"很疼？"她更不解，看着他唇齿相咬的痛苦模样，她的心突然就动了一下，仿佛有什么破土而出、嫩芽初上，于是，她吮吸得更小心了。却更叫肖东华难以忍受，谦谦君子，铮铮圣君，倾刻化身为狼。

当所有伤口终于吮吸完毕，两人都大口大口地开始喘气，个中滋味只有当事人才能清楚明了。

"你叫什么名字？"肖东华捏痛自己，才免于迷失本性。想起祈巧公主对自己万分黏腻，时时巧笑倩兮、美目盼兮，皆不能动他半分心神，为何今日心旌神摇至此？莫非是重伤之下，失了自制力？

"我没有名字，只是幽冥暗使中的一员，随时听候差遣。"

"没有名字？"

幽冥暗使，忘川河上株株幽草，守卫轮回生死之门的安危，如果一定要给它们个名分，它们也是听命于天君的战将，只可惜只能在黑暗中坚守。肖东华愕然，顿生一股怜惜之情。

"对！因为我们没有心，一旦有心，还能在忘川河边度日吗？"她莞尔一笑，英姿飒爽的容颜顿时妩媚莫名。或者正因为她没有心，所以才会笑得这么冰清玉洁、干净清爽吧？

肖东华深深鄙视自己，鬼使神差地，他执起她的手，深深凝视道："那我以后便唤你烨阳可好？"

如此气魄，犹如战神，堪比日月皎光，更胜烨阳在天，故而他唤她烨阳，仿佛万道霞光，照进了他的心底。

"烨阳？"她笑了，眉眼弯弯，再寻不到冥夜的戾气，像有清冽的泉水流过，"我怕我担待不起呢，圣君过奖。"

一场浩劫被她轻描淡写地一挥素手消弥，后来才知，不是天君选择了她，而是她特殊的天赋成就了她。她说她是冥夜幽兰，没有心，但她不知道的是，她本是九天玄女莲池中的莲籽孕育而成。

当仙界得知宝莲灯被妖界所盗，便知有祸事来袭。看守宝莲灯的天神虽然害怕承担罪责，但更怕给仙界带来灾难，于是奏折层层传递，众天神大仙齐齐开动脑筋想办法。

玄女奏请，唯有重新孕育宝莲灯座，安置七巧玲珑莲心，方可抵制住灯神被妖气所染的灯芯草。为防灯神感知克己之物诞生，只能在暗无天日、与世隔绝的忘川河畔孕育，于是一株有别于冥夜幽兰却又生长于忘川的兰草新鲜出炉了。玄女给了它兰草的形，却刻意画符，禁制了七窍玲珑心。

更多时候，兰草们会感叹，也许是忘川河水的污染越来越严重了，连它们也开始变异了，好在烨阳已初长成。

此次仙界受侵，虽然战状惨烈，祈巧公主尚被囚笼，但是必要的论功行赏还是不可少的。天君褒奖了玄女以及各位战将，还有那株拥有七窍玲珑心的变异兰草。

那晚，肖东华浅酌两杯，便微醺了，因为他听到那女子英姿飒爽地回答天君，"禀天君，小臣名唤烨阳！"

她承认了他为她取的名字，是不是证明她其实也对他有所感觉？

玄女在众仙哗然之下，撤去了禁制之法，对烨阳说，该是你回报之时了。

立时，烨阳周身仙气溢盈，映得繁星无光。战袍袅袅，衣袂飘飘，三千发丝墨染漆绘、旋绕肆扬，更衬得美人如画、娇姿欲滴。头上所戴的冠盔，似莲座形状，偶有幽香拂来，却是玉人体香。

那灯下女子，俏然回眸，哪里还有冥夜的幽深？明亮、纯净、俏皮，不可言喻的美，一波一波拍打着肖东华那颗孤寂沉敛的心。

烨阳领旨，攻打妖界，最重要的是，要平安救回祈巧公主。

天门甫一开，烨阳便驾起飞马，直破云霄，天家黄旗凛风肆舞。肖东华并肩其后，只觉得眼前人英姿飒爽、气焰如虹，虽为冥夜幽寒所孕，却将冰雪的冷冽与烨阳的光芒同聚一身，如此一个与众不同的女子，怎叫他不心动神摇。

妖界倚仗着成魔的灯神，固守妖门，派出一干小妖在城头上吼吼乱吠。未几，袅袅黑雾飘浮半空，灯神现身。其俯瞰天兵天将，不屑地讥笑道："我当是谁？！天家是没人了吗？竟然派出你等乳臭未干的小子们。难道忘了上次的教训？一群手下败将！"

远远看去，祈巧公主被捆绑在城头之上，随时有被推下城墙、掉入妖界锁仙洞的危险。她花容失色、瑟瑟发抖，俏脸上一片泪水，惊恐地呼喊着，"东华哥哥，快救救我！"

疾风将这悲凄的喊声一字不漏地送入肖东华耳中,他亦是焦急万分,但很快沉静下来,岂能自乱阵脚?

天兵天将被灯神的激将法激得狂乱,肖东华示意他们少安毋躁,静观灯神下一步动作。

"看着,你们的祈巧公主在我手里,现在叫你们的主帅一人上前,用自己交换公主,否则,本神便将公主推下去。锁仙洞的滋味可不好受啊!哈哈,届时,天君会饶过你们这群废物吗?"

七窍玲珑心的威力,让众妖担惊受怕之余,又横生贪恋,如果能够得到此心,无异于羽化成仙、一步登天。灯神吼吼一笑,揪住祈巧公主的头发提了起来,叫嚣着以人易人,叫烨阳自己走过来,以调换祈巧做人质。

"慢!"肖东华竟然伸手扯住烨阳的马缰,祈巧不可置信地看着城门下亲密的二人。东华哥哥是怎么了,竟然弃自己的生死安危于不顾了吗?

灯神只当祈巧被吓傻了,侧目一看,却见祈巧脸色苍白地瞪着远处,连被揪着头发提起都毫无知觉。

灯神虽然没有人的形体,像个恶魔飘浮在半空,但是却深知人世间有一种叫情爱的东西,能令人生生死死,自然也可以令仙人半死不活。

"我来了,放下公主!"烨阳甫一见公主被揪到半空,立即横枪纵上马背,双足踏在飞马之上,只待马生双翼直冲云霄与灯神决一死战。

肖东华却看出灯神不轨的杂念,心中焦忧万分,现在烨阳便如一块唐僧肉,人食之成仙,妖食之成神,下仙食之则成上仙……

"阳儿——小心!"

眼见灯神变幻,捏诀成风,万道有毒的灯芯箭如风箭般飞下。烨阳初生牛犊不怕虎,一手捏指于胸,召唤七窍玲珑心盘旋护体,周身散发出灼灼光芒。灯神恨不能一口吞下烨阳的暴戾眼神叫肖东华心有余悸,一个飞身,也顾不得什么授受不亲,猛地纵身踏上飞马的羽翼,一手从身后搂紧烨阳,那一声"阳儿"便那么自然而然地唤出,心里焦忧又隐有丝丝甜蜜。

烨阳莞尔,原来自己也是有心的,一见到他就会怦怦乱跳。现在见他这般关心自己,甚至不顾尊卑逾越至此,心里像灌了蜜一样,脸一红,竟然无师自通地嗔他一眼,谁是你的阳儿呢?

这一幕生生刺痛了祈巧公主的双眼,自己被妖族的人掳到妖界,生死未

卜，未料肖东华竟然在这短短几天之内另觅了新欢。

这嫉火更胜业火，一旦焚烧起来，不到灰烬不罢休。

灯神眼珠一转，便有了主意，对着祈巧阴阴一笑，"哈哈，公主请恕罪，竟是我抓错了人，原来肖东华喜欢的是那个小丫头？"

祈巧一听此话，只觉得怒火攻心，差点把自己头发都烧着，恨恨地说了句连她自己都愕然的话，"你没有抓错，你没有！"说完后，就后悔，难道自己深爱肖东华竟是人人都看得出来，甚至这只没有人形的灯？

可是肖东华呢，不顾及自己乃是父王看好的驸马，甚至不顾及她丝毫感受，公然与这冥夜兰草打情骂俏，他们这是在救她，还是挑衅于她？祈巧越看那两人，心里越窝火，恨不能叫灯神的灯芯箭一箭双雕，就此了结了他们。

"公主想要得到肖东华，也不是难事，只要与我合作，自然可以心想事成！"灯神见时机成熟，对祈巧密语道。

祈巧虽然表面不置可否，但心里已然同意。

未几，灯神假败，率众而逃。肖东华扶起祈巧，烨阳收了兵，凯旋归朝。

庆功宴上，天君红光满面，双手抚掌，感慨双喜临门，竟然当众宣布了将公主下嫁肖东华的消息，一时恭贺声声，轰炸得肖东华目瞪口呆。烨阳木然而立，再一次体会到了有心时的痛苦。原来痛是这样的，想起那日为肖东华吸毒，不由又甜蜜又心痛，只是怔怔地站在那里，被贺喜的众仙挤来撞去。

"阳儿……"肖东华深深地勾住烨阳眸中淡淡的流光，生怕她一个转身投入冥夜不见。

"圣君，恭喜了！"烨阳勉强一笑，刚刚萌发出的爱意又归于静默——他是遥不可及的上仙，而自己仅是忘川河畔的一株小草，生来只是为他人牺牲的。

"阳儿……"肖东华有口难言，当众，他无法拂去祈巧相挽的双手，更无法驳去天君的颜面。天君怜他父母在万年前镇压妖王煞天的战役中双双殉难，一直把他带在身边抚育，视为己出。他不是忘恩的人，如果没有遇见小烨阳，也许他会从了天君的意，纵然不爱祈巧，也可举案齐眉吧？但现在，他一直孤寂的心有了所属，怎么能平静接受？

恭喜声中不免有人羡慕嫉妒恨，不过是个孤儿，如何可以高攀上天家？

但肖东华的双眼如透视了般，只看得到烨阳离去的身影。

　　薄凉的笑与怒极的恨同时显在祈巧的眸间,她与肖东华看向同一处,唇角微微掀起:等着瞧吧,贱人,肖东华是我的,是我一个人的!

　　三天了,烨阳独坐在忘川河边已经三天,那里来来往往的痴男怨女哭声连连,河畔生长着幽幽的兰草与艳绝的彼岸花。

　　佛说:"彼岸花,开一千年,落一千年,花叶永不见。情不为因果,缘注定生死。"

　　烨阳本不知情,无所谓缘,但现在却徒增了烦恼。托着腮,她倒宁愿再做从前那株无忧无虑的兰草。双眼直直看向孟婆,只见她正端着心愿未了的鬼魂们最难消受的孟婆汤,谆谆教诲,"怎奈轮回终要过,茶汤一碗了前缘。魂牵梦绕都相忘,爱恨情仇散作烟……"

　　烨阳双臂抱着,屈着膝,如果有一碗汤能让自己忘了肖东华,自己会不会喝?

　　这样想着,那人的俊颜便近在咫尺,一瞬间,狂喜替代了落寞。她以为今生永不会再见,或者再见面也不会有曾经的心动,傻傻地揉眼,换来那人宠溺的迷人浅笑,轻唤,"阳儿,是我!"

　　烨阳展颜,满畔的彼岸花都失了颜色,唯有她的笑靥映在了肖东华的眼帘。

　　"圣君……"烨阳不敢眨眼,只怕是思念甚虑,才会出现幻觉。待来人依她并肩而坐,她才惊觉失礼,想要起身行礼,却被他扣住手腕。烨阳脸上一红,想要挣脱却又贪恋,幽幽道,"不知圣君驾到,烨阳怠慢了。"

　　"东华!"肖东华不太满意烨阳的表现,她拒他于千里的言语太过明显,难道自己三天没合眼,特意跑到忘川来寻她还不能传递某种情愫?

　　"嗯?"烨阳不解相望。

　　"唤我东华。"肖东华望天而默,这个女子真有一颗七窍玲珑心吗?为什么一窍不通的样子。

　　"可是,这样于礼不合!"

　　"你……于礼合了……却与我……与我心意相背了。"肖东华一拳打在棉花上。心里有好多话着急地想说出口,却一句也说不清楚了,只想让她知道自己的心里驻进了她,之所以没有当日拒绝天君赐婚乃另有因缘,但除了一颗心怦怦外,口齿越发不清。

　　僵硬的表白吓了烨阳一跳，心中既甜蜜又害怕。天家的威严不可违抗，何况人家是公主，而自己只是随时一个可以消失的牺牲品，若是放任心中念想，怕会对肖东华带来困扰……

　　见烨阳晗首蹙眉，对自己好不容易鼓起勇气说的话却是充耳不闻般毫无反应，肖东华心里又急又气，更是不甘，暗恨自己嘴笨，恼道："可是我一厢情愿了？好，我这就走，再不来扰你！"佯装要走，却在起身之后，悔不当初，若是烨阳不留他，日后，他还有何面目再来纠缠？

　　烨阳只是怔怔地目视他离去的背影，一颗心如擂鼓作响，只见他越走越慢，却是越走越远，烨阳怯怯地在后面尝试着轻唤，"东……东华……"

　　肖东华这才松下一口气，顿住脚步，背对着烨阳，唇边扬起一个美绝的弧度，回身佯怒，"为何阵前那般果断英勇？"

　　"那是对敌，自然轻松。"

　　"那对我呢？"肖东华对她的回答颇有微词，难道我比敌人还凶猛？

　　"对你？"烨阳羞赧，嫣然娇媚，左右顾盼，总是避开肖东华炯炯逼迫的目光。

　　"你就从未喜欢过我？"肖东华甫一问出便又后悔了，眼睛带着紧张与威胁，直直地盯着烨阳的樱唇，你若敢……

　　烨阳不好承认喜欢，又不愿说不喜欢，为难地嗔他，跺脚便要走人。

　　肖东华又急又恼，他从未讨好过人，心意该如何表达亦是不懂，他后悔没去人间学习一番，现如今佳人不理，自己表白未果，顿俊颜冒汗，三步两步折回烨阳身边，急嚷道："阳儿，你为何对我始乱终弃？"

　　"嗯？"烨阳再次睁大惶惑的眸子，却收到肖东华愤愤弹来的爆栗，"难道非要我唤你一声'恩人'吗？"

　　"啊！"稍一提醒就让烨阳红透了脸。

　　肖东华这才放下心来，拉着她的手，在彼岸花中深深凝望，"不许对我始乱终弃！"

　　说罢，自己的脸也红了，俊美的颜容、多情的目光，都叫烨阳深深着迷。两个情商小白的初恋便在这漫天的彼岸花中绽放，结局却也似早就注定，花叶永不见……

　　繁星忽明忽暗，天空不甚明朗，唯宝德殿内夜明珠亮白如昼，天君正在

倾听祈巧的哭诉,直至听到灯神竟然敢揪起小公主的头发提到半空,不由勃然,誓要收服灯神。

"君父,不知何时可以摘取烨阳的玲珑心来镇压灯神,去除宝莲灯的妖气?"

"这尚需问问玄女。烨阳的玲珑心尚未圆满,若要硬生生夺下其心,怕会使之仙力尽散、化为乌有。"天君慈爱地看着女儿,怜她受苦报仇的心。

"若不为修补神灯、镇压灯神,世间又怎么会有一个她?哼,她生来不过为此,本来就是乌有!"祈巧冷笑。

女儿素来任性自私、说话冲撞,天君也不以为意,只道:"话虽如此,她也算是你的恩人,待问过玄女,赠她一颗纸荷心,保她性命罢了。你也累了,收收心,好好等着东华来娶你吧!"

祈巧还想强求,却终究没有说出口。回到自己的院落,她素手一挥,袖中一道烟雾扶摇直上,在半空中化出一团有狰狞五官的漆黑雾团,他阴恻笑道:"有她一日,肖东华心里便没有你一日,你可要想清楚了,待她羽翼丰满、玲珑心功德圆满之时,即便是你的君父,想要强取她的玲珑心都未必可以!"

"你这丑陋的怪物,本公主的事情用不着你多嘴!"祈巧大怒,嫉妒心蒙蔽了她的眼睛。

"哈哈,可你不要忘了,我们之间签订的灵魂交易?"灯神不屑冷笑,雾手一伸,一团青丝便刺得祈巧眼睛刺痛。那是祈巧一魄所在,为了与灯神做交易,她舍了一缕魂魄,待交易成功,灯神取得玲珑心,从天宫安然回到妖界,便还与她。

与魔鬼的交易本身就是充满挑战性的,见祈巧面有难色,灯神哼道:"你助我夺得玲珑心,我助你偷得肖东华的心,同时帮你灭了烨阳那个贱人,岂不快哉?"

"可是君父不允,没有他的旨意,那贱人怎肯乖乖交出玲珑心?"

"她不交,我们可以夺啊!"

"哼,玲珑心之所以称之为七巧,是因为它有七瓣,平日隐于身体各处,唯有自己愿意,方能以意念召唤七瓣合体,在胸口显出莲形心脏,否则,本公主何需与你合作,不过是想借你的幻影术而已。"

……

　　夜深了,祈巧为自己的精密计划而兴奋得难以成眠,随意在天宫行走,却不知不觉行到了百花深处。那是肖东华的东华府邸,犹记得这百种奇花乃是自己当日亲手种下,只为博君一笑,盼着花有四季红、人有千世好,只待肖东华迎娶她进门,从此由她亲手来培育这些珍花异草。这样想着,却见院落里那眉清目明的俊逸男子正在细细端详着手中的木偶人,看着看着,乘四下无人,竟然轻轻吻上。纵然只是无知无觉的木偶,他亦是那般小心翼翼捧在手心,祈巧心中闷痛,多么希望自己就是他捧在手心里的人偶。

　　明天,就在明天,她要动手除去那个眼中钉,不让肖东华情根再深种。

　　天微明,肖东华带着精心雕刻的木艺朝忘川奔去,昨晚他刻了一个晚上,虎口都磨了水泡。这个人偶,身披战袍,头冠莲盔,身形飘逸,颜颊如玉……不是烨阳又是谁? 其实他大可以捏诀变幻一个更好的,但,却不如这个足够表达爱意。自从得到烨阳首肯,任他执手相看,他的心里便满满的只有一个战如蛟龙、静如冰雪的女子,一想起她的名字是他所冠,他的心口就莫名地悸动,仿佛她已嫁为己妇,冠了他的肖姓般。

　　可是,有殿前使臣在忘川河前拦截住他,传令——奉天君之命,有要事相商。

　　这原不过是祈巧的把戏,明里是央求君父召来肖东华商量婚事,暗里却是自己腾云驾雾,袖里装着灯神,潜入了忘川河畔。

　　"东华?"烨阳娇羞一笑,满眼都是肖东华俊逸的脸颊。她是幽冥暗使,刚值了夜班还未交班,肖东华竟然赶得这么早,便倦倦地嗔怪他一眼。

　　满畔孤魂野鬼的哭喊,忘川河水混沌一片,祈巧公主几时见过如此惨景,直犯着恶心,但走近烨阳时,鼻间悠然飘进淡雅的清香,一时清明起来。

　　高雅的莲吗? 祈巧的怒恨更是一发不可收拾,贱人,今日就是你毙命之时!

　　这幻术邪门之极,又名相思入骨术,此时你心中最爱的人是谁,眼中便会出现谁。祈巧甫一落定,毫无幻变,落在烨阳眼中竟然是肖东华的模样,怎不叫祈巧恨得咬牙?

　　"今日赶早,只是想来问问你的心意。我欲退了天君的赐婚,你可愿随我一同去禀明缘由、求天君成全我们? "祈巧紧箍拳头,方能说完话。

　　"一切便听你的! "烨阳晗首,声音婉转如莺啼,清丽的容颜绽放出美轮

美奂的嫣然花朵,不可方物。

祈巧心里冷哼一声,强行压下怨怼,上前执起烨阳的手,将盗取的小木偶塞进烨阳手中,"这是我送你的,你可喜欢?"

可怜肖东华因为太过心神荡漾,竟然不知道自己的手工艺品被人移花接木,还喜滋滋地揣在胸口,等着献宝。

真人面前不说假话,烨阳一眼便看出这是纯手工制造,并未掺入仙法之假,一时感动不已,满眼波光,盈盈道:"圣君,谢谢你!"

恰在此时,烨阳的心绪大动,周身泛起莹莹霞光,照在彼岸花上,更显得人比花娇、花比妖艳。一朵粉红莲花初成形象,从线条忽明忽暗到盘旋而出,出水芙蓉亦不过如此,单这一朵娇姿欲滴的莲,便如露珠初绽,又如旭日东升,冰清中腾升一股激流,可远观而不可亵玩焉。

那是心动的感觉,烨阳难为情地想捂住,这样昭告天下,还怕别人不知道自己喜欢他吗?突然一只手猛地挥开她遮挡的手,另有一只黑漆雾爪"狠绝准"地掏空了她的心,瞬间,满心的欢喜变成了修罗的凌迟,烨阳倒在了血泊中,怨恨惊愕的双眼直直盯着肖东华,想问一句"为什么",却只是动了动嘴角,这突然的变故叫她茫然无措,心口破了碗大的洞,鲜血汩汩而流,手中的木偶人已成血人。

祈巧扮作肖东华的作派,冷笑道:"你不要怨我,怪只怪你有一颗玲珑心,这可是仙家圣物,便是遇劫魂飞的上仙,食之亦可以聚魂。"

"本来,我并没有奢望圣君的情意,"烨阳悲切,原来这一场镜花水月的爱恋是如此的不堪,"这玲珑心本也是玄女恩师为镇压灯神、重塑宝莲灯之物,你这样抢夺,是要上诛仙台的。"

"哼,本圣君现在是天君的女婿,莫非天君忍心让祈巧公主独守空房?此次祈巧公主被灯神所掳,惊吓之余,失了一魄,需用玲珑心来修补,我这也是迫不得已。"

"原来如此!你喜欢的,原来是她!看来,是我一厢情愿了?"烨阳惨然一笑,嘴角亦渗出血来,双眼却依旧冷冽如泉,倒在彼岸花上,看着东方那蒙蒙薄雾,幽幽问道,"可你为何要骗我?"

"我没有骗你,是你妄想了,我怎么会喜欢上你这生长在忘川河畔、终日与孤魂野鬼为伴的卑贱女子?祈巧公主乃是天君的女儿,你尚不及她一根指

头！我要的，始终只有玲珑心，而不是你！"

眼见肖东华如此决绝，烨阳嗟叹，"是，你没有骗我，是我自作多情了，不然，谁能寻得我的玲珑心呢？若非我自愿献出，是谁也找不到的呀……"

彼岸花也在嘤嘤悲泣，那女子最后喃喃自语，看着肖东华近在咫尺的俊美容颜，心中终是恨了——自嘲地恨，这一世，不懂情时麻木千年，方动心时白驹过隙，短得如焰火，甫一燃起便熄灭了，转眼遥看奈何桥上来来往往的鬼魂，大抵也能明白他们的愤懑不平、哀怨嫉恨了。自己也要过奈何桥吗？自己也要喝孟婆汤吗？

还没有等到孟婆苦口婆心地劝她喝孟婆汤，烨阳便被九天玄女带回了宫中。

虽然烨阳不在她身边长大，但无异于是她一手点化哺育的孩子，此刻她绝美清丽的容颜也变了色，灵巧白皙的纤指翻飞穿梭，整整结了七七四十九天，形似许愿荷灯的小纸荷被她施法补进了烨阳的胸口，一颗纸荷心代替了烨阳的玲珑心。

而天君那边正是人逢喜事精神爽，祈巧公主的大婚岂容怠慢，便是织女裁仙的人选都选了好几波，霞衣紫佩更是挑得眼花缭乱。

"阳儿，不知道为什么，这么多的华裳羽衣，我都觉得不如你身上那件战袍好看。"肖东华伸手挽着祈巧公主，谈笑宴宴。这几日烨阳的大肆选衣虽然让他心生疑窦，但因为终于可以娶到心上人儿，肖东华按捺下性子，始终不离左右。

"难道你希望我终日征战、一生戎马？"祈巧嗔怪，眉目间温柔无限，但心底却有一根拔不出的刺，祈祷着成亲之日快些到来，也好生米煮成熟饭，叫肖东华插翅难飞。

"我只希望你平安快乐。"肖东华宠溺地刮了刮她的俏鼻。

那日祈巧公主眸中哀怨、怅然垂泪，跑来告诉自己，她想通了，强扭的瓜不甜，并已求动其君父，答应退婚。肖东华着实感激不尽，又觉愧疚无限，执着祈巧的手，万语千言只化作"谢谢"二字。

但他却不知，祈巧眸中的失望渐如潮水奔涌，她垂下眸子，掩下嫉恨与不甘，巧笑道："非但如此，君父念烨阳对我有救命之恩，故而收她为义女，并赐婚于你，这下你可满意了吧？"

　　惊喜来得太快,肖东华禁不住俊颜飞霞,此刻他只想飞奔到烨阳身边,告诉她这个好消息。

　　这炫目的美颜,如晨之初露,却是为他人绽放,祈巧不甘心,到底那烨阳有什么好?还是生在冥界的女子,更容易蛊惑人心,更懂得惑君媚主?

　　就在肖东华迫不及待奔往忘川河畔时,迎面而来的正是他心心念念的阳儿。也许她已知道了天君改赐的婚事,看他的眼神躲躲闪闪,但被幸福冲昏了头的男人,智商等于零,他竟然丝毫没有看出破绽,没有看出这其实是祈巧借灯神的幻影法术变幻而成,但,天可怜见,正因为肖东华满眼满心里全是烨阳,所以在此幻术下无所遁形,所想即所见,可悲可叹……

　　祈巧在肖东华面前巧笑嫣然,众人皆不知她笑到血泪俱流,她多么希望此时肖东华可以唤她一声"巧儿"。这幻影法术何等残酷,所想即所见,这见鬼的"所见"啊!每当夜深人静,她便会拿出剪刀,一剪一剪地弄破新衣,那是她支离破碎的心啊……

　　终于,祈巧公主迎来了大婚的日子,终于,烨阳也从鬼门关前拣回了一条命。

　　"孩子……"眼见烨阳胸口的纸符呼呼作响,带动着全身脉搏开始跳动,玄女的心微微扯痛,接过侍女递来的汗巾,帮她轻拭着,心思却飘乎起来:玲珑心怎么会被完整地盗走?莫非这孩子动了情?只有动情才会失心,不是吗?

　　"恩师?"胸口炙痛麻热的感觉叫她难以承受,睡得极不安稳,烨阳终是睁开了眼,她感觉自己在奈何桥上徘徊了好久好久,忽然身子一重,跌了回来,然后便惊醒了,刚一睁眼,竟然看到了一身素白衣衫的玄女,不由像个离家的孩子,红了眼圈。

　　突然,一阵鼓乐齐鸣,喜气洋洋的仙乐飘飘。烨阳疑惑地侧耳倾听着,却像是天宫又有喜事了。

　　眼见小徒脆弱无依,玄女抱憾,"什么也别说了,是为师对不起你,让你承受这样的重任,险些失了性命!"慎重地塞了粒还魂丹到烨阳口中,"剩下的事,就让为师来为你讨回公道吧!"

　　烨阳泪水一盈,委屈哀怨地扑入玄女怀中,"徒儿错了,愧对恩师点化,玲珑心被……被盗贼所得,他说是为了……为了公主修补魂魄……是徒儿不知天高地厚、痴心妄想了,我应该早想到,他怎么会弃下天君公主?!"

　　玄女闻言更是大惊,那日,若非宫前莲池突然碧水似血,她也不会过问修行在忘川河畔的烨阳,结果等她匆匆赶至,却见烨阳已失了玲珑心,仰倒在血泊中,断气多时了。玄女忙使出追魂大法,方将烨阳已踏上奈何桥的一只脚给拖了回来。烨阳说是肖东华所为,但玄女却另有他想。此事看来不简单,玲珑心怕是已被妖人所得,她必须马上禀报天君。

　　正想着,仙鹤长鸣、锣鼓喧天,玄女惊呼一声,掐指一算,正是今日良晨,肖东华迎娶祈巧公主的大喜日子。自己为了救回烨阳已闭关了数十日,对着爱徒苍白的小脸,玄女不想再扰乱她的心,特别是她那不堪重负、刚刚修补的纸符心,"为师去去就来,你乖乖休息!"

　　玄女方走,烨阳便睁开眼,她看到侍女在一旁小心伺候,不由抱歉道:"有劳姐姐,今天可是东华圣君与祈巧公主的大喜日子?盛况一定空前吧?害姐姐错失了这万年难得一见的热闹了。"

　　侍女本来是谨记着玄女的话,不告诉烨阳的,但看这样子,烨阳已是知晓了,侍女也就没有掩示脸上向往的表情,道:"确实呢,不过,还是主子的身子要紧。"

　　烨阳心中钝痛,果然如她猜想那般,闭上灼痛的泪眼,既然不爱,何必招惹?我便是这般卑贱吗?任你招之则来挥之则去。若不是玄女恩师,我的生死你可会过问?越想越难以自持,嘲讽的泪一落腮角,烨阳猛地便掀开鸾凤锦被:你不仁在先,休怪我不义在后,今日既是你大喜这日,少不得我要送一份厚礼!

　　"主子,你……"侍女惊吓,想要追上烨阳,却被烨阳俏皮地回眸一笑打败,"姐姐且随我去看个热闹吧。我在幽冥之界,除了凄风冷雨便是漫天暗夜,哪有见过什么仙鹤?"

　　"这样啊……那我换件衣裳……"侍女心下欢喜,忙颠颠地往自个儿屋里跑,心里盘算着盛况如此,少不得要装扮整齐点。

　　烨阳的笑在侍女转身之际被冷风涤荡开去,只余咬在贝齿间的血腥。纤指微动,捏诀成风,瞬时,风云变幻、飞马展翼、战袍嗜血,烨阳站在马背上,持枪拦在了迎亲队伍的面前。

　　他,四海八荒之内,俊美无匹的男子,今日更是美绝,一身大红喜衣更衬得面若冠玉、脸廓分明、眉宇清爽,一双星海幽深中不乏温柔,只是这温柔却

吝啬施舍。高骏白马铁蹄飞扬，喜人红花绸带飘飘，两旁仙鹤飞舞开道，高空喜鹊盘旋报喜……但这一切注定要定格在这一刹那，喜气注定要被煞气所代替。

"圣君，别来无恙！"烨阳只身相拦，爱恨情仇真是个磨人的东西，若不能四大皆空，便只能在红尘翻滚。咬着牙，烨阳痛得浑身痉挛。

"阳儿？你……你怎么这般迫不及待地来了？我还没来得及迎娶……"肖东华被眼前景象吓了一跳，他的新娘子真的很不听话，不过这惊喜他还是很喜欢，本来也是被她这飒爽英姿所折服的。微微一笑，他策马上前，与烨阳相对，眉眼中是展不尽的温柔，责备道，"乖乖等不好吗？"

"乖乖等？"烨阳仰天而笑，笑声尖刻，隐有寒泪，苍白秀美的脸颊上冰雪肃然，扬眉戏谑，似呢喃，似撒娇，"那岂不太迟了？我要送你一份大礼呢！"说罢长枪一挑，红缨犹似朝霞，划着朵朵枪花，直递向肖东华。

这一变故叫肖东华不知所措，又以为烨阳在与自己闹着玩，怕伤到心上人，他不敢用力，伸手直握向烨阳的长枪头，未料她竟是使尽了全身的力气，立即，鲜血染红了枪头与肖东华的手掌，枪头银尖直刺入他的掌心，划透了手背。

肖东华此时才大惊，鲜血顺着长枪流下，俊颜痛到扭曲，他不知哪里惹到了心爱的人，要在这大婚之路上对自己施暴。顾不得手心的伤，反手将枪头握得更紧，愕然问道："阳儿，你到底怎么了？我做错了什么？"

"你还问我怎么啦？"烨阳笑得摇曳生姿，那点刺目的鲜血与她的心头血相比算得了什么，与将她的自尊生生践踏脚下相比又如何？如今想来，烨阳还是痛得快要气绝。手下一错，长枪便呼地被她从肖东华的手心拔出，立时，鲜血飞溅，东华的手心模糊一片，痛得他忍不住"哦"了声。还来不及查看，烨阳又捏诀而动，刚刚修补的莲心隐隐一现，依然可以心血相连以支撑法术，她微觉安慰，待思及真心已被剜走，更是炙痛，冷恨一笑，碧空为之阴沉。

"当啷啷！"迎亲队伍岂容烨阳再对自家圣君不利，团团将烨阳围住，拔剑相向。

远处，传来一声娇喝，破开迷雾响彻云霄，"东华，快快将她杀了，她乃是借灯神的幻影术所变，是想来夺玲珑心的。众天将听令，快快将她拿下！"

一时间，战鼓擂动，远处那女子渐近，却是祈巧公主亲率天兵前来狙击。

"阳儿？"肖东华愕然，如遭雷击，俊颜上青筋暴起，怎么会有两个烨阳？只见远处那女子疾疾呼唤自己，焦忧之情溢于言表，一身大红喜衣随快马飞动，凤冠霞帔更显得美人如玉，"东华……东华小心！她不是我，不是你的新娘子啊！你切不可被她蒙蔽了双眼，我才是你要娶的人！啊——"一路奔来，却因过于忧心肖东华，一时不察，马失前蹄，那女子一头就栽下马去。

肖东华早在看到新娘子时便喜不自禁，此时再不管不顾，任烨阳的长枪刺穿自己的左肩，鲜血染新衣，他依然飞身而上，去接住那即将落地的娘子。

原来，却是这般的情深义重？烨阳见此情景，只觉得心口刺痛，一时天旋地转，无法支撑。

"夫君，你受伤了？"祈巧娇弱地依在肖东华怀中。

"无碍，只要你没事就好！"看着娘子惹人怜爱地蹙眉，肖东华一时甜蜜，再听她娇唤一声"夫君"，更是消魂，哪里还管得着那边的战况。

紧搂住娇妻，东华心有余悸，"亏你及时赶到，险些被妖界刺客所幻的你给骗了呢！"

祈巧闻听，面上一僵，好在额前一排珠玉遮挡了眸光，"夫君，吉时已到，捉妖之事便留给兵将们可好？"

肖东华点头，今日大喜，他可不想被这一妖败了兴致。

"肖东华，你……"烨阳无法脱开天兵重重包围，再见他揽着新妇共乘一骑，只觉得五脏离位、胸口发闷，一口鲜血喷出，咬牙喝道，"肖东华，从此你我陌路，你再不是我的圣君，我也不是你的烨阳！"

这声音如此凄切，犹如杜娟啼血，肖东华忍不住回头，只见她被困在天兵天将之中，一把长枪舞得虎虎生风，鲜红的战袍妖艳无比，时时为血色所染，红梅团团绽放，全身冷冽之气恰似地狱修罗。

"夫君，她乃妖魔所幻，你切不可心软！"祈巧暗惊于烨阳竟然苦撑了这么久。可恨玄女竟然救活了她，纵然只是一张纸符，但不除之，仍是后患。猛地策马转身，祈巧暗怀鬼胎，拔出腰佩软剑，便想在此了结了烨阳，到时一片混乱，谁又知道是她所杀？

烨阳见祈巧与肖东华再次折回，不由冷笑，你们这是要取我性命了吧？也好，若不是玄女恩师，世上哪还有什么烨阳？我只是不甘心，不甘心被你欺骗，不相信你会骗我……

泪水氤氲，烨阳持枪的手抖动不已，那是她纸符的心脏在颤抖。剑枪相抵只在电光火石之间，都是神兵利器，一时间光芒暴涨，突然，银枪头一滑，直没入祈巧的右胸，她惨叫一声，"夫君救我！"

肖东华本是与祈巧同乘一骑，视线为祈巧所挡，乍见她回身呼救，右胸鲜血淋漓，不由恨怒之极，就着祈巧的右手，一剑刺穿了烨阳的纸荷心，便见带血的艳红纸符碎了一地，烨阳的瞳眸愕然张大，嘴角有血迹溢出，却更有一种惊心动魄的妖艳之色。她死死地瞪着肖东华，唇角嘲讽肆意地无声而笑：这就是最后的结局？

"夫君，你看，这就是证据，呃……"祈巧被长枪刺穿，痛得几乎昏死过去，断断续续道，"她只是个人偶，连心都是纸符所做。夫君，不要被这妖孽骗了，快杀了她，杀了……"

眼见祈巧快昏死在自己的怀中，肖东华悲恸之极，立即示意众天兵不要放走这只妖，自己先把爱妻送到安全之地。

"肖东华，我恨你！"烨阳目送飞奔而去的一对新人，低头看看胸口不断飞出的鲜红的纸符碎屑，只觉得万念俱灰，从牙缝中迸发出了撕心裂肺的怒吼。

"妖孽！"肖东华抱着祈巧，看着她的新衣为鲜血染得更红，心痛极了，誓要手刃了那只妖。甫一转身，却被那回眸一眼所震慑，那血染战袍的小女子，不就是他初识的烨阳吗？可怀中这人又是谁？妖魔即便幻化，难道竟是毫无破绽可寻？

"你为何赐我之名，又弃我若帚？"那仿佛是远古的魔咒，掀开了眼前的迷雾。烨阳讥讽而笑，泪中伴着斑斑血迹，一头青丝在肖东华的眼中一变再变，如春绿秋枯的离离之草，一寸一寸染成千丈霜华。

索性站在那里，任由刀光剑影齐齐而来，烨阳那颗纸糊的心脏早已是千疮百孔，但她仍是那般高贵，傲如冰雪，不容侵犯。远远地，她森然高呼，仿佛要向苍天扣问。

"不！"肖东华闻之心颤，无法再策马而去，一手挽过祈巧暂放于地面，自己则折马回奔，"阳儿，你先在此，我须问个清楚！"

"不，夫君……"祈巧面色苍白，瑟缩着蜷曲在地，她知东窗已事发了。

"你到底是谁？"肖东华冲进天兵天将的包围圈内，勒住马缰，上下打量

着满身是血的烨阳。

"哼,我该说什么?圣君大人!"烨阳失笑,很讶然,此刻自己还能调笑两句,"我到底是谁?好,我告诉你,我是幽冥暗使,一个没有名字的卑贱女子,不如祈巧公主那般高贵,也不比你这戴着假面的小人!你夺了我的玲珑心,送与祈巧公主讨她欢心,害我差点死在忘川河里,你还问我到底是谁?"尖刻悲切,烨阳的纸符心已无法支撑,呼地破败。立时,烨阳清冽的明眸流出血泪,涓涓流淌,满腹的委屈不忿在那一刻爆发,"你凭什么?你说我生于忘川,卑贱无比,还妄想对你图谋……哈哈,好,我再怎么卑贱也比你的卑鄙好上千倍万倍!"

寒风送来烨阳破冰的控诉,声声捶打在肖东华的心上,他又惊又怒,又痛又恨,这到底是怎么回事?难道……

回想近日烨阳的种种行为,与往日截然不同,不由一阵头晕目眩,差点跌下马去,拼命策马狂追向烨阳,疾呼道:"阳儿,你说什么?你我已有婚约,我怎么会如此伤你?这是个阴谋!阳儿,你听我说……"

"嗖"的一声,神箭手在祈巧的命令声中,射来无数利箭,众天兵只当烨阳乃是灯神幻影法术下的一枚棋子。

一场盛况空前的婚礼,竟然成了修罗之地,烨阳回眸望向肖东华,笑得诡异而妖媚,一边随意抗击,一边退守诛仙台,那里戾气太重,反倒天兵不敢妄动。

眼见着烨阳有跳下去的打算,肖东华破开围追的天兵,不惜与他们反戈相残,此时,他满心满眼只有那个浑身浴血的女子,连呼吸都觉得痛。她说的可是真的?她何时受了这样的夺命苦楚?自己捧她在手都怕有个闪失,又怎舍得那般摧毁于她?

"不要跳,不要跳,阳儿,求你……"眼见烨阳退守诛仙台,她回眸一笑,眸中血泪竟然妖艳非常。肖东华越发心惊,他已预感到接下来的一幕,只惊骇心痛得浑身颤抖,入了魔般,只知道拼命呼喊,"不要跳,不让跳……"如果她跳了……他不敢想象。

"不要过来,你再敢往前一步,我就跳下去!"烨阳将长枪往诛仙台的泯灭之口一放,眨眼时间不到,长枪化为乌有。众天兵神色大变,唯有烨阳凉凉浅笑,今天,纵然事出有因,但阻挠公主大婚、对抗天兵,自己离诛仙台也

不远了。

　　事情的来龙去脉，肖东华隐约猜到了几分，却仍不敢相信祈巧会做下这等祸事。看着心上人这般模样，肖东华心痛到了极点，除了声声嘶吼叫她不要跳，他实在不知道还能做什么。

　　烨阳转眸，美如梦幻。肖东华向她伸过手来，泪水如清泉般簌簌而下，乞求般看着她，满以为她会伸手来握，岂料她只是扔来一件事物，突然就毅然决然纵身跳下了诛仙台，回眸刹那，芳华与惊艳深深印入肖东华的瞳孔，他无法承受地"啊"了声，悲极攻心，一口鲜血吐出，昏倒在诛仙台前。

　　玄女赶到时，为时已晚，只堪堪救回了肖东华一条命。

　　从此，东华圣君除了静心修行外，不再管理任何事务。

　　这四海八荒的第一帅哥，关闭了心窗，实在是仙界一大憾事，而祈巧除了独守空房外，还能奢望什么？

　　东窗事发，天君只好将错就错，只当烨阳是灯神以幻影法术变幻的一妖，玲珑心不慎被其所盗，现一起下了诛仙台，也算咎由自取。祈巧公主与肖东华择日重新举办婚礼，但这一拖便是上万年，天君也不好逼迫肖东华，只恨女儿种下如此邪孽。

第八章

双双劫难

回想过往，除了唏嘘之外，肖东华不知道还能如何。他时常恨自己，恨自己为什么没有及时察觉祈巧公主变幻的烨阳，是自己粗心大意，还是爱烨阳不够，竟导致她含恨跳下了诛仙台？当日祈巧公主忽然同意退婚，并告诉自己，"天君念烨阳出战有功，已收为义女，从此与她姐妹相称，这婚事照办，只是新娘子换成了烨阳而已"，当时自己怎么就信了？

手握那血染的木偶人，肖东华冰封的心开始有了些许的温度。这是他爱她的见证，她却在跳下诛仙台的刹那还与了他，是不是不要他的爱了，还是怪他的爱太浅薄，连深爱的人都会认错？

这一觉睡得够久，醒来时，他仍沉浸在与转世烨阳的欢乐过往里，可惜，人间历劫更让人柔肠百转。

听见司命星君提及被冷落不知多少年的祈巧公主，肖东华神情一怅，却转瞬不见，想要说什么，却终究什么也没说，只是将目光放远，像是要望尽这四海红尘、八荒痴嗔。

"你可不可以不要在本司命面前扮酷，本司命也是有血有肉有心有爱的怀春美人一枚，你若是不想再与那两位纠缠，本司命可以……"

"你敢！"肖东华的目光突然凛冽无比，气场一变，四周夏暑竟然知他心情般，飘飘零落，冰封瑶河。美男声音磁性低沉，却蕴有破冰之威，"你若再敢乱写乱画……"后面的话没有说，司命受胁迫，忙收起本本往怀里一揣。

现在历劫的只有烨阳一人，司命的本本也只能对烨阳起作用，再也不能让她受委屈了。

"咳咳咳……圣君，其实吧，今天，我来吧……"司命星君整理了一下衣

帽,她这造型酷似《东成西就》中刘嘉玲演绎的周伯通,粗衣绒帽。当然,她这样打扮是有原因的,因为她主要是想躲开某人的纠缠,这样不男不女,应该很安全了吧,结果那人依然阴魂不散。

"重点!"东华阖目,以他对她的了解,几百句废话中能拣出两句有营养的话来就已经超常发挥了。

"天君……天君怜你痴心一片,故命本司命前来,特点你下界历劫!你可以什么话也不说,但你所说的每一句话,将成为日后本司命填写命格时的呈堂证供……"

"可是我此番私下凡界、收凌烨阳为徒之事触犯了天条,改动了烨阳原本的命格。"

"嘿嘿,知道就好了,我也很难做!你犯了事,我还是站在你这边,想帮你圆满的,想来想去,倒不如让你下界历劫,与她同甘苦共患难,岂不好过这样偷偷摸摸?"

"是你走漏了我的行踪?"

"是告密!'走漏'那是小人行径,我一般都是告密!嗷——"司命小仙收到肖东华的一记爆栗,痛得大叫,"你真没人性!对哦,你本来就不是人!"小仙很邪恶地讨到了口舌之快:"我这可都是为你好,在人间做一对快活神仙有什么不好?"

"谢谢你,我一般都是用'扁人'来回报别人的好!"肖东华难得调侃,两人会心一笑。

乖乖,小仙眼冒红心,差点"蹦蹦跳跳真可爱"地蹦出去。帅哥啊,极品中的极品,连废在这里都是那么极品。即使他中了蓝苑皇慕容珏的诡计,失了仙家内丹与本体,在上古神物聚魂灯的指引下,只有二魂七魄勉强归位,另一魂滞留在了蓝苑太庙之中无法挣脱,但仍是废得消魂啊。

"此次你历劫的身份有些……"小星星强忍住流口水的冲动,强迫自己收敛心神,免得被众仙娥、弟子等笑话了去。故而用眼神示意,仙娥等会意,掩口而去。

"重点!"那男子终于不耐烦了,蹙眉冷视,你还可以再啰嗦点吗?

"圣君,你一定要承受住……这是天君的想法……与小臣无关……嗷——"

公主要休夫

"说！"忍无可忍便无需再忍，肖东华又毫不留情地弹了她一指。

"你也知道妖界因为妖王煞天被解救出来，搞得妖气熏天，妖界对仙界也有恃无恐，故而老大特意让我选了这个身份给你。瞧瞧，狐王耶，瞧瞧，"司命口水直流地从怀中掏出乔正岳的画像，"瞧这小模样，丝毫不比你现在差。你若敢称这四海八荒第一美男，他亦敢称这蛮夷妖界的独一无二，嘿嘿，这下你发达了……命格上说……"

司命，你还可以嘴碎一点吗？

"重——点——"东华咬牙切齿，他暗恨自己交友不慎，否则早就重拳出击了。

"呃，好吧，再不说凌烨阳那边就来不及了。嘿嘿，天君说了，你此次下界，名为历劫，实为潜伏，打入到妖界内部。记住，'堡垒都是从内部攻破的'，这话是谁说的来着？"司命刚一停顿，有扯远之势，肖东华便飞她一记凛冽的刀眼，吓得她抱住头上的帽子继续，"天君还说了，赐你天下无双的双瞳，拥有天上人间、仙妖两世的记忆，这在众仙历劫中可是绝无仅有啊，不过，因为你内丹被毁，仙术就……不过不用怕，狐王虽然受雷劫，但你入驻后，还能挽回几百年妖术。烨阳中了那什么蓝苑皇的蛊毒，怕是支撑不住了，如果她想那啥……你也别藏着掖着了，其实以你这狐王独特的体质是完全可以替烨阳解毒的，我知道你想了几万年了……"

如果可以，肖东华很想直接把司命踹到地狱，他忍得青筋暴闪。

"下去吧，是狐王哦，手下有一帮美狐等着你去抚慰，最主要的是把妖王纳入榻下，带领妖界从此走上正途……嗷……喂喂，我话还没说完啊——你别急着去投胎啊……啊呀，完了……"最重要的事还没交代，司命怔愣在当场，扳着指头回想，"我还没有告诉他，他的那一魂仍在蓝苑太庙，须先去太庙聚齐那一魂，否则，纵然重生，也是个情商残缺的狐王，只有狐王的记忆，没有圣君的记忆。完了，说不定他会反过来对付仙界？完了，他若记不得烨阳，不喜欢烨阳了，可怎么办？完了完了……唉，多情的人呀，你害死我了，你在太庙空留一魂等着见凌烨阳最后一面干什么？"

凝神捏诀画了个圈，往镜花水月镜里一探，完了，正是雷电交加，狐王乔正岳受雷劫挂了，肖东华闪身而入，接收了狐王的身体。但……但……但那滞留在蓝苑太庙的一魂正是肖东华本就不高的情商神志，这一闪失，竟然让

为情所苦千万年的肖东华彻底忘了凌烨阳……非但忘了凌烨阳，还接收了狐王身为妖孽的冷绝暴戾。

"左边没人吧？右边没人吧？上边下边都没人吧？前面也没人吧……"司命小仙像小猴似的扒拉着树干，左右相顾，"嘿嘿，幸亏我英明神武，把人全请走了，唉，此次祸事惹大了，万不可让旁人知晓……"拍拍心口，叽咕道："快想个法子，挽救啊……"

"小星星？"

什么人？

当眼前出现那阴魂不散的身影时，司命只觉得大脑严重缺氧，挂在树干上动也不动了，"啊，你什么时候来的？"

痞子一样地笑，来人摸了摸鼻子回答，"在你问'左边没人吧'之前！"

"到底什么时候？"

"在你说'你别急着去投胎啊'……"

"啊？"司命小仙见鬼般逃离他三丈开外，只觉浑身为冰雪所浇，从头到脚湿答答的。

来人负手，狡黠一笑，"此事天知地知你知我知，绝不会让第三者知道！"

"你干什么总跟着我？呃……你什么时候变这么好了？"司命心里疑惑，便问了出来，但一出口，便见来人神色一凝，忙小心翼翼地咽了口口水，强忍住好奇。

"我什么时候对小星星你坏了？"闷骚男的典型问话。打死他他也不会承认自己是因为不放心司命，怕她借公事之便对仙界第一美男行骚扰之实，担心她禁不住美色诱惑干傻事。

"呃——"那不是坏，而是恶毒啊恶毒，司命星君强压下一口心头血，突然牙疼。

"不过，这还要看你的表现！"

"呃——"司命不明所以，但知道不会有好事，待在原地，脸上惊恐。

"那我走了。明天，天君会不会突然想看看历劫的那几位上仙现在过得好不好呢？"

"呃，别走，别走哇，要不，今晚到我那儿……"司命试探，极尽献媚，狗腿地扑过去，揪住北辰上神的衣角道。

北辰一展笑颜,"这还差不多。多准备点水果,叫上展翅、于飞,打升级快的那种掼蛋(手牌游戏),三局两胜,谁输了便做对方一个月的仆人;谁敢再中途跑路,哼哼,抓住后,打屁股……"

呃,大人,您说话的时候可否注意一下自己上神的身份,司命呛得泪水盈盈。

北辰上神不管不顾,揪起司命道:"上次,你借上厕所之机——跑了,害我们仨等得好苦哇……"

司命星君继续泪水盈盈,你们是坏人,上次一开始,你们只是说谁输了被贴胡子的,结果真打的时候变成脱衣服了,人家、人家那天没穿那么多,脱着脱着就……不跑——等着裸奔不成?

"不会不会!这次不会了!"司命求饶。打什么屁股啊,那是远古时候的事了,人家都已经六千岁了,还要被打屁股?丢死人了!司命又一想,自己若赢了,敢支使他?是活腻了吧?若是做他的仆人……这腹黑的家伙最会折腾人了,遂嘟着小嘴支吾道,"可是做仆人……"

"那还是脱衣服吧!"北辰见她这么为难,"善解人意"地劝慰道。

"啊?那还是做仆人吧!"司命小心肝扑通扑通地跳到汪洋大海里,大叫,"咱不会游泳啊"……

盯着北辰那酷酷的脸,司命丝毫不觉得有什么观赏性,她牙疼地琢磨着自己怎么就招惹了这颗魔星,现在该如何才能不被他牵着鼻子走。哦,司命突然灵光一现,佯装可怜道:"北辰大人,今晚打牌时……下官可否跟您打对顾啊?"嘿嘿,这叫一荣俱荣、一损俱损,你赢就是我赢,双赢啊双赢。

面对小星星终于有点开窍的脑门,北辰笑得跟只偷腥的猫一样,狡猾狡猾的,一双狐狸似的金瞳灼灼放光,本想再威胁几句,又怕吓跑了她,便利诱道:"我的对顾可不好当,今晚看你表现。现在本大人教你个法子,保准天君不会罚你。"

那腹黑动了动嘴,仿佛说了什么,但小司命汗涔涔地睁着大眼,尽可能地招着耳朵还是没有听清,便咬了咬唇,扑闪着黑黝的深潭问,"可以再说一遍吗,北辰大人?刚才……风大……没听清!"

北辰上神忍笑忍得肚子发痛,刚才自己只是动了个口型好不好?终于不能再虐待自己了,他右臂一张,示意小星星来他怀中,这样才好附耳倾听嘛。

司命星君咬牙,谁让自己犯了事,被他捏在手里。

吸了吸鼻子,世上怎么会有这么无耻的人呀?司命每走一步,便在心里腹诽一句,终于走钢丝似的走到北辰身边,然后北辰一勾,她便落入他怀中。

满意于她的听话,北辰嘴角扬起坏坏的笑容,对着怀中人儿一面吃着豆腐,一面安抚道:"其实这个很简单,你只需在命格本上添上几句话即可。"

小星星双瞳转动着晕乎乎的圈圈看向"呕"像,你可知道擅改命格是有痕迹的,我要的是毫无破绽,不是把断绳打个结,永远地挂在那儿等着被追溯讨伐!你不懂就别装懂,否则哪天你犯了事,被天君贬下人间历劫,本星君拼死也要把你捏扁搓圆,以泄私愤。

"改过后,你只需对天君说,东华圣君私下凡尘授艺于凌烨阳,虽情有可原,但于礼不合。天君仁慈,非但不罚,反而送他双瞳,成全他下界历劫,给了他一了夙愿的机会,但你身为司命,却想替祈巧公主讨个公道,便锁住了肖东华对烨阳的记忆,如果真是此情不渝,那么肖东华无论为人为狐,皆会爱上凌烨阳,否则,弃祈巧公主万年于东床不问,便是对祈巧公主的蔑视、对天君的蔑视,届时历劫回巢,无论他愿是不愿,皆需与祈巧公主完婚!"一气呵成,北辰太佩服自己了,看来自己也有填写命格的天分。

呃,这家伙也太腹黑了,司命冷汗直流。窝在他怀里便如背靠冰山,又似濒临真火,脸上表情僵硬到不能再僵硬,脖子转动时咯咯作响,"若是……若是身为狐王的东华圣君真的没有认出烨阳……"

"那便只能怨他自己情根不深!"

还有人比你北辰更无耻吗?你知道什么叫情根吗?竟然说得好像自己是情圣似滴!司命完全鄙视中……

"那,如果你也历经东华圣君的遭遇,你还会认出烨阳吗?"虽然鄙视,但此招不失为一步高妙的险棋,天君也会感动于司命的忠心,一笑化解断绳中那个死结,不再过问司命的大意之过,可这样却置东华圣君与凌烨阳于死地了呀,如果他们不能置之死地而后生,那么……

不行,自己不是活生生地拆散了他们?

小星星左右为难,可怜地眨巴着眼,只觉心烦意乱。她摘了帽子在手里搓揉着,岂料一头秀发倾下时,勾动了某人的心,那人把玩着她的秀发,在手里惬意地绕着圈圈。

"回答呀！认不认得出呀？"司命心急，回眸嗔怪。

"不会！"那人斩钉截铁地说，笑得欠收拾。

又一阵眼冒金圈，司命星君挣开那腹黑的怀抱，这个无耻的人竟然也能位列上神？她完全有理由怀疑他是踩着别人的鲜血上位的，又牙疼地道："那你还让我这样对天君说？圣君已被情伤至此，我岂能如你这般冷血、落井下石，连你自己也说他不会认出烨阳来，你这不是让我去害圣君吗？"

北辰摸摸鼻子，甚觉委屈，盯着司命，柔情万种地道："但我一定会认出我的小星星！"

司命暴汗，拼了命地挣开这魔鬼的怀抱，"我才不是你的小星星，下次再不许你这样唤我，否则……"

"不让唤小星星，我可就唤别的了，你可不要后悔！"北辰无辜地摊手，等着跳脚的司命变乖，果然，司命懈了气，乖乖走回来，低头求饶："北辰大人，下官错了！您还是唤我……呃……小星星吧……呃……"

看着司命说到"小星星"时直反胃，恨不能当即吐出来，北辰忍俊不禁，抚着她的小头道："这样才乖，本大人一向大人大量，不会计较的。那个，别忘了今晚的约会。"

约会？司命神经一紧，旋即松下来，不过是掼蛋的手牌游戏，她还以为涉及到什么儿女私情呢。自己可不要跟他有什么瓜葛，否则那叫一个万劫不复啊！她还是喜欢东华圣君那样一往情深类的，所谓易求无价宝，难得有情郎，什么时候自己才可以得到这样的有情郎呢？

看着小星星一双怀春的眼睛乱荡，北辰恨得咬牙，为什么她的眼睛不看近处，难道远处的风景独好？若是如此，自己便去做那远处的风景也罢！

自从按照北辰的法子回禀了天君，司命的负罪感与日俱增。于是往某天，她偷偷扒开了天地乾坤镜，探头探脑地往人间看，想看看凌烨阳跟东华圣君发展到哪一步了，结果刚看到现为狐王的东华转世——乔某人，虽然失了情商，却无师自通地向烨阳发出了求欢的信号时，司命差点把头钻进了天玄镜，一头栽下人间。突然，无意间看到唉声叹气的司若兰，不由大吃一惊，原来天君还是向着自家姑娘的，巴巴地让自己小女下界，只为一圆她的心愿。

身后某腹黑突然出现，勒死了她的腰，往怀中一带，接着小司命眼前被

罩上了五指山，一片漆黑，耳根传来粗声粗气的斥责，"你怎可躲在这里？你太让本君失望了！"

呃，司命泪，这人咋无处不在啊，他到底想干什么？

但是，刚才确实……

一时脸红到耳根，司命弱弱地说："北辰大人恕罪，下官下次再也不敢了！"

"若是再犯，该如何处置？"

"听君发落！"这话回答得太快，没经大脑思考，刚回响到耳边，便叫司命悔青了肠子。

"这才乖！"一听北辰这话，司命就忍不住想扶栏而吐，两人争锋相对时，每每都是这三个字结束战斗，她实在是不想再听了。

天上人间，春意正闹，妖界亦是一派祥和喜庆，灯神终于修成人形，虽然面容狰狞，但酷似金钢铁器铸造的身体，更让妖界欢欣鼓舞。向仙界开战，统领四海八荒，似乎已指日可待了。

妖王煞天此时正在西凌皇宫，她正是西凌皇接回皇宫的假烨阳公主，那一身繁锦宫装衬得人比花娇。她接到纸鹤传书后，唇边隐隐冷笑，灯神吗？自以为救她于东海之下有什么了不起，她谦让示弱，不过还想利用他这颗棋子而已，妖界何时都是她的妖界，谁也别想染指！妖界永远不会是他灯神的囊中之物，自己想让他成形便成形，想让他幻灭便幻灭。素手一扬，纸鹤燃烬，一缕青烟飘散开去。

慕容斐拣了几个重点过往，说明烨阳其实只是一株冥夜幽兰，并非是九天莲女历劫，更没有什么七窍玲珑心。

慕容铄虽然不信，但一来数次掠夺，都没有看到烨阳的玲珑心；二来，慕容斐手中有一天玄镜，可辨前世今生，当他偷偷地将镜子对准凌悦然时，确实看到镜中除了显示一片荒芜的忘川河外，只有满畔的冥夜幽兰……难道真的是错得离谱……

那真正的玲珑心又在哪里？还是说世上本没有玲珑心？

"哥哥怎么这般看我？"自从挑起了慕容铄对凌悦然的怀疑，慕容斐心中不免洋洋得意，离她的计划仅有一步之遥了，今天，她特意沐浴更衣，所谓更衣，不过是更了件挑逗性更强的天蚕纱纹衣，妖娆的胴体若隐若现。

此时,慕容铄正失着神,其实并非真正地在看慕容斐,而是在把玩着她的天玄镜。这下可惹恼了慕容斐,她嗔怪着去抢天玄镜,一面喋喋怨怒,一面戏闹作势要砸碎天玄镜,恰在这个角度,慕容铄看到了镜中的倒影,正是一朵粉红的映日莲花……

"怎么会……九天莲?"慕容铄一时惊愕,难以置信地指着天玄镜。他怎么也不能相信这是真的,自己看到了什么?!

"啊——"慕容斐不明所以,朝镜内一看,也慌了神,猛地挥手砸碎镜子道,"哥哥,可是日有所思夜有所梦,眼花了?"

"也许吧!"看着满地的碎屑,不知这是何种材质,竟然与铜镜完全不同,碎得晶莹剔透,闪烁着繁星万点。慕容铄久久不能平息脑中所受的刺激,看慕容斐的眼,也充满了疑惑,"是你骗了我,还是镜子?"

"我没有骗你,镜子也没有!"

"难道你真的是……"

"哥哥,斐儿只是希望和哥哥在一起,若哥哥拿走了斐儿的心,斐儿如何还能与哥哥携手红尘呢?所以,斐儿不愿说出真相,直到哥哥为了那个贱人与慕容珏拼得你死我活,斐儿才实在不忍,现在,哥哥又为那个贱人茶不思饭不想,只知讨她欢心……哥哥不就是想让她爱上你,自动献出玲珑心吗?可是,那个贱人不过是个假货,她根本就没有玲珑心,她只是想赖在你身边,只是想你捧她在手……"

"不是这样的,不是……"慕容铄喃喃,他已被满地的玻璃屑绕花了眼,碎玻璃比琉璃还要明亮,反射着无数烛火莹光。

"哥哥若是不信斐儿,斐儿这就离去,再也不纠缠你,再也不……"

慕容铄呆呆地看着慕容斐倔强地离去,拖着迤逦的罗纹裙,就在她开门的一刹间,他冲上前,紧紧攥住了她的手,深深地吸了口气,才开口,此刻他的脑中一片混乱,"斐儿,朕不是不信你,你自小朕便最疼你,如何放心你这样离开?"

"哥哥,呜呜呜,斐儿也不放心那个贱人在哥哥身边。"

"斐儿,不要走好吗?让朕好好想一想。"

"可以。斐儿不会为难哥哥的,斐儿先离开,待哥哥想明白了,证实了那个贱人根本不是九天莲,便来接斐儿好不好?"

"好！"

"那哥哥是喜欢那个贱人多一点，还是斐儿？"

"……"又是一阵静默，慕容斐知道，此事不能逼得太急了。

"好，斐儿不逼哥哥，那斐儿先走了，但哥哥不要忘了答应为斐儿亲手制作后冠的事，一定要是这个世上最贵重的。"

"好！"只要不问他"是否爱她"，便什么都好。

"那个贱人若不是九天莲，哥哥会将她交由斐儿处置吗？"

"……"慕容铄怔忡了。

"好，那斐儿就等哥哥来接我！"慕容斐回眸凄美一笑，瞬势拉开了门。

门外，凌悦然早已顶着风雪，站得透心凉，眉睫上全是雪花，眼中却是泪花。

她决绝冷笑，声音尖锐怨怒道："是，我根本就不是什么九天莲，我也不知道什么是九天莲，是你、是你们自己要来抢要来夺的，关我什么事……慕容铄，我真没想到，一枚地摊上的玻璃镜，就让你现了形，我们，到此为止……到此……为止！"

一地碎屑，不过是旅游景点里随处可见的纪念镜，没想到经慕容斐的手一摆弄，竟然成了可窥前世的天玄镜，更是照出了自己的前世。如果慕容斐说她是长在忘川河畔的冥夜幽兰，生死轮回她皆看得到，那一切又有什么不能解释的呢？

凌悦然气闷地冷笑，真的是她错看了慕容铄？这欺骗来得太直白、太猛烈，她无法负担，身子在大雪中摇摇欲坠，神色决绝而悲凉。

"阿灿……你听我说……"慕容铄惊呆了，他看向慕容斐，只觉得这是她的阴谋，但又怕她真的是九天莲，而错失了良机。

凌悦然再也忍受不住，双手猛地捂住泫然的眼，转身跑开。

"阿灿……"

"你不要过来，我再也不会相信你！你为什么要骗我，为什么？你不是我的小猫，绝不是……"

"宝贝……你听我说……"一声"小猫"，突然就让慕容铄抓住了一线希望，他喊她"宝贝"……

宝贝……别走……

"不要，不要再唤我宝贝……我不是你的宝贝，你那个妹妹才是！"凌悦然捂住心口，那里疼痛不已，如破窗上的糊纸，在寒夜中呼呼作响。她不在乎什么身世，毕竟她也不是真正的烨阳，但是慕容铄这样的欺骗却是她接受不了的。他现在依然是小猫21世纪的装扮，记起了穿越前的一切，难道都不及玲珑心重要吗？

恨恨地，她扯下胸口他所赠的如意扣，泪水涓然而下，狠狠地掷还给他，从此两断。

"宝贝，我是真的喜欢你……"不然我不会花这样的心思来讨好你。

"但不如喜欢玲珑心……"凌悦然凄然而笑，自己没有了玲珑心，便一并也没有爱了吗？

"我绝不让你走！"慕容铄突然发狠，看着雪地上那碎裂的如意扣，仿佛他的心被她掷下，被不在意地掷下、践踏。

"如果可以留下，我不会走，但是，你没有给我留下的机会。"

那一刻，凌悦然泪如雨下……

苍白如纸的雪娃娃，你孤独地在雪地里徘徊，是在找寻什么早已不属于你的宝贝吗？此时，你的耳边是否也有那首《诺》在回响？凄婉绝美，如同离人诀别前的红烛泪。

泪水打湿了凌悦然的双手，纷飞在雪雾中，从来不知道自己也会有如许的泪可供自己肆意地挥霍流淌。

抬起迷蒙水漾的泪眸，烟锁重楼也有她勾魂夺魄的瑰丽之美。小猫，我的小猫，别了，从此后，你再不是我的小猫，我再不是你的然儿，你走你的阳关道，我便独自过我的独木桥，只有一点，今天过后，我再不会回头，便是你悔到肝肠寸断也休想我再回头顾你一眼。今天是你不要我，但，我不恨你，真的，心已死，恨也无从恨了。

眼神纠缠到不能挣脱，慕容铄此刻已恍如隔世般用目光紧紧地缠绕凌悦然，恨不得如一根藤蔓勒紧她，却在看到她渐来渐淡的眸光、渐转渐静默的神晕时恐惧到无以复加，褐色的瞳仁里是悦然能读懂的绝望。

如果不是情况不许，凌悦然早已对他说出了那许诺一生的三个字——我爱你！小猫，我爱你呀！你怎么可以，怎么可以这般对我啊？

泪水就像断了线的珠子断断续续滚落，又续在腮边，凌悦然双手紧紧地

按住胸口,那里曾有一颗为他跳动的心,带着浓浓的鼻音,嘴里含着苦涩似海的泪水,"小猫……不是因为我碰不到更好的,而是因为已经有了你,我不想再碰到更好的;我不是不会对别人动心,而是因为已经有了你,我就觉得没必要再对其他人动心;我不是不会爱上别的人,而是我更加懂得珍惜你。能在一起不容易,已经选定的人就不要随便放手。世界上的好人数不清,但遇到你就已经足够,即使你不是最好的,甚至不是最适合我的,但却是我最珍惜的。缺点可以改正,性格可以磨合,但机会失去了就再也没有了……"凌悦然含泪摇头,凄然决然,"没有了……再也没有了……我不会再给你伤害我的机会……"

"啪"的一声,凌悦然冲上去,狠狠地跺了雪地上的如意一脚,再折身拔腿狂奔。

身后传来慕容铄一声惊慌失措的呼喊,像是野兽的嘶吼——一只受伤的被遗弃的幼兽,"阿灿,不……"

天若有情天亦老,月若无恨月长圆。江若有心江不竭,汝若无意汝自去!

这边蓝苑皇宫,可谓是双喜临门,新皇登基仍有庆贺的余味,迎娶皇后的繁文缛节又在进行当中。随着日子越发临近,悦然的心却似十五个吊桶打水,七上八下、没着没落,那个残忍的测试结果让她如坠梦魇,怎么也挣脱不了。

推开雕花镂空的双扇点金门,悦然幽幽地叹了口气,看着左右门卫不下十人,且都带刀行走,不由冷笑,"你这样关着我又有什么意思?玲珑心在,情意在;玲珑心失……"扶着门折回身,悦然遥望金殿绵绵道,"小猫,那一晚后,我们就算是诀别了,我若回头便如此发!"猛地用尽全身力气,抽出身旁一侍卫的刀,对着垂在肩上的一缕发丝便割去,只见秀发随刀刃厉气飞旋而下,飘飘然四散在地,吓得众侍卫纷纷跪倒在地,"皇贵妃恕罪!"

悦然将刀双手奉还那侍卫道:"你们没有罪,有罪的,是你们的皇上,他负罪于我,却是永远不能原谅了。无论他如何困我,我必会走,若是连累了你们,我也只能说声对不起了!"

皇上新娶,令所有的人都惊愕,竟然是一后一妃,娶后纳妃在这同一天,真的是前无古皇,后无来皇。

站在公告前,听着京城百姓热烈地讨论起如此盛事,并赞誉为娥皇女英

共事一夫，看台边牵马的面具男子紧紧地抿起嘴角，心中幽幽道："阳儿，你终于如愿了，原来你喜欢的人，真的是他？"

"咳咳咳……"一口鲜血溢出，他纵身上马，疾策而去，任那血喷涌而下。胸口的新伤撕开了，那是他为阳儿补心、盗取瑶池新生的九天莲时，被看守的三头"四不像"神兽围击，好不容易斗得两败俱伤，盗得九天莲，逃出瑶池，半途却被慕容斐截获。慕容斐的时机掌握得极好，仿佛就是专门来等待他的，可恨九天莲被她渔翁得利、顺道拿走了。

其后，九天莲又被慕容斐恰当地用在了可探寻前世今生的"天玄镜"上，结果……

当"娥皇女英"的消息传来时，凌悦然正盘坐在床辅上认真地练功。原来以前的烨阳是用鞭子来做防身的武器的，东华圣君的七星术中，对鞭子的法术更是做了详解，于是悦然只得让慕容铄送来一条银鞭。若不刻苦练功，她怕自己会在跑路中突然又无法开启法术。

"娥皇女英"，这就是慕容铄两全其美、鱼与熊掌兼得的好方法，悦然不得不佩服他的自负自恋，还有伟大的"创新意识"。

既然这是一个黄道吉日，那么，悦然不介意让喜上再加喜，乖乖地等候着那一天的到来。虽然这等待让她有一种落寞的烦躁。伸开右手，她以掌抚面，一种安宁便慢慢浸透进五脏六腑，没想到那夜，东华圣君是真的化身为舍利，遁入她的手心。

啊，多么痛的礼物！他为爱人奉献了全部，最后，燃烧了自己的残骸，化身成舍利，只为助爱人开启法术，以对抗王孙公子们对七窍玲珑心的觊觎，逃离蓝苑皇宫……

师父，你一定很失望吧？你给了烨阳全部，而我却随意占有、肆意挥霍，甚至还被慕容铄骗得这么惨！真的对不起你，如果真有所谓的历劫轮回，来世便让我来做你的师父吧，我也会如你这般，用尽全力，护你一生平安，到那时，你要尽快来找我，还要跪我为师哦……

经过修整，凌悦然的身体恢复得极快，这不得不说是东华圣君的功劳。舍利子跟内丹皆遁于她的右掌心中，故而，当悦然垂眸盘坐、捏诀练功时，便犹如有白衣胜雪、犹似谪仙的东华圣君在亲临指导，几日光景，就连七星术第十二层的真谛，凌悦然这个"门外汉"也能领悟得透彻，使用起来得心应手。

"师父,你又一次帮了我……"

慕容斐早已恢复了女装,行走于皇宫,她带着布匹与饰物款款而来,命侍卫开锁,对悦然轻蔑一笑道:"你输了,不过本宫倒不介意你留下为妃,反正不过是多一双碗筷,宫里吃白食的人多了去了!"

"愿赌服输,我输得心服口服!"悦然撩目一笑,反唇相讥道,"这世上没有永远的赢家,也没有永远的输家,柳玉叶、安娇娇没有来找你这个妹妹好好聊聊吗?哈哈,娘娘好自为之,有时候当娘娘未必有当王爷逍遥。"

悦然知道她能听懂,早在她拿出地摊货的天玄镜时,悦然就知道,这个慕容斐定是与她同为穿越的人物。但本是同世纪,相煎何太急?或者,因为慕容斐是株冥夜幽兰,所以通晓前世今生?

自从与慕容斐打下了"WHO怕WHO"的赌,悦然便时不时地试探慕容铄,可令她失望的是,他连公交车都不知道,如何还能问下去其他……慕容铄明明没有记起她,没有记起21世纪的事,但那个头型、西装、朝阳宫内室里犹如浪漫小屋的装扮,又是谁来制造的?怕全是出自慕容斐之手吧?

慕容斐被凌悦然说中了心事,不免怨怒,"本宫的事,不用你管!自从你被囚禁于此,哥哥可曾还念及旧情,来看过你一眼?哈哈,凌悦然,你输得很彻底!有工夫,不如多操心操心你自己吧!正期时,迎你去华阳宫的辇轿会绕着宫墙走一圈……本宫不希望在自己的婚礼之上出现其他莫名其妙的人,你懂的!"

是的,慕容铄确实没有再来看她,她都被慕容斐证实没有七窍玲珑心了,他怎么还会来做无用功?悦然冷笑,也罢,互不相干了。

悦然点点头,三个人一起成亲,他们答应,她还不答应呢!慕容铄把自己比作谁,又把她当成谁?

今夜,皇宫内灯火通明,估计要忙个通宵达旦,三更时分,紧锁悦然的房门被钥匙打开,"贵妃,请更新衣!"

数十位宫女鱼贯而入、齐齐跪拜,本来听说这位主十分乖戾,现在看来,却是那般娇мало可人,犹如邻家小妹,不由都暗松了口气。

悦然端坐在铜镜前,任她们把自己打扮得十分贵气,却没有一分灵气。她睁眼看看镜中的自己,美则美矣,却毫无生气,像个扯线木偶,头上的振翅金凤宝钗亮得晃眼,这是慕容铄的恩赐,据说除了皇后的凤冠,这宝钗在蓝

苑竟象征着百妃之上的后宫大权,但是,这于她又有什么意义?慕容铄始终不懂她,不知道她到底想要什么,其实她的要求那么小,又那么少。

仪式开始了,更鼓敲响,号角沸起,凌悦然被两位宫女搀扶着上了辇轿,这一头笨拙的装扮叫她差点重心不稳。手里被塞进一个又红又大的苹果,于是当辇轿在行进中时,悦然正在用力地啃着苹果,吃饱了才好跑路嘛。

为什么要绕宫墙一周呢?那是因为后宫之中以皇后独大,其他后妃得礼让、退墙而走的意思。

慕容铄一身红衣,更显得丰神俊朗、华美无双,但他头上戴着皇冠、那短发头型与大红的长袍喜衣相衬,却又有点不伦不类。他心中激动兴奋,又惴惴不安,事情竟然这么顺利,悦然竟没有大发脾气、撕毁新衣。宫墙左右,他已布置妥当,重兵把守,弓箭伺候。此时,皇后的銮轿已早一步赶到,这个彩头,肯定是慕容斐的。

凌悦然的辇轿行至半道,突然就发生了故障,轿顶被狂风掀开了,如刀似斧的狂风将辇轿劈成了两半。宫人们目瞪口呆,这可不是什么好兆头啊,这……这可如何是好?轿内人弹身而起,借着轿顶之力,踏足其中,像乘着一滑翔机,一身鲜红喜袍冽冽生风,美景如画。

"贵妃,快下来,上面危险……"一宫女以猴子探海的姿势朝凌悦然呼喊。

悦然差点被她破功,朝她微微一笑,把那啃剩的半个苹果扔向她,还好,这丫头没喊打雷下雨快收衣服啊……

便在此时,重兵与弓箭手自四角宫墙突然出现,影影绰绰,在这天空微明的黄瓦宫墙之上,更显血腥诡异。原来慕容铄早有预谋,纵然他不要的,也个许她逃离?

悦然冷笑,正想试试七星阵术的威力,却见那墙头人影之中却另立一人,玄衣翻飞,英姿飒爽,全身散发出凛冽的肃杀之气,唯那被银质面具所掩的眸子闪着粼粼波光,重瞳之中再无他人,唯有一身鲜衣怒红的身影。

他的这个影像久久地定格在悦然眼中,如同多年前又多年前,动画片中一位喜欢咬着一朵玫瑰花的假面王子……

昨日傍晚他便来了,向慕容斐讨回了九天莲。

欠人家的东西,总是要还的,面对妖王的密旨,慕容斐唯有遵从,但一条

毒计更上她的心头，她连夜赶制了三支煨了剧毒的苍羽之箭，取雄鹰之羽，可锁定目标，直入苍穹。

此时，负卿定定地看着悦然，今天的她真美，比他想象中的还要美。上次与她成亲之时，她昏迷不醒，纵然装扮美艳，却是一个睡美人。没想到，醒后三年，她除了眼睛是睁着的，依然如同睡美人一般，无喜无悲，现在，她终于彻底醒了，有了生气与活力，却又即将成为别人的娘子……他想挽回什么，却又觉得是那样无力，他想剖开自己的身体，给她一切，但她只是不屑一顾地说，"那不是她想的……"

"负卿？你怎么会来？"虽然这样问，但悦然在甫一见到他的身影时，眼眶却灼热干刺起来，连日来所受的委屈似乎都有了宣泄的出口，不知道为什么，竟觉得那般的值得信赖，那般的亲切。悦然转头，驾着"滑翔机"朝他"飞"过去。

负卿身影一长，弹身掠上悦然所在的辇轿翻盖，一伸手，那么自然地揽住她的腰，好像本该如此。他低沉地道："本来不该来，但还是忍不住来了，如果，你喜欢的真是慕容铄，那我，也就放心了。"

来时，负卿是悔恨落寞的，同时也暗自做了决定，如若慕容铄真是阳儿爱慕的人，今日的大喜，他只是来祝福的一路人。阳儿，你终于如愿以偿了，过往对你的伤害，便由慕容铄代替我抹平吧……

一句话说得悦然瞬时滚下了泪珠，侧头在他怀中擦去，仿佛所有的重负都在这一刻得到解脱，自嘲笑道："现在，你都看到了，我喜欢过的人，便是这样回报我的。哈哈，我就算是出家去当灭绝师太，也绝不嫁他，那个，负卿，站好了，我们起飞了！"

"滑翔机"刚一旋起，乱箭便齐齐飞上。负卿一把勾起悦然，纵身跳出宫墙，双双跃上飞奔前来接应的高头骏马上。

"一路往西，在城墙下会合！"说罢，负卿猛地拍了下悦然的坐骑。悦然还来不及说上一句不愿的话，那马儿便撒起四腿，瞬间竟似腾空。悦然只得死死地扯住缰绳，专心驾马，不过片刻，已过数里。马儿脖颈微有汗渍，竟然殷殷似血，未料传说中的汗血宝马竟这般低调地出现在她的面前，悦然肃然起敬，不由粉丝般地说了句，"待会赏光，咱俩合个影啊？"

马儿的血汗流得更多了，若不是怜惜主子痴心一片，它怎么会舍下主子

不管，驮了这位？谁有时间跟你合影啊？

负卿亦纵上另一匹马，一面与众敌周旋，一面向悦然追去。此马非比汗血宝马，不一会儿便与悦然落下了距离，混战四起。

慕容铄一听到宫内消息，便怒起攻心，当啷拔出宝剑，狂奔而出。

"哥哥少安毋躁，带上斐儿这把弓，天涯海角，必追杀之！"慕容斐掀起遮面的红纱，既然这大喜之日注定了要流血，那便流个够吧！

"好！"慕容铄怒红了眼，再不管不顾，跨上弓箭，骑上战马，率着众死士追向凌悦然。

做朕的妃不好吗？朕已经让步了，已经让你与皇后一同入宫，许你一世荣宠，已经这般讨好于你，你还想要怎么样？竟然敢给我密谋逃跑？那就，跟那个面具男人一起去死吧！

"嗖——"那一箭，从城头疾射，直取汗血宝马狂奔的后腿，很明显，那射手不是要取她性命，只是迫她停下离去的脚步，仅此而已。

手持金弓，任天蚕丝弦在手中嗡嗡劲颤。眼看那一箭尾随追逐，慕容铄的心也跟着追去，他似乎看到了此次决绝之后，便再无浓情时分的宿命，所以，他不能让她离开，纵然是强求。他的眸中是嗜血的红，隐有丝丝清澈盈润之光，那是焦急攻心的怒火与悔恨无助的泪眼交织。

悦然一心只想冲出重围，围困的皇家兵将越多，她心中被激发而出的怨恨便更深。慕容铄，你得不到我的心，便想让我葬身于此吗？我终于明白了"求之不得，毁之更甚"的道理。泪水模糊了她的双眼，银鞭呼啸，在手中幻化成银蛇狂舞，一面御敌，一面策马。突然听到一声皮开肉绽的裂帛之声，坐骑悲痛嘶号，应声跪地，如"泰坦尼克"倾沉般，垂直竖立，前蹄高抬，眼看便要载着她重重地后仰倒地。

说时迟那时快，悦然的身子因马背直立，几乎与地面平行，瞬间变故，叫她惊慌失措，正想挥鞭勾住敌将腰背，好稳住身形，不至被马压伤，却听耳边一阵龙吟，一位身着宝蓝长衫的男子力排重困，策马狂飙而来。男子所戴的银质面具在炽阳之下光华闪耀，手中一柄上古玉兽剑，一路过关斩将，剑气如虹、玄冰噬血、铿锵作响。

"负卿？"悦然艰难回眸，朝他微笑的时间都没有，便随倾倒的马坠落下去。

只见面具男子飞身而上，挥手朝空中旋扭一抓，她的银鞭便被他抓在手中，重重一提，悦然便如扯线风筝般落入他的怀中，空中几个回旋，再稳稳落于汗血宝马之背。

"你终于追上来了。"悦然安心地朝他怀中靠了靠，任由他带着自己一路向西。她大概知道了负卿要去的地方，那是她的家乡——西凌国。

没想到自己即便逃出了皇宫，慕容铄还是不肯放过她，难道不爱的背后，便是恨吗？必须赶尽杀绝？负卿感受到悦然的悲恨无助，心中不舍，有力的臂膀将她紧紧锁住，两人便在这末路之上狂奔而去，扬起无数飞舞的尘浆。

城墙之上，那个高高在上的蓝苑新皇面无表情地俯视着这一切，他的心一遍又一遍地固守，再一遍又遍地被瓦解，最终——碎裂。不，自己得不到的，谁也休想得到，他不会给别人机会而毁灭自己。"既然那么想离开，便离开好了！"噬血的眸子再无悔恨之意，森然冷笑着，金弓被他再次举至胸前，看也不看箭筒，一把抓出三支鹰羽铁箭，此箭后尾乃是苍鹰之羽制成，能飞百里不落，只听"嗖嗖嗖"三箭齐发，直追苍穹末路处。

负卿耳朵微动，感知强大的肃杀之气逼近，便知大事不妙，他全身包裹住悦然，布满罡气迎敌。岂料三箭来势汹汹，射来时竟然排成一字，第一箭被罡气荡开，只划开了负卿后心处的蓝衫便要滑落，第二支箭就似长了眼般，从鹰羽之处破开第一支箭，猛地钉在他的后心上。

闷哼一声，负卿运功守护，正要抖落箭尖，第三支箭又递到，分别破开第一箭、第二箭，嗖的一声，从后心没入了负卿的心脏深处……

"呃……"负卿痛楚地倒在悦然的肩上，若不是早有预感使用了罡气护体，估计这三箭怕是连悦然也要贯穿通透。负卿伸手摸了摸穿过心脏的铁箭银尖，一片血肉模糊，但，至少烨阳是安全的，这样，他就心满意足了，唇边一抹迷人的微笑刚刚扬起，便被刺骨勾心的痛楚所代替。他的眉紧蹙着，勒在悦然腰上的手更紧更紧，只是一个劲地催促她快些，再快些。

"负卿，你怎么了？"悦然不是傻子，她隐隐感觉到方才负卿为了自己经历了一场生死之劫，三箭射穿的强势劲道撞击着负卿，也传递给了她，她大惊，想要回头却被负卿强喝住："我没事，快点策马，否则，我们都得死在蓝苑！"

悦然耳后是呼呼的风声,以及追兵的战马奔腾声,腰上,负卿本来紧紧相扣的双臂开始松懈——他一定是受了极重极重的伤。感知身后染上一片腻腻黏黏的血腥,他,不会已经……

"负卿……"泪水酸涩,悦然哽噎着,浑身颤抖,若不是想要尽快将负卿送到西凌边关的营帐,她怕是早已昏厥过去。一遍又一遍地呼唤,"负卿……负卿,你千万不要有事啊……呜呜呜,不要丢下我一个人,不要……"

后背上的男子终是不忍她这般悲痛,伸手按了按自己的箭伤,强迫自己从昏迷状态苏醒,绵绵道:"不会,我一定会……会陪你走下去,只要你不嫌弃。"

"负卿,呜呜呜,你还活着,真是太好了!"悦然喜极而泣,一面悲恸号哭,一面狂喜嗔笑。

怎么,原来你一直以为我死了吗?

负卿无语微笑,原来自己在她心里亦是占有一席之地的——便是拼了这条命,也值了。头又快快地埋进了她的肩窝,伸手环扣住她的腰,"我没事,但是……不能再受伤,你负责把我送回西凌。"

"好,只要你活着,我绝不让你再受伤,一定对你负责到底。"悦然豪言壮语,发志士之狂言,却丝毫没有察觉到此话一出,压力山大。

负卿迷蒙的眸子睁了睁,再无神地阖上,这句话好耳熟,仿佛远古的魔咒,奏响在他的耳边,到底曾在什么地方听到过?他神思恍惚起来,似乎飘到了很久很久的某个山洞里,那夜雷雨交加,一个提剑的少女缓缓向他走来,逼他跪地为徒……

终于,在冲破西凌兵营的禁区防线时,凌悦然轰然而倒,从马上带着负卿直跌下来,哨兵卫卒认出了自家将军,忙派来担架、请来军医,一阵手忙脚乱之后,才发现马蹄之下还有一位女子,此女是谁?

有着八字胡的年长副将上前一探,不由惊呼一声,"烨阳公主?"

眼珠子转了两转,伸出左手食指,指了指自家将军的营帐方向,再伸出右手食指,指了指地上的烨阳,再两指并一指,自以为悟透了其中的奥妙,微微点头,夫子作派地道:"原来是公主思夫心切,寻到边关……话说,这和离了还可不可以住在一起啊,符不符合天朝律法啊?"

"将军,那个,她快要死了。"一旁兵卒见鲍副将突然神神叨叨,嘴上说个

不停,但却始终不在正题上,不由着急地插了句嘴。

"呃,啊?那还不快点叫军医!想死啊,快送乔将军帐内!"鲍副将跳脚。

"呃?她、她可是个女人?而且,将军营帐怎可随意放置闲杂人等?"

"她不是闲杂人,她是……"

"她是谁呀?"小卒好奇地俯身相看,"不过她长得可真好看!"

"她……她是将军表妹。"副将一时急中生智道。

随手揪起小卒——不知死活的东西,冒犯公主的罪名可不轻!

"哦,常听人说将军与表妹情深意笃……如果有女子肯不远千里为我而来……"

"也不找泡马尿照照!"鲍副将眼见小兵卒一脸思春模样,立即飞起一脚。等军医匆忙抬起悦然后,他捏着几片胡子长叹道:"唉,如果有女子肯为我不远千里而来,我便休了家中的黄脸婆。"话刚说完,便警觉地捂了嘴,痴痴地朝天空笑了下道:"老婆,说个笑话,别介意!就是边关太冷,想你了!"

在军医的细心照料下,悦然很快苏醒过来,但却全身酸痛无比。她运功调息片刻,发现一切正常,只是真气损伤过多,一时无法凝聚,当然也就无法召唤小宇宙了。胳膊与腿上不同程度受剑气所创,但也不至于将她全身包裹得像个木乃伊吧?本想下床转悠一下,结果差点一个不慎左右失调,扑倒在地。

这就是所谓的古代军营,比想象的要别致嘛,中间还有一道帷幔,将卧铺隔在里间,不像电视上看到的那般简易,掀开门帘就四处敞亮,毫无隐私可言。一瘸一拐地跳出里间,悦然无语凝噎,呃,她说什么来着,这还不如电视上放的呢,竟不分男女,一个营帐内竟然同时住两个人,还不管性别?哦,my god,她咽下心中的悲愤,算了,伤病员是没有性别的说。

悦然摸爬到那躺着的男子身边,一看之下,不由一扫先前的阴霾,惊喜万分。铺上男子沉沉而睡,嘴唇苍白,毫无血丝,唯有银质面具灿灿生辉,彰示着主人乃风云人物。

"负卿?负卿……"悦然捏着他的下颌,来回摇动了几下,但男子毫无转醒的意思,唯有细弱绵绵的呼吸证明他还活着。胸口缠着厚实的白纱,却依然有血色涌现,左手正按在血色之上,仿佛有什么宝贝需要他守护似的。

悦然侧眼打量着他,好一副美男骨骼!自穿越以来,也算阅过几位绝世

美男，但不知面具下的面容是否配得上这副好骨架？突然心血来潮，想要一探芳容，那叫一个激动的心、颤抖的手，手便如突然帕金森般簌簌颤抖，果然是做贼者心虚也，好在还可以握手，便是这一握，手心里似乎有什么东西光芒闪烁，像是东华圣君的内丹，就那么呼地从她掌心遁入了负卿的掌心之中。

悦然好奇又惊愕地看着两人的手心，终是没有想明白，也许是因为负卿伤势太重，以挽救天下苍生为己任的师父，即便只有一枚内丹，也决定救他一命？其实悦然却是不知，这内丹进入乔正岳体内，便算是找到正主了，此后，乔正岳慢慢地忆起了前世今生……

单看这静默的姿态，别有一番寒梅傲雪的风采。这比喻甫一自脑海中闪现，那三尺白雪中，朝自己屈膝一跪的男子身影便浮现眼前，竟然重重叠叠地与眼前身影重合起来。

平白无故，怎么会想起他？凌悦然有些懊丧，不知道为什么，她有些踌躇起来，本来渴望看到其真容的念头，像被什么牵制住了，又渴望又害怕。

大气都不敢出一声，终是捏住了面具的边角。所谓好奇害死猫，悦然的心突突直跳，手心汗湿一片，便在此关键时刻，她突然幻听到小沈阳般怪异的招呼声，"准备好了吗？Music——"

"咚！"终于败给了小沈阳，悦然无力地垂下手，捂住胸口大喘气。

"准备好了吗？"

原来真的有人在营帐外怪叫，悦然望天。回身时，只见三三两两的兵卒赤着脚鱼贯而入，却是鲍副将让手下准备了两床崭新的被褥，以及干净的衣物送来，正在门前训戒，"都脱了鞋，别弄出响声，扰了将军养伤。"

"呃？你……"鲍副将掀开营帐，却发现悦然怔愣地站在自家将军身边，面色绯红古怪，手指像是刚从将军身上拿下来。他不由暗暗叫苦，来得可真不是时候，公主说不定正回忆到动情之处……鲍副将绿豆大的小眼瞪得跟斗鸡似的，刚想行礼便被自己止住了，遣走一众兵卒后，才急忙行了一礼道，"公……公主，你醒啦？"

悦然上下打量了鲍副将一阵，猜想大概是以前认识烨阳的老部下，"嗯"了声，问道："你古古怪怪的干什么？"

鲍副将心里直喊冤，我哪有古古怪怪的，我这是配合你好不好？大家都

古怪了,世界不就正常了。

"公主,末将这不是怕被军中其他将士知道您亲自来督战嘛,若是消息一传开,大伙都赶着紧地来探望,将军和您还怎么休息养伤呢?"

悦然点头,"谢谢你送来的东西。对了,你家将军为什么要戴着这个面具?可有什么典故?"就近,她坐在了负卿的铺角。

"哦,我家将军生得太俊,怕征战之时扰得临国公主们纷纷随军出征,无论伤死,都成了他欠下的情债了,故而每次出征便扣上面具,当然……"

悦然心想,见过自高自傲的,没见过这么往自己脸上贴金的——就不怕金子没贴牢,掉下来砸瘸自己的脚吗?

鲍副将眼见公主的眼神越来越诡异,笑得森然奸诈,不由捂了嘴,深觉自己造次了,憋了半晌才劝慰道:"公主,您不要生气,将军他为了表示对您的忠贞,已弃其他临国公主于不顾了。"

"哦,这你也知道?"悦然扬眉,心中对鲍副将这番说词更是狐疑,越发想知道面具下的那张面孔到底是熟悉的还是陌生的。转而伸手在负卿的面具上画圈圈,"我可以揭下来吗?"

"可以,不过……"鲍副将抹了抹额上的冷汗,将军不让别人看,还能不让您看吗?该看的不该看的,你不都看了三年了,想看就看呗,还问啥?真是家家都有母老虎啊,将军已经被逼到带面具的份上,还要兴师问罪?

"不过什么?"悦然看鲍副将一副如临大敌的模样,不由忍俊,自己有那么恐怖吗?

"容末将先行告退!"说罢,连滚带爬地闪了。

悦然看着门幔被鲍副将大力掀起,荡漾不止,不由莞尔,深吸呼一口气,所谓一鼓作气,再而衰,三而竭,必须要一蹴而就。

下定决心,悦然的毛手呼呼而上,却听到负卿沉闷的呻吟。他胸口的血迹又开始涌出,这伤口横穿,怕是一时无法愈合了。

"负卿,对不起,是我害了你。"

悦然眼见他抿住薄唇,痛楚莫名,自己的心便似被他揪住般,拧得发痛,"你答应我,一定要好起来,这样,我便教你滑雪、溜冰,对了,还教你堆雪人。哈哈,你知道吗?你真的很傻哦,过几天,我一定做一辆漂亮的雪橇送给你,可惜,我一直不知道那天你在我背后写了什么字,你告诉我可好?"

　　负卿闻听，似乎是动了下，血殷殷地自唇角渗出，就像生命在慢慢流逝般。回想起曾是那般鲜活的他，悦然便无法自已，泪水氤氲了她的眼，"不要，你什么也不要说了，我只要你好起来，不要再吐血了……"

　　负卿似感知到悦然的哭泣，他艰难地摇了摇头，修长白皙的手指按在胸口，紧紧揪住衣衫上的血痕，用尽全身力气孱弱低哑地道："宁负天下不负卿！"

　　宁负天下不负卿——这不是他名字的注解吗？他还能说话，真好！悦然含泪而笑，"好，早知道这是你自己的爱情故事啦！负卿，你一定要早点醒来哦，我会陪你一起去找你弄丢的卿卿！"悦然伸手包裹住他的手，再反手十指相扣，她想要给他力量。话语之中带着无尽的怜惜与宠溺，她自己却全无察觉。

　　负卿更加艰难地哑吼了声，"写的是——阳儿，宁负天下……不负卿！"

　　这声闷在胸腔里的嘶吼，震颤了悦然的耳膜，她不可置信地盯着那张面具下模糊却又熟识的脸廓，竟然是，他吗？怎么会是，他呢？

　　一时五味杂陈，悦然竟呆若木鸡。那面具仍扣在他的面上，但悦然却似透视了般，将他的面容看得一清二楚。每当回忆时分，有他的场景总是叫人心口闷痛，是愤恨还是怜惜，她分辨不清，此时，他以这样的身份与她相处，难道是因为……

　　为了挽回那段逝去的爱，他决定，纵负天下，亦不再负烨阳了吗？可惜他爱的是烨阳，终究不是她凌悦然可以承受的……

　　挣脱开他的手，悦然手上残留着黏黏的血迹，还有一封折叠整齐的信函，看起来很旧很旧，都起了绒毛边角。那一刻悦然内心的城堡轰然倒塌，不用拆开，那信纸上隐约透过的四不像飞草，一看便知是谁的杰作。没想到有人会对她的信手涂鸦这般珍藏，那信上斑斑血迹恰似吐蕊的红梅，绽放着朵朵星语心愿。

　　"兹有乔某性倍旺(悖妄)，妻妾成群妹神伤。烨阳难等回头望，不如早写休夫状……"悦然泣声念道，正想毁之，那铺上男子突然猛地往空中抓了一把，似乎想把这唯一的曾经给抓住，却撕裂了伤口，痛得"哼哼"一声，没了气息。

　　"大夫……"悦然接住他颓然垂下的手，一探鼻息，竟然全无，不由又惊

又痛,发了狂地大声疾呼。那时心里便只有一个念头,不要有事,他千万不要有事,只要他醒来,自己便送他一封崭新的休夫状。

如若这许诺被昏死过去的乔正岳听到,他还愿意醒来吗?

军医们带着全军的珍稀草药满头大汗地赶到,看着浑身是血的将军,都面色黑锅般地默了。这谁呀?这么讨厌,不知道将军只是重伤,不是植物人呀,只要守着他就好,不需要刺激他的感知,这下好了,前次的努力全付之东流了,这样下去,将军真的会死的。

"公主,"重新替乔正岳上了金创药,裹足纱布,军医中的某位沉不住气了,"军中草药有限,将军又不宜长途奔波回京,还是速速写信向宫中求援吧!看这凶险,怕没有十株赤瑞仙草难以续命,求公主念在……"余下的话他没有说,识得烨阳公主的老军医心中都清楚,这赤瑞仙草,传说足可令人长生不老、起死回生,宫内未必贮有十株,或许尚需寻访民间。公主若能提笔亲书,分量自然与他们这些军医不在同一级别,那是最好不过了。

这笔迹可是落字为证,悦然刚想说好,却又不敢执笔,忙情急道:"我的右手也受了伤,不如你们代笔吧!"

看着公主睁眼说瞎说,伸出活动自如的右手左右摇摆,众军医又默了,只道她坚决要与将军和离,竟不知她是这般狠毒心肠,将军受伤至此,她连封求救的信函都不愿亲笔。那起先发话的肖军医恨恨地瞪视她道:"既然如此,请公主奉上信物,求皇上开恩,救救我家将军。"

这个倒可以,悦然找了片刻,却是身无常物,一件像样的东西都没找到。这举动深深伤了众军医的心——公主原是这般的薄情啊!

"那啥,我画个押可行?"这手螺纹可是真的,如假包换。

看着她信誓旦旦地伸出右手的食指,一脸忠贞,似是要咬破手指、按下血印,众军医一时是群情沸腾、又羞又愧,暗骂自己以小人之心度君子之腹,皆老脸灸红、热泪盈眶地企盼着公主激动人心的下一个动作。

然而,悦然把食指伸到嘴边又放下,伸到嘴边又放下,直到军医们被折腾得双眼画着晕圈,她才鼓起勇气"啊"地叫了声,再以迅雷不及掩耳之势将食指按向铺上某人的胸口,终于顺利地沾到了血迹,再按到了信笺之上。

这——还是,人吗?

众军医咽下一口心头血,心疼地看着被按得浑身一颤,又从纱布缝隙中

渗出殷殷血迹的自家将军,更默了。这时有人——对,又是那个肖军医,出来自告奋勇前往皇宫送信,因为他实在不愿再多看凌悦然一眼,他怕自己会一个没忍住犯了"暴打公主"的欺君大罪,飓风一般不见。

其余未及跑路的军医皆扼腕、望洋兴叹,为何自己没有想到这么好的闪人理由?都私下捏紧拳头,互相怜惜地对看一眼,那意思是——如果我实在没控制住,欲对公主拳脚相向,请兄弟们一定打昏我,救我一条老命先!

看着床铺上的美男再次鲜血染红纱,悦然负罪地低下小头:人家只是想着反正他也流了那么多血,不要浪费嘛,废物利用有什么不好呢,都怪你们那样看我,搞得我好紧张,下手就没个准了,嗫嚅道:"负卿,对不起啊,呃……"突然想起,负卿只是铺上某男的化名,他竟骗了自己这么久!这个可恶的前夫,有何企图?不由又愤愤起来,"什么负卿,什么宁负天下不负我?简直就是骗子!江湖骗子!无论你救我多少次,我都恨你!"

一般情况下,女主吼叫过"我恨我,永远恨你"之后便会推开人群,悲切抹泪狂奔而去。凌悦然也不例外,但她却很悲催地发生了意外,她的左腿被裹得像只斑马,结果在她推开了挡在门口的军医后,下一刻便重重地摔倒在地,"呜呜呜,我恨死你啦!"一面捶地,一面大哭,好痛啊,话说女主不好当啊!

众军医再次互相以眼神示意,听听就好,这个女人太无情了,竟然说出"无论你救我多少次,我都恨你"的话,真是愧对了将军的痴情。同时对比了一下自家的"母老虎",那简直就是天仙啊,面前这位不用说,就一罗刹。

众军医以男女授受不亲为由,避让着跌趴在地的凌悦然,挨个鱼贯而出。竟然没有一人伸手扶她,呜呜呜,有没有人性啊?!

不过,随着后来的接触,他们还是发现了凌悦然的可取之处。

翌日,悦然扎了个马尾,换上鲍副将好心送来的新衣,却是兵卒的兵服。拖着不怎么灵光的"斑马"腿在军营里直转悠,碰巧转到伙房。呃,好吧,她是故意的,悦然想为自己的肚子找点油水,自从受伤进了这营帐,她的伙食便全素无荤,医师说是因伤不能沾荤腥,但谁知道他们是不是故意的!

正在伙房外张望,却被掌勺的大厨发现,此人虎背熊腰、方头阔脸,正在锅灶上炒得火热,看见悦然,举着铁勺就撵出来,"呔,鬼鬼祟祟的,何方细作?"

悦然一见，哇，典型的新东方大厨造型，好有范儿——如果那个铁勺不对着自己滴油的话，她会多欣赏他几眼。乘机闻了闻勺上残留的红烧肉味，"好鲜美的香味，呜呜呜，不过好像少放了一味料酒。"

"嗯？你这细作，生得好鼻子，倒似猴精。我这自酿的麦芽酒刚刚发酵，尚未成形，只得多加了些生抽……"大厨立即他乡遇故知般，将勺子又朝悦然抖了两下。

"细什么作，你见过这样的细作吗？"瘸着一只腿，在敌军的军营里扭来扭去，这不是一心寻死吗？凌悦然翻了大厨一白眼，然后自来熟地反握住他掌勺的油手，再一把夺过勺子问道，"这麦芽酒可是以大麦、糯米、红薯……为原料发酵后压榨出汁？"

"说你猴精，倒真是。这可是我马家独门密创，你从何知晓？"大厨目瞪口呆，看悦然的眼神也犀利起来，平生最恨人盗版，你若敢擅用我马家名号和酿酒秘方，我就与你玉石俱焚。

悦然愕然地看着蓄势拼将过来的马大厨，忽而明眸一转，想通了，不由大笑起来，"我可是四海八荒的食神耶，凡被我吃过的东西，我基本上都能说出原料！"

"骗谁呢？"大厨依然面带杀气，表情不善。

饿死了，这家伙真是啰嗦，唯有抬出公主的身份，迫他就犯。悦然挥了挥手道："你家公主我没兴趣上街跟你抢生意，快点给我取来麦芽酒的半成品，我要熬麦芽糖救你家将军。"

"公主？"这时，大厨终于后知后觉地想起来，最近自己确实因为烨阳公主受伤驾到而多煮了些清淡小菜，再上下打量一通，虽然换了军中兵服，但倒确实是个女子样貌，不由又惊又急，"公……公主恕罪！"

"哪有那么多罪，快去吧！"悦然揉着饿扁的肚子，浪费了这么多力气跟口水，这家伙再不滚的话，她真要踹他了。呼呼，目送着大厨颠着肚子跑出去，悦然那个激动啊，揉肚子的手猛地抓起大锅盖，哇呀呀，好多的红烧肉啊！

就在她流着口水抄起勺子，准备大快朵颐之时，灶堂之下忽钻出一黑乎乎的烧锅男，"公主，这粗活让我来干吧，嘿嘿、嘿嘿……"说着，一面在围布上擦了擦墨染似的手，一面拼命抢过悦然手中的大铁勺。

飙泪呀——

来人啊,给本宫拖出去枪毙五分钟先!

悦然拼命咽了下口水,对"黑炭"的好心,她铭心刻骨啊!灰头土脸地走出伙房,仰天道:"天将降大任于斯人也,必先饿其体肤……"

晚上,悦然将马大厨召唤来,与他密谈了一炷香工夫后,大厨奉上了新鲜出炉的红烧肉,悦然奉上了墨汁未干的东坡肉烹饪菜谱,并在悦然的亲自督导下,两人合作熬煮了几碗麦芽糖汁,浓度好像刚刚好的样子。

看着碗内黏稠似膏状的东东,悦然拍手,"嗯,大功告成了!"

"这个,真的可以救将军?"大厨从美食的角度极不看好这黏乎乎的黄褐色膏体。

"嗯,你可不要小看它。麦芽糖可是具有非凡功效的东西,它性温味甘,与水溶解后会化作葡萄糖,是医学上不可缺少的营养原液,有时候还被称作'生命之水'呢。现在你家将军昏迷不醒,输点葡萄糖对他大有益处!"以前我瘦身节食那会儿还打过点滴呢,当然,这陈年往事,她早雪藏起来。

马大厨听得云里雾里,但看公主的眼神却越来越敬佩,五体都快要投地了。

军医们于次日里见到了传说中的麦芽糖,又把它转化为功效非凡的葡萄糖,然后拿起某公主用麦管自制的滴管,一管一管地滴进了乔正岳的口中。

这拿滴管的军医,突然就激动起来,回头看向那天摔在地上一无是处的公主。这滴管做得实在是妙极,比汤匙用起来方便得多,还滴水不漏,既节约了药材又无污染。

悦然得意洋洋,小样,咱这多的是发明创造好吧,不就是做了个跟钢笔芯似的滴管嘛,一捏排出空气;放置墨水瓶中,再一放,吸上墨水;再一捏,喷得你满脸墨汁,OK?

经过数十日的休养,悦然脱去了"斑马"裤,基本大好,乔正岳的伤势依然凶险,但冥冥中自有一股浑然的真气护体,再加上悦然所谓的"生命之水",虽一直浑浑噩噩,难以真正清醒,但胸前的血迹总算是止住了。

"喂,你别再装死了,我有很多话要问你呢!"悦然每天的必修课便是盘坐在椅子上对昏睡的乔正岳严刑逼供,"你为什么骗我?快从实招来!"

日子久了，愤懑怨怼，慢慢也变得微妙。就像你怒火喷烧之时，突然发现找不到喷发的地方，活火山慢慢变成了沉睡火山，那股火在肚中消化来消化去，说不定就彻底变成了死火山，没有了喷发的力量，一切和谐起来。

悦然早就把乔正岳的面具揭了下来，虽然明知是他的模样，但真正见到时，又总觉得不像，感觉不像是自己初离别乔府时所见到的模样。那时，他冷漠孤傲，便是心有不舍，却没有低头挽留，也许爱得不够深，所以才能掩藏得那么无痕。

现在，他化成传说中的守护使者而来，眉宇间多了几分人间烟火色，令他整个人看起来更有深韵，堪称绝品。也许只有动了情、伤了心，才会成人，便如熬那麦芽糖，几经磨砺，才成一碗汁。

口里唱着凡人歌，"既然不是仙，难免有杂念，爱人不见了，向谁去喊冤？"悦然单以食指勾勒着乔正岳俊美的脸廓，这一刻，她很想知道他与烨阳曾有的过往，现在才追来，是否太迟了？他若知道烨阳已去，留下的只有突然穿插进来的凌悦然，又会怎样？自己是为了烨阳的夙愿接受他，还是为了自己重新抉择？习惯性地看了看无名指，上面曾有的勒痕已淡，几乎不见。那天，她扔了从21世纪尾随穿越来的钻戒，绝了心里对小猫的最后念头。

这些天，她让自己忙忙碌碌、没心没肺，尽量不去想小猫所犯的错，一旦想起，便绵绵不绝、不可饶恕。

小猫，此时，我是真的恨你了，让我们彼此放过吧！

宫里接到快马现报，年青的皇帝面色阴沉了好久好久，捏着那张印有御妹血手螺印的信笺，他颓然靠倒在龙椅之上。

"皇上，您要保重龙体啊，乔将军吉人自有天相，切不可过于忧心才好！"御前太监小查子焦忧地跪倒在地，连呼了几声，才算把皇帝从浑浑噩噩中唤醒。

"哼，这是怎么回事？到底是怎么回事？"信笺在他手上晃晃悠悠，最终被捏成粉末。他定下心神，疾写一封书信，命那送信军医连同仙草在内，一起带回南疆边陲。当是时，小查子以为是皇帝担心乔将军所致，其中却是另有隐情：烨阳只有一个，如果与乔正岳在一起的是真烨阳，那宫内这个必是假……

同住在一个营帐，给悦然"蹂躏"美男提供了绝佳的机会。但有时候她会

很知性,比如她会扣上乔正岳的面具把玩,那面具承载了太多自己与他的快乐回忆,没有负担,没有恨怨,难道他化身为负卿仅仅是因为他心中的那个故事——为了重新找回失去的卿卿?如果是真烨阳,此时又当如何?

"亲卿爱卿,是以卿卿。我不卿卿,谁当卿卿?"

悦然从最初的逼供,到念起了诗情画意的诗词,这一变化叫军医们再次热泪盈眶,所谓一日夫妻百日恩,百日夫妻似海深,何况整整三年呢?更令他们欣喜的是,将军终于奋力地睁开了眼,唇边那悄然绽开的微笑美得惊心动魄。

"哇,你终于醒了?快告诉我,你为什么要骗我?"凌悦然从铜镜中看到了这一幕,揭下面具搁在桌上,便急不可耐地扒拉开军医们,结果,乔某人的笑容急速凋零,黯淡下去,双眸竟似从未睁开过般阖起。

军医再次排着队扼腕离去。

"喂,你们别走哇,看看他怎么又昏了?"悦然在他们背后叫嚣,但人家军医就是不一样,受过军训的,特别整齐的队伍,纹丝不乱。

宫里,那叫一个神速,快马加鞭,送来最好的御医与五株珍贵的赤瑞仙草,余下五株仍在民间网寻。西凌皇有亲笔书信嘱咐御妹,大意是乔卿重伤,先在营中治疗,待情况好转,即刻陪送宫内救治,余下五株仙草不日亦会送达宫中,如此两不耽误。

悦然只当皇帝怕误了乔正岳的伤,却不知道皇帝这是撒下鱼网,等着她往里钻,看看到底谁才是真命烨阳,谁才是妖"颜"惑众?

第九章
宁负天下，不负卿

看着某人一天一株仙草，却仍紧闭双眼，睡意沉沉，凌悦然忽然想起猪八戒吃人参果的歇后语，果真食而不知其味！所谓的赤瑞仙草，大抵与现代的赤灵芝差不多，咱灵芝的别名不就是仙草吗？

戳了戳某人曾不可一世的俊逸脸庞，悦然尽情凌虐睡美男，嘟囔道："那可是仙草好吧，不是狗尾巴草好吧，你总得吭两声，给人仙草一点面子不是？"

偶尔回想，她还是无法将乔正岳与负卿两人并作一处，一个对烨阳那么坏，一个又护烨阳那么好，根本是两个极端嘛。

仙草就是仙草，五株仙草下肚，乔正岳果真有了反应，胸口本来快要愈合的伤又再次渗出污血。悦然大惊，通知完军医御医，便焦急地搓手道："难道皇上错把毒草当成了仙草？要不就是补药吃过了？"

一个连皇上都敢编排的人，实在太强大了。军医全默，一时还不适应悦然逻辑的御医大呼冤枉，"公主，请恕老臣直言，此污血乃是因那鹰羽箭本身便煨有剧毒，只是此毒凶狠无比，不侵五脏六腑难以发觉，一旦侵入，便回天乏术了。现在，将军有仙草护身，毒已发出，不日便无碍了。"

呃，悦然为自己的浅薄而脸红，败下阵来。军医们这才放下准备扼腕的手，抬头挺胸走人。

也许是排毒出现故障，仙草与巨毒打得难解难分，乔正岳于下半夜开始发烧，并说起了胡话。

烛火啵啵作响，已是夜深处，悦然本是守着床铺蜷缩而睡，此时被乔正岳哼哼叽叽的声音吵醒，揉开睡意浓浓的眸子，却见铺上那人脸色赤红，睡

得极不安稳，并且头发汗湿、双手紧箍，不由大惊，一触之下发觉他正高烧，怕是伤口炎症难消，感染源奋起反抗仙草的围剿，发飙了。

正想去唤军医，却被一手紧紧抓住，若快要溺命之人抓紧救命稻草般，那手的劲道之大，似是贪恋悦然手上的冰滑。乔正岳幽幽叹息，双眸依然紧闭，但羽睫却震颤，眼角盈湿，艰难地摇头……

呢？悦然忙把耳朵附过去，按惯例，他嘴角微动的那个字应该是个"水"，电视剧上都这么演的。于是悦然想要扒拉开乔正岳的手去取杯子，但他更拼命地摇头了，"不……不要离开我！"

凌悦然望天，果然，电视剧都是来源于生活而高于生活的，突然恶作剧般凑近他问道："知道我是谁吗？回答正确了我就不离开。"

他可是娶了十几房呢，到底哪一房是他心中的重中之重呢？他让谁不要离开他呢？或者是他那个妖精表妹？

也许等待的时间长了，悦然突然开始莫名地烦躁与紧张，也突然不想听到答案了。

这句话仿佛带着魔咒，乔正岳的眸子微微地睁开了一条缝，再又全然张开，甫一见着悦然便放射出美轮美奂的霞光，依恋着将她的手往胸口拉了两拉，紧紧按在心上，带着几份赤子的羞赧，更让他染满红晕的俊美脸庞异常可爱，"不要再离我而去了……"

也许是因为他的神情太美，也许是因为他的眸光太依恋，那霞光照在悦然的脸上，让她的心奇异的温暖。

"师父……你可知道我……"乔正岳倏地咬住唇，只是定定地望着悦然。身上的伤痛似乎都变得虚无，他的一颗心怦怦乱跳，发烧得更厉害了。他很想对她说，你一直逼我做你的徒弟，你说你已经有了心上人，我只得做你的徒弟，方能与你双修，可是，我只想做你的夫君，你知不知道？当你每每以师父自居、拒我千里，我真的不知道该如何自处。你若一定要我承认你是我的师父，好吧，但你答应我的事也千万要记得，你说——只要我活着，就绝不让你再受伤，一定对你负责到底……好想好想，让你对我负责到底呢！

悦然怔愕地看着他，无语凝噎，师父？呢？你竟然叫我师父？你要是还闭着眼，我原谅你，但……

狠推了他一把，她的眼睛睁得溜圆，我有这么老吗？这厮，气煞我也！怎么

看我也是响当当的妙龄少女一枚好不好？真没眼光！原来，他在搞师徒恋，难怪连烨阳也不要他了，不知道他师父是哪位高人？

"师父，不要离开我，不要……"怕她转身，乔正岳乞求，蹙眉的模样恰似效颦，莫非在施美男计？

"好吧，当回师父也不算吃亏！"悦然心想，伸手乘机捏了捏乔正岳的俊颊。他的眼神好迷离，好像无助的小婴儿那般任人欺负，还以为别人在跟他做游戏，太可爱了！

承受着悦然的蹂躏，乔正岳觉得自己做了一场美丽的梦，好像回到三年前历劫的那夜，慢慢地，他又沉沉睡去。

"冷……好冷……"到了下半夜，乔正岳又开始发热，身子一时如焦炭般灼热，一时又如三九寒冰般彻骨冰冷。

"热……好热……"瑟缩在床铺之上，乔正岳的脑中出现了幻觉，他真的回到了三年前的那个旖旎的山洞，与烨阳初次相识的地方。

凌悦然是个不称职的看护，再次被乔正岳吵醒，她伸手一探，不由惊呼："完了，更烫了！"只见他的俊颜红赤，嘴唇泛红、干裂起皮，全身不能自控，无助地颤抖着。胸口捆伤的纱布被他这样辗转反侧，已变得一片鲜红。悦然本是百炼钢的心，便被这簌簌颤抖的男人化成了绕指柔，为了自己，他硬生生地挡下那三支毒箭，并且还不让她有丝毫察觉，一路鼓励着她驾马飞奔，这才没有被慕容铄的穷兵追上。

原来世上真的只有"爱恨情仇"这四个字，不是爱就是恨，不是情就是仇，凌悦然一想起慕容铄，只觉得万念俱灰，本正抚摸乔正岳伤口的那只手突然失了分寸，按得昏睡中的他猛地炽痛，闷哼一声，却正是符合了他现在脑海中的剧情。

那时他是个历劫狐王，却虎落平阳被犬欺，一个小丫头片子，竟然大言不惭收他为徒。随后的双修中，他惊愕地发现那个丫头竟是凌波仙子转世，可惜他一时贪念大起，毁去了她的纸符莲心……

"不，不是这样的！"那一幕血红，染上了他的双瞳，看着被他掬出的七窍玲珑心，本是血淋淋的、鲜活地跳动着的，瞬间便凋零成一只纸荷灯，上面密密批注着符文，他的心猛地被击痛。

那冰雪般的女子痛楚地蹙眉，身子战栗，脸色苍白如雪，由最初的愕然

凝眸,到最后的扬唇微笑,"原来,真的只有纸符,失了心!"说罢,氤氲的眸绝了念般闭上,疾速地枯萎在他怀中。

他紧紧地抱住她,那一刻,负罪感将他完全吞噬,他压根没有想到真相是这样的残忍,这个女子的心早就被人盗走了,仅由一张纸符苦撑。她到底经历了怎样的过往,才会被伤成这样?

为了挽救她,他耗费了仅剩的真气,为她结起纸荷灯为心。

为了名正言顺地为她续命,他请求西凌皇将她下嫁自己为妻,每月为她渡功,修复纸符灯心。

为了保护她,为了不让妖王对她下手,他故意弃她不顾,专宠尚未成亲的表妹,再大肆网罗一些不相干的苦命女子为妾,但情商苦短的他,根本不知道,人不得到便罢,得到了就想永远拥有。锦衣玉食填满不了可怜女子奢求被爱的心,争宠在所难免,所以烨阳走了,在他还来不及挽留之际⋯⋯

"不要离开我⋯⋯"无数次对上烨阳冰冷的眸子时,他都寒彻心扉,若不佯装冷漠,他几乎无法昂首以对。无数次午夜梦回梨园,他都寂寥心痛,那一抹冷艳的身影从此不再。她可还恨他?这个问题他想都不敢想。

昏睡了七七四十九天的女子,在醒来时分,只是静默地坐着,一言不发地看着他。纵然已嫁他为妇,依然待他似三九之冰。他只当她恨他,恨他连她的纸符心都要夺去,却不知道自己在她的眸中化作了另一个人,另一个夺走她真心的人。烨阳睡醒了,也彻底地醒过来了,前尘往事、仙界人间,她终于全部都忆起了。

岂料,转世的狐王竟然就是东华圣君历劫而来,只是他已忘了前尘,他已忘了在仙界曾有一个女子被他夺走了心,同样一片血肉模糊。

之后,她更冷漠、更冷淡了,她紧守着自己纸糊的灯心,与世无争地看花开花落。

"咳咳咳⋯⋯"纵是狐王也承受不了这冰寒静默的眸子,那种无力与挫败时时折磨着他,他以为自己已经给了她全部,但她却从不曾正眼相看。

"咳咳咳⋯⋯"他侧身,一口鲜血吐出,却依旧在梦中不得挣脱,"你怨也罢,恨也罢,能时时见到,我也就别无所求了。"

"别再折腾了,再折腾下去,你的伤就更严重了,到时候你死翘翘了,还怎么见你那些个心心念念的人呢?"悦然眼前是一片触目惊心的血红,她的

心瑟缩了下，真怕他因此而丧命。眼见他伸手往空中抓了一把，忙把手递过去，心想，上次被血染透的"小黄书"还没来得及重写一份，他这个动作，是不是向她讨要休书状的意思？

双手交握，这感觉好熟悉、好踏实，乔正岳终于安心地躺定，不再左右辗转了，面带着浅浅的微笑，满足地叹息。他知道那是烨阳的柔荑，柔软中又隐有硬茧，初握柔软，相扣刚韧，手心冰寒，极喜灼暖。

刚刚经历过火山喷发，又至极寒之地，乔正岳浑身冰寒难耐，无助地颤抖着，想要寻找暖源。他急急地伸出另一只手按住了悦然的头，干裂的唇凑上去，"师父，我好冷，亲……亲亲我，抱紧我……就像初相识时……"

他的吻带着急急的索要，像是要整个吞噬下凌悦然般，拼了命地吮住悦然的下唇瓣，吸得她麻木刺痛，他的双手更不顾悦然的挣扎，来到她的胸前……

"你混蛋！"悦然伸手护胸，一拳打在他的伤口上，立即有黏湿之感，那只"色猪"闷哼一声，炽痛地昏了过去。

一番折腾过后，悦然终于困乏，趴在床角睡着了。

佯装昏迷的乔正岳却忍着伤口的剧痛睁眼到天明，他摸进了她的胸口，触到了那个东西，那封自己送与她的休书。这道裂隙他迟早要灭了，让她再回头与自己携手。

伸手抚摸着悦然的长发，乔正岳心中甜蜜又怅然，终于再次亲到她，享受到了她的甜美，但她对他还是毫不留情，总是拣最脆弱的地方攻击……

她还在怨恨自己吧？她仅有的纸符心被自己抢走，恐怕她永远不会原谅自己了。

天微明，在乔正岳的默默凝望下，趴睡在床边的悦然伸了个腰，翻滚了个身，咚，跌倒在地。

灰头土脸地从地上爬起来，她涨红着脸往床辅上那位看去，只见那人睫毛颤抖，却是闭着的，这才拍拍胸口，佯装什么事也没发生，帮乔正岳披了下被子。

乔正岳忍俊不禁，伤口因忍笑而阵痛，半晌才故作干咳，施施然张开了眼。

四目相对，悦然讶然又激动，看那清澈的目光泛着琉璃的晶莹，却是真

的醒来。她开心得不知所措,眼眶慢慢湿润起来,有碎钻的光泽闪烁,半晌才搓着手讷讷地说了句,"你怎么醒得这么早?"

难道你还要我选个良晨吉日再醒不成?乔正岳哑然,对她词不达意的表达方式有了更深一层的理解。

"嗯!这些天,你辛苦了。"乔正岳心疼地看着悦然憔悴的小脸,不期然看到她红肿的樱唇,不由热血涌上,双颊一热,口干舌燥起来,"那个……昨夜……我……"

"没有……没有没有,绝对没有,你什么也没做,就是睡得跟死猪一样!"反正都是猪,死猪跟色猪。

凌悦然不停地说"没有没有",义正辞严,然后,她又后知后觉地发现乔正岳闪亮如虹的暖昧眼神,再发现自己的双手跟划船一样,左右手背交替地抹着嘴唇,擦得更红更肿,真正是"此地无银三百两,隔壁王二不曾偷"啊。恼得自己满头是包,窘得不能再窘,低着头不敢再看他。

这还是曾经那个高华淡漠的烨阳吗?还是那个逼他跪地拜师的烨阳吗?

一股爱怜的情潮自乔正岳的心底慢慢涌向四肢百骸,他早知道自己的心,只是不知道如何让烨阳看得见,现在这欲望越加强烈,他要她,要她陪着自己——一辈子。?

鬼使神差地,凌悦然悄然地掀开卷睫朝乔正岳瞟了一眼,却正好接到他偷偷瞟来的目光,两人皆是一阵尴尬,又有些贪恋的愉悦。

想乔正岳本是一代狐王,现在搞得跟情窦初开的毛头小子一样,关键自己还是她的前夫,着实令他很是郁闷了把。

空气中游离着大量甜蜜的分子,乔正岳看着眼前终于羞怯了的凌悦然,不禁有些醺醉,遥想那些年的相处,为什么自己始终不敢越过雷池,他心知肚明。烨阳公主是他从未承认过的师父,但她那冷情冷性的傲然,却是他更不能承受的。

摘取了烨阳的心,同时却弄丢了自己的心,他这个本来一心修仙、不知情为何物的狐王动了情,对一个没有心的人动了情,狐王很无奈。

凌悦然想要摆脱这萦萦缠绕的目光,甫一动,便被乔正岳抓住了皓腕,吓得她娇呼一声,这动作突兀,惊吓了悦然,也惊吓住了他自己。

他的俊颜微带红晕,眸光炫灿,闪着斑斓的光晕,犹如神祇。修指反握紧

悦然，似乎怕她挣脱，喉头滚动，酷似幼兽，欲求安抚又野性难驯。

悦然难以招架，想要甩开他的手，却听他闷闷压抑的一声轻吟，身子便被他猛地拽入怀中，唇瓣急急地寻来。

"啊……"悦然未料到他竟敢在光天化日之下当面"行凶"，不由又气又恼。这个前夫实在是太难搞定，挣扎着伸手推他，门外侍从应景地传来报告声，"将军，御医、军医前来早诊。"

自从上次鲍副将以为撞破了公主的动情时刻后，便私下叮嘱，凡事必先在帐外报告，并且一炷香后方能进入营帐。

"知道了！"乘乔正岳微一松动，悦然猛挣跳出来，深呼吸一口气，她懊恼得想踹人，清了清喉咙，佯装镇定地朝门外冷喝。

随后疾退开，避让开乔正岳的气场，逃离了他缠绵悱恻的怀抱。

乔正岳闭了眼、懈了气，不好意思再看凌悦然，却又忍不住想偷偷看她有没有生气。他双颊绯红，气息尚不稳，仍有些蠢蠢欲动，可是方才的情境已失，他再若想动，又失了契机般无法动弹，只能拿无可奈何的双眼望向凌悦然。黑瞳光芒闪烁，犹如旋涡疾流，有一点小俏皮，有一点让人脸红的渴望，又有一点令人心动的羞涩嫣然，还有一点淡淡的不舍卷上她的眉梢。两人的眼光就这么纠缠着，让人难以割舍的甜蜜纠缠。悦然的心弦一次又一次被他的眼神勾动，越是弹得乱七八糟，越是心绪零乱不能自已。便在此时，他突然伸手向她，虽然没有触到，但悦然还是如被他电到般，浑身瑟缩了一下，愕然张嘴，差点失声而呼。他疾喘一声，狠狠地咬住了她的下唇。

为了掩饰全身阵阵酥麻感，凌悦然气急败坏地直跺脚，"你……你不要脸！"遂掩面败走，冲回帐幔后的里间。

乔正岳慵懒地仰头，伸手轻抚唇瓣，可惜只一触，还未及深尝。原来她这般可爱，为何以前从未发觉，这感觉像一股甘甜的清泉，涓涓流入他的心田。

大夫们眼见自家将军终于清醒，皆大喜，准备为将军调养几日，便遵圣旨，送乔正岳与公主回京。

高烧期过后，乔正岳的身体开始缓慢恢复，接纸鹤传书，妖王有新的任务传来，要他快点调整好进入迎战状态，但乔正岳只是扬手把那传书付之一炬。受伤之后，他并没有展开任何自救，他享受着悦然的愧疚，享受着她并不

温柔的陪伴。

这边刚刚渡过险关，烽火便再染城门。

大婚刚过的蓝苑新皇展开了对西凌边疆的大肆侵略，他誓要抢回烨阳公主，吞并西凌边郡，拓展疆土，称霸四海。

好在，虽主帅重伤，但烨阳公主也曾名动一时，其号令三军，莫敢不从。鲍副将一面飞鸽传信给圣上，一面用期待的眼神看着面前这位与传说中截然不同的"秀逗"公主，"雪天潮湿，我军弓箭、武器有不少湿涩败坏，朝廷的救兵又尚在路途中，蓝苑大军看准这情势，怕是不日便要进攻，不知公主意下如何？"

"啊？"你问我，我问谁？这行兵打仗的事，我一窍不通啊！悦然硬着头皮，仔细又回想了一遍鲍副将所述的战况，敲了敲脑袋，她求救般看向铺上睡得正香的某将军：喂，你在工作时间睡觉，影响很不好的，作为雇主，我不但要你写检查，还要扣你薪水。

"唔，此事尚需从长计议，你先退下，晚时本宫再传唤你。"

鲍副将"哦"了声，开始腹诽：人都说三日不见当刮目相看，这三年不见，俺把眼珠都要刮掉下来了，也没见有什么特别的啊？公主不是和离后变傻了吧？果真是儿女情一长，英雄气就短啊！

鲍副将刚一走人，悦然便跳起来，急急地在墙角寻了根麦草，直往乔正岳鼻孔内挠，挠来挠去，那人不醒也被折腾醒了，何况还是佯装。一声喷嚏打过，某将军无奈地睁开眼，怒嗔自风情，直叫悦然小心肝颤了两颤。但现在不是研究此课题的时机，悦然又急急把鲍副将说的话复述了一遍，然后便以期待的眼神看向乔正岳，竟不知自己这神情与鲍副将何其神似。

榻上男子何以笑得这般风情万种，人家现在是在问你计谋，不是让你施美男计可好呀？悦然翻眼望天，鼓起小嘴腹诽。

"其实，我一时也想不出什么好办法，不过，阳儿不是一直很喜欢打雪仗？你的雪球子弹不是很厉害？"乔正岳清亮的眸子含着笑凝睇着悦然，宠溺的微光叫人羞怯难耐，悦然唯有略偏过头去，不敢对视。

"对啊，箭少，可以暂用雪球代替啊，那可是取之不尽的资源……哈哈，"悦然茅塞顿开，拍手称快，"只是其杀伤力欠缺了点，密度要捏紧点……嗯，蓝苑好喜战车，我们挖一条深宽的壕沟，上面架上枯枝，再铲些雪铺在上面

伪装成平地，只要他蓝苑敌军一追来，第一排的战车全给我摔沟里，后面的战车也就不管用了，定是乱作一团，到时就肉搏好了，反正咱们也没什么长距离兵器。"

"可是蓝苑敌军也不是傻子，他们如何肯来？"乔正岳不无赞赏地看向悦然。

"我先派一组'敢死队'去敌军阵营叫嚣挑衅，待敌军追来，'敢死队'便绕过壕沟的方位，直接往雪山上跑，接应战壕里的弓箭手；再派一组先遣部队等在壕沟正前方，一见到敌军，便反身往阵营内跑，让敌军误以为他们是'敢死队'，这样他们便会往壕沟的方向大举进攻过来；然后，就会有大批战车困在壕沟处；最后，让大军埋伏在壕沟四方的战壕里，待敌军乱作一团，便冲出来……"悦然努力地开动脑筋，发现乔正岳就像个论文导师，而她就是正在答辩的学生。

"你的计谋虽好，但若敌军的先潜部队只是一些虾兵小将，我军费尽心思，还是不能一举将其全部击溃……"

"那……那我军可佯装战败逃窜，诱敌军将领前来阻截，不行，我就亲自上演一出差点被掳的戏好了。"

乔正岳终是微微一笑，点了点头，"你可以将我推到阵前，引诱敌军主帅！"

"不行，这太危险了！"凌悦然坚决摇头，却被乔正岳轻轻握住了手腕，温柔一笑，"没事，我相信你！"

次日夜，战鼓擂响，一切很顺利，却正如乔正岳所料，敌军主帅凉凉地站在后面的高架战车上遥控指挥，当凌悦然把半残的乔正岳推上主帅督战之位，并上演即将被掳的惨状时，敌军开始了大举进攻，敌军主帅亲自策马飞奔而来。

那是一个中年将军，手里挎着长枪，冲将过来。悦然不敢怠慢，纵身跳上汗血宝马，手中银鞭猛地舞起朵朵花晕。

"原来是烨阳公主，哈哈，本将真是三生有幸！"那将领溜着马，将悦然看了个遍，眸中闪着贪婪的色光，看得乔正岳着实窝了一把心头火。

悦然朝他妩媚一笑，清脆的嗓音宛如百灵出谷，"三什么生，有什么幸，全是假话，若真是三生有幸，你敢仰天大叫四声'三生有幸'吗？"

公主要休夫

"这有何难，听好了，'三生有幸，三生……'呃，你——"

美人计有时候真管用的说，凌悦然眼疾手快，一鞭飞去，直直地钩住了某位正"鹅鹅鹅，曲项向天歌"的脖颈，猛地一带，那位还沉浸在美人甜蜜声音中的将领便被擒住，干净利落。

所谓擒贼先擒王，这一下，敌军溃不成军。

这一仗大获全胜，非但掳劫了敌军大将，更是收复了失地，还了百姓一个安居之所，而经过休整，乔正岳的伤也好了个七七八八，能起身行走了。

想起那天他以身相护的情景，悦然至今仍心有余悸，对这个前夫的感情越发莫名复杂起来。

在见到乔正岳安然无恙之后，悦然对他的态度越发冷淡下来，这令乔帅不知所措，自己想要紧紧抓住那得来不易的两情相悦，竟原来只是镜花水月。悦然已对他避而不见，或是视而不见，仿佛又回到了夫妻三年的魔咒中。他冷她更冷；他禁锢自己的心，她便彻底没有了心。

已经把她弄丢过一次，再不能重蹈覆辙，乔正岳无奈，看着悦然为躲避自己，申请营帐未果，便常常去囚室，借审问犯人之机，睡在囚室前的值夜室里。

费了些力气，乔正岳爬上位于山洞隐蔽之所的囚室，挥手止住前来相扶的兵卒守卫，径自朝里走去。这洞中阴寒之气正盛，溶水叮咚作响，恰似那夜风景。他按下胸口的伤痛，脑中不可抑制地浮现出一片旖旎风光，他绵绵道："师父，你逼我为徒，只为那一个人吗？现在又拒我于千里，也是为了那一个人吗？"

越往内走，讯问之声清晰可闻，却听里面一片谈笑风声，堪比久别知己，再斟两盏小酒，便可吟风弄月了。乔正岳心中疑惑，越发走得缓慢。

"久闻烨阳公主大名，今日得见，实乃三生有幸。常人皆道公主貌美如花，却狠赛罗刹，但本将认为，公主堪称天人，任谁一见，都要丢盔弃甲、拜倒在你的石榴裙下。"

"哦，那你可丢盔弃甲了？"

"不丢盔弃甲，怎会被公主所擒？公主是先擒了本将的心，后擒了本将的身，哈哈，本将今生便唯公主之命是从了。"好大胆的敌将，声音隐晦，竟公然调戏。

"唯命是从？你不怕蓝苑皇帝诛你九族？"悦然冷笑。

"若非我父兵权在握、助他一臂之力，他岂能安抚众臣、登上大宝？想诛我九族，哼，他还不敢。"被掳之将——越启敏面露得意之色，昂起高傲的头，朝洞口的方向蔑视一笑，再转头恭敬地对悦然道，"今日对阵，公主灼灼其华实叫本将心动，本想擒你回去，却未料竟让你占了先机。也罢，古往今来，多少和亲佳话，只要公主首肯，嫁我为妾，我便让父亲撤去精兵强将，从此边疆安宁。"

生子如此，实乃虎父之悲。悦然冷笑，好大的口气，怕是蓝苑皇帝并不如你想的那般不堪吧？你老爹不过是他手中的一枚棋子，棋已胜，多余的棋子除了被掷掉，还有何用？悦然可怜地看着自以为是的俘虏将军，也许其被俘更胜过被慕容铄手刃。

"承你厚爱，但本宫心里……"

悦然还未说完，乔正岳便扶着墙疾步而来，生硬地截下她的话，"你的心里便只有那一人，对不对？"早在刑堂之外，便听这两人谈得热乎，与逼供什么蓝苑军事部署相去甚远，待走近，只见悦然与那将帅越启敏眉来眼去，不由咬起牙根，颊边青筋暴起，"你深夜来此，原是故伎重施？"

他自己说不出那样肉麻的话，却要普天下的人都闭嘴不谈。

当见到越启敏向她求亲之时，她竟然笑了，在洞中的昏冥灯火中，虽看不真切，影态却是刹那芳华。乔正岳本来就郁闷压抑的心情在此时此刻崩裂，阴霾深沉，如乌云上空的闪电，浓墨之中赤橙赤白，看悦然的眼神越发冰冷，几乎快把她冻僵。

"故伎重施？什么意思？"悦然有些不太明白地反身望他。

乔正岳似乎无法承受悦然这种突然失忆的一穷二白眼神，苍白坚毅的脸颊微微泛起一丝可疑的红云，带着隐隐的恨意偏过头去。此话一出，本是后悔之极的，那暗隐之下，竟然是恨烨阳一面说自己心里有人，一面又与其他男人亲近，但，悦然如此莫名的眼神与失忆的作派却叫他无法承受。

"喂，你被她绑架过还是俘虏过？哈哈，有意思，后来是不是就甘做了她的裙下之臣，一辈子离不了了？"那位被绑得跟粽子一样的男人大放厥词，神色得意，望悦然时春情泛滥，"有道是只有新人笑，不见旧人哭，你还是看开点、闪远点，别妨碍我们！"

此时,凌悦然才听出了些眉目——欠踹啊,两个!

莫非男人真的是传说中的"贱人",送上门来的,总是弃之如屣;追不到手的,一生醉生忘死?甩掉不要的,想要她孤独终老?哼!

"你该不会想说,我曾调戏于你,或是用强于你,迫你必须下嫁于我?"悦然愕然以对,眉目渐渐冷凝起来,看乔正岳的眼神戏谑且肆意。她睨目浅笑,你有什么资格来指责于我呢?前夫,现在我是"单身贵族"可好啊?

越启敏笑喷了,但乔正岳却更是倔强地默然看着凌悦然,像是要把她看穿,看她到底有多狠心多负心!他为了她……回想过去种种,他的重瞳润湿一片,华美异常,竟然有落泪的冲动。

可是天地良心,从头到尾都是你先有负于烨阳的好不好?看他那样子,凌悦然松动起来,有点不确定了,难道烨阳曾经真的这么无耻,向他伸出过色女的魔爪?

想象着他被五花大绑捆在烨阳面前,一副视死如归、宁为玉碎的英姿飒爽模样,悦然的心就热乎起来——呃,别想得太过,流出鼻血可就不好了……嘿嘿,无伤大雅啊,无伤大雅!

越启敏见凌悦然神游天外,笑得好不妩媚乖巧,不由一时忘了身在何处,又神魂颠倒道:"真乃巾帼红妆,不战亦可倾城。美人儿,求你答应了本将的求亲,本将定会好好疼你,许你一世享不尽的荣华富贵,再不让你受颠簸之苦、杀戮之罪。"

凌悦然当即点了点头,表示感激不尽,再转头看乔正岳,见他已气得浑身直冒黑烟、身体微有些颤抖,大概是因为忍得太辛苦吧。可是他动的是什么气?他只是自己的前夫,而自己亦只不过是他过了期的前妻,二人间还有什么瓜葛?即便是曾经的烨阳对他痛下过"毒手"——话说,三年前,那应该是个小萝莉和小正太激情燃烧的美好时代,怎么就成了今时今日的情状?前妻现在有了第二春,前夫不是该象征性地祝贺一下吗?

"多谢越将军错爱,只可惜本宫早有心属之人。"

此话一出,乔正岳不由自主地又睁眼看向悦然,黑白分明的眸子本是冷艳妖孽,此时却又那么平静,其中的失落那样明显,仿佛早知道她会有此一说。

"烨如骄阳,吾势在必得!"那越启敏突然发怒,"若子应允,吾当倾城以

聘！"

"倾城？"凌悦然扬眉，本宫乃堂堂公主，想要什么城没有？

"对，倾城以聘！议和协议书与求亲书将会同时送达贵国！"越启敏说话的气势与态度果断决然。议和难道不需要一国皇上首肯，你一个战败的将领也敢口出狂言？即便你有一个重兵在握的老爹，怕也不能全权做主吧？

"笑话，你以为你是什么？本宫尊重你，称你一声将军，否则，我踹你没商量！你又当本宫是什么？你要挑衅就挑衅，你说议和就议和，你想求亲就求亲？！"悦然朝他挑了挑眼角，荣华富贵我有，倾城以聘我不稀罕，我要座城干吗？随手绕起鞭子，拿手柄处戳戳越启敏的脸，"你有几房妻妾？"

"问……问这个干嘛？"越启敏估计从来没被人这么指过，脸色怒红，撇过头去，"大概是……十二房吧！"

"哦，都快记不清了，哈哈！"凌悦然失笑，"不过，你跟我前夫相比还有一点距离啦！"

"什么？"

"他有十五房！"

悦然笑，云淡风轻——乔正岳，有时候我真的很佩服你，那么多房妻妾你是怎么忙过来的，精力也太旺盛了吧？

"有那么多房妻妾，又怎么保证可真心对本宫？"凌悦然扬了扬手中的皮鞭，睨目看向乔正岳。乔正岳一愣，她们怎可与你相提并论？但他只是三缄其口，深深地回看。

"那你想怎么样？只要你说，我一定做到。"越启敏看凌悦然的眼神越发露骨，软言相求。

"我要的是一生一世一双人。"凌悦然回眸一笑，挑衅的光芒刺痛了乔正岳，那意思是——你这一生一世几双人呀？乔的脸色更难看了，因为他很生气，如果他有一锭金子握在他手中，此刻怕也溶成了粉末；如果是凌悦然的脖子……

"哦，"要说这好色莽夫，还真的很爽快干脆，越启敏直接用那种期盼神往的眼神看向悦然，"那我的铁骑就踏破奉宣城直接抢亲了，哈哈哈！"

鱼与熊掌不可兼得，那就，把鱼煮熟，游不走了吧？

"在抢亲之前，先看看自己能不能活到那一刻。"

　　悦然有些好笑,这个人很自大,笑得也很是得意忘形,他更无视两位重量级选手。于是,他的胸部跟脑袋各吃了一拳,终于嗷嗷呼痛,停止了豪爽的笑声。悦然呼呼地朝手背上吹了两口气,话说打得太重了,手痛。乔正岳不动声色地后背起右手,在后襟上擦了两擦,估计跟悦然的情形差不多,出手狠辣了点。

　　不过片刻,乔正岳感觉到胸口有涓涓鲜血渗出,他抿死唇瓣,貌似胸口的伤因为动作太大裂开了,看来越启敏这会应该不是很好过。

　　凌悦然与乔正岳微微地有些不自然,互相没有多看,空气中却自有一种互动的交流,这让悦然心里有一丝说不清道不明的甜腻味,丝丝的、滑滑的,好像德芙巧克力……她的心跳起了波浪线,脸颊也不争气地绯红发热,某种不知名的渴望情愫缓缓流淌。

　　"无论如何,我不会再牺牲自己的终身幸福来换取什么!"悦然淡淡地说了句。

　　"你越是这么有个性,我越是喜欢,哈哈哈!烨阳,我一定要把你掳到手,一定要把你囚在身边!嗷——"越启敏不怕死地吼叫起来。凌悦然朝天翻了两眼,这个人是不是有受虐倾向?看都不用看,她和乔正岳分别又赏了他两拳,然后悦然很有大腕风范地走人。

　　身后一阵冷冽的空气袭来,不用回头,悦然知道是乔正岳在又赏了越启敏两拳后追上来,但他并不太靠近,只是保持在她身后一丈距离。

　　"不要跟着我!"悦然驻足,以命令的口气对他说。

　　"不要跟那个男人靠得那么近,他——他对你不怀好意!"他的口气更强硬,也许他后一句话是想说"那个男人不是什么好鸟",可是,他要保持优雅的风度,所以改了口。

　　他此时哪有前夫的自觉啊,简直比正牌当班夫君还大牌!

　　"他只是阶下囚,掀不起风浪!"蓝苑国也不是风平浪静,就让新皇慕容铄忙上一段时间吧。悦然又侧目问道,"请问,乔大将军,你在气什么?你有什么立场说这句话,前夫?"朝他俏皮地眨眼,却见他的脸色很难看。

　　"前夫?"他把牙咬得抽筋,俊美无俦的脸颊上青筋跳动,却又有些笨拙得无计可施;目光想杀人,却又闪现出几分无可奈何的可怜模样。

　　"就是过了期的夫君,简称前夫。"凌悦然好心的解释,欣赏着他抓狂的

表情，感叹——美男就是美男，连抓狂都美得让人惊艳！

打住，再美，那也是前夫，悦然告诫自己，再说自己又以什么身份再与他交往呢？

他的脸上一阵青一阵白，嘴唇想动，却瞬时抿得更紧，那双凤眼怔怔地望向她，没有任何的神色，纯白纯黑，只有胸口的起伏显示出此时的他是多么愤懑与怒怨，甚至，那眉角的风情中似乎还有一点幽怨，仿似在控诉：你怎么可以这样对我？怎么可以？

悦然笑，回忆一下你当初是如何对待烨阳公主的吧，你有没有考虑过她的感受？想必当时的烨阳，那眉眼流转的闺怨更甚，心中的苦痛绝望更甚。

悦然坏坏地从怀里掏出一锦囊，满足地放在鼻间嗅了嗅，眼波流转，风情顾盼地问他："可知这是什么？"

"什么?!"他似乎瞬间被什么击中，眼光在悦然的秋波中荡漾，流连辗转，呆呆地顺着她的话自语。

"这可是你亲手送我的信物呢，我时时刻刻把它放在心口，这样，我的心就不再痛了。真的，谢谢你。"悦然发现自己很有做巫婆的潜质，好坏哦。

他的目光有些游离，剑眉蹙起，略做回忆状，真的很美轮美奂，可是，他还是徒劳地放弃了，"到底是什么？"

这真是个没有情调的主啊，凌悦然只能这般评价他。白白浪费了爹娘给的好色相，情商等于零滴说。

"是你亲手写的休书啊！真的是飞龙走凤、大气磅礴的墨宝啊，我可要好好珍藏呢。"说不定哪天再穿越回去，那便是天价的古董啊，啊啊啊……想想钞票飞舞在自己的头顶，真的很爽啊……

"你……"他猛地双手箍住悦然的肩，当对上她掀开蝶羽后的黑瞳时，全身的怒气在那一瞬间又化为乌有，只用一种绝望的乞求眼神看着她。

"为什么？我昏迷之时，你待我那样好，现在为什么……"

"那时，你为了救我生死未卜，我岂能袖手，现在，我们两清了。"悦然缓缓而冷静地继续对他说道，"前夫，请放手。"那时，她的心竟然微微发痛，唯有垂下羽睫、掩饰不舍，那两把浓密的小扇子，扇啊扇啊，扇在了乔正岳捉她肩膀的手臂上。其实那目光绝对是有重量的，而且是超负荷的重量，他的手被她的目光冻伤了，慢慢地撤去了力道。

　　待两人再无交集,悦然转身便走。

　　目送她离去的背影,湿润如黑葡萄的重瞳忧伤悲切,"阳儿,你便这样与我作对好了,我负了你,便是负了天下,现在,纵负天下,也换不回一个你了。"

　　悦然身形一顿,他终是败下阵来,开口表白了。她的唇角微微扬起,没有回身,脚步却异常轻快,有点飘飘欲仙之感。

　　因为昨夜暴打某好色之徒,乔正岳胸口的箭伤再次裂口,昏迷不醒。悦然也曾质疑其真实性,但人家胸口的血迹是真的, 她的心便又恍惚纠结起来。

　　"公主,又要熬麦芽糖啦?"马大厨已与悦然十分熟稔,挺着肉嘟嘟的肚子去取麦芽酒。

　　"嗯!"悦然魂不守舍地摸摸这个,捏捏那个,就是不去接麦芽酒,忽然道,"小麦跟糯米如果有了自己的想法,还会不会在一起酿酒呢?"

　　"呃?"马大厨双眼画着晕圈,这个问题他倒是从未想过。于是捋起袖子,把半成品酒径自倒入锅中,"公主,小麦跟糯米为啥要有想法呢?这就叫缘分。世上有那么多的小麦和糯米,最终成这一缸酒的,也只有当初我舀的那两斗。若是当初我舀的是另外两斗,它们即使想要在一起酿酒,也酿不成呀?"

　　可不是嘛,即使酿成了,也不是现在这缸了。

　　那就,不要有想法了。上天送她来到这个世界,经历这么多的人与事,未必不是缘分,一切,便随着自己的心意走好了,何必去纠结乔正岳喜欢的是烨阳而不是她凌悦然呢?只要自己也喜欢,何必再重蹈烨阳的覆辙?想通了,天气也放晴了。

　　所谓解铃还需系铃人!

　　捏着乔正岳的手,悦然负罪地道:"装什么装嘛,人家都搬回来住了。"

　　这次,乔正岳强压住睁眼的冲动,一动也没有动,但却委屈得像个孩子,泪水氤氲在轻阖的瞳中,差点夺眶而出。被悦然捏住的手指曲缩成拳,让哽咽被夜色吞噬。他好怕,好怕醒来后,那个狠心的女子便又会说什么"两清",他从来没这样怕过。

　　三天后,床榻之上,那重伤男子全无转醒的意思,任悦然捏着滴管往他

嘴里"滋"得满嘴都是葡萄糖水，"喂，再装，我踹你哦！"

没动静！

"再装，我画你猫胡子？"

没动静！

"再装，我……我亲你呀！"

……

悦然说过后，自己没了动静。那人久候不至那份柔软，自己斜睬了条眼缝，然后便接收到悦然"滋"来的葡萄糖水，喷了一脸。

乔正郁闷之极，那小恶魔却笑得极欢。

"你……不一样了？"他任糖水滴下，痴痴相望，珍视无比。

悦然闻听，浑身一颤，低下头避开他的眸光，讷讷地问，"你喜欢吗，不一样的烨阳？"

"嗯，喜欢，喜欢得竟要佯装受伤。"他微微脸红，不好意思道，"一直喜欢，现在更喜欢，说不出的……喜欢！"

听他这样说，悦然心中漾起层层波澜，自己竟也红了眼眶，做了个鬼脸，"比起你那师父呢？"她俏皮地问，也不知他师父是男是女，竟然那样时刻被他唤在嘴里，叫人不想入非非都难。

"师父？"他愕然地睁大眼睛，突然就笑起来，笑得是那明眸皓齿，风过静林般柔软，"你若忘了，我便更喜欢了！"

"喂……到底谁是你师父？"

"……"

"你敢耍赖？"

"……"

"那，你告诉我，我就……"

那榻上美男温柔地抬起下颌，奉上柔软性感的薄唇。

"去死！"

在嬉戏中，乔正岳的伤渐渐大好，也许是因为有爱情的滋润吧。

树荫之下，一身月白常服的乔正岳在摇椅上阖目静休。树影斑驳，片片圆形的光晕散在他的身上，只觉衣摆随风摇曳。他的脸侧向一边，阴影如素线，优美的轮廓似是妙笔勾勒，任谁也不忍前去唤醒他，只在一旁静静地守

护。

摇来摇去摇碎点点的金黄,伸手牵来一片梦的霞光……

"你的梦里,走进了谁?"乔正岳终于睡了,呼呼,悦然放下手中的粗瓷大碗与麦管。这家伙怎么受个伤后就变得这么娇气?这个又嫌苦,那个又嫌酸。好在自己想了个好方法,做了个情侣吸管,他捧着蜜糖水,她捧着苦口良药,然后吸管交叉插在碗里,这样,闻着糖水喝着苦药的人心满意足地笑了,乖乖喝完药,酣然入睡。

悦然俯过身子,替他盖了层薄毯,却又惊艳于他那时的模样。难怪人们常喜女子病态之美,真的会让人心生怜惜之情,便如此刻的乔正岳,抿去一身邪肆的冷漠,他脆弱得像个婴儿,极需要人呵护安慰。再看时,他唇角微动,似乎在唤着什么,身子还微微地往她这边依恋了一下,真的挺让人窝心的。悦然莞尔,转着乌黑的眼珠,想着,他唤的是谁呢?娘亲?表妹?还是二、三、四……十几妹?

还是,烨阳?哦,还有一个师父?

御医婉言来禀,表示了皇上担忧乔卿的心情,于是,恢复期的乔正岳与凌悦然同乘一辆战地马车,打道回京了,至于越启敏,等着交换战俘吧!

肖军医也算是乔正岳的主治,所以他也跟随在车前马后。这天,他正在就地歇宿的营帐内燃烬一只纸鹤,乔正岳猛然掀帘而入,冷凝着他,眸光犀利似刀,斥问,"是她让你这么做的?"

"是,伟大的妖王,她已开始行动,我们妖界很快就会统领整个世界。"肖军医笑得诡异,一副甘为牺牲品的模样。

"她让你献上烨阳的信物,借机引起皇上猜忌,让他知道世上出现了两个烨阳,让他猜忌其中必有一妖,然后再引阳儿去皇宫,在七七这一天,收她入'容生之鼎',炼化成丹,助妖王恢复无上功力?"乔正岳怒笑,妖王这是要至烨阳于死地了,开战的时刻已经到来。

"狐王殿下,你既然知道妖王的计划,就不该阻止。唯有七窍玲珑心方可让妖王受封印的法术全部开启,既然烨阳会隐匿七巧之心,便整个将她炼化,岂不更易?所以,在下奉劝狐王您一句,做大事者不拘小节,否则,全妖界都会与你为敌。"

什么叫做大事者不拘小节?这小节,是他最爱的女子的命!

"哼，你这是在威胁我吗？还是说这是妖王的口谕？"乔正岳冷哼一声，生硬问道。

"我怎敢威胁您，这确是妖王的命令，谁都不得违抗。所以，您要做的，就是指认这位秀逗公主是个不折不扣的妖，皇上便会投她入鼎，并不需要我们动手，何况她真的不像个公主。"肖军医透过门帘缝隙，鄙视地看向远方。

乔正岳只觉头顶有张无形的大网凶猛地扣下，让他喘息不得。他需想个万全之策，既保住烨阳，又歼灭妖界。

话说，刚入西凌国界，便是一派其乐融融之景。虽然十日之后才是七夕，但节日的热闹气氛却堪比除夕。及至到了映江南，那小镇，素来典雅、风情万种，如今秦淮河岸更是"花市灯如潮"。

这南方的小镇，推开多情的门窗，家家窗几之上都悬有各式乞巧挂件，玲珑精致、色彩缤纷，及至晚集，又车水马龙、人流如潮，悦然所乘车马被迫停下，无法通行，一行人只得去寻客栈。

但却数次被告之，满员、满员，还是满员，再问时，店家便嗔道，"这沿河客栈三个月前便被提前预订完了，哪里还等到今时今日，一看便知不是本地人！若是真有诚心，想要在此求得好姻缘，何不学那边的牛郎织女，渡过银河，采得金莲，携手葡萄架，唱一夜的情歌？"

顺着店家手指的方向，只见秦淮河里停泊着排排花舫，粉色的许愿荷灯坠满舫檐，花哨的摇桨姿势俏皮又多情，花舫顶角垂下的葡萄藤曲卷缠绕，情意缠绵。青紫的葡萄也是有的，但此情此景，谁又舍得摘下来吃呢？停泊在豪华花舫旁的，便是打扮一新的乌篷船，用来出租给情侣赏河采莲之用，基本是花舫模样的缩简版，这样看起来，倒也可人。从七月一日到七月七日，这秦淮河便暂改了名字，叫银河，为了银子，商家的智慧那叫一个惊人。

呢？要说这古人比今人的浪漫情调只多不少，悦然兴致勃勃，拉着店家的袖子便细问起什么是采得金莲。

"那银河尽头种有莲花，听说，若乘船两人夙有姻缘，便会采得金莲，成就好事。商家会说金莲是天上的姻缘红线所生，没有缘分的人，是摘不到的……"

"真的吗？"悦然的眼睛睁得好大好大，绝对是个好奇宝宝。在夜市灯潮的映衬下，更显得乌黑溜金、炫亮夺目，乔正岳忍俊不禁。

　　店家很鄙视地看着悦然,若不是见她娇媚可人,早拂袖走人了。这么假的商家噱头她都看不出来,还可着劲地问是不是真的,店家默了。

　　"还不说,这么神秘?"悦然左看右看,见店家是铁了心地三缄其口。她撇了撇嘴,放眼看看那银河里处处是"牛郎织女"的简装版乌篷花舫,回来的花舫上的两人,几乎个个手上都执有莲花。不由心动了,悦然回头朝着侍从与轿内之人大呼一声,"好,我要去——"

　　神……神秘?好吧,店家终于忍无可忍,甩袖走人了。

　　看店家因"神秘"二字而内伤闪人,乔正岳只觉眼前人说不出的可爱动人,揉了揉胸口的伤,他坐在轿内笑得宠溺,不顾御医与肖军医的阻止,应允了某人傻得冒泡的要求。当小傻帽看到他静默微笑、点头首肯、步下马车、伸手相邀时,只觉得心花怒放,顿时目瞪口呆地凝望,琉璃般的眸子升腾起丝丝莫名的雾气。

　　"小傻瓜,怎的就这样傻?"捏紧悦然的手,感受到她的激动颤抖,乔正乔深深自责,曾经把心锁得太紧,以至于她都看不见,现在允诺她这么小的要求,她就开心得要掉泪。心中又喜又痛,与她十指相扣道,"若喜欢这里,以后我便与你长住于此;若腻了,我便带你走遍大江南北。"

　　"这可是你说的!拉钩,上吊,一百年不许变!"悦然一听,便急急地伸出小拇指,紧紧地勾住乔正岳的手指,孩童般晃了两晃。

　　"一百年?"乔正岳恍惚一笑,修眉蹙紧。

　　"怎么,想要赖?"悦然一听他心不甘情不愿的问话,忙施压。

　　"一百年怎么够呢,我要的是生生世世。"乔正岳俯下头,压在她的耳根处说。

　　"啊!不要脸!"悦然被他突然的誓言与柔情所震颤,蹭了蹭颈项,拂开他的热气,脸红得跟红富士般跳开了。

　　这边两人算是赶了个巧,那边侍从们却是无奈,于是,除了悦然开心地拉着乔正岳在夜市里挤来挤去,其他众人全上了租用的花舫,闭目休息。本来今日的花舫上是严禁非情侣进入,且不许没有伴侣的两个男人同上一只舫船的,但却没禁止十几个男人同上一只船,所以商家正在联袂研究此类新情况,修改乘舫规则。

　　"哇!"摊铺上乞巧物品应有尽有,特别还有一家乞巧专卖,令人目不暇

接、惊喜万分。悦然兴奋得朝乔正岳又叫又跳，"真的好喜欢这里，有好多小玩意。"

"答不答应？"乔正岳想要再逮住她逼问，却又觉得不该在这大庭广众之下失了分寸，只得睁着一双彩虹般的霓目，抱怨又期待地看着悦然。

"先采金莲，采到再说！"悦然"咚咚咚"地跳上一只乌篷船，回眸淘气一笑。

"这可是你说的！若采到了金莲，就不许反悔！"乔正岳优雅地走到悦然面前，施施然就座，那模样就是一金莲在手的范儿。悦然心里又甜又羞，你真是太嚣张了！

及至酷似《白蛇传》中老舟子模样的白发蓑笠翁边摇边唱起了情歌，悦然忙躲进小篷里没了动静。

"啊啊啊……啊啊啊……十年修得同船渡，百年修得共枕眠，啊啊啊……啊啊啊……"

"阳儿？"乔正岳低头，侧看进乌篷内，以为悦然害羞。

"嗯？"悦然不过是在琢磨，难道司命又搞错了？还是灵感枯竭，抄袭了《渡情》这一经典桥段？

"你看！"乌篷船驶进了莲花丛中，片片莲叶掩映之下，莲花鲜色似染，娇姿欲滴，"不要眨眼，待我摘来送你！"

"有刺的，小心手……"悦然惊呼，不由懊恼之极，朝乔正岳皱了皱鼻子道，"哼，不是想摘就能摘得到的，不是说只有两情相悦的有缘人才可以摘到吗？"

乔正乔听得她的担忧娇呼，只觉齿颊留香、回味悠长，再见她愤愤俏颜，不由忍俊不禁，待船刚一驶近一朵莲花，他以邀舞之姿，食指与中指并拢夹住花茎，微一用力，齐切而下，而自己毫发无伤。折回时，凑到鼻尖轻轻一嗅，那"伸手摘星辰，回身邀明月"的清雅之姿叫其他篷船上的少女们发出阵阵惊呼。

你故意的吧？虽然悦然也是立即拜倒在他的月白长衫之下，但是同时拜倒的，数不胜数啊！

"送你，很香！不过，你若接了，就是答应我了。"

这个人，真的好坏，这么一折腾，不知道有多少双"羡慕嫉妒恨"的眼睛

在注视着她。悦然又急又羞，心突突直跳，想要伸手去接，又不知此情能否担得上生生世世之名？若烨阳回身索要，自己又该在生生世世中如何取舍？这样一纠结，竟是左右为难，俏脸上变幻莫名，涨红着脸，怯怯相望。

突听"咚"的一声，乌篷小船一个趔趄，差点翻船，却是乔正岳半膝跪在甲板上，深情鼓励，"阳儿，过去的，我们都放下吧，唯有放下，才可以自在，请许我未来最晴天！"

放下，才可以自在！确实，既然小麦跟糯米不需要有想法，那么自己又何必庸人自扰？只要做最真实的自己就好啦！

此时，"银河"内响起一片热烈的掌声与欢呼声，"答应他——"

"答应他——"

"这些都是你请来的？待会儿小费可是一笔不菲的数字，还有这位老伯，歌唱得不错，小费要比鼓掌高呼的人翻上一番。"悦然佯装嗔怒。

忽然，有一只粉色的小篷船飞速而来，其间有个妹妹伸出手来咯咯笑道："我要，我要，神仙哥哥，你给我吧！"

喂，你这手伸得也太长了吧？在那只素手还未伸来之际，悦然以迅雷之势夺过乔正岳手中的那朵莲，羞不胜羞，垂头一嗅，却不由莫名一惊，翻看手中莲花，竟然是绸缎所制，除了脂粉染料之香，毫无莲之高华清韵。甫一明白前因后果，悦然不由气得直跺脚，怒瞪那得逞之人，他的笑声却嚣张地回响在"银河"的碧波之上。

原来，所有人都可以摘到所谓的"金莲"，呜呜呜，骗人的，就这样轻轻一骗，自己的生生世世就被这可恶的家伙给骗走了！

罪大恶极的商家，奸商！

"坏蛋！你明明知道……"恼羞成怒，悦然猛扑过去，若非老舟子眼疾手快，死撑一杆，乌篷船就要彻底翻倒了。

"看在小费的份上……"压着乔正岳，悦然歉意回头，见老舟子面色不善，立即小可怜地请罪。

老舟子呵呵而笑，原来只是担心自己会被船颠出去而已啊。一切风平浪静后，他又开始高歌了，"啊啊啊……啊啊啊……秦淮美景，七月天哪；细雨如酒，柳如烟哪……"

还真会改词，果然抄袭啊抄袭，经过这一番嬉闹，悦然的心情豁然开朗，又

听岸边有人接唱道，"……若是千呀年呀有造化……白首同心在眼前……"

　　听完了，也唱完了，悦然与乔正岳下了乌篷船，迎面是一段长长的情侣桥，葡萄架延绵其中，手执金莲的情侣却要暂时分开，分别由两端登上，及至桥拱高处对唱一首情歌，方能手牵着手坐回来时的船儿返程。

　　看着那些小儿女们含羞带怯的模样，悦然自己也有些不好意思，好在毕竟是夜晚，即便灯火如昼，也有些重影。踏在这情侣桥上，便仿佛踏在牛郎织女相聚的鹊桥之上，悦然心里有着说不出的甜蜜……

　　"纤云弄巧，飞星传恨，银汉迢迢暗渡。金风玉露一相逢，便胜却人间无数……"

　　及至桥拱高地，悦然急急顾盼，却哪里有乔正岳的身影，噙在嘴边的温柔笑意便僵硬在那里，整个身子如突然浇了水泥般凝固，余下的那词如何再念下去？

　　等候得越久，失落便越大，她仔细回想方才，难道只是一场五颜六色的梦，梦醒了，人没了？

　　耳边荡漾着其他情侣的对歌声，悦然孤零零地站在桥中间，像个被遗弃的孩子，等着大人回头认领。手上的金莲，没有了碧叶的映衬，灯火之下越发假劣，她的心情也跟着恶劣起来，一任对对欢喜的男女怪异地看着她，然后笑着走开。她扶在桥栏上，苦涩而笑，也许这段姻缘便如这伪劣的金莲般，得到容易，逝去更易吧？

　　想罢，幽幽摇头，弹指一挥，将金莲用力掷远。夜风一吹，只觉两颊冰凉，竟是泪落至腮，恨恨道："乔正岳，你敢这样放我鸽子，我不会原谅你啦！"

　　甫一转身，却听身后传来男子清亮的疾呼，"阳儿——"

　　愤然折回，那一袭月白长衫的男子，正持着她刚刚掷下的金莲，一手拎着长衫衣摆，奋力往上跑来，哪里还有什么谪仙的姿态，整个就一俗人。

　　悦然冷冷瞥了他一眼，欲待不理，却听到他惶恐地呼喊，"我被骗了，刚才人太多，有人骗我说，得先去月老庙祭拜，拿到号牌，按号排队方能登上情侣桥，这才是映江南的地方习俗，否则便不灵了。"

　　悦然撅了撅嘴，想要发火，却又不知道火去了哪里。看到乔正岳那气喘吁吁的样子，她只气得直跺脚，亏你这么精明的一个人，怎么这时候就犯迷糊了？人家要插队，你就赶着紧地让了，害我等了这么久，胡思乱想得心都痛

了,怎么赔偿?

一旁的小儿女们听乔正岳这样说,都笑得前仰后翻,"月老庙确实需要祭拜,但登情侣桥却不用去那里拿号牌。"

悦然更觉丢脸,咬牙拂袖,只想快些奔到桥下,打个地洞藏起来。却一把被乔正岳扑抱住,只听他喘着粗气道:"我重伤未愈,今夜又赶了不少路,你便饶了我吧!"

"丢死人啦!"悦然又恼又羞,捶着他的肩,恨恨道。

"别生气,好吗?"乔正岳又把金莲递给悦然,额上几缕汗湿的头发贴在一侧,虽毛毛糙糙,却是生动无比,微微一笑,亦是倾国倾城。

悦然没奈何,嗔怪他一眼,却是极其温柔妩媚,"那,你唱支歌给我听,人家都在对歌呢。"

呃?乔正岳抹了抹额上的汗,看别的情侣确实是唱完歌才手牵手走过鹊桥的,不由犯了难。若是吹箫奏曲,他倒还能自如应对,这唱歌,自己可还未张过金口。他求饶般对着悦然的耳朵道:"回去再唱可好?就唱给你一个人听。"

"不好!"悦然很大腕地摇头,看到乔正岳为难的可爱模样,两个字:心动;一个字:爽!

"那,你先唱!"乔正岳终于找回了一度失去的IQ。可是悦然是谁啊,她曾经都有想当麦霸的冲动,朝他使坏一笑,坦然道:"我唱了,你可要接住,对不上,我就不跟你走了。"

"啊?"乔正岳睁着"我见犹怜"的眸子,忽闪着乞求。

"唱个简单点的,"悦然忍俊,清了清嗓子唱道,"十年修得同船渡……"

"……"结果乔正岳没唱出声,桥上众人全唱上了。

"不唱没机会了哦!" 悦然坏坏地压低声音,"……若是千呀年呀有造化……"

所谓梁山都是被逼上的,乔正岳一着急,直接吼念出来,"白首同心在眼前!"

悦然终是笑得捂住了肚子,乔正岳气恼地紧握住她的手,所谓执子之手,将子拖走,便顺便拖下了鹊桥。

第十章
历劫重生

按脚程计算，一行人已入京城重地，妖王幻化的烨阳公主亦施施然求见了西凌皇帝。

"皇兄，臣妹这几日心神不宁，常恐有什么事要发生。"

"御妹不必过于忧虑，过些日子，朕再为你觅一位夫婿。"皇帝心有顾忌，与烨阳也保持着适度的距离。

"谢皇兄挂怀！不知道为什么，最近臣妹总隐约听到太庙上供奉的容生之鼎发出嗡嗡之声，它可是镇压世间妖魔的法器，若有闪失，却不是我西凌皇家可以承担得起的。"烨阳娥眉紧蹙，语调低沉，"十年一祭的日子也快临近了，若能以妖孽祭之，当是最好，否则，容生之鼎便如雪藏铁剑，终有生锈之时。"

"嗯，朕正有此想，也是该让容生之鼎尝尝鲜、开开胃了！"皇帝冷俊的脸上笑容诡异——大胆妖孽，受死吧！

西凌皇宫，正值乞巧节前夕，宫内的小宫女们都忙着制作荷灯许愿，偶尔互相调戏，面红耳赤地嬉笑取闹。养心殿内却一改往日静雅舒心的气氛，虽然已过早朝，但皇帝却急召众臣，说有要事相商，地点却又不在太和殿，这更让众臣猜忌紧张，便互相窃窃私语，等急了，更是朝殿门伸颈探看。

"公主？"众臣子不明所以，怎的公主在一女官的引导下，晃晃悠悠地进来了，进来就进来吧，还摸摸这个捏捏那个，跟皇宫不是她家的似的，新奇异常，只差没在他们脑门上扳两下看看是不是活物了。

呃？片刻，养心殿外众侍女簇拥而来的，不是烨阳公主又道是谁？众臣拼命地揉着眼睛，一颗心便如见到鬼似的乱跳。

比他们更乱跳的,是凌悦然的那颗心,那家伙,若不是被她捂得紧,早蹦到地上去了,全然没有其实自己是棵"空心菜"的自觉。

"烨……烨……烨阳公主?"凌悦然揉了揉眼睛,一时迷惘、欣喜、害怕、失落、忧郁……种种情绪齐齐涌上,连自己都不知道自己在说什么,只是喃喃道,"真的……真的烨阳公主来了,我……我这个假的,是不是要回去了,可是正岳他……"

"你这妖孽,胆敢冒充于我,今日便叫你身首异处,以彰皇家威严!"只见迎面而来的烨阳气势汹汹,冷凝着悦然,恨不得将其生吞活剥,继而又扬头冷笑,"至于正岳,你休想迷惑住他,且凭本宫与他三年的感情相处,他必定会一眼识出真假。"

众臣竖着耳朵,听到这断断续续的信息,稍一组合,便惊得一身是汗——皇上今天是要他们识别真假公主啊,若是一失手,那就脑袋不保了。

一袭紫色罗裙的女子,齐腰的秀发仅以薄绢系作蝴蝶结,腰间宽帛,并无玉坠常物,看似邻家之女,天然而成、素色可餐,刚至时分,明眸微张、顾盼飞扬、弯睫巧笑、丽颜无双,现在被当殿指责,却是一脸无助、惹人怜惜,莫非是只刚刚成形的秀逗小妖?

皇上驾到,众臣跪地恭迎,唯悦然傻傻地站在当场,不知所措,任由一身明黄的皇帝从身边走过,完全不知道避让。

这便是那个自称"烨阳公主"的女子?样貌几乎与烨阳无异,气质却相去甚远。相较之下,一身橙黄绣金宫装、姗姗就座的女子却更有公主的气场,一头青丝高束盘起,振翅凤钗明晃耀眼,精雕细琢的容颜,自有一种不怒而威的疆场杀气。

皇帝甫一见到那两位如同镜中你我的孪生妹妹,不由蹙紧了眉,各有风采,却一样大胆。天朝之上竟然有妖孽妄为至此,不给点颜色看看,还当天朝是任他们玩弄于股掌、想来便来想走便走、想变谁就变谁的游戏场地,将来怕是连他这个皇帝都会被妖孽模仿变幻,岂有此理!

细细一想,便有了主意,只需问几个幼时问题,谁是谁非,一目了然!

但其中奥妙他却有所不知,真烨阳的身体里驻的是穿越而来的灵魂,根本没有烨阳的记忆,想要回答上他的问题,不异于瞎猫碰死耗子。

皇帝敛眉,故作漫不经心地整了下袖子,再抬眼时,竟犀利无比,冷睨着

殿阶下那两位女子，"朕所问，毕竟是数年前的事了，若记忆不清，朕也可以谅解，三局两胜如何？听好了，朕幼年掉进水缸之时，是谁救了朕？"

他有信心，三题便叫妖孽无所遁形。

刚才凌悦然被就座的烨阳如此抢白，一时如坠冰窟，假的就是假的，真不了啊，现在人家回头了，自己只有让位了。公主她倒是不稀罕，只是……脑中回想起乔正岳摘来金莲跪地相赠的情景，不由又是甜蜜又是酸涩，再怯怯地看那烨阳一眼，却又觉得她与那夜灵魂出窍之时的气质截然不同，莫非这其中另有隐情？这样一想，悦然不由对面前的烨阳又生出几分质疑，莫非她也是个假货？若然如此，岂不危害更大？

悦然与妖王煞天，巅峰对决般对看一眼，针尖对麦芒，发出闪电般咔咔之声。

"皇上训话，请二位公主作答。"皇帝不急太监急，御前太监小查子着急地招呼上了。

悦然回过神，刚举手，对面那冷漠冷静的女子却抢先答道："是臣妹！"

喂，你犯规啊！悦然干脆也不举手了，疾呼道："是司马光啊！"司马光砸缸的故事世人皆知好不好？

呃？两个答案都不对呀！

皇帝的眼阴沉下来，俊颜却笑得欢愉，莫非两个都是假的？若果真如此，朕便叫你们有来无回！勾了勾食指，对贴身太监小查子耳语了几句，小查子大惊，匆匆行礼离去，连看也没敢正眼看殿下那两只妖孽一眼。

大殿之上，两边"陪审团"一片哗然，虽然他们也不知道正确答案，但一听便知道这两个女子中没有一人答对，她们还是不了解他们的天子，天子已经想杀人了。

"嗯，朕再问你们，三年前烨阳率兵抗击蓝苑，朕在别前交代过什么？"

"打得赢就打，打不赢就跑！"这下凌悦然也赖皮了，抛弃了发言先举手的好习惯，但她忘了，皇帝要的是正确答案，不是速度，再说，咱天朝岂能有如此贪生怕死之辈，当场气得皇帝差点捶断龙椅扶把。

果然，听完她的回答，皇帝的眼眸更幽深了，有一种"山雨欲来风满楼"的肃杀之气，面上却依旧一派祥和，仿佛幼儿园的老师在对小朋友们说：要有勇气哦，答错也有糖果吃，然后小朋友们便争先恐后地回答，然后，便全被

拉出去枪毙五分钟先。

对面的煞天秀眉蹙起，仿佛在回忆那一场惊心动魄的战斗，最后，她微微朝皇帝欠身，满含歉意地道："皇兄恕罪，年数已久，臣妹忘了。"

好，很好！皇帝气得想要鼓掌，这真是个天大的讽刺。果然都是冒牌货，两只妖孽竟然敢同时惊艳现身，我天朝是没人了，还是气数已尽？

再给你们最后一次机会，否则，我便是舍了这养心殿，也要将你们一举歼灭，扬我国威。

"最后一个问题，当时朕将烨阳下嫁，实属情非得已。烨阳出阁前一夜，曾在闺中对朕说过一句话，你们分别再说一遍！"皇帝胸口发闷、怒气梗塞，"陪审团"们更是汗涔涔地把纸上的序号改来改去，谁都不太像他们认识的烨阳公主啊，若是选错，误杀了公主，那可是要掉脑袋的。老天，这哪里是在考公主问题，这分明是在考他们好不好？

殿阶之下，那两人都不敢再妄言了，把这最后一次机会浪费了，可就回天乏术了。

"皇帝哥哥，我先说，我先说！"凌悦然一时福至心灵，蓦地想起了真烨阳对乔正岳的感情，忙叫嚣起来，对面煞天不屑地翻她一眼，静观其变。

"说来听听！"皇帝见她这般着急、失了规矩，心里第一个怀疑她。从前的烨阳可是个冷静细密的人，何曾这般风风火火？这个假货，也太假了点吧？

"我当时定是对皇帝哥哥说——我愿意！"

"我愿意"，那是婚礼上牧师的祝福与垂询仪式，这三个字庄严神圣，是对爱情的宣誓。

养心殿上突然因这一句话而彻底静了下来，瞬间定格，甚至连呼吸声都几不可闻。悦然惶然，偷眼朝呆怔的"陪审团"看去，他们皆凝神阖目，难道是中了瞌睡虫？再斗胆朝宝座之上那面带浅笑却捉摸不定的俊美男子看去，依然没有对错的讯息……悦然再扭头看向妖王煞天，但见她犹如胜券在握般惬意。心里一时悲催，直想喊救命，耷拉下脑袋，这下OUT了。

倏地，悦然仰头垂死挣扎道："人家……人家还不是怕皇帝哥哥担心吗？我若说我不愿意，那皇帝哥哥于心何安呢？"

"那你当日可是不愿？"皇帝突然心情好起来，桃花眼带着八卦的风情，随意地侧支在金座之上，说不出的倜傥邪肆。

这个有戏,绝对有戏,即便不是公主,老大也会网开一面的,"陪审团"们立即目光如炬,齐刷刷拿出那张已被画烂的纸笺,又涂改了个序号。

"当日……当日烨阳自然是愿意的。"悦然挠了挠小头。可是我穿越过来那会儿是不太愿意的,我又不是烨阳,不能霸着人家老公,不能那啥啊?不然我也不会和离了,但现在……

"现在呢?"戏谑的声音低沉醇美,如一杯耐人寻味的红酒,不尝你会后悔哦!悦然翻眼,这皇帝干吗突然改闷骚为明骚?是不是每一位外表靓丽的帅哥,内里都有一颗闷骚的心?注意一下形象好不好,皇帝大人?

鄙视中……

忽然,悦然心里有了一个模糊的认知,身后侧角处,似乎有个人影晃动了下,莫非是他来了?

悦然撇了撇嘴,神情抱怨,俏皮又妩媚,大声道:"现在当然不愿意了,那只猪头娶了那么多老婆,把我置于何地啊?帅就了不起吗?本公主也是响当当的大美人好不好?"佯装臭美地将了将肩侧的长发,其实是顺便瞥了眼地上那道人影,悦然故作愤恨,"皇帝哥哥,你知道吗?那只猪头现在想回头了,你可千万不要答应他哦,无论他如何求你,你都不要答应他,反正我现在已经有喜欢的人了,到时,皇帝哥哥可要为我做主哦。"

金殿之上,灯火辉煌,当着大半文武大臣之面,皇帝还是一个没控制住,毫无风度地暴笑了,他趴在金座之上,差点滚翻在地。"陪审团"们见龙颜大悦,偷偷抹去额上的汗珠,把就要蹦出去的小心脏齐齐收回肚中。

殿外,照明壁上的灯光幽幽忽闪,把那一位疾奔而来的男子定格在那里,不得进出。疏影斜长,颊上绝美的容颜变幻不定,从最初听到"我愿意"的狂喜,到"反正我已经有喜欢的人了"的落寞,再到谢幕后的黑暗,月光斑驳而落,眸光黯然失色——她还是,不能原谅自己吗?

几乎要用尽全身的力气,乔正岳才可以在皇帝肆虐夸张的笑声中站直,并沉稳地走进殿内。他知道皇帝在笑什么,皇帝把他的痛苦与欢喜全看进了眼里,他不是不知,只是无力去掩饰——真的,一切都太迟了吗?一切都无法挽回了吗?

原来,症结在这里啊,当剧中男主以强大的气场现身时,配角们都会呆若木鸡、噤若寒蝉的,关键是女主角此时要做些什么。不同的剧情有不同的

版本,悦然一时只觉得施展不开,偷偷翻眼,飞快地瞄了某人一眼,他干啥失魂落魄的样子?不过,她喜欢自己这一发现。

"臣,叩见皇上!皇上急召微臣来,不会只是想让微臣听你的笑声吧?"乔正岳攥紧双拳,他怕自己会一个没忍住,直接冲上去拍死皇帝。现在他的心情正烦着呢,谁也别来惹他!草草一抱拳,眉目犀利愤然,呼啸地向皇上飞了个刀眼。

皇帝眼见乔卿发飙,忙收声,干咳一声,坐正身子,"那个,朕是让你来分辨一下真假公主。方才的答案你都听到了,最后一题,且听听她的回答!"皇帝指了指煞天,表情严肃起来。毕竟还有其他臣子在旁,他也会稍微顾及一下身为国之君父的形象。

煞天冷眼看着这一幕,不急不徐,媚眼含情,口齿清晰,带着决绝的英姿:"臣妹当时道,'谢皇兄成全,可惜臣妹从此不能再替皇兄分忧,世上也再没有凌阳公主了。'"

此言一出,惊动了皇帝,他的表情立即僵硬下来,当日心痛仍历历在目,这句话着实在那大喜将至的皇宫上空蒙上了一层阴霾。

一滴汗自煞天苍白的脸颊滚下,被她风情万种的兰指拭发之间不着痕迹地抹去,谁都不知道她方才动用了逆空之术,追溯到三年前的那一夜,方才堪堪得了这句话。

一字不漏、分毫不差,连表情都极其相似,便是皇帝亲见,也分辨不出。

"毕竟都是些陈年往事,朕一时也记忆模糊,难以决断。乔爱卿,你与烨阳也算是三年'共枕',你来为朕出个主意!"皇帝蹙眉,来来回回打量着殿下两个犹如孪生的女人,想从她俩中找出作假的蛛丝马迹,却又害怕错斩了亲妹,好在还有为他分忧的乔卿不是?皇帝把"共枕"两字咬得死紧,最怕他的乔卿听不懂似的,恨得乔正岳咬牙。

共不共枕的,你这个当哥的不知道哇?当年烨阳中了慕容珏的蛊毒,除非他亲自上阵,否则烨阳便会死于非命,你不知道哇?

乔正岳眸中流光暗涌,看向凌悦然的眼睛里带着说不尽的惆怅与懊恼。那女子娇俏可爱,正睁着大眼灵动相顾,她唇角微掀,柔软红润,一样的是烨阳的模样,不一样的是那眉间顾盼的神采。她不再默默等候他,不再为他停留,甚至,不再属于他,当看到她手写的休书时,他苦涩得堪比吃了黄连。

想到那封休书,他按住胸口,即使已被血染不见。每当忆起那个雪中朝他扔雪球的精灵拎裙奔走,清脆的笑声回荡在整个梨园时,他忍不住微笑,那笑声荡进了他的耳膜,荡进了他的心底。彼时,他幡然醒悟,感知到自己对她的爱,不愿她就此离开,却见她去意决绝,不可挽回,便是那深深一跪,沉沉呼唤,也唤不回她。时至今日,便是低头也为时已晚了,她已有了心爱之人,是慕容铄吗?还是那个人,一直被烨阳紧守在心里的人?这想法震痛了他的心,他好想从她眼中看出一点她对自己曾有过的情意,哪怕只有丝丝淡淡,他也有安慰自己的理由。

面前两人,他闭着眼睛也能感觉到那种截然不同的气韵,他渴望的眸紧紧锁住她,这种一眼看去便让他心动莫名的感觉是无法代替的,所以他的眸子久久无法从悦然身上转走。那淡然的幽香可以作假,但那娇俏生动的小模样却无法神似,他享受着她不屑的蔑视、皱鼻嘟嘴的鬼脸,只盼她那神光潋滟的眸子能够永远照在他身上,她那勾魂引魄的眸子中,永远独有一个他。

凌悦然不愿承受他那般看似沉静却内蕴汹涌波涛的眸光,率先打开两人纠缠不休的目光,撇过头道:"皇帝哥哥问你话呢,你到底知不知道谁是你同床共枕过三载的人儿?"

她这清脆脆的责难倒叫皇帝忍俊,赶紧的,他忙抓住乔卿吃瘪的难得机会,调笑了句,"御妹说得极是,乔卿,朕可等着呢!"这小丫头,绝对是个可造之材,若她是妖精,他还真有点舍不得把她灭了。

"你可怨我?"乔正岳正面与煞天、悦然相对,眸光却单单纠结着凌悦然,借着要辨识真假烨阳的机会,问出这深埋心中的隐晦之语,只想听听她的想法。

煞天微微一笑,看这情形,乔正岳早已认出了心中所爱,但她笃定,以她妖王统领妖界的身份,身为狐王的乔正岳不敢指认自己,定会保护自己,所以她笑得贵气十足,一派公主的范儿。

悦然摆手,看着乔正岳不知所措的落魄模样,她心里有种说不出的痛快,还有丝丝说不清道不明的甜蜜,咬了咬唇,她使坏道:"不怨,你有权利追求自己的幸福,我也有!不是有句话是这样说的嘛,和离了就别来找我啦!"眸光明亮如星,闪动着对新生活的满意之光,她傲娇地凝睇着乔正岳,赤裸裸地将这快乐建立在乔正岳的痛苦之上。

伟大的狐王恼得想吐血,一想到自己和她已再无关联,早和离了,他就

把牙根都咬酸了。

"喂,你到底选是不选哇?再不说,我可要背'小黄书'了。"凌悦然揉了揉鼻子,叉腰威胁,明眸善睐,闪着贼亮的光芒,任你是遗世独立的翩翩少年郎,还是超凡脱俗的绝世佳公子,皆覆灭。

果然……

"呃!我说!你别……"乔正岳听她突然爆料,忙阻止,若是在这养心殿上,当着众同僚的面,特别是当着皇帝的面,她朗朗上口地背出了小黄书,那他这辈子就算是完了。结果,众同僚,特别是一向好学好问的皇上同志,当即果断地喝断,"慢,这'小黄书'是何物?定是识别真假御妹的呈堂证物,快呈上来,让朕过目。"

"呃,那'小黄书'被乔正岳收去了,也不是什么呈堂证物,就是我写给他的一封休书!"悦然只是想私下吓吓乔正岳而已,眉目之间传递着只有他们俩才知道的默契奥妙,看着他着急又克制的模样,就觉得不亦乐乎。

你皇帝干啥激动?

悦然并不知道,皇帝一直被乔正岳的气场所压,一直寻不到他的弱点,此次好不容易逮着个机会,还不乘胜追击?

"皇兄,此书乃臣妹亲手所写,其中字句,臣妹可以私下背与你听。"煞天终于逮到机会,这个'小黄书',她也是记忆犹新啊,其中的内容,她不用捏诀画符,亦可以徒手再写。她如此这般,只是为乔正岳待会儿指认她为真正的烨阳做下铺垫。

眼见煞天想借机亲近皇上,悦然大叫,三步两步拦在她前头,"喂,你这个妖女,我忍你很久啦!不许你对我皇帝哥哥有所图谋……"

煞天低头整理罗裙,慢条斯埋地鄙视道:"我在宫中多日,若要对皇兄图谋,怎会等到今日?倒是你,冒充本宫有何目的?"

"到底谁冒充谁?"凌悦然见煞天这般理直气壮,不由急得直跺脚,揪住乔正岳的衣襟仰头道,"乔正岳,你快告诉我家皇帝哥哥呀!如果你认错了,哼哼,我就再也不会理你啦!"

如果没有认错,是否还有一线生机?乔正岳对上悦然的剪水瞳仁,心底一片柔软。

"这可是你说的,如果对了呢?"怎么就这样一头栽下去?他真的好无奈,

单见她这般对自己撒娇便乱了分寸。

"对了？"悦然望天，狡黠道，"对了再说呗！"

又是这句话，"采了金莲再说呗"，结果就说成这样？乔正岳委屈之极，看来这小人儿已把锻炼他的心理承受能力当成了一件很有意义的事在做。

很有看头滴说，皇帝摸着下巴佯咳，"咳咳咳，那个，赐上文房四宝，朕命你二人速将'小黄书'默下，待朕与乔卿验证真伪。"

众臣见皇帝兴致高昂，又听有"小黄书"可以看，不由群情激奋。

"皇上容禀，到底是看'小黄书'重要，还是指认妖孽重要？"乔正岳忍无可忍，冷声斥问，这才稍稍浇息了皇帝及臣子们的八卦热情。

"乔卿可是不用呈堂证物亦心中有数？"皇帝没有看到"小黄书"，心中悲愤。这乔正岳好大的胆子，敢当着众臣子的面斥他不分轻重缓急，哼哼，他日定要看到'小黄书'！

"自然。臣与公主情深意笃，早在第一眼便认出了她，又何需其他杂物？"乔正岳幽然道，回眸一眼，却是风情无限，看得凌悦然小心脏怦怦乱跳，直待他伸出手来相换，脸上已飞起片片红云，恰似在婚礼现场男主接过款款走来的女主般，她期待、羞赧，看向乔正岳的眸子闪烁着自己都不知道的情意，那般绵绵。

可是，眼睁睁地看着他走过自己，眼睁睁地看着他牵手了对面那个女子，悦然惊愕到失声，她想振臂高呼，她想大声斥喝，却是全噎在嗓中，一句也说不出来，不过三尺之遥，却似乎成了陌路。

轻飘飘地走过，如平行线般，永远失之交臂，再不会交接……

这画面对凌悦然的刺激极深，深到可以瞬间击溃她，令她惶恐、令她错愕、令她溃散，由傲娇到灰败只有一步，她曾"有幸"品尝过一次，便不想再有第二次，但……

公主般高傲华贵的娇容慢慢褪色，褪成苍白似纸的雪娃娃，她目瞪口呆地看着那熟悉得令她心碎的一幕再次上演，汇聚于心的呐喊终是无声，她只是睁大瞳孔，越睁越大……

蓦然，梦中一幕惊现脑海，那一身艳红胜血的战袍女子回眸一顾，风云失色，银丝飞舞，鹤发童颜，她那般悲痛欲绝，最后毅然决然地跳下了诛仙台……

一滴泪夺眶，晶莹地映照着那一对和谐的俊男靓女，再缓缓流进她的口中,咸苦异常,再一滴,放大着深情伉俪的相依相偎……原来无论何时,是梦是醒,她都是多余的,为什么会有这样180度的大转折?要知她虽然只是粗瓷大碗,没有玉瓶的娇弱,但摔在地上,同样也会粉身碎骨,也会痛啊!

看着乔正岳挽着煞天从自己身旁走过,双双朝皇帝郑重一拜,悦然只觉得一阵天旋地转,大脑嗡嗡作响。

"我不会原谅你,永远不会啦!"凌悦然悲切凝望,原来幸福与哀伤之间的距离竟是这么短。她摇着头,冰雪玉面染上霜华,突然一口气压在心上,呕出血来,袖上红梅朵朵,异常妖媚。

这情景好生熟悉,似乎前世便有这么一遭,自己因为认错了她,便错过了她……乔正岳走得很慢很慢,像是要抓住那个一闪而逝的念想,前世,莫非也是这般错过?他的俊颜因困惑而格外清冷静默。

虽是这样冥想,乔正岳执煞天的手却没有放开,反而握得更紧,箍得叫妖王都发痛。但妖王的面上依然微笑如常,人间的情爱于她而言不过是一场虚幻,唯有她的千秋霸业才是永恒。妖若动了情,便比什么都危险,所以她决定,在成功熔炼了烨阳之后,便用夺取的容生之鼎,练就狐王乔正岳这第二丹。

悦然被捆绑着,放置在了容生之鼎的旁边,一旁还有猪、牛、羊的头。呜呜,你们有没有搞错哇,咱这明显跟它们不是一个层次的,好不好?!

容生之鼎像极了司母戊鼎,只是比那还要精美细致些,顶上多了个双开的盖子。

"吉时到,祭鼎仪式,正式开始!"

司仪高调出场,刚一宣布,鼓乐齐鸣。凌悦然被当做祭鼎的最高礼品,作为压轴人物,最后投入鼎中。

每投一个祭品前,就听司仪问,"祭否?"

其他官员,包括皇帝、乔正岳等都会目不斜视地道:"祭!"

就像孙悟空大闹天宫后,一路被天兵天将们怒斥,"斩!斩!斩!"

呜呜呜,不要啊……

就在此时,他们拎起了被束的凌悦然,司仪问:"祭否?"

乔正岳与皇帝没有一个站出来说"否",特别是乔正岳,于是,众人皆似念经般地道:"祭!"

那一刻,惶恐愤恨将悦然紧紧抓住,怎么会是这样的?怎么会?她转眸看

向那个站在一旁凉凉看风景的妖女，冷哼了声：什么嘛，颠倒是非黑白。就在自己如小鸡崽般被大力士们提拉起来，一位强壮的勇士竟然从天而降。没想到在这种众叛亲离的时刻还有人出手相救，悦然感激地看着那个酷似"金刚"的人，虽然他黑得健康、壮得灵活，但举目四望，也只有他冲了出来"英雄救美"，怎不叫她感动，还能纠结人长相吗？

那人腾身而起，从皇宫大力士手中抢夺下悦然，抓至容生之鼎大开的上端顶门，"啪！"毛爪似的手猛地一放，悦然便连反抗的机会都没有，就直往鼎里砸去。

啊——

有没有搞错？

悦然泪，这悲催的命运，何时是个尽头？

乔正岳在一旁看得大惊失色，来不及掩示什么，早在那只熊爪抓向悦然时，他便掠身而起，便是这样，才堪堪捞回了凌悦然的小命。

众臣皆是不解，既然拿这女妖祭鼎，为啥又救她下来？

"拿妖祭鼎，须敲鼎三次，以示诚心！"乔正岳干咳了声，对妖王解释道。

"当当当！"

哦，也许吧，这么多年也没什么妖，故而连司仪都不太清楚这程序，她欢快地跑上去连敲了三下后，再问："祭否？"

"祭！"众人齐刷刷回答，特别是乔正岳，那声回答喷出来的气息直拂在悦然的耳朵上，只气得她怒目圆睁、咬牙切齿。

那绒毛大手的"金刚"又待来抓悦然，却听皇上冷声喝责司仪，"敲鼎三次，是这般没有规矩敲的吗？每次祭祀，都会由公主手执金棍敲击鼎耳，今次被你坏了规矩，小心皮肉！"

这可吓坏了司仪，连忙将手中的金棍递给了"烨阳公主"，妖王接过棍子，冷笑一声，凝睇向乔正岳，似乎在问：是真有这样的规矩，还是你们临时给本王下的套子？

妖王依言走向了鼎耳，缓缓地拿出金棍敲击，刚刚敲完第二下，乔正岳便身形一长，突然掠身其后，一掌拍向她的后心，准备将她拍进开着顶门的炉鼎之内炼烧成丹。结果妖王却猛地一蹲身形，哈哈大笑，"早知道你心怀叵测，哼哼！"

　　衣袖一甩，三件法器朝着乔正岳穿梭飞舞过去，散发出冷冽的杀气，犹如夺命霓虹。那"金刚"却一心只想将悦然投入容生之鼎，锲而不舍地来抓悦然。是可忍孰不可忍，悦然默念口诀，轻轻一挣，所束绳索便解开了，朝着那只"金刚"伸来的手便是刀斩，如同一道犀利霞光，爆射出摇曳姿态。

　　"金刚"惨叫一声，更凶狠疯狂地进攻悦然。但悦然此时亦是怒极、恨极，所有人都要至她于死地、都当她是妖魔、连乔正岳都能把她认错……广袖翻飞，银鞭出手，朝着那"金钢"便挥舞过去，圈住了他的头。悦然一使小性，便直直地拖将过来，那"金刚"腾地不见，在空中幻化成无形的黑雾模样，惊得众臣大叫，"保护皇上！"

　　"日出东方，华摄天下"，这样的造型，悦然还是第一次见到，有些惊奇，娇喝一声，翻掌便劈过去。可怜灯神刚修成人形，还很脆弱，心中怒恨不已，一个闪神，竟然让悦然打个正着。黑雾飘来荡去，忽长忽短，最后一声炸响，竟然自空中落下一只油灯，所有的人都嫌恶般作鸟兽散，不懂为啥有人收藏这种上了锈的旧油灯，莫非真有所谓的神灯传说？

　　那边乔正岳与妖王打得难解难分，妖王本就对灯神有所顾忌，这次倒是借刀杀人，省得费心了，只是被乔正岳逼得紧，受他一剑，慌忙闪身跃去，一阵流光闪耀。

　　凌悦然拣起那盏旧油灯，好生新奇。至于乔正岳嘛，她也可以凉凉地问一句，"祭否？"然后自己回答，"祭！"

　　一场真假公主的游戏，总算有惊无险地过去了。

　　乔正岳束手无策地看着瑟缩成一团的小女人，她的骄傲与自尊彻底伤在了那一天，且是为他所伤，但那也是情非得已之举，他只是为了保护她、爱她啊！把她捧在手心里都怕她会凭空消失，又何忍那样伤她？

　　凌悦然哭得上气不接下气，猪头般抽噎，她的愤恨像决堤之江，连绵不绝。凭什么你们什么都是对的，自己全是错的，伤了心的是自己，被指责的也是自己，我不玩啦。双臂紧紧地环抱着曲坐的腿脚，将头颈深深地埋在两腿中间，任谁也不理，恸哭得无法自拔。连日来的委屈、害怕、伤情、哀痛，没有谁过问，连恨都显得师出无名、都让人觉得是无理取闹，她不要了，什么也不要了，她要回去，回到21世纪去。

　　一思及此，她小心翼翼地从怀中掏出摔得没几块好零件的手机，轻轻一

按，开机的声音滴溜溜直响，接着便是"BABY……"

吸了吸鼻子，悦然擦干红肿的眼睛，也大声地跟着哼唱起来。

这令乔正岳极其不安，仙界的过往、转世的历劫，他的阳儿一直在他眼皮底下，所有经历皆在他的允许范围之内，但，唯有她手上那物件，在他的记忆里却是个空档，那是她与另一个男人的回忆，一段无法抹去的心痛回忆，其中，却没有他！这一认知每每让他惶恐不安，他害怕烨阳会为了那一段记忆离他而去、遁逃不见。

此时听她埋着头，随着手机的开机彩铃低泣附和，他便如坠入无底寒潭般，全身冰寒刺骨。他无助、害怕、心痛、孤寂，他很想对她说：为了她，他几乎倾尽了所有，不顾仙界规矩下界授业，化身为狐，只为与她共这一世的红尘历劫；相思万年，不过盼她回眸一眼、爱念无休；若她肯顾惜他这片痴情与愧疚……

"小猫，呜呜呜……我恨你！"凌悦然想起在21世纪时她与肖东华的种种，那么傻那么傻的她，何德何能得他眷顾？却原来，世上果真没有无缘无故的爱，缘起缘灭终有因果，无论穿越时空、踏浪逐波，他始终是为了她的玲珑心，并非是她这个人。悦然肝肠寸断，狠狠地砸飞手机，扬起布满鲜红血丝的泪眼，串串珍珠断落在地，她扬起眉对着乔正岳冷笑控诉，"我便是这么不值吗？什么人、妖、仙都可以欺负我、辜负我？"

"阳儿，你不要吓我！我上天入地只为寻你，今生绝不会再负你！"乔正岳心痛之极，看着那个耍赖的小女人红鼻子红眼、发恨发狠的模样说不出的惹人怜爱，一时间只想揽她入怀、轻怜蜜爱。

"不要，不要，我什么都不要听、不要想，我反正说过的，我不会再原谅你！"凌悦然猛地摇头，紧紧捂住耳朵，不想再听他解释，也绝不再给他解释的机会，让他后悔去吧！

"阳儿！"乔正岳再也不管不顾地猛地拥她入怀，若任她这般耍性子，还不知道她要自我折磨成什么样子。

"你滚！我再也不要见到你！"凌悦然被他这一抱，更觉万分委屈，直觉世上再找不到第二个比她还伤心的人了，简直就是比可怜虫还要可怜的小可怜。呜呜呜，她哭得头昏眼花，差点昏过去，拼命捶打着抱她的那个人，泪水哗哗而下。

"阳儿，是我错了好不好？你不要再哭了！"乔正岳被她哭得乱了方寸，笨

拙地轻哄,却是无济于事,刚一抬眼,却看到抱臂一旁看好戏的皇帝,当即便想飞他一脚,若不是为了配合他,他也不会落得今日下场。

西凌皇帝耸耸肩,这关他什么事吗?施施然,他索性躺进摇椅,享受左右侍从扇来的小扇,一双桃花眼闪着戏谑之光:原来那个孤傲的臣子也有这么小男人的时候哇,真爽!

"你没错,你哪有错,你为国为民、为了大义、为了全人类,你有什么错?错的是我,全是我,好不好?现在,全给我滚,爱滚哪儿是哪儿,别来烦我!"吼完了,悦然挣开了乔正岳的怀抱。因为怕她更生气,所以乔正岳也不敢太忤逆她的心意,被她一挣便怅然松开。

凌悦然捶累了,也哭累了,叹了口气,揉了揉干涩难受的眼睛,沙哑道:"我要喝水!"

"哦,我这就去取!"乔正岳忙陪着小心,结果只听一声响指,皇帝左边那位扇小扇的侍从已立刻把托盘递到,托盘内有一杯清润柔和的蜜桔糖水,外加一碗莲子甜羹。

打响指的人笑得桃花眼贼贼放光,无视乔正岳咬牙切齿飞出的刀眼,第一次觉得这个大舅子当得实在妙极。多么美好的一个午后,他躺在摇椅上,看着他亲爱的乔卿吃瘪、伤心欲绝,真是人生一大快事啊!

一股脑喝完水,悦然嗔怒地看向乔正岳,"你不是要帮我拿水吗?水呢?"

"这不是……"乔正岳那可怜的情商再次遭袭,他愣愣地伸出食指,指了指悦然手上的那只空盏,盏上九龙环璧的雕刻十分华美,在阳光下栩栩如生。倒拿盏座的小女子睨目冷笑,令金盏亦失了颜色,只听她清了清嗓子,凉凉笑道:"这可是你拿的?如果这样,那你何必来向我解释什么,让别人解释好了!"

乔正岳见她面色冷硬、话语带刺,忙接过金盏道:"我再去取一盏来可好?"

悦然翻眼望天,再现一副公主作派,心里却懊恼之极:害我哭了这么久,丢死人了。

乔正岳没有得到答案,却又怕她再耍脾气,只好用眼神威逼摇椅上的皇帝。皇帝忍俊,示意侍从领着乔正岳再去取来。

走前,乔正岳见悦然转眸对他凝望,似喜似悲、似怒似叹,不由回她一

笑,立即:满树花开皆不见,唯留圣君倾城颜。

"等我!"他的笑颜如玉,更衬得这两个字如诗如画,如立无人之境,眉眼之中,只有那一个娇憨任性又慧黠可人的小女子。

悦然险些被他所动,眸子一路追随,过了半晌才突然如醍醐灌顶:这可恶的男子,又重施了美男计!暗咽下一口心头血,她恨恨地别过脸,端起莲子甜羹呼呼吃起来,这才有点果腹之感。

待乔正岳取来蜜桔糖水时,已是风和日丽、草长莺飞的"好时节"了,他不可置信地看着那个干净爽洁、乖巧可人的小调皮。

悦然早被候在一旁的女婢们梳洗干净,依然是不施粉黛的田园模样,长发上仅系一张丝帕,结成蝴蝶花,此时乖乖地依着皇帝,坐在那宽大的摇椅之上,说不出的惬意。

"此次是朕的主意,朕初时便对小查子有过交代,让乔卿指认时只牵妖孽的手,这样,才不会打草惊蛇。阳儿不要再生乔卿的气了,他现在是有苦难言。"皇帝半搂着自家妹妹,笑意满满,虽然他乐见乔正岳吃瘪,但气坏了自家妹妹可是大事。

"你们都不是好人,为什么不跟人家也说明?"凌悦然掐了皇帝一把,吸了吸鼻子,还是不解气,他们都在看自己笑话呢!

"且不说当时朕不知你与妖王煞天谁才是朕真正的御妹,便是知道,这戏也要你的大力配合才可以演下去。若是你明知是假,岂会那么忧伤悲痛?"皇帝配合地捂住被掐处,回想当时养心殿上的情景,忍俊道,"乔卿当时牵走煞天时,朕着实吃惊不小,依朕当时判断,你才是只没修炼成功的小妖,一蹦三跳、语无伦次……"接收到凌悦然的飞镖眼时,皇帝转而改口,"不过蛮可爱的。朕竟然不知,中蛊后的你,性情会变得这般可怜可爱,是朕这个做哥哥的一直疏忽了你,竟然连亲妹妹都认错了。"

见皇帝动容、负疚,悦然不由一阵嗟叹,他的醒悟太迟了,对烨阳的关心也来得太迟了,真正的烨阳早已不再,何谈疏忽与认错?想了想,便靠进他怀中,幽幽叹道:"你们都来把我当傻子,都来欺负我吧,反正我也不是真烨阳,我有什么权利来得到本该属于她的一切?"

"就这倔脾气,倒是有过之无不及。"皇帝拍拍悦然的胳膊,"好了,有人看朕不顺眼了。"说罢,皇帝便要起身,却被悦然强拉住,她不屑地睨了眼伫

在一旁很久的某人。

只见某人端盏的手微微有些发颤,盏座与托盘之间微微作响,那是他强忍着怒气没暴打皇帝所致。皇帝出的主意,悦然受的伤,自己背的黑锅,现在,背黑锅的人里外不是人了,出主意的和受伤的倒互相怜惜,这算怎么回事?

"皇帝哥哥,阳儿有件事情要求你替我做主。"悦然滴溜溜的大眼从乔正岳身上又转到皇帝脸上。

"你说!"皇帝气宇轩昂地看向怀中女子,为了补偿她,他豁出去了。再想与乔正岳互动时,却只收到了他犀利的刀光剑眼,皇帝朝天翻眼:这个臣子太嚣张的说。

"皇帝哥哥,我要你先答应我,反正对你来说只是小事一桩。"凌悦然凝睇着乔正岳,使坏的笑容令她看起来极度诡异危险。乔正岳手中那九龙盏叮叮晃动作响,他有种不好的预感,想要阻止时,皇帝却尊口一开,答应了。于是,他做垂死挣扎状,轻声唤了句,"阳儿,口渴了吧?你要的蜜桔糖水,我给你取来了。"

凌悦然嘟起小嘴,斜了乔正岳一眼,仍然很委屈,想想就要流泪,特别是当这个坏蛋讨好她时。强忍住眼角的酸涩,她扒拉住皇帝的衣袖道:"皇帝哥哥,你给我张贴一道招亲皇榜好不好?就像选状元一样,向全国招选驸马,谁最终通过本公主的考核,我便嫁他为妻。"

"咣!"

皇帝还没答应,乔正岳手上的九龙盏终于摔在地上,发出清脆的金属撞击声。

"呃,"皇帝似乎也没有料到家妹如此玩劣、心狠,不由暗暗为乔正岳担心,这下玩大了。"阳儿,乔卿有话要对你说,朕……朕先行回避!"抹了抹额上的汗珠,皇帝想闪人。

"皇帝哥哥,你金口玉言,不可反悔哦。"一个没抓住,皇帝抱着袍子闪了。凌悦然朝着他的背影喊道,"还有,前夫不得参选!"

"前夫……"皇帝与乔正岳擦肩时,眼冒金花,"前夫"……好霸道的词儿,一语胜箭,戳得人痛彻骨髓,却干净得连一丝血都不见。天可怜见,幸亏他还没爱上什么人,不然给他整个"前夫"的称呼,他就万劫不复了。

在乔正岳冰冻的气场下,众随从侍女紧随着皇帝一闪再闪。

凌悦然昂起精致的小下颌,润泽的肌肤在树叶间隙的斑驳中更显得光滑如蜜,美人骨随着她的小头骄傲地转动而时隐时现,"你那样看我,我就怕你吗?不要忘了,我是公主,你是臣!"

乔正岳无奈,你是公主我是臣?

好,我的公主,微臣今天就冒犯了。

遂看凌悦然的眼神也诡异起来,他好想抱着她"毒打"一顿。什么前夫?哪里来的前夫?一日为夫终身为夫——好不好?二话不说,他冲上去便抱住了凌悦然,这还不算,他竟然在青天白日之下把罪恶的毛手伸进了她的胸口,一阵摸索后,终于触到了那个……

悦然又气又羞,恼得直想捶他的头,这么一打,胸前的饱满便跟着一动,自动送进了某狼魔爪之中。突然的柔软叫乔正岳难以把持,毛手虽然得了那个东西,却一时不舍得拿出了……

"你敢?!"悦然被他压在身下,气势上输了一大截,何况那人的手还放在某个敏感的地方呢,她不由又羞又愤,娇喝道。

"我有何不敢?"出嫁从夫的道理,你不懂吗?

"我……我是公主!"这句话说得好没底气,如果某一个人根本不把你当公主,说了也是白说啊。

"可你同样也是我的妻!"乔正岳见她俏脸粉红,刁蛮之中又显得娇憨,心神一阵摇曳,非但手开始不规矩,唇也迫不及待地寻来。

"你……"悦然怎么也没有料到这厮妄为至此。在皇宫,对公主上下齐手,还……何况人家还在生气好不好?无赖,色胚!

"什么妻?我们早就和离了好吧,你不会得了健忘症吧?前夫!"悦然好喜欢唤他前夫,每次他听到后都那么无力挫败,俊美的脸颊立即变得又硬又臭,再狂飙的气场都似被冰刀所破,荡然无存。

"嘶!"

胸前那只令人面红耳赤的色手终于撤去,悦然来不及暗松一口气,却见那色胚竟乘她神不思蜀的当口,盗出了他赠予她的墨宝,然后,"嘶"的一声,休书灰飞烟灭了。

"喂,你想毁灭证据?"原来他比想象中的更无耻。悦然气得大叫,那可是

她折磨他的法宝。

"什么证据？"他笑得邪恶,神采飞扬又魅惑无敌。

无耻、无赖!

"前夫就是前夫,永远都……唔……"悦然气得大叫,却因力量悬殊太大,"是"字被某人吞入口中,辗转吮吸。

"夫君永远都是夫君,你可明白,公主大人？"乔正岳紧紧搂住悦然,只觉得舌间甜腻如蜜,身上的千疮百孔也在这吻中慢慢愈合,只想要得更多。可是身下人儿太不知趣了,不停地用花拳绣腿进攻他。

"师父就是师父,你可明白,乖徒儿？所谓'一日为师终身为父',你怎可对你的父亲如此无理……"

呃,你一定要把这旖旎风景破坏殆尽不成？

"你的嗜血情蛊已解去多时了吧？"不下狠药,她死不悔改。

呃,一句问话,惊得悦然停下动作。

"你……你想干什么？"

他在她耳侧闷声低笑,"我是你的夫,你说我要干什么呢？干什么也不为过吧？"

"唔……去死……人家就是不原谅你……就是恨……你若敢……"

捶他的手被束,踢他的腿被压,一场春色满园正在上演。

"唉!"皇帝本来并未走远,还想免费观赏观赏、学习学习,结果人家愣是搞了个结界,关住了"满园春"。

在某人的坚决反对下,招驸马的海选大赛还未开展便夭折了,因为他撕毁了和离协议书。皇帝再次赐婚,将烨阳公主赐予了重臣乔正岳,一时间,街头巷尾,传言五花八门。

"妖王这次受创,定然怀恨在心,怕有危西凌江山。臣想借成亲之机,将她捕获,就怕她不上勾!"乔正岳凝眉看着皇帝,"宫内天龙正气太强,一般小妖不敢入侵,但若在微臣府中,妖王定然会率众拼死掳劫,到时必将她一网打尽。"

"你莫不是动了我镇宫宝鼎的心思？"皇帝抱着自己的肩往后缩了缩,他有说"不"的机会没？

"昭告天下,将容生之鼎作为嫁妆,陪嫁到乔府,而且,妖王识货,别整个

假的丢人！"

这什么妹婿？什么臣子？

皇宫上下，一派喜气洋洋，凌悦然再次披上新嫁娘的鲜红喜袍，却是完全不一样的激荡心情，亲自对镜贴花黄的猴急模样，连她皇兄都咋舌不已。

"这个好不好看，皇兄？是这个好看，还是这个？皇兄……呃？"

本来皇帝还想凑个热闹，准备向乔正岳要几个开门钱，结果在他妹子第一百次的询问中，闪人了。

咦，人呢？

侍女抿嘴而笑。

终于等来了喜炮鸣响，凌悦然不顾羞意，执起喜帕，急急地看了眼前来迎亲的白马王子，丰神俊逸、谪仙如画，最是那相视一笑，重瞳闪亮、温柔如虹，仿佛在说：曾经沧海难为水，除却巫山不是云。

"起轿——"

吉时已到，侍女急得只能多嘴道："公主，晚上慢慢看……"呃，说罢，自己先羞得要咬舌。白马上那一身大红喜衣的俊美男子眸中闪着温柔的碎钻之光，悦然的脸蓦地涨得通红，羞得直跺脚，一转身，自己赶着紧地钻上了轿子。刚一坐定，手里再次被塞进了一个苹果，这一次，她乖乖地坐在轿子里，傻傻地捧着苹果，亲了又亲。

来时，乐队吹的是古老的唢呐喜乐，吹吹打打，不亦乐乎。迎回凌悦然后，悦然送亲的队伍便弹唱起了欢快的现代乐曲，这可是她训练了好久才得到的结果哦。

（男）春暖的花开带走冬天的感伤

微风吹来浪漫的气息

每一首情歌忽然充满意义

我就在此刻突然见到你

（女）春暖的花香带走冬天的饥寒

微风吹来意外的爱情

鸟儿的高歌拉近我们距离

我就在此刻突然爱上你

（合）听我说

手牵手跟我一起走

创造幸福的生活……

突然，整个队伍都趔趄了一下，最终停住。悦然心下一滞，莫非半路又杀出个程咬金，咱这次要是再结不成婚，便私奔去！

许久队伍都没有动，他们都被路边那个怪异的人惊呆了，一个短发、戴耳钉、西装革履的男人，抱着一把破木吉他，正拦在路中间，他是谁？那么酷那么帅，那么……大胆？

当吉他那现代打击乐奏响时，悦然手中的苹果便滚出了喜轿，一路滚去，最终停在了乔正岳坐骑的马蹄下。这么圆润、充满芬芳的苹果，却化身为一柄利箭，瞬间刺穿了乔正岳的心。

路边那个男人一脸的疲惫，却集聚着拼死一搏的力量，深深震撼了乔正岳，但他知道，自己内心所受的激荡远远不及凌悦然。他一直知道悦然有一个为他所不知的空档期，这个空档期就像是颗定时炸弹，随时可以将他炸得分崩离析。所以，他伸手做了个"止"的动作，止住手下人的任何动作，何去何从，由悦然听了这个人的歌、这个人的话后再做决定。

这首歌，是悦然最喜欢的，那是因为，这首歌是小猫第一次向她表达爱意、最终臣服在她的牛仔裤下时唱给她听的，倒追他的压力，在那一刻化成满天幸福的泪花：

"如果不小心伤害了你

你不要太伤心

因为我真的不是故意

让你受委屈

既然相爱了那么久

不能就这样分手

因为我们的爱来之不易

我真的不想放弃

Baby，SoSorry

Baby，别伤心

我依然爱着你，想着你

别离去，没有你的日子真的好空虚

BABY,在一起

BABY,别哭泣

我依然疼着你,念着你

我的心,永远属于你

原谅我,这次

我真的,好想你

不管你离我多么遥远

我会一直等着你

……

"小猫……小猫……"往日情景如电影,一幕一幕,他终是醒来了,醒了……

悦然狂奔而出,披着一身红妆,如一团火,就那样晃过了乔正岳的白马,晃过了他的眼,连一丝停顿都没有。她拎着长裙,带着凤冠霞帔,叮当当奔向路边那人,而完全忽略了此时此刻的一切,迎亲队伍皆石化,包括她的亲夫……

"然儿……"慕容铄抬起流满悔恨泪水的脸,"原谅我……我不能没有你……不能,请再给我一次机会,就一次,好不好?我不要什么玲珑心,不要什么皇位,什么都可以不要,但我不能没有你……"停下吉他,他修长的手指从怀中掏出了那枚钻戒,"然儿,'华爱然',你还记得吗?"

满眼的泪流到他嘴里,悦然知道那是怎么样的苦涩,半跪在地,她一把抢过那枚钻戒,紧紧握在手中,硌痛了自己的手,更硌痛了自己的心。

"然儿,我错了,你就原谅我这一次,好不好?你跟我走吧,我发誓,再也不让你受一丁点委屈,否则便让我横死于世人的乱刀之下……"慕容铄猛地跪地,伸掌向天发誓。

"不要!"悦然猛地捂住他的嘴,那么自然而然,像是曾经做过千百遍。

"然儿,你还是喜欢我的,是不是?是不是?!不要丢下我,不要……"慕容铄一伸手死死地勒住了凌悦然的双肩,束缚她在怀中的感觉真好。当发现被慕容斐欺骗时,慕容铄只觉得一时天昏地暗,一切都没有了,再睁眼时,他便记起了在21世纪时与凌悦然在一起的一切,锥心的悔恨叫他没日没夜地思念她,一个人关在浪漫小屋里不吃不喝地度日,最终决定放下一切,前来寻

她,求得她的谅解。而慕容斐也终是自食恶果,无情无爱地过着皇后的生活,等待着孤独终老。

"然儿,答应我好不好?"慕容铄将头紧紧地挨在悦然之上,令她无法动弹,不给她空隙摇头。

"驾!"乔正岳终是不能再看下去了,如果今天悦然要跟慕容铄走,他会尊重她的意愿,但失去她的痛楚,他不想再尝第二次,更不能眼睁睁地看着她被那人带走,所以他选择先行离开。

主子走了,迎亲的队伍紧随其后,而送亲的队伍也跟着作鸟兽四散,慌着去宫里回禀皇帝去了。

乔府上下似乎还不知道半路的状况,依旧车水马龙,道贺之人络绎不绝。

"儿子,你跑哪儿去了?吉时都要过了,真不像话,还让公主等你拜堂?"

失魂落魄的乔正岳刚一踏进家门,喜乐便又奏响,一派喜气洋洋,证婚宝座上,皇帝亲自上阵,乔母坐在一侧,喋喋不休地抱怨自己那不争气的儿子。

一眼瞥见皇帝那奸诈戏谑的笑,乔正岳就气不打一处来:你就笑吧,明天我是一定要把你那两棵新栽的"迎、送臣松"全砍了。

皇帝一惊,立即收起不怀好意的笑,正襟危坐,干咳了声,"那……司仪就开始吧!"

"且慢!"乔正岳看也不看站在一旁裹得密不透风的新娘子,对着乔母就是一拜,"娘,我知道你平生最要面子,我们乔家确实也丢不起这个脸面,但阳儿真的走了,骗得了别人,却骗不了我自己的心。你们都走吧,这个亲,我也不成了,这一辈子都不成了……"

"真的?"皇帝龙颜震怒。

"真的!"乔正岳无所谓地与他对视,双手一负,侧目望天。

"阳儿,随朕走吧!看来这个招驸马的大会还是要如期举行了。"皇帝"嘶"了声,剑眉微蹙,似乎在沉思着分几层海选人才。

"一切,便听皇兄安排!"凌悦然倏地扔了头上的喜帕,正好砸中了乔正岳。却见他的重瞳猛地圆睁如猫,死死地瞪着凌悦然,不像是盯着心上人,倒像是盯着十恶不赦的仇人,害悦然差点破功,"哧"地笑出声,怒嗔了他一眼。

"阳儿,还不走?"大舅子发威了,哼哼,后果更严重。

"哦!"凌悦然磨磨蹭蹭地跟在皇兄身后。

"不许走!"乔正岳一着急,上前拉住了凌悦然的袖子。

喂,你胆子很大呀,竟然敢拦挡当今天子?还说话这么强硬?

"你不是不成亲吗?朕的御妹还怕嫁不出去?朕告诉你,那个招驸马的文书可都拟好了,只要朕盖个御印……"惹恼了皇帝,可是要付出代价的。

"皇上,你还记得太和殿前的迎臣松吗?或者是太和殿后的送臣松?"

好吧,你小子,够狠!皇帝好伤心呀,他一代名君的象征,就被他硬生生地给毁了,好在最近他又研究出了个新品种,这次一定要小心这个"暴徒",于是皇帝默了。

"阳儿,乖乖地戴上,别再折腾我了!"乔正岳无比抱怨又无比欣喜,亲手将喜帕盖在凌悦然的头上,偷偷地刮了一下她的小俏鼻,满心的甜蜜,竟感觉手足无措。

坏蛋!悦然也偷偷捏了他的腰身一把,竟然就那样把她这个新娘子丢在路边,害她徒步走到夫家,这笔账咱们慢慢算。

洞房花烛时,乔正岳双颊微醺,虽然有些着急,但仍小心克制着,他轻轻吻住悦然,抱怨又心疼着问道:"怎么回来的?"

"你还好意思问!人家拎着嫁衣,自己走回来的!"

看着悦然气咻咻的小嘴,乔正岳忍不住深吻上去,双手忙着摘下她的凤冠霞帔,再解下她的宽帛腰带与琳琅玉坠,一不小心,玉坠与腰带绞在一起,越急越解不开,索性便要毁了那衣衫,悦然不由羞恼地捶他。

"不要脸!"

"嗯嗯,阳儿,我等了几万年了!"他应承着她霸道的小拳头,再亲亲她的小脸,"慕容铄他……"

"他确实想起来了,这也在我意料之中。十年八载的,他一定会想起来的,只是让我料想不到的是乔将军,竟然能这么大方地把自己的新娘子拱手让人!"

乔正岳捉住悦然的手,往悦然粉嫩的小脸上拍打了一下,嗔怪道:"再说,该打!"我这还不是不想逼你,心疼你左右为难吗?

"他可是带着伤心走了?"

"嗯,带着一颗受伤的心,还有一身的伤走了。你走后,我狠狠地暴打了他一顿,也算是对那三支鹰羽箭有个交代。正准备走人,他又喊我,然后我便折回去,再踹了他两脚;准备走人,结果他又喊我,然后……"悦然在乔正岳怀中扭来扭去,比画得乔正岳一身是火。他的手终是利索地割断了小娘子的腰带,一阵心猿意马,很没创意地回问了句,"你又折回去踹了他两脚?"

"你有没有人性,他已经很受伤了?"悦然气乎乎地看向乔正岳,"我丢了足以从西凌打的到蓝苑的车费给他,让他租辆马车回家。"

"哈哈……"乔正岳紧紧抱住了凌悦然,反身把她压在床铺上——这个古灵精怪的小坏蛋!

"所以,怕了吧?"凌悦然朝乔正岳皱了皱小鼻子,满眼碎钻,一室春光带笑颜。

"怕什么?"乔正岳的手开始不安分地往里探。

"娶我有风险,告白需谨慎!哈哈……"

"丫头……"

"啊——"

轰的一声炸响,容生之鼎的门被妖王所破,她希翼放出更多的妖气,让自己更强大。

悦然迅速推开了乔正岳,今晚的花前月下就到此为止了。

妖王站在容生之鼎的门边,广袖烈烈生风,诡异美绝,她回眸冷笑,唇如嗜血,"谁也别想再囚禁我,哼!乔正岳,你这个妖界的叛徒,我要代表妖界杀了你!"

说到最后一个字时,乔凌二人只觉呼吸一室,一股凛冽刺骨的杀气顿时横穿了全身,只听"呼"的一声,妖王周身青雾缭绕、裙裳飞舞,纤指捏诀时,只见容生之鼎内团团黑雾疾流而出,被她吸入掌心,她双掌摩挲把玩般,置成一个不停旋转的黑色琉璃,当她将这黑球缓缓推向悦然时,脸上的笑容便如那嗜血的魔王,"去死吧!"

乔正岳伸手一拉,与悦然双双离地,左右躲闪,身姿摇曳,步步生莲。

孰料那黑球的戾气在他们的躲闪中竟然暴涨,越旋转越快,穷追不舍。乔正岳见无法摆脱,索性推开悦然,自己回身推掌相击。一瞬间,黑雾被击散,弥漫了各个角落,也弥漫了乔正岳的双眼,他突然就着魔般立定不动,任

那股黑雾将自己团团围困，随即转了个身，一步一步地走向悦然。这神情与方才的妖王一般无二，令悦然大骇，忙大声呼喝，"乔正岳，你怎么啦？"

可是，他似乎被什么黑暗势力所掌控，悦然不得已，只得对他出手，"七星阵术为我所用，守我之心，听我之命……"立即，悦然四周为紫色莹光所护，阻隔了黑雾军团的袭击，双手中气光飞卷，却迟迟不愿对紧逼的乔正岳动手。

但乔正岳却似着了魔，不停地对她施尽全身法术，当还击的第一道剑光划破夜空，便如远古时的魔咒，劈开了悦然的记忆，那一头青丝染成白发的女子，决绝、绝望，纵身跳下了诛仙台……悦然惊愕不已地看着乔正岳——不，她不能让那不堪的过往再重演……

"乔正岳……"无论悦然怎么呼喊，他都没有任何反应。怎么办呢？一时福至心灵，悦然突然大喊一声，"负卿……"

突然，乔正岳顿住了身形，定定地看向她，似乎在思考什么，片刻，又向她追杀而来，仍是杀气四伏，二人的身形又似化蝶之舞，美如梦幻。

"不要，负卿，我们不能再错过……呜呜呜……"悦然眼见无法唤醒着了魔的乔正岳，不由眼圈一红，很伤心地哭了起来。妖王真是太可恶了，竟然使出这样的阴招。悦然一边躲闪，一边深情地呼唤，"卿卿，卿卿，我不卿卿谁卿卿……负卿，你说过，宁负天下也不再负我了，难道你都忘了吗？"

这次乔正岳彻底停住了脚步，看向悦然的重瞳有了光芒，慢慢一片清明。妖王冷笑，一伸手弹出霓虹烟雾，召唤妖人无数，刹那之间，犹如万马奔腾，大地一片忽明忽暗。

而西凌皇帝此时亦是亲率重兵，前来接应御妹，打斗声四起，无数冷箭纵横暴射。

"凌烨阳，这容生之鼎乃是为你量身定制的熔器，你便进去吧！"妖王冷笑一声，翻掌向悦然拍去。那掌心之中隐有法器旋转，像个小型马达，酷似芭蕉扇，虽能置于舌底，却也能变幻无穷大，再扇出无穷大的风。

乔正岳立于妖王身后，与悦然对看一眼，两人心意相通，前后夹击，同时施出七星术中第十二层的最高法术，"日出东方，华摄天下！"

只见光华如虹，谁与争锋，"嘭"的一声，妖王被击中，身体猛地偏飞向容生之鼎的上方入口。乔正岳见此情状，忙飞身而上，准备补上一掌，妖王却匆忙在半空中翻滚让开，掌心的小马达倏张，如吸盘，将悦然吸近身体一侧。

妖王衣裙鼓舞,依然想将凌悦然拍进熔鼎之中,炼成七窍玲珑丹,拉扯间,两人竟然同时站在了鼎炉入口,想要再起身,炉内业火闻到气味,猛地反噬而上,不容她们有丝毫逃脱的机会。

乔正岳惊得一身冷汗,踏上穿梭飞舞的法器兵器,他弹身而起,一朵九天莲被他猛地掷进凌悦然的后心,而悦然也只来得及回眸,万分不舍地盼了他一眼,前后只一瞬间,业火吞噬而上,妖王双目圆睁,似是无法相信般"啊"了声,与悦然同时坠进了炉内。受两人激战所至,容生之鼎剧烈地波荡起伏。

业火焚烧了七七四十九天,妖王成了内丹,而悦然,成了火眼金睛的齐天大圣,只差没扛一根金箍棒跳出容生之鼎。所有所有的过往,在这七七四十九天的熔炼中,悦然全部记起,但现在,她却不知道自己到底是谁?

"咚"的一声,金钟鸣响,五彩祥云腾升而起。

"恭喜九天莲女重生!"

"恭喜九天莲女历劫归来!"

……

一干上仙齐齐来喝,唯有一人不太和谐,"哇,你回来了,我闪人了!"司命小星匆匆赶来,手中提着的笔墨还在滴答,当她看到凌悦然杀气腾腾地盯着她手里的命格本时,小心脏着实被吓得不轻。

一直等了七七四十九天,她仍没有出来,乔正岳半跪在炉鼎之外,肝肠寸断,泪如碧波泉涌,"阳儿……"

这九天莲本是他重伤盗来为她修补莲心之用,但修补时,却要将悦然置于容生之鼎内熔炼愈合,他不敢冒那个险。如果不是妖王推悦然入的炉鼎,他根本不敢尝试,怕只怕在炉内滚出来的是粒丹药,而不是滚出一个人来。但现在,炉内既没有滚出内丹,也没有滚出悦然,他该怎么办?

一场浩劫终于过去,但乔正岳却清心寡欲,辞了官职,本来嘛,一只狐王,要游戏什么红尘呢?

漫步江南雨巷,他在等那一个娇俏的女子,亦嗔亦喜,巧笑倩兮,美目盼兮……

尾 声

　　九天玄女的宫殿内，失了莲心的宝莲灯黯淡无光，一旁的玲珑心却是七彩琉璃、光芒灼灼。

　　玄女坐在桌几旁，指着莲心的七瓣对悦然道："可知那曾与你为敌的灵魂皆被囚于此？"

　　悦然点头，不期然想起乔正岳曾说过她的心有净化灵魂之功效。

　　"被贪欲所累、为嫉恨所困的灵魂已受到洗礼，阳儿，你可愿打开心门，释放他们寻求救赎的心？"

　　凌悦然半跪在九天玄女面前，明眸似受过冰雪的洗礼，越发清亮。她容颜秀丽无双，带着彻悟后的慧洁，发带共素衣随风飘飞，纤影石化般跪立，那垂眸冥思的模样更胜神女。

　　良久，她抬起破茧化蝶的羽睫，一瓣一瓣把莲花心看了个遍，往事历历在目，终是微微点头，梨窝乍现，美不胜收。

　　"好孩子！放下，才可以自在！"九天玄女赞赏地看着自己的徒儿。

　　七瓣莲花心瓣一一落下，甫一落地，便化作重重幻影，有妖也有人，再一转身，红橙黄绿青蓝紫，一阵霓虹闪烁，倏而不见。

　　"放下，才可以自在"，悦然莞尔，她忽然想到了那个地方，那个乔正岳一定会去的地方。捧起莲心，将它安置在宝莲灯上，立即，宝莲灯放射出万道霞光，一扫昨日的阴霾。终于，雨过天晴了。

　　拎起宝莲灯，悦然转身，顽劣地对玄女师父道："放下，才可以自在，谢谢师父提点！我知道那个弃我不顾的坏人在哪里了，但是，我可不可以不做灯神啊！"

　　"你怕实现不了别人的愿望？"玄女眉眼含笑地问。

"我怕他们会失望！"灯神也有原则的呀！

"傻孩子，可以实现的愿望才是愿望，不可以实现的愿望那叫奢望，所谓求人不如求己，其实这个道理人人都懂的，再说灯神也有自己的事情不是？"玄女难得说句俏皮的话，却叫悦然红透了脸，如一朵娇羞洁白的莲。

又是一年七月乞巧，晚市灯如潮。

"好想把灯点亮，好想摘一朵星光，让你不再流浪，请做我的新娘……好想把灯点亮……"孩童们相互嬉戏取闹，蹦蹦跳跳唱着歌谣。

悦然点亮宝莲灯，透过粼粼灯光，她仿佛看到了那个熟悉的身影。

他一袭月白长衫，站在秦淮河畔，亲手放逐一盏许愿荷灯，俊美的脸上一派柔和。望着颠流的荷灯，他浅浅一笑，犹如月华莹光，"阳儿，我愿做你的心，泯你浮世忧愁，融你万世冰霜。"似是知道悦然在仙宫默默凝望，他又回眸朗朗道，"阳儿，想我便来寻我，应知灯火阑珊之处，是我等你的身影！"